BAD

BAD

배드 BAD

클로이 에스포지토 지음

공보경 옮김

북폴리오

리사에게

원수 갚는 것은 내가 할 일이니, 내가 갚겠다.
– 〈로마서〉 12장 19절

이게 미친 증상이긴 하지만, 어떤 원칙이 있단 말씀이야.
– 《햄릿》

사랑은 나의 종교이며, 나는 사랑을 위해 죽을 수 있소.
– 존 키츠

차례

8 ———————— 이 책을 읽기 전에

19 ———————— 첫째 날 **배신자**

55 ———————— 둘째 날 **도둑**

135 ———————— 셋째 날 **강아지**

209 ———————— 넷째 날 **수녀**

253 ———————— 다섯째 날 **창녀**

327 ———————— 여섯째 날 **경찰**

427 ———————— 일곱째 날 **내 사람**

473 ———————— 에필로그

478 ———————— 감사의 말

이 책을 읽기 전에

더 깊은 얘기를 하기 전에 먼저 알아야 할 것이 있다. 지난주는 완전 미쳤다. 이것도 상당히 절제한 표현이다. 나는 살면서 최고의 섹스를 경험했다. 내가 총을 무지하게 좋아한다는 것도 알게 됐다. 다들 나를 내 일란성쌍둥이 언니라고 생각한다. (언니는 죽었고 내가 언니의 인생을 훔쳤기 때문이다.) 그리고 몇 사람이 이승을 하직했다.

내 성격에 영 맞지 않는 상황이라고는 말 못 하겠다. 지난주만 해도 나는 빌어먹을 성인까지는 아니지만 적어도 살인자는 아니었다. 여러분과 다를 바 없는 인생이었다. 가게 물건을 슬쩍하고, 불을 살짝 지르고, 횡령을 좀 하는 정도의 사소한 범죄를 저지르긴 했지만, 그런 것 말고는 여러분과 다를 게 없었다. 그저 술을 병째 들고 *마시는* 평범한 삶이었다. 생활 광고 부서에서 일했고 런던 N19 지역에 있는 아파트에 살았다. (사람을 죽이고 싶은 충동이 불쑥불쑥 솟기는 했어도) 실제로 살인을 하지는 않았다. 마피아와 엮이지도 않았다. 인터폴이 나를 뒤쫓지도 않았다. 며칠 사이에 내 삶은 완전히 바뀌었다. 새로운 내가 탄생한 것이다.

머리가 아직도 빙빙 도는 것 같다. 어디서부터 시작해야 할지 모르겠다. 처음부터 잘 생각해야 하는데 자꾸만 막판에 니노가 내 가슴을 찢어놓은 일만 생각난다.

모든 것은 지난주 사고부터 시작됐다.

내 잘못은 아니다. 그러니 나를 비난하지 말고 좋게 봐주길.

애초에 내가 시칠리아로 날아간 건 쌍둥이 언니 베스 때문이었다. 베스는 시칠리아로 놀러 오라고 간절히 청하면서 내 비행기표를 비롯해 모든 비용을 대주었다. 공짜 샴페인과 햇살 가득한 날씨로 나를 유혹했다. 다른 때 같으면 안 갔을 것이다. 재수 없는 베스와 시간을 보내는 건 물고문이나 다름없으니까. 하지만 직장에서 포르노를 보다가 잘린 데다 병신 같은 룸메이트들한테 쫓겨나기 직전이었다. 당장 시칠리아로 가지 않으면 길바닥에서 판지 상자를 덮고 노숙을 해야 할 판이었다. 어리석게도 나는 베스를 믿고 시칠리아로 떠났다.

엿 같은 일이었다.

타오르미나에 도착해서 보니 어마어마했다. 베스는 〈콘데 나스트 트래블러〉 잡지에 나오는 것 같은 집에 살고 있었다. 휘황찬란했다. 16세기 풍경을 자랑하는 정원, 대리석 조각상, 분수, 꽃, 그리고 수영장까지……. 상상도 못 할 만큼 호화로웠다. 당연히 나는 질투가 났다. 여러분 같으면 질투가 안 났겠는가?

그리고 베스의 아들, 에르네스토가 있었다. 베스가 암브로조와의 사이에서 낳은 아이. 여러분이 그 애를 직접 봤어야 했는데. 에르네스토는 나를 꼭 닮았다. 내 아들이 될 수도 있었던 아이였다. 내 아들이었어야 했다. "엄마 엄마", 에르네스토는 나를 그렇게 불렀다. "엄마 엄마 엄마."

견딜 수 없는 유혹이었다.

내 눈은 질투로 활활 타올랐다.

드디어 베스는 나를 초대한 이유를 털어놓았다. 내가 *보고 싶어서* 부른 게 아니었다. 그럼 그렇지. 하룻밤 외출을 하고 돌아올 테니 나더러 자기와 신분을 바꿔달라고 했다. 그동안 암브로조가 눈치를 못 채게 해달라는 것이었다. 뭔가 웃기는 일이 일어났구나 싶기는 했다. 그때 동의하지 말았어야 했는데 베스가 황금색 프라다 샌들을 주겠다며 꾀었다. 여자라면 안 넘어갈 수 있을까? 나는 베스처럼 차려입고 자정이 될 때까지 베스가 돌아오길 기다렸다. 마침내 베스가 집으로 돌아왔고 우리는 한바탕 싸움을 했다.

우리는 수영장 가장자리에 서 있었는데 어찌 된 일인지 베스가 휘청하며 미끄러졌다.

타일 바닥에 머리를 찧은 베스는 이내 수영장 물속으로 가라앉았다.

거품이 보글보글 올라왔다.

그리고 베스는 올라오지 않았다.

그래, 안다.

여러분이 무슨 생각을 하는지 말이다.

그때 내가 물에 뛰어들어 베스를 구해야 했다고 생각하겠지.

하지만 내가 그동안 얼마나 힘들게 살았는지 몰라서 그러는 거다.

결국 나는 베스가 죽게 내버려뒀고, 베스의 삶을 훔쳤다.

베스의 옷과 아들, 빌어먹을 남편도 훔쳤다. 수백만 유로에 달하는 재산과 집도 내 것이 됐다. 원래 다 내 것이었어야 했다. 암브로조는 (적어도 처음에는) 내가 베스가 아니라는 걸 알아채지 못했다.

나로서는 복권에 당첨된 것보다 나았다.

꿈에도 생각 못 한 횡재였다.

그런데 알고 보니 암브로조는 그 지역 마피아의 일원이었고 재미난 친구들과 교류하고 있었다. 암브로조의 파트너 니노와 도메니코는 코사 노스트라라는 마피아 조직에 몸담고 있는 살인청부업자였다. 그들은 나를 위해 근처 숲에 구덩이를 파고 베스의 시체를 묻어주었다.

큰 문제는 없어 보였다.

다들 그 시체를 나라고 생각했으니까.

하지만 애초에 베스가 나와 자신을 바꾸고 싶어 한 이유는 마피아와 연을 끊고 탈출하기 위해서였다. 자신의 소중한 아들이 마피아의 일원으로 자라나 머리에 총구멍이 나는 것을 원치 않았던 것이다. 베스는 암브로조를 버리고 연인 살바토레와 함께 달아나려 했다. 그 두 연놈은 나를 죽이고 시칠리아를 영영 떠나려 했다. 베스는 (내) 시신만 있으면 쫓기지 않을 것이라고 믿었다. 제길. 나쁜 년. 빌어먹을 뱀 같은 년. 다행히 마지막 순간에 살바토레는 나를 죽여달라는 베스의 부탁을 거절했다.

앨비 : 1점. 베스 : 0점.

나는 당당히 점수를 올렸다.

그리고 암브로조와 잤다. 독자 여러분, 나는 그와 섹스를 하면서 오르가슴에 다다른 척해야 했다. 솔직히 말해 그의 물건이 '너무 작아서' 채널 터널(영불해협터널)에 나뭇가지를 던져 넣는 것만큼이나 아무런 감흥이 없었다. 아, 그동안 나는 언니의 남편인 암브로조를 이상적인 남자로 상상하며 수년을 허비한 거였다…….

나와 섹스를 한 후 암브로조는 내 정체를 알아챘다.

그는 밤새 나를 쫓아왔다. 나는 살기 위해 도망쳤다. 그가 나를 죽일 것 같아서 내가 먼저 그를 죽였다. 그의 머리를 돌로 내리쩍었다.

암브로조의 숨이 끊어지자 나는 살바토레의 집으로 달려가 정당방위였으며 어쩔 수 없는 상황이었다고 말했다. 살보는 나를 베스라고 믿었고 암브로조의 시신을 처리하는 일을 도와주었다. 우리는 그의 시신을 절벽 너머로 던지고 자살로 위장했다.

그리고 나는 살바토레와 잤다. 그는 체중이 90킬로그램에 달하는 조각 같은 근육질이라, 도저히 유혹을 뿌리칠 수가 없었다. 하지만 그는 내 배에 제왕절개수술 자국이 없는 걸 보더니 내가 베스가 아니라는 걸 알아챘다.

또다시 일이 틀어진 것이다.

살바토레가 비밀을 지켜줄 것 같지 않았다. 그를 살려두면 너무 많은 위험이 따를 듯했다. 그래서 나는 암브로조의 파트너 니노에게 살보가 암브로조를 죽였다고 거짓말을 했다. 니노는 섹시하고 충성스런 남자였다. 그는 암브로조가 자신의 형제나 다름없다고 했다.

내 계략은 잘 먹혀들었다.

니노는 살바토레를 죽였고, 나는 니노와 섹스를 했다.

솔직히 털어놓겠다.

니노는 내가 지금까지 자본 남자들 중 (그리 많은 숫자는 아니지만) 단연 최고였다. 나는 니노와 함께 살인청부 일을 하는 꿈을 꾸었다. 그의 아내가 되고 싶었다.

꿈에 그리던 남자를 찾았다고 생각했다.

우린 함께 일하면서 큰돈을 모을 계획을 세웠다. 일단 암브로조가 갖고 있던 엄청난 가격의 카라바조의 그림을 팔기로 했다. 시칠리아 마피아의 일원인 부패한 신부가 그 그림을 사기로 했다. 하지만 그 개 같은 신부 놈이 그림을 보더니 위작이라며 돈을 줄 수 없다고 말했다.

그래서 나는 그 신부를 죽여버렸다.

나와 니노는 신부에게 빼앗은 2백만 유로가 담긴 가방을 암브로조의 람보르기니에 싣고 런던으로 도망쳤다.

니노를 파트너로 고른 게 실수였다는 말을 하려니 기분이 썩 좋지 않다.

런던의 리츠 호텔에 도착하고 나서 그는 2백만 유로가 담긴 가방을 훔쳐 혼자 람보르기니를 타고 달아나버렸다.

다시는 니노를 못 볼지도 모르겠다. 하지만 만나게 된다면 반드시 지옥을 맛보게 해줄 것이다.

어제

2015년 8월 30일 일요일
이탈리아 토스카나

장밋빛으로 물든 앞 유리 너머로 길을 바라본다. 타맥으로 포장된 도로가 신기루 같은 열기를 뿜으며 반짝인다. 녹아내린 수은이 흐르는 강물처럼. 자동차가 아니라 배를 타고 나아가는 기분이다. 탁 트인 하늘이 믿을 수 없을 만큼 푸르다. 영화배우 데미안 루이스의 눈동자처럼 혹은 이탈리아 럭비팀 유니폼처럼 이렇게 푸른 하늘은 영화에서 말고는 본 적이 없다. 올리브 나무숲, 구불구불한 언덕, 아름다운 토스카나의 풍경. 마치 튜브에서 갓 짜낸 유화물감으로 그린 듯 온통 눈부시다.

뜨끈한 가죽 시트에 닿은 피부가 따끔거린다. 내가 입고 있는 발렌시아가 핫팬츠는 내 입술도 겨우 가릴 만큼 조그맣다. 땀 한 방울이 내 가슴골로 뱀처럼 흘러내린다. 따뜻한 프로세코 와인을 한 모금 들이켠다. 기온이 거의 40도는 될 것 같다.

"마실래요?"

나는 니노에게 와인 병을 건넨다.

그는 고개를 젓는다.

"니엔테Niente.(됐어.)"

나는 운전대를 잡고 흠집이 난 손톱을 바라본다. 매니큐어를 새로 발라야겠다. 베이비 핑크색 매니큐어가 거의 다 벗겨졌고 손톱 밑에 피가 말라붙어 흉측하게 녹슨 빨간색이 되고 말았다. 손가락에 낀 언니의 망할 다이아몬드 반지가 작은 폭탄처럼 반짝거린다.

테일러 스위프트의 노래가 흘러나온다. '아웃 오브 더 우즈'라는 노래다. 엄청 좋아하는 노래라서 볼륨을 높이고 따라 부른다. 이 노래의 베이스 파트는 꼭 섹스 같다. 나는 백미러로 내 모습을 본다. 베스의 구찌 선글라스가 멋스럽다. 베스의 옷도 내 몸에 꼭 맞는다. 나한테 딱 맞는 삶이다.

니노가 건네는 담배를 받아 쭉 빨고 연기를 내뿜는다.

자동차 속도가 무지하게 빨라서 항해보다는 비행에 가까울 정도다. 얼추 시속 180킬로미터는 넘는 것 같다. 속도계의 바늘이 흔들리며 점점 더 빨라진다. 그래 이런 게 사는 거지.

나는 별 이유 없이 흥이 나서 경적을 울린다.

"베타, 시끄러워."

베타, 베타, 빌어먹을 베타.

언니로 사는 게 지겨워지고 있다. 하지만 니노는 내가 죽은 보스의 아내 베타라고 믿고 있다. 내가 실은 쌍둥이 동생이라고 털어놓으면 상당히 위험해질 것이다. 일단 내 목숨부터 걸어야 한다. 그는 암브로조의 죽음에 내가 관여했는지 꼬치꼬치 캐물을 것이다. 그러니 베타로 사는 편이 낫다. 일단 그 장단에 맞추자.

'아, 우리는 처음으로 거짓말을 한 후 얼마나 촘촘하게 거짓말을 이어나가는가!'(소설가 월터 스콧의 《마미온Marmion》의 한 구절 – 옮긴이)

나는 진짜 블랙 위도(암놈이 수놈을 잡아먹는 독거미 – 옮긴이)다.

우리는 토스카나를 벗어나 북쪽으로 가고 있다. 호수와 스위스 국경을 향해. 프로방스, 부르고뉴, 피카르디 그리고 최종 목적지인 런던을 향해. 타오르미나에서 멀리 떨어진 곳으로. 내 언니가 묻힌 곳에서 멀리. 경찰과 여러 시체들을 뒤로하고. 죄책감을 떨치고, 두려움을 버리러. 잠 못 드는 밤을 피해서. 그렇다. 꽤 여럿이 죽었다. 두 팔을 머리 위로 쭉 뻗는다. 어깨와 목을 좀 풀어줬더니 기분이 한결 낫다. 내 혈관을 타고 달콤한 약 기운이 흐른다. 머릿속이 기분 좋게 타오르는 느낌이다. 콧속에서 목구멍을 타고 똑똑 떨어져 내리는 코카인의 뒷맛. 나는 입술을 핥으며 니노에게 미소 짓는다. 니노와 한 마지막 키스의 맛이 아직 내 입술에 남아 있다. 그의 짭짤한 혀와 말보로 레드 담배 향기. 그의 애프터셰이브 로션과 섹시한 땀 냄새. 그리고 신부의 낡은 가죽 가방에 담긴 돈 냄새가 난다. 그 돈은 생각만 해도 짜릿하다. 촉촉하게 젖는 느낌이다……

"우리가 얼마나 부자가 됐는지 알아요?"

"2백만 유로." 그는 낡아빠진 갈색 구찌 가방을 손에 쥐고 갈라진 가죽을 쓰다듬는다. "알로라Allora?(그래서?) 이 돈이 얼마나 오래갈까?"

"우린 더 벌 수 있어요. 니노, 자기야, 불멸의 존재처럼 살 수 있다고요. 우리 둘은 멋진 팀이 될 거예요. 그렇게 생각 안 해요?"

우린 경찰과 마피아들을 뒤로하고 미래를 향해 대담하고 유쾌하게 나아가고 있다. 앨비와 니노는 죽이고 섹스하고 죽이고 섹스하며 영원히 살 것이다.

"저기, 차를 잠깐 세울까요? 길가에서 재미 좀 보게."

그는 고개를 끄덕인다.

나는 시골길 한쪽에 차를 대고 시동을 끈다. 그는 차에서 내려 내가 앉은 운전석 문을 열어주고, 내가 잡고 내릴 수 있도록 손을 내민다. 우린 차 앞으로 돌아간다. 그가 내 옷을 벗긴다.

그는 뜨겁게 달궈진 자동차 보닛에 내 뺨을 찍어 누른다. 핫팬츠를 발까지 끌어내린다. 니노의 두 손이 내 가슴을 움켜잡는다. 맙소사, 나는 이 거친 남자를 사랑한다. 그를 안 지 일주일밖에 안 됐지만 평생 그를 알아온 것 같다. 나는 머리 위로 두 팔을 뻗어 반짝이는 빨간색 도장 면을 손톱으로 긁는다. 그의 묵직한 몸뚱이가 완전히 젖은 내 벗은 몸 안으로 밀고 들어온다. 그의 가슴속 심장이 쿵쿵 뛰는 게 느껴진다. 그의 짧은 수염이 내 목을 찌른다. 그의 피부가 지글지글 타오른다. 소금과 섹스의 맛이다.

그는 수차례 나를 찔어댄다.

"니노, 니노, 니노."

그가 내 이름 '앨비'를 불러주면 좋겠다.

우리는 하나가 된다. 내 눈앞은 온통 빨간색이다. 우리의 몸뚱이가 함께 앞뒤로 흔들거린다. 짧은 순간이지만 우린 이곳이 아닌 또 다른 우주에 머무른다. 내가 누구인지 모르겠다. 니노와 나는 하나다. 프랑스인들은 이런 걸 '라 프티 모르la petite mort(작은 죽음)'라고 부른다지. 내 안의 일부가 죽었다. 하지만 이렇게 확실하게 살아 있는 기분을 느껴본 적이 없다. 프랑스인들은 뭘 알고나 떠드는 걸까?

이윽고 우리는 다시 지상으로 내려온다. 현실이다. 하지만 뭐, 어때. 이것도 꽤 쿨하다. 만족스럽다. 니노가 물러서고 나는 현기증으로 머리가 핑 도는 채로 일어선다. 그가 부츠 신은 발로 자갈을 밟고 서는 소리가 들린다. 그가 한숨처럼 "베타"라고 부른다. 나는 바닥에 떨어진 핫팬츠로 손을 뻗는다. 땀에 젖어 끈적끈적한 다리 위로 핫팬츠를 끌어 올린다. 람보르기니에 기대서서 그가 담배에 불을 붙이는 모습을 바라본다.

"지금까지 어디 있다가 이제야 나타난 거야?"

"당신을 기다렸죠."

그의 손가락이 내 아랫입술을 쓰다듬는다.

나는 그의 두 눈을 바라본다.

이 모든 것이…… 꿈만 같다. 안정감이 느껴진다. 누군가 나를 이렇게 원한 건 내 평생 처음이다. 그와 함께 있는 이 기분…… 이런 기분은 처음이다. 너무 좋아서 실감이 나지 않는다.

첫째 날

배신자

chapter 1

오늘

2015년 8월 31일 월요일
런던 세인트 제임스, 리츠 호텔

베스의 목소리가 들린다.

'앨비? 왜 세면대에 토를 하고 있어?'

난 지금 화장실에서 똥을 싸는 중이다.

'뭐라고? 토를 하면서 동시에 똥을 싼다고?'

그래. 동시에 하고 있다. 이게 바로 알코올중독이라는 거다. 엄청 흥분되는 경험이니 너도 언제 한번 해봐. 망할 년.

무거운 눈꺼풀을 살짝 뜬다. 새하얀 빛이 눈앞에 어른거린다. 도자기 세면대다. 다시 눈을 감는다. 눈이 따끔거린다. 차갑고 단단한 세면대 가장자리에 뺨을 대고 메스꺼움의 파도를 넘어간다. 지금 나는 하와이에서 파도타기를 하는 서퍼다. 큰 너울을 타고 넘어가 하얀 파도에 부딪친다. 아, 구역질이 또 올라온다. 다 쏟아낸 줄 알았는데 위산의 잔여물이 다시, 그리고 또다시 올라와 입 밖으로 흘러내린다.

"반드시 잡고 말 거야, 니노. 이게 다 당신 때문이야."

진, 와인, 보드카 마티니, 당근. (이상하다. 난 당근을 안 먹었는데?) 세면대 안에 토사물과 함께 내 숨결이 퍼진다. 머리가 욱신거리고 빙글빙글 돈다.

'다시는 술을
마시지 않으리. 이번에는
진심이다.'

오늘 내가 지은 첫 번째 하이쿠다…….

천재구나, 앨비. 아직 살아 있네. 내 시를 좋아하는 사람이 아무도 없으면 뭐 어때? 존 키츠도 생전에는 인정받지 못했다. 베스는 늘 나보고 시간 낭비나 하고 있다고 했지만 비평가들 눈에는 다르게 보일 것이다.

나는 바닥에 엎어지고 만다. 화장실 타일이 확 올라와 내 옆머리를 친다.

나 화장실에 쓰러진 거 맞지?

찢어진 입술에서 피가 흘러내린다. 죽을 것 같은 기분이지만 아직 죽지는 않았다. 엘비스 프레슬리처럼 화장실에서 버거를 먹고 있다. 검은색과 흰색 타일에 누워 부들부들 떨고 있다. 윽, 이게 뭐야? 아, 나네. 토일렛 덕(변기 세척제 이름 - 옮긴이)이나 바닷바람 향이 나는 표백제를 넣은 변기 같다. 베스의 다이아몬드 목걸이 말고는 몸에 아무것도 걸치지 않았다. 벌거벗은 나는 따뜻하고 폭신한 욕실 매트를 향해 보병처럼 기어간다. 그 매트는 무시무시한 바다에 떠 있는 무인도다. 객실에 딸린 이 매끈한 욕실은 대리석과 유리로 만들어졌다. 모든 것이 반짝거리는 새것이다. 별도로 온수 욕조가 있고, 둘이 들어가도 충분한 샤워부스도 있다. 나는 바닥에 등을 대고 누워 샤워기를 바라본다. 샤워부스 안으로 들어가고 싶은데 거기까지 기어갈 자신이 없다…….

자그마한 하얀색 플러그인 방향제가 치익 소리를 내며 합성 목련 향을 뿜어낸다. 벽에 걸린 와이드스크린 텔레비전에 눈이 간다. 리모컨을 쥐고 텔레비전을 켠다. 어쩐지 뉴스를 봐야 할 것 같다. 내 배 속 깊은 곳, 알코올에 절여지지 않은 어떤 부분에서 묘한 느낌이 솟는다. 이런 게 직감이라는 걸까…….

어울리지도 않는 옷을 입고 베스의 결혼식에 참석한 내 사진이 텔레비전 화면에 뜬다.

나는 볼륨을 최대로 높인다.

"영국인인 25세의 앨비나 나이틀리 씨로 추정되는 여성의 시신이 오늘 아침 시칠리아 타오르미나 시 부근의 숲에서 발견됐습니다. 이탈리아의 로메오 달바 특파원을 연결하겠습니다."

젠장, 젠장, 젠장, 젠장, 젠장,

젠장, 젠장, 젠장, 젠장, 젠장, 젠장, 젠장,

젠장. 이런. 똥 같은. 일이. 일어나다니.

기술적으로 따지면 이것도 하이쿠다. 셰익스피어 수준은 아니지만 내가 숙취에 시달리고 있는 상태임을 감안해야 한다. 이런 시기에 내가 최상의 컨디션으로 시를 쓸 수 있을 거라는 기대는 하지 말기를.

내 담배가 세면대에 놓여 있다. 나는 말보로 담배에 불을 붙이고 쭉 빤다. 그들이 그 시신을 못 찾을 줄 알았다. 적어도 이렇게 빨리 찾을 줄은 몰랐다. 이제 완전 망한 건가?

하지만 그들은 시신의 진짜 정체를 모르고 있다.

베이지색 정장을 입은 대머리 남자가 흔들거리는 이중 턱 바로 밑에 마이크를 갖다 대고 오크 나무와 밤나무 사이에 서 있다. (저런 남자가 어떻게 텔레비전에 나오지? 꼭 스카치 에그(삶은 달걀을 다진 고기로 싸서 빵가루를 묻히고 튀겨서 차게 먹는 음식 - 옮긴이)처럼 생겼다.) 그는 등 뒤의 숲 사이에 뚫린 공터를 축 늘어진 허연 손으로 가리킨다. 경찰 테이프로 둘러친 안쪽에 구덩이가 파였고, 흙과 벽돌, 부서진 돌무더기가 옆에 쌓여 있다. 내 쌍둥이 언니의 무덤이다.

"이곳은 건축 허가를 받지 않았습니다. 조악하게 지어진 이 미완성 건물은 시칠리아 삼림 지대 깊숙이 자리하고 있습니다. 이곳에서 풍기는 괴상한 냄새가 오늘 아침 안토니아 리치 씨의 앨세이션

품종 개 루포의 관심을 끌었습니다. 리치 씨, 루포를 데리고 산책을 나왔을 때 무슨 일이 일어났는지 말씀해 주시죠."

카메라가 로메오 옆에 서 있는 한 여자를 비춘다. 안토니아라는 이름의 여자는 몸집이 작고 파카를 입었으며 곱슬한 금발은 후광처럼 부풀어 있다. 매부리코에 얼굴은 길쭉하다. 본인이 키우는 개와 닮았다. 루포는 큼직하고 축축한 분홍색 혀를 길게 늘어뜨린 채 숨을 헐떡이며 안토니아의 다리 사이에서 몸을 일으킨다. 루포의 귀는 뻣뻣하고 끝이 뾰족하다. 로메오가 안토니아의 얼굴에 마이크를 들이댄다. 안토니아는 겁먹은 표정이다.

"루포가…… 쿵쿵대면서…… 저 건물에 대고 짖었어요. 마구 짖어대더라고요. 그래서 억지로…… 끌고 가려는데 꿈쩍도 안 하는 거예요. 원래 엄청 얌전한 개인데요."

루포가 왈왈 짖는다.

"쉿, 루포."

안토니아가 루포에게 간식을 주며 말을 잇는다.

"루포가 땅을 파고 파고 또 팠어요. 건물 밑에 있는 뭔가를 꺼내고 싶어 했어요. 난 그게 토포topo…… 그러니까 찍찍대는 거 있잖아요?"

"쥐요?"

"맞아요. 쥐일 거라고 생각했어요. 하지만 겁이 났어요. 그 집이 좀 이상한 분위기라……. 그런데 여기서 기다란 금발 머리카락이 보였어요. 여기. 바로 여기에시요." 안토니아는 바닥을 가리킨다. "전에 얘기를 들은 적이 있어요. 코사 노스트라와 관련된 얘기요……. 그래서 경찰을 부른 거예요."

로메오는 고개를 끄덕이며 마이크를 거둔다. 그는 자신의 사타구니에 코를 대고 킁킁거리는 개를 쳐다본다.

안토니아가 루포의 끈을 세게 잡아당기며 말한다.

"안 돼. 바스타Basta.(그만.) 미 디스피아체Mi dispiace.(미안합니다.)"

로메오가 마이크에 대고 말한다.

"경찰은 오늘 아침 7시 30분에 여기 도착했습니다. 경찰은 이곳을 악명 높은 시칠리아 마피아 코사 노스트라의 전형적인 범죄 현장으로 보고 있습니다. 경찰이 콘크리트 토대 속에서 시체를 찾아내고도 놀라지 않은 이유입니다."

카메라는 시칠리아 삼림 지대를 비춘다. 개가 한쪽 뒷다리를 들고 돌무더기에 오줌을 갈긴다.

"루포, 안 돼."

"여기서 발견된 시신은 앨비나 나이틀리 씨이며 살해된 것으로 추정됩니다. 이 시신이 발견되면서 사흘 전 자살한 것으로 알려졌던 나이틀리 씨의 형부 29세 암브로조 카루소 씨의 시인이 다시 주목받고 있습니다. 경찰은 암브로조 카루소 씨 역시 살해당했을 가능성이 있다고 보고 증거를 조사 중입니다. 타오르미나에서 BBC 뉴스 로메오 달바입니다."

끝내주네.

나는 리모컨으로 텔레비전을 꺼버린다.

저들은 내 시신과 암브로조의 시신을 확보했다. 이제 저들이 베스를 추적하는 건 시간문제다. 부디 사건 해결에 실마리를 줄 사람으로 여기고 심문하기 위해 추적하는 것이어야 할 텐데. 하지만 베스는 쌍둥이고, 그녀의 남편이 수상한 낌새를 챈 거라면. 베스가 가장 유력한 용의자가 되는 건가? 저들이 베스를 살인범으로 생각하면 어쩌지?

베스. 아, 맙소사. 베스가 *나잖아.*

혹시…… 내가 다시 앨비로 돌아간다면? 공식적으로 나는 죽은 거로 되어 있지만? *엉망진창*이다.

비틀거리며 일어나 욕실 매트 옆으로 간다. 변기 물 내리는 소리가 쓰나미처럼 요란하다. 세면대에 몸을 기울이고 차가운 물을 틀어 얼굴에 끼얹는다. 거울을 흘깃 바라본다. 괜히 봤다. 영화 〈킬빌 2〉의 우마 서먼처럼 무덤에서 기어 나온 것 같은 꼬락서니다. 피 묻은 입술, 번진 마스카라, 헝클어지고 떡이 지고 축 늘어진 젖은 머리카락. 피부는 숫제 회색이다. 모티시아 아담스(영화 〈아담스 패밀리〉의 엄마 이름 — 옮긴이) 아니면 좀비 같다. 일주일 전 아치웨이에 살던 시절의 내 모습이 겹쳐진다.

굉장해.

빌어먹을 대단하구나.

결국 다시 원점이다. 돈도 없고, 직장도 없고, 집도 없고, 남자 친구도 없다. 시칠리아까지 가서 미친 짓을 할 필요도 없었던 거였다. 시간과 노력만 *낭비*했다. 이레 동안 죽어라 고생만 했다. 타오르미

27

나에 뭐하러 갔을까? 그저 휴가를 보내러 간 것뿐이었다. 선탠이나 하고 올 생각이었다. 베스가 비행기표까지 끊어주면서 오라고 애걸하니 어쩔 수 없기도 했다. 나는 결국 인생의 바닥을 찍었다. 런던에는 밀려드는 빚 독촉과 긁는 복권 말고는 나를 환영해 줄 것이라곤 없다. 헤르페스와 성병의 위협 정도는 추가할 수 있겠다. 내가 옴의 자연 번식지이며 해충이 들끓는 오물통 같은 집에서 사는 동안 나의 잘난 쌍둥이 언니는 내 이상형인 남자와 결혼해 버즈 알 아랍 호텔 같은 으리으리한 집에서 살았다.

아니, 말은 바로 하자. 이건 0이 아니라 −1이다. 나는 한 걸음 앞으로 내디뎠다가 두 걸음 뒤로 물러난 것이다. '앨비 나이틀리'는 죽은 사람이 됐고 이탈리아 경찰들이 내 뒤를 쫓고 있다. 내가 뭘 어떻게 해야 할까? 긍정적인 면을 보라고? 내가 세상에 존재하지도 않게 됐는데? 니노를 찾아 내 돈을 돌려받고…… 모나코로 가서 숨어버릴까. 하지만 완전히 거덜 난 지금 무슨 수로 니노를 찾지?

내 인생이 엉망이라고 생각했는데 지금 보니 엉망보다 더 심각한 수준이다.

거울 속 핏발 선 눈을 들여다보며 한숨을 쉰다. 정신 차려, 앨비. 생각해. 비욘세라면 이럴 때 어떻게 할까? 니노는 지금 마음대로 돌아다니고 있다. 람보르기니와 돈 가방을 챙겨서. 하지만 난 글로리아 게이너('아이 윌 서바이브I'll Survive'를 부른 미국 가수―옮긴이)다. 난 살아남을 거다. 니노에게 대가를 치르게 해주고 말겠다. 햄릿처럼 복수해야지. (난 여자니까 햄릿보다는 햄플렛이라고 해야 하나? 아니, 오

28

플렛처럼 들려서 안 되겠다.) 그 자식을 찾아내서 죽이고 말 거다. 두고 봐라. 그 자식이 그렇게 섹시하지만 않았어도…….

나는 달걀 껍데기 위를 걷듯 살금살금 발끝으로 거실을 지나간다. 미니어처 술병들이 카펫에 흩어져 있다. 스미노프, 글렌피딕, 잭 다니엘, 핌스. 반쯤 비어 있고 뚜껑도 없는 술들. 아쉽다. 나는 냉장고 안에서 유일하게 살아남은 봄베이 사파이어 진 50밀리리터짜리를 입에 털어 넣는다. 어젯밤 늦게 필름이 끊기기 전에 미니바에 있는 나머지 술들을 모조리 마셨다. 그러니 이건 해장술인 셈이다. 페인트 제거액을 마신 것처럼 속이 화끈거린다.

호텔에서 무료로 주는 초콜릿 쇼트브레드(밀가루와 설탕에 버터를 듬뿍 넣고 구운 두툼한 비스킷 - 옮긴이)가 쟁반 위의 찻잔과 받침 접시 옆에 나란히 놓여 있다. 비스킷을 입에 넣고 씹는다. 달콤한 비스킷이 배신의 쓴맛을 누그러뜨리고 기만의 악취를 덜어주는 것 같다. '에 투 브루테Et tu, Brute?(브루투스, 너도냐?)'(셰익스피어의 희곡《줄리어스 시저》에서 시저가 심복인 브루투스에게 암살당하면서 읊조린 대사 - 옮긴이) 내 칼로 그에게 등을 찔린 기분이다.

니노, 오, 니노,
반드시 널 잡고 말겠어, 니노.
오, 니노, 이 벌레 같은 놈.

그의 검은색 페도라가 안락의자 옆에 떨어져 있다. 나는 그 모자

29

를 집어 머리에 써본다. 말보로 레드, 가죽, 섹스의 향기. 눈을 감고 그의 체취를 들이마신다. 베스의 저택에서 그를 처음 봤을 때 정말 이지 세상이 멈춘 것 같았다. 그는 승합차에 내 쌍둥이 언니의 시체를 싣고 달렸다. 승합차 스테레오에서 요란하게 흘러나오던 메탈리카의 노랫소리. 문신이 새겨진 그의 근육질 팔뚝. 그의 벌거벗은 몸. 조각 같은 복근. 완벽한 30센티미터짜리 성기. 나는 인상을 찌푸린다. 그래, 난 니노를 그리워하는 게 아니라 그의 성기를 그리워하는 거다.

그의 모습이, 그의 뒷모습이 눈앞에 선연하다. 붉은 후미등을 번쩍이며 암브로조의 람보르기니를 타고 피카딜리 지역을 유유히 빠져나가던 그의 모습. 맙소사, 내가 그 차를 얼마나 사랑했는데. 니노, 이 빌어먹을 도둑놈. 그 차는 내 인생의 사랑이었어.

'타인에게 아무런 기대를 하지 않으면 실망할 일도 없다…….' (《벨 자The Bell Jar》에서 인용 ─ 옮긴이) 실비아 플라스의 이 말을 명심했어야 했다. 수녀나 됐어야 했다.

모자를 벗어 소파에 던진다. 문 옆 꽃병에 꼿꼿이 서 있는 장미 다발의 향기가 코끝을 스친다. 어젯밤 내가 아주 지랄발광을 했는데 어떻게 저 꽃들은 저리 멀쩡하게 살아남았을까? 바이킹처럼 때려부수고 난리를 쳤는데. 키스 문이나 키스 리처즈 같은 록스타처럼 방을 아주 쓰레기장으로 만들었는데. 어제 나는 태풍이고 토네이도였다. 허리케인 앨비였다.

이런 상태에서 회복되려면 일주일은 꼬박 걸릴 거다. 코카인이 무지하게 당긴다. 안 되면 렘십이라도 흡입하고 싶다.

됐다. 이것도 질린다. 베스의 아이폰은 어디 있지? 여기 어디 있을 텐데.

벽 앞에 구겨진 채 떨어져 있는 진홍색 벨벳 커튼 사이를 뒤져본다. 나뭇가지 모양의 촛대, 크리스털 장식품들, 윤기 나는 잡지들이 거실 바닥에 널브러져 있다. 적어도 닭이나 호랑이, 아기는 없다. 여기서 나는 '숙취 4부'라는 영화를 찍고 있다. 내 앞의 현실이 영*화라면* 좋겠다. 중지하거나 뒤로 돌리게. 맨 처음으로 돌아가 자궁 안에서 빌어먹을 베스 년의 목을 졸라버리게.

마침내 깔개 밑으로 비어져 나온 휴대폰을 찾아낸다. 손에 쥐고 앱을 켠다. 니노의 휴대폰 위치를 추적하는 앱이다. 천재적인 아이디어였어, 앨비. 그 앱은 내 최고의 비책 중 하나다. 그가 샤워하는 동안 나는 니노의 휴대폰을 슬쩍했다. 그가 샤워하러 들어가기 전까지 휴대폰을 쓰고 있어서 화면이 잠겨 있지 않았다. 나는 만일의 경우에 대비해 그의 휴대폰에 위치 추적 앱을 깔았다. 그렇게 해놓길 다행이었다. 난 그를 믿지 못한 것이다. 그가 거짓투성이 인간일 수도 있으니까. 그를 믿었으면 아래층 바에서 밤새 보드카 마티니를 마시며 그를 기다렸겠지. 이제 신호가 잡히기만 하면 니노의 위치가 이 휴대폰 화면에 뜰 거다. 이 앱을 처음으로 확인해 보는 것이다. 그 개새끼의 위치가 마지막으로 찍힌 곳은 히스로 공항 어디쯤이다. 하지만 수 *시간 전*의 위치다. 새로 고침을 한 번, 두 번, 세 번, 네 번 누른다. 변함이 없다. 빌어먹을 앱이 작동을 안 한다. 그의 휴대폰 GPS가 잡히지 않는다.

그래. 그렇구나. 난 완전 망했구나. 그놈을 영영 못 잡겠구나. 앱이 그놈의 목줄을 잡아챌 수 있는 유일한 방법이었는데. 성질이 뻗쳐 찻주전자를 벽난로 속으로 걷어차고 찻잔을 문에 던진다. 찻잔이 짜작 소리를 내며 반으로 갈라진다. 내 어리석은 심장처럼. 이 새끼를 어떻게 잡지?

'명상처럼, 아니면 사랑의 상념처럼 빠른 날개로 복수에 돌입할 것이야.'(《햄릿》의 한 구절 - 옮긴이)

휴대폰 화면을 다시 한 번 들여다본다. 어쩌면 그는 지금 비행기에 탔을지도 모른다. 휴대폰을 비행기 탑승 모드로 해놓았을 수도 있다. 나중에 다시 한 번 확인해 봐야겠다. 괜찮을 거다. 진정하자. 진정제라도 좀 먹자.

부재중 전화 8통이 찍혀 있고 엄마가 베스에게 보낸 이메일이 하나 들어와 있다. 나는 이메일을 읽어본다.

보낸 사람	"메이비스 나이틀리"〈MavisKnightly1954@yahoo.com〉
받는 사람	"엘리자베스 카루소"〈ElizabethKnightlyCaruso@gmail.com〉
날짜	2015년 8월 31일 09:05
제목	어디야?

엘리자베스, 내 딸아, 지금 어디 있니? 걱정돼서 미치겠구나. 지금 타오르미나에서 네 아들이랑 유모와 함께 있어. 어떻게 된 일인지 아는 사람이 없구나. 사방에 경찰들이 쫙 깔렸고, 네 동생에 대해 묻고 다니고 있어. 걔가 그 숲에 묻혀 있다 발견돼서 아주 난리가 났어. 네가 전화로 얘기해 준 대로 사고였다고 경찰들한

테 말했는데 내 말을 안 믿는 눈치더라…….

지난주에 나는 엄마한테 전화를 걸어 앨비가 죽었다고 말했다. 수영도 못하는 게 술에 취해 수영장에 빠져 죽었다고 했다. 엄마는 그리 놀라지 않는 듯했다. 오히려 *안심한 것 같기도 했다…….*

그 얘긴 됐고. 암브로조 소식은 정말 유감이구나. 충격이야. 불쌍하고 가여운 내 딸. 네가 고생이 많을 텐데 어쩌니. 암브로조는 최고의 남편이었잖아. 완벽한 사위였고, 돈도 아주 많았지. 늠름하고 잘생겼어. 통로를 걸어오는 너를 기다리는 암브로조의 뒷모습을 엄마는 평생 못 잊을 거야. 나는 암브로조가 절대 자살했을 리 없다고 경찰한테 말했어. 그렇게 잘생기고 돈 많은 남자가 자살이라니 말도 안 되지. 너희 부부가 신혼여행 때 찍은 사진도 내가 보여줬어. 해변에서 너희 부부가 선셋 다이키리 칵테일을 즐기며 찍은 사랑스러운 사진 말이야. 내가 말했어. '암브로조 카루소는 내 딸 베스와 결혼했어요. 당신 같으면 이런 아내를 두고 자살을 하겠어요?' 경찰도 네가 굉장한 미모를 가졌다는 걸 인정하더라. 게다가 그 미모가 엄마를 닮은 것 같다고 하지 뭐니. 난 굳이 부정하지 않았어. 그 경찰이 너희 아빠 앨빈을 봤으면 네 미모가 나한테서 왔다는 걸 의심 못 할걸. 이탈리아 남자들은 여자 비위를 기가 막히게 잘 맞춘다니까. 확실히 얘기를 나누고 나면 기분 전환이 되거든. 시드니에서는 일정한 나이가 넘은 여자들은 아예 투명 인간 취급하는데 말이야. 하지만 여기서 난 여전히 여자 취급을 받아. 여전히 잘나가는 느낌이야. 칭찬은 역시 좋아. 너도 관리에 계속 신경 써……. 화학 박피도 받고 정기적으로 왁싱도 하고 관장도 해야 돼. 외모는 관리를 해줘야 유지되는 거야. 나도 아직 관 뚜껑 덮을 때가 안 됐으니 관리를 잘해 줘야지.

그건 그렇고 엄마를 만나러 어서 여기로 와. 스트레스를 받았더니 신경에 무리가 가는구나. 스트레스 때문에 코르티솔 호르몬이 과잉 분비돼서 요즘 받고 있는 호르몬 대체 요법이 안 듣는 것 같아.

너를 무조건적으로 사랑하는
엄마 xxx

추신 : 네 휴대폰으로 전화를 했는데 무슨 기술적인 문제라도 있는지 연결이 안
되는구나. 신호가 몇 번 가다가 음성 메시지로 넘어가네? 이메일 읽으면 나한테
전화해 주렴, 천사 같은 내 딸내미야.

나는 이메일을 삭제한다. 고개를 절레절레 흔든다. 엄마는 어쩌
면 이럴 수가 있을까.

그때 밖에서 문 두드리는 소리가 들린다.

뭐지? 경찰인가?

"누구세요?"

나는 이렇게 물으며 창문을 흘끗 돌아본다. 여차하면 창밖으로
도망쳐야겠다는 생각이다. 여기가 몇 층이더라? 아, 펜트하우스
지…… *제길. 대단한 계획이다, 앨비. 넌 지금 실오라기 하나 걸치
지 않은 알몸이야. 여긴 런던 한복판이고 지금은 대낮이라고. 네가
알몸으로 지붕에 기어 올라가 돌아다니면 사람들이 픽도 널 안 쳐
다보겠다.*

"죄송합니다, 부인. 체크아웃 시간이라서요. 음, 그게, 지금이 오
후거든요."

"그래요. 알았어요. 지금 몇 시죠?"

"1시 30분입니다."

제길.

"조금 있다 나갈게요."

호텔 직원들이 이 스위트룸 상태를 보기 전에 여길 떠나야 한다. 니노와 나는 (어제 묵직한 유로화 한 다발로) 객실료를 지불했지만 룸을 재단장할 비용까지 내지는 않았다. 들키기 전에 줄행랑을 쳐야 한다.

하지만 입을 옷이 없다. 니노가 내 옷이 들어 있는 가방을 가져가 버렸다. 돈도 싹 챙겨 갔다. 대체 그 자식은 내 언니의 옷을 왜 가져간 거야? 구찌, 랑방, 톰포드 옷들인데. 그놈 몸에 맞지도 않을 텐데. 돌려받고 싶다. 채닝 테이텀 초상화도. 어떻게 그 초상화까지 가져가냐고. 필요도 없으면서.

어제 입었던 지저분한 원피스(베스의 검은색 샤넬 미니 원피스)를 집어 들고 샤워를 하러 욕실로 들어간다. 김이 모락모락 피어오르는 물속으로 발을 내딛는다. 앨라니스 모리셋의 '유 오터 노우'를 목청껏 불러본다. 샤워를 마친 후 수건으로 머리카락을 터번처럼 둘둘 만 채 가운을 입고 방으로 향한다. 담배에 불을 붙이고 동물원 우리에 갇힌 사자처럼 방 안을 서성인다. 니노를 찾으러 가려면 돈이 있어야 한다. 비행기에 호텔, 보드카를 마실 돈 말이다. 하지만 내 카드는 전부 한도가 찼고, 베스의 카드는 내 위치가 탄로 날까 봐 쓸 수가 없다. 어쩌지?

내 목에 휘황하게 걸려 있는 베스의 다이아몬드 목걸이가 눈에 들어온다. 베스의 다이아몬드 귀고리. 베스의 오메가 손목시계. 나는 베스의 결혼반지와 약혼반지도 갖고 있다……. 지난주부터 베스인 척하느라 착용하고 있던 건데 효과 만점이다. 다들 속아 넘어갔다. 이제는 굳이 필요 없게 됐지만.

전당포에 맡기면 얼마나 받을 수 있을까?

그렇게 해야 한다. 당장. 어서 여길 *떠나야* 한다.

문을 열고 계단을 달려 내려가 메이페어 지역으로 가야겠다는 생각이 든다. 하지만 문손잡이를 잡은 채 멈칫한다. 내가 지금 무슨 생각을 하는 거지? 제정신인가? 아무것도 가진 것 없는 불쌍한 앨비가 잔인한 괴물 니노와 맞붙으려 하다니. 니노는 마피아 출신의 전문 살인청부업자다. 그는 *20년* 동안 그 일을 해왔다. 그가 몇 명이나 죽였는지는 하느님만이 알 것이다. 당연히 나보다는 훨씬 많이 죽였겠지. 수백, 아니 수천 명일 수도 있다. 내가 그런 남자와 싸워 이길 수 있을까? 어림도 없다.

문손잡이를 놓고 바닥에 철퍼덕 주저앉는다.

나는 모든 것을 가질 수 있었다.

거의 그랬다. *거의* 다 가질 뻔했다. 대저택, 자동차, 요트, 아기. 엄청난 값어치가 있는 이탈리아 르네상스 예술품. 난 멋지게 살았다. 라 돌체 비타La dolce vita(근심 걱정 없는 삶)였다. 2백만 유로는 시작에 불과했다. 그런데 어제 니노가 나를 여기 두고 싹 다 가지고 떠났다. 눈가에 뜨거운 눈물이 고인다. 애써 눈을 깜박여 눈물을 털어낸다.

이게 무슨 냄새지? 미스 디올 셰리 향수 냄새 같은데? 샤워를 하고 나왔는데도 몸에서 베스의 향수 냄새가 나다니 이상하다. 사카린처럼 끈적끈적하고 느글거릴 정도로 달콤한 향기다. 몸에 너무 많이 뿌렸나 보다.

그때 언니의 목소리가 내 귓속에서 들린다.

'너도 똑같이 당해 봐.'

뭐지? 베스의 목소리인가?

나는 눈을 뜨고 일어나 앉는다. 주변을 둘러봤지만 방 안에는 아무도 없다. 나뿐이다.

'네가 날 죽였어.'

"그건 아니지. 언니가 미끄러져 떨어진 거잖아." 내가 진짜 이 말을 듣고 있는 건가? "이제 더 이상 언니를 신경 쓰지 않아."

'신경 써야 할걸. 기다려봐.'

"뭐 하는 거야? 지금 날 협박해? 언니는 죽었어. 내 두 눈으로 똑똑히 봤어……."

'복수할 거야.'

나는 일어나 벽에 기대선다. 얼굴에 식은땀이 난다. 숨이 짧고 거칠어진다. 나는 방 안의 불을 모두 켠다. 천장의 반짝이는 금색 샹들리에, 책상 위의 스탠드, 커피 테이블 위의 조명등까지. 그리고 편지 칼을 손에 쥔다.

'대가를 치르게 해줄게. 넌 냉혹하게 내 남편을 죽였고, 내 애인도 살해당하게 만들었어…….'

제길. 맞는 말이다. 내가 그랬다. 그래서 베스가 성질이 났나 보다.

"그래. 알았으니까, 기다려."

편지 칼을 쥔 손이 파르르 떨리고 목소리도 기어든다.

'얼마든지 기다려줄게. 난 아무 데도 안 가. 넌 내 인생을 훔쳤어. 그렇지?'

베스는 영화 〈그것!!〉에 나오는 끔찍한 어릿광대처럼 잔인하고 음산하게 웃는다. 이 소리가 대체 어디서 나는 거야? 나는 방 한가운데 서서 360도 돌아본다. 베스는 여기 없는데?

"첫째, 언니는 죽었어. 멸종한 도도새처럼. 알았어? 지금도 내 머릿속에서 지껄여대는 바보 같은 목소리에 불과해. 둘째, 언니가 뭘 할 수 있지? 이렇게 나한테 말을 거는 거? 더럽게 무섭네."

정적이 흐른다. 아무 소리도 들리지 않는다. 찍소리도. 웃음소리도, 한숨도, 재채기도.

"베스?" 어디 갔지? 나는 거울로 천천히 다가간다. "베스, 이런 거 재미없거든. 아직 여기 있어?"

나는 거울 앞으로 더 다가가 내 눈을 들여다본다. 너무 바짝 서는 바람에 거울 표면에 입김이 서린다.

"베스? 베스. **베스?**"

'원수 갚는 것은 내가 할 일이니, 내가 갚을게.'(《로마서》 12장 19절 – 옮긴이)

"어휴, 닥쳐. 좀비 같은 년아."

나는 다시 바닥에 주저앉는다.

'니노는 널 가지고 놀았어. 암브로조도 마찬가지였지. 그들은 널

먹고 버린 거야. 넌 그 남자들을 곁에 붙잡아두지 못했어.'

"아니야, 그렇지 않아. 아니라고."

'네 꼴을 봐. 참 처량맞구나. 넌 뭐 하나 제대로 하는 게 없어.'

"죽는 한이 있어도 니노를 찾아내고 말 거야."

나는 몸을 펴고 앉으며 콧방귀를 뀐다.

장미 꽃다발이 나를 비웃고 놀리고 조롱하고 있다. 니노는 나한테 꽃을 사준 적이 없다. 생각해 보니 지금까지 어떤 남자도 내게 꽃을 사주지 않았다. 꽃병 안쪽에 끼워진 작은 흰 봉투가 문득 눈에 띈다. 나는 벌떡 일어나 그 종이를 잡아챈다.

맙소사. 그 자식이 쓴 거잖아.

뭘 바라고 이런 걸 썼지? 뭐라고 썼을까?

친애하는 엘리자베타,

만약 당신이 날 찾아내면 함께 일하기로 하지.

이게 전부다. 키스를 의미하는 X 표시도 없다. '자기야, 미안해'라든지 '내 사랑, 내가 잘못했어', '당신이 돌아오길 바라', '난 진짜 나쁜 놈이야' 같은 말도 적혀 있지 않다. 만약 내가 자기를 찾아내면? 만약? 만약? 만약 같은 소리 하고 자빠졌네. 이제 우린 적이다. 단순히 찾아내는 걸로 끝나지 않을 거다. 이 빌어먹을 놈을 죽이고 말겠다. 어떻게 이러지? 건방이 하늘을 찌르네. 난 굳이 니노와 일할 필요 없다. 그가 모든 걸 망쳤다. 내가 제 밑에서 놀아날 줄 아나 보지? 푸들처럼 그가 구르라고 하면 구르고 내 몸도 바치고? 도어매트처럼 발딱 나자빠져서? 어림없다.

난 앨비나 나이틀리다.

그는 조심하는 게 좋을 것이다.

'오, 지금부터 내 생각이 피비리지 않으면 아무 소용 없으리라…….'(《햄릿》의 한 구절 - 옮긴이)

'복수에 한계는 없어야지.'(《햄릿》의 한 구절 - 옮긴이)

나는 꽃병에 꽂힌 장미 다발을 두 손 가득 잡아 올린다. 줄기의 뾰족한 가시들이 손바닥을 할퀴고 찔러 피가 난다. 장미를 카펫에 내동댕이친다. 꽃잎이 사방으로 흩날리고 물이 튀고 내 엄지에서 피가 뚝뚝 떨어진다. 나는 베스의 프라다 샌들을 신은 발로 펄쩍펄쩍 뛰면서 장미가 곤죽이 될 때까지 짓밟는다.

chapter 2

런던 세인트 제임스, 벌링턴 아케이드

"얼마 줄 수 있어요?"

"22만 6천 파운드 98펜스요."

전당포 늙은이는 영화 〈물랑 루즈〉의 남자 주인공 이완 맥그리거 처럼, 노래를 부르는 듯한 스코틀랜드식 억양을 구사한다. 호두나무 테이블에 펼쳐놓은 검은 벨벳 위에서 내 보석들이 반짝거린다.

"뭐라고요? 못 들었어요."

"22만 6천 파운드 98펜스라고요."

"씨발. 말도 안 돼."

"말 됩니다."

나는 5만에서 6만 파운드 정도 받을 줄 알았다. 좀 더 밀어붙이면 7만 파운드까지 가능할 수도 있겠다 싶었다. 그런데 이 정도면 엄청나다. 큰돈이다. 혹시 오늘이 행운의 날인가?

"종이에 써줄래요?"

그는 주머니에서 몽블랑 펜을 꺼내 종이에 액수를 적는다. 파운드화 표시인 '£'를 쓰면서 쓸데없이 멋을 부려 화려하게 끝을 구부린다.

여기서 살짝 밀어붙여 조금 더 받아내 볼까. 더 이상 어떤 남자도 나를 엿 먹이지 못한다. 니노 덕분에 힘들게 깨우친 교훈이다.

"30만 파운드 주세요."

"뭐요?"

"30만 파운드로 하자고요. 그렇게 해요."

나는 손바닥에 침을 뱉고 그 손을 내밀며 악수를 청한다. 늙은이는 벗어진 머리를 긁적거린다. 가느다란 백발이 바짝 말라 꼬부라졌다. 트리트먼트를 좀 사서 머리카락에 발라줘야 할 것 같다. (물론 인생에는 머리카락보다 중요한 게 많지만, 일단 머리카락부터 챙기는 것도 나쁘지 않을 테니까……) 크리스마스 아침의 눈가루처럼 어깨에 내려앉은 비듬도 좀 털고. 제발 저놈의 머리 좀 그만 긁으면 좋겠다. 비듬이 눈보라처럼 떨어지고 있다. 저걸 모아서 눈사람도 만들 수 있겠다.

"너무 큰 금액인데요, 부인. 저희는 물건의 가치를 평가할 때 아주 정확하게 계산을 합니다……"

어쩌고저쩌고 순 개소리.

"이 다이아몬드를 원해요? 그럼 그만한 돈을 주세요. 안 그러면 그냥 갈 거예요."

좋았어.

난 점점 협상에 능해지고 있다. 협상의 성패는 상대를 얼마나 휘어잡고 배짱을 부리는가에 달렸다.

늙은이는 반달 모양 안경 너머로 나를 쳐다보더니 몸을 앞으로 기울이며 말한다.

"어쩔 수 없네요, 부인. 좋은 하루 보내세요."

그러고는 가느다란 팔로 팔짱을 끼고 앉아 브로그 구두로 나무 바닥을 톡톡 두드린다. 그만 가라는 뜻인가. 이 새끼가 감히 나한테 도전을 하네.

'잘하는 짓이다, 앨비.' 베스가 지껄인다.

나는 그의 전당포를 둘러본다. 이 전당포는 골동품을 비롯해 시계, 빈티지 브로치, 다이아몬드 반지를 팔고 있다. 벽에는 그림들, 세피아 톤의 사진들도 걸려 있다. 빅토리아시대의 레이스와 상아로 만든 상자도 보인다. 정수리가 크림색이고 이가 깨진, 재미나게 생긴 사람 두개골도 있다. 아아, 불쌍한 요릭(《햄릿》에서 해골로 등장하는 어릿광대의 이름 – 옮긴이). (니노의 해골이라면 몰라도) 네 해골은 별로 갖고 싶지 않구나. 갖고 다니기에는 너무 크다.

나는 먼지 낀 선반에 놓인 고풍스런 뻐꾸기시계를 쳐다본다.

"22만 6천 파운드 98펜스에 저 시계를 얹어주세요."

나는 선반을 가리킨다. 늙은이가 뒤돌아본다. 내가 왜 그런 말을 했는지 모르겠다. 굳이 여러분에게 이유를 털어놓고 싶지도 않다. 그 시계에 정신 사나울 정도로 화려한 장식과 조각이 들어가 있고 짜증나는 로마 숫자가 적힌 데다 숫자판 주변에는 괴상한 잎사귀들이 들러붙어 있다. 니스를 칠한 나무에는 구리 사슬과 추가 매달려 있다. 시간이 되면 뻐꾸기가 고개를 쏙 내미는 작은 문이 위쪽에 달려 있다. 우리 할머니가 1928년쯤 독일 남부의 슈바르츠발트 산맥에 놀러 갔다가 사 왔을 만한 물건이다.

"이만하면 잘 쳐준 겁니다. 지금 바로 계좌 이체해 드리죠."

나는 엘리자베스의 보석을 건네고 그의 어깨를 툭 치며 말했다.

"아뇨. 현금으로 주세요."

내가 어깨를 툭 치자 그의 재킷에 쌓인 비듬들이 들썩인다. 나는 치마에 얼른 손을 닦는다.

잠시 후 그는 두툼한 지폐 뭉치 10여 개를 가지고 돌아온다. 나는 한장 한장 세어본다. 정확하다. 마지막 1페니까지 딱 맞다. 나는 뻐꾸기시계의 뚜껑을 열고 그 안에 돈을 집어넣는다. 그리고 축하의 의미로 담배에 불을 붙인다. 와! 대박! 믿기지 않는다. 22만 6천 파운드 98펜스가 내 돈이다. 나는 환하게 웃으며 전당포를 성큼성큼 걸어 나가 벌링턴 아케이드(영국 런던의 유서 깊은 쇼핑 거리 — 옮긴이)로 향한다. 깡충깡충 뛰면서 상점들 앞을 지나간다. 어머, 저것 좀봐. 저 팔찌 마음에 드네······.

하지만 지금은 쇼핑을 할 때가 아니다.

아니고말고. 니노와 보드카, 비행기표 등을 구하려면 돈이 필요하다.

니노와 나머지 돈도 다 찾아야 한다. 가방에 2백만 유로 대신 모래주머니 2백 개를 넣어두는 것도 괜찮겠다. 하지만 그 정도로는 공정한 *처벌*이라고 할 수 없지. 이건 시작일 뿐이다. 베스의 빌어먹을 저택 따위 아무려면 어때. 내가 그깟 집 불태워 버렸다고 누가 신경이나 쓰냐고. 난 그런 집을 한 채 더 사면 된다. 클래식 카도 한 대 사고.

아케이드를 벗어나 피카딜리 지역으로 발길을 돌린다. 자동차 매연과 근처의 카페 네로에서 풍기는 커피 향. 카페인 향기를 맡으니 니노가 생각난다. 그는 진한 블랙커피를 좋아했다. 우유와 설탕도 없이. (어떻게 그런 커피를 마실 수 있는지 모르겠다.) 추억이 홍수처럼 밀려와 나는 눈을 감는다. 혀끝에 그의 맛이 남아 있다. 뜨끈하고 씁쓸한 에스프레소 맛이 나던 그의 입술. 거친 담배 향기. 닳은 가죽 냄새. 내 피부를 긁어대던 그의 편자 모양 콧수염.

아니, 아니다. 그는 가버렸다. 아주 가버렸다. 내 뇌에서 그의 이미지를 몰아내려고 고개를 흔든다. 나는 남자를 끊겠다고 신에게 맹세한다. 정말이지 질렸다. 다시 처녀로 거듭나야겠다. (흠, 가능한 일일까? 처녀막이 도로 생겨날 수 있으려나? 그럼 족제비의 항문처럼 내 항문도 탄력이 생기겠지.)

아이폰 앱을 다시 흘끗 쳐다본다. 계속 공항이란다. 이제 현금도 생겼으니 내 길을 갈 수 있다.

"택시이이이이이!"

한쪽 팔을 도로 쪽으로 뻗고 소리친다.

제길, 엿 먹어, 니노. 넌 나한테 걸리면 죽었어. 입에서 돈과 약간 의 초콜릿 맛이 난다. 리츠 호텔에서 무료로 제공한 쇼트브레드를 먹었더니 이에 초콜릿 찌꺼기가 끼었나 보다.

chapter 3

런던, 히스로 공항

샴페인 잔을 바에 세게 내려놓고 넘쳐나는 인파를 둘러본다. 니노는 어디든 갈 수 있다. 발리, 피지, 미시시피……. 어쩌면 더 기분 나쁘게도, 여기 있을 수도 있다. 볼리 샴페인에 취해 있는 나를 쳐다보는 저 사람들 사이에 숨어서. 내가 술에 취해 정신없이 잠들면 수하의 살인청부업자를 내게 보내려고. 나는 눈을 가늘게 뜨고 옷을 더럽게 못 입은 관광객들을 살펴본다. 아무도 나를 쳐다보지 않는다. 아무도 내 존재를 알아봐 주지 않는다.

웨이터가 거품이 쉭 나는 샴페인을 조금 더 따라준다. 크게 한 모금 마시고 몸을 부르르 떤다. 차갑고 산뜻하고 쓸쓸한 맛이 딱 좋다. 길쭉한 크리스털 샴페인 잔 속에 옅은 금색 액체가 찰박인다. 거품이 포르르 올라온다. 몇 잔째지? 이것까지만 마셔야겠다. 정신을 바짝 차리고 있어야 한다. 프레디(영화 〈나이트메어〉 시리즈의 주인공인 살인자 프레디 크루거 - 옮긴이)처럼 언제든 준비돼 있어야 한다.

토트백에서 베스의 아이폰을 꺼내 위치 추적 앱을 새로 고침 한다. 다시, 다시, 다시, 또다시. 여전히 똑같은 화면이다. 그는 이 히스로 공항, 바로 이 5번 터미널에 있는 것으로 나온다. 아, 제길. 왜 안 바뀌는 거야? 빌어먹을 기술은 나를 미워한다. 지금까지 그래 왔고 앞으로도 그럴 것이다. 마치 내가 기계의 계산을 방해하는 자기장이라도 갖고 있는 것처럼 나만 다가가면 큰 시계든 작은 시계든 멈춰버린다. 이 멍청한 앱도 망가졌나 보다. 그래, 그는 사라졌다. 다 끝났다⋯⋯.

아이폰을 바에 내려놓고 샴페인을 마저 마신다.

"왜 남자들은 모두 나를 떠나는 걸까?"

나는 혼잣말을 한다.

베스가 냉큼 대답한다.

'네가 사이코라서?'

"아, 그래. 진짜 도움이 되는구나."

'니노가 처음도 아니잖아. 알렉스, 아흐메드, 사이먼, 리처드, 마이클⋯⋯ 계속 읊어줘? 브래들리, 제이미, 스튜어트, 해미시, 노먼, 험프리, 조지, 존, 폴, 마크, 클라크, 마다브, 모하메드, 대니얼, 패트릭⋯⋯ 그런데 있잖아? 이 모든 일의 시초는 아빠야. 네가 한 살 때 아빠가 널 떠났잖아.'

"시끄러, 베스. 입 닥쳐. 아빠는 너도 버리고 떠난 거야."

베스의 말이 맞다. 아빠가 제일 먼저 떠났다. 나를 못 견뎌서. 내가 태어난 지 겨우 12개월째였는데 영원히 떠나버렸다. 니노는 내 곁에 일주도 채 있지 않았다. 나라는 인간은 점점 더 최악이 되어 가나 보다.

아이폰으로 유튜브를 열고 '호신술'을 검색해 본다. '최고의 호신 술 5가지'라는 영상이 맨 위에 뜬다. '#GirlsWhoLift(역기를 드는 여 자들)'라는 해시태그로 올라온 영상들을 보니 요즘은 '강함'이 '말 랐음'과 동의어인 모양이다. 저런 자세로 하다 보면 배우 힐러리 스 웽크 저리 가라겠다. 리치 프로닝(미국의 전설적인 크로스핏 프로 선수-옮 긴이)처럼 몸짱이 되겠네. 난 싸움에 대비해야 한다. 니노가 언제 나 를 공격해 올지 모른다. 유도나 주짓수 동작 같은, 살인청부업자다 운 몸놀림을 몇 가지라도 익혀야 한다. 화면 속 남자가 거짓말쟁이 시칠리아 놈이 공격해 왔을 때 어떻게 해야 하는지 보여준다. 주먹 질이나 박치기, 발길질이나 사타구니 걷어차기가 들어왔을 때 어 떻게 대응해야 하는지 알려준다. 나는 그 영상을 보고 또 보며 동 작을 외운다. 남자는 계속해서 말한다. '간단하죠.' '쉬워요.' 순 헛 소리. 동작을 너무 빨리 해서 눈이 따라가지 못한다. 연습을 해봐야 익힐 수 있을 텐데.

핑.

뭐지?

위치 추적 앱에 새로운 알림이 떴다. 나는 작은 아이콘을 누르고 화면을 확대해서 읽어본다. 눈앞이 흐릿해서 잘 보이지는 않지만 루마니아의 부쿠레슈티라고 적힌 것 같디. 그래, 드디어 찾았다. 거기 있구나. 이 빌어먹을 놈이 루마니아에 있단 말이지. 나도 그리로 가야겠다. 넌 할 수 있어, 앨비. 넌 원더우먼이야. 제다이 기사야.

심장아, 나대지 마. 진정하라고. 그리고 힘줄아, 지금 이 순간만큼은 노화를 멈추고 나를 힘차게 받쳐줘야 돼.

앱이 작동했단 말이다.

흠, 루마니아. 흥미로운 선택이네. 니노가 거기 왜 갔을까.

나도 그리로 가야 하니 비행기표를 사기로 한다.

금액을 지불한다. *얼마지?* 아무려면 어때. 돈이 많으니까 충분히 지불할 수 있다. 샴페인은 인생의 필수 요소 중 하나다. 팝타르트나 프링글스나 콜라처럼.

비행기에 타자마자 너무 빨리 움직인 게 후회되기 시작한다. 그를 찾으면 뭘 어떻게 해야 하지? 난 아직 호신술도 익히지 못했다. 계획도 없다.

정신을 차리려고 앞좌석의 뒷판에 대고 머리를 세게 찧어본다.

별로 도움이 되지 않는다.

플라스틱 식판만 내 무릎 위로 툭 내려왔을 뿐이다. 나는 그걸 위로 다시 쳐 올린다. 탁!

"괜찮으십니까, 손님?"

승무원이 다가와 양호 교사 같은 목소리로 묻는다. 엄격하고 근엄하지만 허튼소리는 용납하지 않는 목소리다.

"괜찮지 않아요."

뻐꾹. 뻐꾹.

"아, 제기랄."

베스가 안 괴롭히니 저 멍청한 시계가 성가시게 구네.

"저기요. 조용히 좀 해주시죠?"

앞에서 목소리가 들린다. 앞좌석에 앉은 남자다.

내가 받아친다.

"왜요? 고도 1마일 클럽(비행 중인 여객기에서 섹스를 하면 회원 자격을 얻는다는 가상의 클럽 - 옮긴이)에라도 가입하고 싶어요?"

남자는 인상을 쓰며 돌아앉는다.

나는 통로 쪽을 쳐다본다. 승무원이 괴로워하는 표정이다. 심란한 표정이라고 해야 하나. 그녀는 나와 같은 줄에 앉은 사람들을 훑어보면서 우려가 되는지 이마에 주름을 잡는다.

"손님?"

승무원이 다시 묻는다.

그녀의 윤기 나는 시뇽(뒤로 모아 틀어 올린 머리 모양 - 옮긴이)이 내 눈앞에서 흔들거린다. 오렌지색 립스틱을 바른 입술이 가늘어진다. 그녀는 풀 먹인 하얀 면 드레스 셔츠에 빳빳한 감청색 넥타이를 맸다. 허리는 말벌처럼 가늘다. 이름표를 보니 '거트루드'라고 적혀 있다.

"빌어먹을 루마니아에는 언제 도착하죠?"

더 이상 참을 수가 없다.

나는 좌석 등받이에 뺨을 대고 푹신한 쿠션에 숨을 들이쉬고 내쉰다. 쿠션에서 남의 머리 냄새가 풍긴다.

"3시간 후에 부쿠레슈티에 도착합니다, 손님. 방금 이륙했습니다."

"와인을 좀 더 갖다 줄래요?"

"이미 충분히 드셨어요. 더 이상은 힘들 것 같습니다."

나는 눈을 위로 굴리며 목소리를 높인다.

"충분히 드셨다고요? 장난해요? 엄청나게 작은 병에 들어 있는, 맛도 더럽게 없고 고양이 오줌 같은 샤도네이 딱 한 병 마셨어요."

공항에서 마신 술은 셈에 넣지 않는다. 그건 다른 시간대에 마신 거니까.

좌석 등받이에 기대 눈을 감는다. 이제 조용하다. 주변에 아무도 없다. (옆자리 승객은 일어나 다른 자리로 가서 앉았다. 이유는 모르겠다.) 잠이나 자야겠다. 다 넌더리가 난다. 잠들면 이런 엿 같은 생각은 안 해도 되겠지. 이러고 있느니 꿈속에 있는 게 낫겠다. 여긴 숫제 악몽이다.

수면으로 거품이 보글보글 올라온다. 수영장 바닥은 끝이 없고 온통 시커멓다. 달빛을 받아 하얗고 유령처럼 흐릿한 그녀의 몸이 수영장 물속에 가라앉는다. 어두운 밤. 별들도 사라지고 보름달도 나무 뒤에 숨었다. 짙고 불투명한 정적이 구름처럼 우리를 뒤덮는다. 나는 어둠 속에서 그녀의 얼굴을 찾는다.

퐁.

퐁.

퐁.

더 이상 거품은 올라오지 않는다.

그녀는 죽었다.

나는 앞으로 몸을 기울여 수영장 물속을 들여다본다. 아무것도 없다. 베스의 시체는 사라졌다. 완전히. 심연을 들여다본다. 2개의 빛이 번뜩인다. 베스의 눈일까? 말도 안 돼. 이게 뭐야? 어떻게 된 거야? 베스의 두 팔이 물 밖으로 나와 나를 향해 올라온다. 길고 하얗고 끝없이 긴 그 팔은 마치 장어나 삶은 스파게티 같다. 베스의 두 손이 내 목을 감아쥔다. 숨을 쉴 수가 없다. 숨이 막힌다. 베스의 손가락이 더욱 세게 내 목을 죄면서 아래로 끌어당긴다. 내 발이 타일에 미끄러지고 나는 물속으로 떨어진다. 액체가 머리 위를 덮는다. 나는 숨을 쉬려고 컥컥댄다.

앞이 보이지 않는다. 그러다 2개의 밝은 전구가 깜박거린다. 베스의 얼굴은 어느새 어릿광대의 얼굴로 바뀐다.

"너 누구야?"

"난 미스터 버블(비눗방울 장난감 – 옮긴이)."

베스가 말한다.

나쁜 년. 내가 어릿광대 공포증이 있는 걸 알고 일부러 저런다.

물이 나를 소용돌이처럼 빨아 내린다. 내 몸이 빙글빙글 돌아간다. 보이는 거라고는 구름뿐이다. 그리고 동그란 빨간 코와 노란 눈 2개. 온통 피 칠갑이 된 그녀의 입술이 보인다.

그녀가 웃는다. 웃음은 비명이 된다. 비명을 지르고 있는 건 나다.

둘째 날

도둑

10년 전

2005년 5월 7일 토요일
글로스터셔, 로어 슬로터 마을

베스가 화장실 문을 두드린다.
"앨비? 너 또 토하지?"
"아니."
나는 변기 물을 내린다.
베스가 또 문을 두드린다.
"문 좀 열어봐."
"저리 가."
"걱정돼서 그래."
나는 눈알을 위로 굴린다.

"알았어. 나갈게."

짜증 나는 년. 참견하고 싶어 환장을 했다. 치아 교정기를 끼고 스포츠 브래지어까지 차니 자기가 내 상관이고 다 큰 어른인 줄 안다.

나는 구강 청결제를 입에 넣고 우물우물한 뒤 뱉는다. 아주 강한 스피어민트 향이다. 입안이 따끔따끔하다.

수건으로 얼굴을 닦고 거울을 들여다본다. 뾰루지가 2개 더 생겼다. 토한 흔적은 보이지 않는다. 나는 잠긴 문을 연다. 쇼타임이다.

베스가 안으로 들어와 등 뒤로 문을 잠근다.

"앉아."

베스의 명령에 나는 인상을 쓴다. 베스는 나한테 퍽이나 관심 있는 척 걱정스런 표정을 짓는다.

베스가 변기를 가리킨다.

"앉으라고, 좀."

나는 변기 뚜껑을 닫고 차갑고 딱딱한 플라스틱 시트에 앉는다. 젠장. 또 시작이네…….

"앨비."

"잔소리하기 전에 내가 먼저 말할게. 나 토하고 있었던 거 *아냐*."

나는 팔짱을 끼고 허리를 꼿꼿이 세운다. 증거도 없다. 다 없앴으니까.

엘리자베스는 완벽하게 예쁜 두 눈썹 중 한쪽을 치켜올리며 라벤더 방향제를 들고 화장실 구석구석에 뿌린다. 미세한 방향제 방울들이 내 얼굴에 떨어진다. 화학 약품 냄새에 숨이 막힌다. 베스는 까치발로 서서 작은 창문을 연다. 차가운 공기가 밀려든다.

"그래, 알았어."

"앨비." 베스는 특유의 투덜대는 말투로 잔소리를 시작한다. "쓰레기통 보니까 다 먹은 프링글스 세 통이랑 딸기 맛 팝타르트 다섯 봉지가 들어 있더라."

"그게 뭐?"

"어제는 쓰레기 수거하는 날이었어."

"그래서?"

"네가 오늘 그걸 다 먹었다는 뜻이지."

빌어먹을. 눈도 좋네. 자기가 무슨 첩보원이야? MI5(영국의 보안정보국 - 옮긴이) 요원을 해도 되겠네.

"왜 나일 거라고 생각해? 엄마가 먹은 걸 수도 있잖아?"

"프링글스 치즈 맛이랑 양파 맛을 좋아하는 건 너밖에 없어."

베스는 내 눈을 가만히 들여다본다. 난 베스의 속을 들여다본다. 내 속을 간파했다고 생각하는 게 분명하다.

"너 같은 증상에 붙이는 명칭이 있어."

"아, 그래? 나도 너 같은 증상에 붙이는 명칭이 있는데……."

"앨비, 넌 아무래도 식욕 이상 항진증(폭식과 구토를 반복하는 증세 - 옮긴이) 같아. 농담 아니야."

"네 인생도 아니잖아. 내 인생이야."

"무슨 말이야?" 베스는 나를 보며 고개를 갸웃한다. 사뭇 걱정된다는 듯 입술까지 잘근잘근 씹는다. "앨비, 제발. 그만둬. 진지하게 말하는 거야. 너 그러다 죽을 수도 있어."

나는 화장실 벽에 머리를 기댄다. 하얀 타일이 시원하다.

내가 입 닥치고 가만히 앉아 있으면 베스가 그만 꺼져줄까?

"내가 도와줄게. 난 네 언니야. 널 사랑해. 어제 학교 상담 선생님한테도 얘기했어."

"뭘 했다고?"

감히 뭘 해? 어떻게 그런 짓을 하지? 안경 쓴 재수탱이 로레인 선생한테 내 뒷담화를 했단 말이야?

"어쩔 수 없었어, 앨비. 너 요즘 너무 말랐어." 베스는 내 몸을 위아래로 쳐다본다. "어떻게 해야 할지 모르겠어서."

미친 거 아냐? 자기는 나보다 더 말랐으면서.

"왜 네가 나서서 그러는데? 네 일이나 신경 써."

"얘기가 점점 우스워지는구나. 넌 밥을 먹고 나면 꼭 토를 하더라. 그 소리 진짜 구역질 나."

"구역질 나게 해서 더럽게 미안한데, 엄마의 요리가 맛없는 게 내 탓은 아니잖아."

"학교에서도 네 뒤를 밟았어. 넌 학교에서도 똑같이 하더라."

"학교 급식은 더 맛없어."

나는 바닥에 대고 중얼거린다.

베스의 목소리가 좀 더 부드럽고 나지막하게 바뀐다.

"그래 봤자 달라지는 건 없어. 알잖아."

나는 고개를 치켜들고 베스를 노려본다. 베스는 '90퍼센트 천사'

라는 문구가 적힌 분홍색으로 반짝반짝 빛나는 티셔츠를 입었다. 난 어디 가서 '90퍼센트 악마'라고 적힌 티셔츠라도 구해 입어야겠다.

"뭐가 안 달라져?"

"구토를 하고…… 날씬해져 봤자…… 엄마가 널 더 사랑해 주지는 않는다고. 아빠도 안 돌아와."

뜨거운 피가 뺨까지 솟구친다. 너무 잔인하다. 비열하다. 어떻게 아빠 얘기를 그런 식으로 꺼낼 수가 있지? 무슨 권리로? 그 주제는 서로 입에 올리지 않기로 했다. 아빠 얘기를 절대 꺼내지 않는 것이 우리 사이의 암묵적 규칙이었다. 주먹으로 베스를 후려치고 싶다. 아니면 변기 뚜껑을 열고 그 속에 베스의 예쁜 머리를 처박든가.

내 싸구려 프라이마크 지갑 속에 넣어둔 사진이 생각난다. 내가 가지고 있는 유일한 아빠 사진이다. 엄마의 결혼 앨범에서 슬쩍했다. 엄마는 그 사진이 없어진 줄도 모른다. 사진은 모서리가 잔뜩 접히고 구겨진 부분이 닳아 있다. 하지만 그 사진이 있으면 적어도 아빠 얼굴은 볼 수 있다. 그 사진을 보면서 아빠가 떠나지 않고 내 옆에 있었으면 삶이 지금과는 얼마나 달랐을지 상상해 본다. 아빠는 내 옆에 겨우 1년쯤 있다가 획 하고 마술사 후디니처럼 사라졌다. 어떤 흔적이나 이메일 주소조차 남기지 않고 지구상에서 사라졌다. 아빠가 세상에 존재했다는 유일한 증거는 나(그리고 내 언니), 아빠 이름을 따서 지은 내 바보 같은 이름 그리고 그 색바랜 사진뿐이다.

엄마는 아빠가 회계사 일을 하러 미국 갤리포니아주에 있는 샌프란시스코로 떠났다고 했지만 나는 그게 사실이 아니라는 것을 안다. 엄마가 지어낸 얘기일 것이다. 나는 샌프란시스코를 다 찾아 봤다. 직접 가서 찾은 건 아니고 (난 미국에 가본 적이 없다) 인터넷으로 샅샅이 검색했다. 요즘은 누구나 온라인에 흔적을 남긴다. 우리 모두 온라인에 존재하고 있다. 하지만 샌프란시스코는 물론 캘리포니아주 어떤 도시에도 앨빈 나이틀리라는 사람의 흔적은 없다. 나는 두 달에 한 번씩 꼬박꼬박 확인했다. 혹시 아빠가 어느 볼링 팀이나 회사 인물 소개란, 링크드인이나 포커 계정에 나타날 수도 있으니까. 하지만 한 번도 그 흔적을 찾지 못했다.

하지만 나는 포기하지 않았다. 검색 범위를 다른 나라로 넓혔다. 리스베스 살란데르(스웨덴의 언론인이자 작가인 스티그 라르손의 소설 《밀레니엄 시리즈》에 나오는 여성 해커 — 옮긴이)처럼. 앨빈 *나이틀리*는 꽤 특이한 이름이다. 죽어라 찾다 보면 언젠가는 발견하지 않을까? 공인회계사 협회에도 전화해 봤는데 그런 이름은 없다고 했다. 사립탐정을 고용해 볼까 싶기도 했지만 돈이 없다.

(가능성이 별로 없긴 한데) 아빠가 'Alvin Knight**ly**'에서 'Alvin Knight**ley**'로 철자를 바꾸지 않는 한, 결국 이 망할 놈의 세상 어디에도 앨빈 나이틀리라는 사람은 없다는 유감스런 결론을 내렸다. (2003년에 'Alvin Knight**ley**'라는 이름을 가진 사람을 찾긴 했는데 사진을 보니 흑인이라 내 아빠일 가능성은 없었다.) 나는 처음 개인용 컴퓨터를 쓸 수 있게 된 열한 살부터 계속 아빠를 찾았지만 어디에도 흔적이 없었다. 난 그게 무슨 의미인지 안다. 죽었*다*는 뜻이다. 일

부러 문명의 이기를 멀리하고 살지 않는 한 이렇게까지 흔적이 없을 리 없다. 그렇게까지 숨었다면 교활하고 계획적인 것이다. 일부러 숨은 것이다. 세상에서 *사라지고* 싶어서. 어쩌면 아빠는 오스틴 파워(SF 코미디 영화 〈오스틴 파워〉의 주인공 – 옮긴이)나 존 르 카레(영국 비밀정보국 SIS 요원 출신으로 첩보 소설의 제왕이라 불리는 영국 소설가 – 옮긴이)처럼 첩보원이라서 (그렇다면 베스가 누굴 닮아 저렇게 내 뒤에서 첩보원 짓을 하면서 스페인 종교재판처럼 나를 들들 볶아대는지 설명이 가능하겠다) 정부가 007을 관리하듯 아빠의 이름을 모든 기록에서 삭제했을 수도 있다는 생각도 해봤다. 곧 '*바보 같은 생각은 하지도 마*'라는 말이 머릿속을 스쳤다. 이건 실제 인생이지 영화가 아니다. 아빠도 제이슨 본이 아니라 회계사다.

베스가 팔을 뻗어 내 팔에 손을 얹는 순간 꼬리에 꼬리를 물고 이어지던 생각의 흐름이 끊어졌다.

"젠장, 내 몸에 손대지 마."

나는 벌떡 일어나 화장실 문 쪽으로 간다. 금속 빗장 고리에 내 피부가 콱 집혔다. 나는 고리를 열고 밖으로 나가 문을 세차게 닫는다. 계단 열다섯 칸을 단숨에 달려 내려간다.

베스의 목소리가 내 뒤에 따라붙는다.

"앨비, 미안해. 돌아와, 제발."

웃기네, 또라이 같은 년.

이미 늦었어.

chapter 4

오늘

2015년 9월 1일 화요일
루마니아 부쿠레슈티
헨리 코안더 국제공항

"일어나세요, 손님. 목적지에 도착했습니다."

"안 돼, 안 돼."

어릿광대는? 어릿광대는 어딨지? 내 입에서 흘러내린 침이 좌석을 적시고 고여 있다. 누군가의 손이 내 어깨를 흔든다.

"아, 저리 꺼져."

"죄송합니다만 일어나셔야 합니다. 다른 손님들은 모두 비행기에서 내리셨습니다."

"비행기? 무슨 비행기?"

나는 눈을 뜬다. 이름이 귀네비어인지 제럴딘인지 하는 짜증 나는 승무원이 내 옆에 서 있다. 여기는 분명 비행기 안이다.

"어디죠?"

나는 똑바로 앉는다.

"헨리 코안더 국제공항입니다. 부쿠레슈티에 도착했습니다."

두 손으로 눈을 비빈다. 다시 잠들고 싶다. 옆으로 돌아누워 쿠션에 기대고 몸을 웅크린다.

"5분만요."

"손님? 손님?"

"내리기 싫어요. 나 좀 내버려둬요."

"전동 카트를 가져올까요?"

"아뇨. 예. 좋아요. 알아서 해요."

승무원은 지독하게 많이 뿌린 일랑일랑 향을 남기고 사라진다. 나는 눈을 감는다. 에어컨의 윙 소리 외에는 조용하다. 주변에 아무도 없다. 나는 합성 물질 속으로 녹아내린다. 기분이 엿 같다. 집에서 엄청 멀리 와 있다. 어디를 내 집이라고 해야 할지 모르겠지만. 그냥 잠만 자고 싶다. 어쨌든 도착했으니 이제 (비행 중에 확실한 죽음을 초래할 위험 없이) 휴대폰을 켤 수 있다. 앱으로 니노의 위치를 확인해야 한다. 앞좌석 뒤쪽에 붙은 작은 그물주머니에 넣어둔 아이폰으로 손을 뻗는다. 화면을 들여다본다.

현재 위치: '루마니아 부쿠레슈티. 헨리 코안더 국제공항.'

어깨가 확 뭉친다.

그가 여기 있다.

"손님, 카트 가져왔습니다."

고개를 들어보니 아까 그 승무원이 남자 승무원 둘을 대동하고 왔다. 그들은 옆에 나란히 서서 나를 바라본다. 런던 동물원에서 탈출한, 입가에 침 거품을 묻히고 있으며 광견병에 걸렸을 가능성이 농후한 미어캣을 보듯 조심스런 표정이다.

남자 승무원 하나가 묻는다.

"준비되셨습니까, 손님? 저희가 손님을 들어서 전동 카트로 옮기 겠습니다."

"하나, 둘, 셋, 들어."

아, 그래. 가자.

삐.

삐.

삐.

오렌지색 조명등을 매단 전동 카트가 기어가듯 천천히 앞으로 나아간다. 우리는 여권 심사대를 지나 입국장으로 나간다. 나는 눈을 감고 시원한 흰색 금속 바에 머리를 기댄다. 와인을 마셔서 머리가 떵하다.

뻐꾹.

뻐꾹.

뻐꾹.

닥쳐, *새대가리야.*

신선한 공기. 내게 필요한 건 바로 그거다. 나를 깨워줄 수 있는 것. 초록색으로 빛나는 '출구' 표지판이 보이자 나는 토트백을 손에 쥐고 카트에서 폴짝 뛰어내린다.

"이만 갈게요. 안녕."

카트를 운전하는 자그마한 몸집의 노인은 귀에 보청기를 달았는데 보청기가 작동을 안 하는 모양이다. 아니면 배터리로 움직이는 카트 엔진의 위잉대는 소음 때문에 내 말을 못 들었든지. 나는 여닫이문을 향해 걸어간다. 문이 양쪽으로 활짝 열린다. 나는 휘청하며 밖으로 나간다.

까만 밤. 상쾌한 공기. 하늘에는 구름 한 점 없다. 달과 별들은 마치 누군가 볼펜으로 테두리를 그려놓은 것처럼 윤곽이 뚜렷하고 환하다. 고요한 거리를 위아래로 돌아본다. 아무도 없다. 나뿐이다. 아, 젠장. 내가 니노를 쫓고 있다고 말하기도 우스운 상황이다. 이러고 있다가 그에게 2초 만에 급습당할 수도 있다. 이렇게 훤하게 위치가 노출된 곳에서 기다리고 있을 수는 없다. 그는 이 근처…… 어딘가에서…… 박쥐처럼 숨어 있을 것이다. 나는 공항의 조명들을 뒤로하고 옆길로 들어가 발걸음을 재촉한다. 어느새 교외의 주택가까지 들어왔다. 입김이 구름처럼 하얗게 뿜어 나온다. 두 팔로 내 몸을 감싸 안는다. 아, 맙소사. 오지게 춥다. 양말이나 속옷도 없이 언니의 노출 심한 원피스만 달랑 걸친 탓이다. 베스에게 잘 어울릴 만한 옷이다. 베스는 늘 나보다 날씬했으니까.

택시를 잡아야 한다. 호텔로 가야지. 그리고 내일을 향해 나아가자. 그래, 그래, 바로 그거다. 무기를 챙기고, 계획을 세우자. *전략이 필요하다.* 냉정을 찾아야 한다.

그 순간 누가 내 토트백을 잡아당긴다.

"야, 뭐야. 지금 뭐 하는 짓?"

누군가 내 토트백을 훔친다.

내 휴대폰.

내 돈.

내 뻐꾸기시계.

나는 우뚝 멈춰 서서 주변을 둘러본다. 방금 무슨 일이 일어난 거지? 누가 내 토트백을 훔쳐 간 거야? 한 남자의 시커먼 형체가 모퉁이를 돌아간다. 남자의 발소리가 점점 작아진다. 속이 뒤집히고 아드레날린이 머리로 솟구친다. *제길. 저거 니노 맞지?*

"어이."

아직 멀리 가지는 않았다.

나는 도둑을 쫓아 달려간다.

비 같지도 않은 부연 안개비가 으스스한 회색 공기에 가득하다. 자그마한 물방울들이 들러붙어 오싹하다. 옷을 더 입었더라면 좋았을걸. 날카로운 밤공기가 맨팔과 맨다리를 후려쳐 오한이 등줄기를 타고 올라온다. 어둑한 골목으로 들어간다. *그가 이쪽으로 간 거 맞지?* 가로등 2개가 긴 그림자를 드리운다. 비에 젖은 보도가 미끌거린다. 쓰레기통에서 비어져 나온 크고 작은 쓰레기봉투들이 여기저기 흩어져 있다. 썩어가는 악취가 풍긴다. 무언가 죽은 모양이다. 새일까? 쥐? 꼬리가 반쯤 잘린 고양이 한 마리가 나를 보더니 야옹거리며 달려가 쓰레기통으로 뛰어든다.

"니노? 당신 맞지?"

내 목소리가 너무 작다. 거의 속삭임이다.

웅덩이에 고인 차갑고 더러운 구정물이 내 발과 다리에 튄다. 윽. 역겹다. 내 프라다 샌들에도 묻고 말았다. 이곳은 여러모로 아치웨이를 떠올리게 한다.

그가 저 앞에 보인다. 식은땀이 쭉 흐른다. 발소리가 벽에 울려 퍼진다.

"거기, 당신. 이쪽으로 와. 이리 오라고."

온통 검은 옷을 입은 그 남자는 내게 등을 보이고 있다. 윤곽이 마치 거대한 거미 같다. 그가 돌아선 순간 나는 헉 하고 숨을 들이마신다. 일순간 그가 니노로 보였다. 하지만 어두워 착각한 것이다. 잠재의식 속으로 공포가 밀려든다. 상상이 제멋대로 뻗어 나간다. 가면처럼 허연 그의 얼굴은 인간이라기보다는 악마에 가깝다. 악몽 같은 두 눈이 내 눈을 마주 본다. 왜 저런 눈으로 날 보는 거지?

"내 가방 돌려줘."

나는 어둠에 대고 말한다. 강한 목소리를 내려고 애쓴다. 하지만 이게 뭐지? 내 목소리는 가늘고 높은 것도 모자라 잎사귀처럼 파르르 떨리기까지 한다.

남자는 다시 달리기 시작한다.

나는 그 뒤를 쫓아간다. 망할 놈의 샌들이 비비적거리며 살갗을 벗겨놓는다. 발이 아프고 물집이 잡힌다. 허벅지끼리 맞닿아 불이 날 것 같다. 힘내, 앨비. 넌 할 수 있어. 그저 평범한 놈일 뿐이야. 우사인 볼트가 아니라고. 나는 점차 거리를 좁힌다. 3미터, 2미터, 1미터. 제길. 저자가 무기를 갖고 있으면 어쩌지? 총이라도 갖고 있으면? 젠장, 벌써 바로 앞에 있는데. 이미 늦었다. 나는 내 토트백을 향해 손을 뻗어 움켜잡는다.

"야, 이 새끼야. 이거 에르메스란 말이야."

나는 가죽 손잡이를 틀어쥔다. 이건 1천달러짜리 토트백이다. 그는 더러운 손을 앞으로 뻗는다. 손톱에 물어뜯은 흔적이 가득하다. 그자의 엄지가 나를 할퀸다. 모든 것이 슈퍼 슬로모션 영상으로 전개된다. 그가 내 팔을 세게 잡는다.

"저리 꺼져. 이 원피스는 샤넬이야."

내 토트백이 바닥에 떨어진다.

이놈이 내 뻐꾸기시계를 박살 냈을까?

우리는 서로 몸으로 들이받는다. 나는 토트백으로 팔을 뻗고 그는 악쥐 나는 몸뚱이로 내 몸을 밀어붙인다. 나는 휘청하며 벽에 부딪친다. 그 바람에 거친 벽돌들이 내 팔을 긁어 피부가 벌겋게 부어오른다. 따뜻한 피가 내 팔목으로 흘러내린다. 가만두지 않겠다. 반드시. 무겁게 헉헉대는 놈의 숨소리가 들린다. 놈의 뜨거운 숨결이 내 귀에 와 닿는다. 그리고 갑자기 픽! 소리가 난다.

안 돼.

내 얼굴을 때리면 안 된다고.

남자의 뒤쪽 세상이 새까맣게 변한다.

오로지 놈의 눈만 보인다…….

놈은 내 토트백을 붙잡고 있다. 나는 그에게 다가간다. 힘내, 앨비, 해치워버려.

"네놈 엄마는 이 말을 안 해주던? 여자를 때리지 말라고."

나는 토트백 끈으로 손을 뻗는다. 우리는 토트백을 사이에 두고 줄다리기를 벌인다. 나는 신에게 맹세한다. 이놈이 이 토트백을 망가뜨리면…….

그는 몸을 돌려 나를 벽으로 확 밀친다. 놈의 거친 두 손이 내 목을 쥔다.

"차오Ciao(안녕), 엘리자베타."

내가 누구인지 알고 있네? 아니, 누구인 척 살고 있는지 아는 거네? 하지만 어떻게 알지? 니노와 한패인가? 위치 추적 앱에는 니노가 이 근처에 있는 것으로 나와 있었다. 나는 골목 위아래를 돌아본다. 놈의 손가락이 내 목을 바짝 조인다. 숨을 못 쉬겠다. 소리를 지르려 하지만 목소리가 나오지 않는다. 놈은 내 두 손을 머리 위로 잡아 올린다. 버둥거려보지만 놈은 나보다 힘이 훨씬 세다. 숨이 컥 막힌다. 폐가 불타는 것 같다. 몸을 비틀어봤자 내 목을 움켜쥔 놈의 손아귀 힘이 너무 세다. 젠장. 망할. 꼼짝도 못 하겠다.

'하하. 이 남자가 널 죽이겠구나.' 베스가 지껄인다.

나는 샌들 뒷굽으로 온힘을 다해 놈의 발등을 내리찍는다. 이건

15센티미터짜리 끝내주게 멋진 프라다 샌들이다. 놈이 비명을 지르며 내 목을 쥐고 있던 손을 놓는다. 지금이 기회다. 놈의 주의가 흐트러졌다.

나는 놈의 머리를 잡고 벽에 처박는다. 손이 떨렸지만 제대로 박은 것 같다. 마치 큰 망치로 바위를 친 것처럼, 놈의 머리통에서 묵직하게 쿵 소리가 들린다. 둔탁하지만 깔끔하고 우렁찬 소리다. 놈은 헝겊 인형처럼 맥없이 바닥에 쓰러진다. 감자 부대처럼 힘없이, 거름 부대처럼 묵직하게. 나는 가쁜 숨을 들이쉬고 내쉬며 그 옆에 쪼그리고 앉아 그의 가슴을 내려다본다. 목이 탄다. 젠장. 이번엔 거의 죽을 뻔했다. 놈의 얼굴을 들여다본다. 이놈도 니노처럼 나를 엿 먹이려 했다. 꼴좋구나, 새끼야. 그의 머리에서 기름처럼 매끄럽고 번들거리는 피가 흘러내려 웅덩이를 이룬다. 아, 맙소사. 나……이 남자를 죽인 건가?

뻐꾹.

아, 다행이네. 뻐꾸기시계는 아직 멀쩡하구나.

나는 놈을 탁 친다. 세게. 놈은 움직이지 않는다. 움찔하지도 않는다.

"이봐. 정신 차려. 정신 차리라고."

'이번에는 처벌을 못 면하겠어.' 베스가 이죽거린다.

심장 박동이 빨라진다. 몸이 떨린다. 속도 메슥거린다. *내가 무슨 짓을 한 거야? 난 누구지?* 놈에게 가까이 손을 뻗는다. 놈의 목은 칠면조처럼 가늘고 마른 근육질이다. 놈의 경정맥에 손을 대고 맥

72

박이 뛰는지 확인해 본다. 혈관 속에서 약하게 피가 흐르는 느낌이 나더니 압력이 약해진다. 그리고 곧 아무것도 느껴지지 않는다. 한 번의 팔딱임도 없다. 그는 아무 소리도 내지 않는다. 꼼짝도 하지 않는다. 죽은 것이다.

안 돼, 안 돼, 안 돼, 안 돼. 내가 무슨 짓을 한 거지?

'네가 살인을 좋아하는 줄 알았는데. 그쪽 방면으로 '타고났다'고 하지 않았니?' 베스가 말한다.

"난 살인을 좋아해. 하지만 이건 계획에 없었어."

'넌 뭐 하나 제대로 하는 게 없어.'

그래. 좋아. 긴장 풀자, 앨비. 지금은 한밤중이다. 여긴 인적 없는 외딴곳이다. 조용히 여길 떠나면 그만이다.

나는 베스의 흠집 난 에르메스 토트백을 집어 들고 텅 빈 골목길로 나온다. 벽에 CCTV가 있는지부터 살펴본다. 없다. 뒤를 돌아보니 시체는 빗물에 젖고 있다. 저놈은 대체 누굴까? 어떻게 내 이름을 알았지? 나는 걸음을 멈춘다. 그걸 알아내기 전에는 갈 수가 없다. 뒤로 돌아 남자에게 향한다. 잠시면 될 것이다. 확인하고 여길 빠져나가야지. 나는 시체를 향해 달려가 옆에 웅크리고 앉는다. 그의 재킷 주머니에 손을 넣어 가죽 지갑을 꺼낸다.

루마니아인 신분증이 들어 있다. 이름은 '드라고스 가보르.' 이름 따위 알아봤자 소용없다. 니노가 이놈을 보내 토트백을 뺏고 나를 공격하라고 한 걸까? 아니면 내 뒤를 쫓다가 이런 으슥한 곳으로 유인하라고 했을까? 놈의 추한 얼굴을 들여다본다. 이놈도 마피아의 일원인가?

그의 지갑을 쓰레기통에 던져 넣는다. 지갑에는 현금도 없다. 그의 다른 주머니를 뒤져본다. 휴대폰이 2개다. 웃긴다. 2개라니. 하나는 마누라용이고 하나는 애인용인가? 그중 하나가 니노의 휴대폰처럼 생겼다. 니노도 이런 낡아빠진 구형 소니 휴대폰을 갖고 다녔는데. 화면에 금이 간 검은색 휴대폰. 이게 우연일까…….

그러다 문득 깨닫는다.

니노는 여기 없는 건가?

그의 망할 휴대폰만 여기 있는 것인지도 모른다.

그 개자식이 나를 가지고 놀았다. 위치 추적 앱에 대해서도 이미 알고 있었던 거다. 이 남자에게 돈을 주고 나를 여기로 유인한 거다. 그 자식이 또 무슨 계획을 세웠을까?

물속으로 점점 가라앉아 죽어가는 기분이다. 나갈 길을 찾아야 하는데 찾을 수가 없다. 골목 위아래를 다시 둘러본다. 아무도 없다. 아직까지는. 일단 여길 빠져나가야겠다.

베스의 휴대폰으로 연락처를 검색해 본다. 손가락이 떨리고 미끄러진다. 화면도 비에 젖어 반짝인다. 마침내 '니노 브루스카'라는 이름이 보인다. 나는 그 이름으로 저장된 전화번호를 누르고 기다린다.

곧 소니 휴대폰이 윙 하고 울린다. 나는 그 휴대폰을 집어 들고 화면을 본다. '엘리자베타 카루소.' 언니의 결혼 후 이름이다. 이걸로 증명됐다. 이 소니 휴대폰은 니노의 것이다. 음성사서함으로 넘어가 니노의 녹음된 목소리가 들린다.

"차오, 소노 니노 브루스카……Ciao, sono Nino Brusca……(안녕하세요, 니노 브루스카입니다……)"

나는 전화를 끊어버린다. 그의 목소리를 듣고 있을 수가 없다. 바로 옆에 있는 것 같다.

소니 휴대폰을 토트백에 집어 넣고 죽은 남자를 내려다본다. 내가 무슨 생각을 했던 걸까? 이 시체를 여기 두고 갈 수는 없다. 신속하게 처리해야 한다. 한순간도 낭비하면 안 된다. 나는 시체의 발목을 잡고 끌어당긴다. 입가에 혀까지 빼물고 힘을 낸다. 시체의 엄청난 무게 때문에 균형을 잡기 위해 몸을 뒤로 기울인 채 뒷걸음질 친다. 더럽게 힘들다. 윽, 시체들은 왜 이렇게 무거울까? 나는 결국 샌들을 벗는다. 맨발이 한결 낫다. 시체는 중간 체격에 중간 키인데 보기보다 훨씬 무겁다. 납 배관처럼 무거운 뼈로 이루어진 그 시체를 잡고 바닥에 질질 끈다. 시체는 일그러진 표정을 하고 있다. 얽은 자국이 있는 피부는 지저분하고 창백하다. 나는 뒤에 있는 쓰레기봉투들을 밀쳐낸다. 그 안에 깨진 유리가 들어 있는지 왈그락달그락 소리가 난다. 나는 시체를 벽 쪽으로 끌어다 놓는다. 온몸의 근육이 쑤신다. 시체를 끌며 근육 운동을 했더니 젖산이 분비되었나 보다. 팔다리가 불붙은 듯 욱신거린다.

쓰레기봉투를 하나 집어 그의 얼굴에 올려놓는다. 하나를 더 가져다 그의 가슴에 얹는다. 2개를 그의 다리에 얹는다. 이만하면 된 것 같다. 이틀 정도는 악취를 밖으로 뿜어내지 않을 것이다. 이틀

후면 나는 이미 여기서 멀리멀리 떠나 있을 것이다. 게다가 쓰레기 때문에 이미 냄새가 고약하다.

뒤로 물러나 임시로 만든 그의 무덤을 바라본다. 쓰레기봉투에 가려 쓰레기 더미로만 보일 뿐이다. 나쁘지 않다. 괜찮겠다. 이만하면 됐다. 잘했다.

비가 제대로 내리기 시작한다. 차가운 빗방울이 뜨끈한 내 피부에 입을 맞춘다. 나는 기분이 한결 좋아져 깊게 숨을 들이쉰다. 차분하고 평온하다. 훌륭하다. 거봐, 앨비, 넌 프로라니까. 어떤 일이 일어나도 흥분할 필요 없다. 나는 더러워진 에르메스 토트백을 살펴본다. 시커먼 흙이 온통 묻었다. 나는 토트백을 어깨에 둘러메고 담배에 불을 붙인다.

더러워진 프라다 샌들을 검지에 걸고 하품을 하며 텅 빈 공항을 터벅터벅 걸어간다. 비행기표를 사야 한다. 런던으로 돌아가는 비행기표. 믿기지 않는다. 이런 돈 낭비가 있나. 방금 여기 왔는데. 언젠가는 모나코에 가보고 싶다. 모나코의 몬테카를로에서 니그로니 칵테일을 마시고 새로 마련한 돈을 펑펑 쓰며 디올과 입생로랑을 사들이고 싶다. 하지만 아직 그럴 수가 없다. 아직은 안 된다. 악인에게 휴식은 없다. 이제 다시 영국으로 돌아가야 한다. 그런데 안내 데스크가 아직 열리지 않아 런던행 편도 비행기표를 살 수가 없다. 라운지 의자에 털썩 앉는다. 기다려야 한다. 니노 그 개자식이 나를 속이다니 믿기지 않는다. 이제 진짜 진짜 *화가* 난다. 이게 지금 누굴 갖고 노는 거야? 나한테 낭만적인 쪽지가 꽂힌 꽃다발을 주더니 미치광이를 고용해 나를 죽이려 들어? 이런 정신병자가 다 있나?

아, 맙소사. 니노는 베스보다 더 썩어빠진 인간이다.

나는 딱딱한 플라스틱 의자에 앉아 있다. 대형 텔레비전 앞, 에어컨에서 찬바람이 휙휙 나오는 자리다. 텔레비전은 소리를 죽인 채 자막만 보여주고 있다. 루마니아 뉴스다. 누가 그 노상강도를 발견했어도 뉴스에 나올 만한 화젯거리가 못 된다. 그놈은 베스처럼 젊지도 않고 금발도 아니며, 잘생기지도 않았으니까.(외모 점수가 10점 만점에 1~2점밖에 안 된다.) 내가 쓰레기로 그의 시신을 잘 덮어놓았기를 바란다. 돌아가서 다시 확인할까? 아니, 안 된다. 머리를 좀 써, 앨비나. 범죄 현장으로 다시 돌아가는 건 절대 안 돼. 그건 기본 중의 기본이야. 경찰들은 살인 무기를 찾지 못할 것이다. (살인 무기인 내 두 손은 내 팔에 붙어 있으니까.) 살해 동기도 모를 것이다. 그 부근에는 CCTV도 없다. 나는 몇 시간 후면 이 나라를 떠난다. 난 이런 일에 아주 능숙하다. 두 팔을 머리 위로 뻗어 올리며 하품을 하고 긴장을 푼다.

베스의 아이폰을 꺼내 들고 이런저런 앱들을 열어본다.

베스가 틴더(Tinder, 데이트 앱 – 옮긴이)를 깔아놨으려나.

chapter 5

위치 추적 앱을 삭제한다. 더 이상 쓸모도 없다. 이제 니노를 어떻게 찾지? 뭘 해야 할까? 다음 런던행 비행기가 뜰 때까지 몇 시간 동안 여기 죽치고 앉아 있을 수밖에 없다.

베스의 휴대폰 화면을 이리저리 밀어본다. 틴더 앱은 깔려 있지 않다. 베스가 틴더로 노는 취향은 아니었나 보다. 베스는 아마 틴더라는 게 있는 줄도 몰랐을 거다. 해픈Happn이나 힌지Hinge, 그라인더Grindr, 범블Bumble 같은 데이트 앱도 없다. 나는 틴더 앱을 다운로드한다. 호기심 때문이다. 이 동네 남자들은 어떻게 생겼는지 궁금하다. 공항에서 속성으로 섹스를 할 시간이 되려나? 휴가 왔다 생각하고 좀 즐겨볼까. 근사한 루마니아인 심장외과 의사가 나타나 나를 데리고 가줄지도 모르는데……. 앱을 다운로드하고 베스의 사진을 찾아 '비욘세'라는 이름으로 계정을 만든다. 뭐 어때? 내 이름을 메기로 한들 무슨 상관이야? 내 인생 자체가 가짜인데.

좋아요.

좋아요.

좋아요.

데이트하고 싶게 생겼네.

군침 난다.

스테판.

크리스티안.

미하이.

니콜라에.

어머, 자기 상당히 튼실하구나.

이런 남자를 만나야지.

모델인가?

대역 배우?

배트맨이네.

히맨이야.

슈퍼맨급 근육이군.

키스를 부르는 섹시남.

기막히게 멋져.

가슴 좀 봐.

이 남자가 최고인 듯.

대물일 것 같아.

너무 멋져서 심장이 다 아프네.

흠, 니노가 틴더에 있을지 궁금하다. 당연히 있을 것이다. 니노는 틴더 회원들한테 전부 '좋아요'를 눌러놓고 데이트 매치가 되길 기다리는 진상처럼 생겼으니까. 사람들이 왜 틴더를 할까? 미래의 남편이나 아내를 만나려고? 오랫동안 충실하게 이어갈 관계를 맺기 위해서?

아, 그래.

틴더를 이용해서 니노를 찾으면 되겠어.

스와이프버스터Swipebuster 앱을 이용해 틴더 앱에 가입돼 있는 니노의 위치를 찾아내면 될 것 같다. 앨비, 너 완전 천재구나. 그런 방법이 있었어. 대박이다.

하지만 그 방법의 유일하고 사소한 문제는 바로 내가 니노의 휴대폰을 갖고 있다는 것이다. 하지만 두 가지 가능성에 걸어볼 만하다.

1. 니노는 이미 새 휴대폰을 갖고 있을 것이다.
2. 니노는 새 휴대폰에 틴더 앱을 업로드했을 것이다.

(니노처럼 성욕이 왕성한 남자는 하루에 최소한 두세 번은 섹스를 해줘야 한다. 지금쯤 틴더에 접속해 있을 수도 있다. 1초도 낭비하지 말자.)

자, 니노는 어디로 갔을까? 이탈리아에 있을 것 같기는 하다. 시칠리아는 아닐 것이다. 거긴 너무 위험하다. 그 섬에서는 경찰과 마피아가 그를 쫓고 있다. 그럼 나폴리일까? 전에 우리가 함께 탈출 계획을 세울 때 그가 나폴리에 가고 싶다고 하지 않았나?

나는 스와이프버스터 앱에 '니노 브루스카'라는 사람을 찾고 있다고 입력한 후 그가 마지막으로 틴더를 사용했을 만한 장소를 나폴리로 적어 넣었다. 결과를 받기 위해 임시로 이메일 주소를 만들어 입력하고 기다리는데, 잠시 후 핑! 소리와 함께 받은 편지함에 메시지가 들어왔다.

못 찾았단다. 전혀. 스와이프버스터는 그를 찾아내지 못했다. 나폴리에 그런 이름을 가진 사람은 없다고 한다. 혹시 그가 '지아니노 브루스카'라고 썼을까? 아니면 다른 가명?

으아. 정말 짜증 나네. 좀 더 쉬운 방법이 있을 텐데.

나는 구글 검색창에 '틴더로 사람 찾는 방법'이라고 쳐 넣는다. 앨비온 서비스라는 업체가 뜬다. 틴더 앱에 접속한 사람을 안면 인식 기술을 사용해 찾아준다고 광고하고 있다. 니노의 사진이 필요하다. 베스의 아이폰에 한 장쯤은 있지 않을까? 나는 아이폰의 사진첩을 훑기 시작한다. 어니 사진이 수천 장쯤 담겨 있다. 새 원피스를 입은 베스의 셀카도 있고, 타오르미나의 원형극장에서 예술가 흉내를 내며 찍은 사진도 있다. 그리고, 엇, 이게 뭐지? 생일 파티 사진이네. 암브로조의 생일 파티 때 찍었나 본데 니노의 모습이 보인다. 니노 맞다. 생일 케이크의 촛불을 불고 있는 암브로조 바로 옆에 서 있다. 어둡고 얼굴이 코딱지만 하게 찍혔지만…… 이 사진으로 가능할 수도 있겠다. 나는 니노의 범죄적으로 잘생긴 얼굴을 잘라내 확대한다. 앨비온의 추적봇에 니노의 사진을 업로드하고 생각해 보니 어쩐지 나폴리에 있을 것 같은 느낌이 든다. 다시 한 번 나폴리를 입력한다. 이메일 주소를 넣고 기다린다…… 어서, 어

서, 어서 나와라.

핑! 받은 편지함에 메시지가 들어왔다.

없단다. 그는 그곳에 없단다.

젠장. 빌어먹을. 망할. 제기랄.

혹시 런던에 있을까? 아직 거기 있는 걸까?

이번에는 런던을 입력하고 그의 사진을 업로드한다. 천사 못지않게 잘생긴 얼굴……. 이 얼굴을 묵사발로 만들 생각을 하니 상당히 아쉽기는 하다. 검색을 클릭한 후 손톱을 물어뜯으며 기다린다. 이번에는 되어야 할 텐데.

핑! 받은 편지함에 또 다른 메시지가 들어왔다.

없다고 한다. 나는 다시 시도해 보기로 한다.

로마일까? 로마일 수도 있지 않나? 거기도 이탈리아니까.

아, 그래. 찾았다.

모자를 쓰지 않은 니노의 새로운 사진이다. (지금 그의 모자는 내 가방 속에 있다.) '니노 브루스카. 39세. 로마.' 상당히 괜찮은 결과다. 난 늘 로마에 가보고 싶었다. 로마는 내 버킷 리스트 상위 항목에 있다. (내 버킷 리스트에는 로마, 하바나, 라스베이거스, 방콕이 있다.) 로마에 끝내주는 섹스 클럽들이 있다는 얘기도 들었다. 어쩐지 생각보다 잘 풀리는 느낌이다.

드디어 안내 데스크가 일을 시작한다. 나는 로마행 편도 비행기 표를 사고 게이트에서 대기한다. 앨비가 공식적으로 사망했기 때문에 베스의 이름으로 이동해야 한다. 내 여권은 아마 사망자의 여권으로 처리돼서 사용할 수 없을 것이다. 굳이 내 여권을 쓰면서 위험을 감수할 필요는 없다. 비행기는 15분 안에 출발한다. 기다리자니 애가 탄다. 초조해하며 앉아서 텔레비전 뉴스를 쳐다보는데 아는 얼굴이 나온다.

제기랄, 뭐야?

입이 딱 벌어진다.

텔레비전에 엄마가 나온다.

엄마가 텔레비전에 왜 나왔지?

〈앤티크 로드쇼〉(골동품을 평가해 주는 텔레비전 프로그램 - 옮긴이)인가? 아니, 아니다. 카메라는 퍼머탠(1년 내내 갈색처럼 보이도록 햇볕에 그을린 피부색)을 한 엄마의 얼굴을 클로즈업한다. 완벽한 화장, 드라이로 볼륨을 넣은 머리카락, 세 줄짜리 진주 목걸이. 텔레비전 소리를 죽여놔서 엄마가 무슨 말을 하는지 들리지 않는다. 입술 움직임으로 맞춰보려 하지만 아무리 봐도 모르겠다. 엄마는 금발의 마거릿 대처 같다. 대처처럼 악마 같은 분위기를 풍긴다……. 엄마는 잠든 에르네스토를 품에 안고 카메라를 쳐다보고 있다. 마치 카메라 너머로 나를 똑바로 쳐다보고 있는 것 같다. 나도 목표물을 바라보는 고양이처럼 눈도 깜박이지 않고 숨도 멈춘 채 긴장하고 엄마를 마주 노려본다. 2년 만에 보는 엄마는 슈퍼마켓에서 파는 방사능에 오염된 사과처럼 하나도 안 늙었다. 극저온으로 냉동됐다가 얼마 전에 해동돼서 나온 사람 같기도 하다. 엄마의 등 뒤로 불에 타고 부서진 엘리자베스의 집 잔해가 보인다. 비행기 추락 사고 현장처럼 시커먼 연기도 피어오른다. 야자나무, 꽃, 프랜지파니는 바짝 타서 재가 됐다. 엄마의 오른쪽 어깨 뒤로 수영장 표면이 반짝인다. 나는 의자에 앉은 채 몸서리를 친다.

굵은 글씨로 된 '엘리자베스 카루소'라는 이름과 함께 베스가 신혼여행을 갔던 케냐에서 찍은 사진이 화면에 뜬다. 가슴이 철렁한다. 제기랄. 이제 아주 공식적이다. 경찰들이 베스를 찾고 있다. 살해된 것으로 추정되는 앨비에 관해 물어보려고 베스를 찾고 있는 모양이다. 지금 저들은 나를 찾고 있다. 엄마는 베스를 찾아달라고 호소하는 것 같다. 저 절박한 표정을 보면 충분히 짐작할 수 있다. 경찰들은 내가 뭔가를 알고 있을 거라고 생각하나 보다. 나를 목격자 아니면 좀 더 안 좋은 방향으로 생각하고 있을 것이다. 자매를 죽인 살인범이라고 의심하고 있을까? 아니, 아닐 거다. 그럴 리 없다. 하지만 모든 게 엉망진창이다. 이제 저들은 베스의 휴대폰 위치 추적을 하겠지. 왜 날 가지고 그래? 아, 미치겠다.

핑!

이번엔 뭐야?

엄마가 보낸 이메일이다. 나는 화면을 클릭해 읽어본다.

보낸 사람 "메이비스 나이틀리"〈MavisKnightly1954@yahoo.com〉

받는 사람 "엘리자베스 카루소"〈ElizabethKnightlyCaruso@gmail.com〉

날짜 2015년 9월 1일 08:56

제목 RE: 어디야?

엘리자베스, 천사 같은 내 딸아, 지난번에 내가 보낸 메일 받았니? 엄마는 정말이지 엄청 스트레스를 받고 있어. 여기 있는 사람들은 네가 어디로 갔는지 전혀 몰라. 너무 걱정돼서 돌아버릴 지경이야. 잠도 한숨 못 잤어. 시차 때문이 아닌 건 확실해. 편두통에 입안이 바짝 마르고 피부도 근질거려. 무릎 뒤에 습진이 생겼고 위궤양 증상도 있어. 스트레스로 몸이 아픈 게 분명한 것 같아. 배 중간쯤, 그러니까 배꼽에서 5센티미터 위쪽이 칼로 찌르는 것처럼 아프고 몹시 불편해. 통증 때문에 지금도 몸을 웅크리고 있어. 두세 걸음 걷고 나면 앉아서 쉬어야 될 정도야. 위산 과다 증상도 있어서 분필이라도 먹어야겠다. 내 주치의는 호주에 있으니 당장은 근처에서 약을 사 먹어야 하는데 약국에 갔더니 약사가 영어를 한마디도 못하더구나. 여기까지 썼는데 벌써 지치네. 전화 좀 해줄래?

추신: 경찰이 널 찾고 있어. 네 동생에 대해 몇 가지 물어볼 게 있대.

나는 눈알을 위로 굴리며 메일을 삭제한 뒤 베스의 휴대폰 전원을 끄고 가방에 던져 넣는다.

경찰이 베스를 찾고 있다면 난 앨비 신분으로 다녀야 한다. 로마로 가면 앨비의 여권을 써야겠다. 아까 베스의 신분증으로 보안 검색대를 통과했지만 그건 저 뉴스가 나오기 전이라 가능한 일이었다. 어쩌면…… 어쩌면…… 아, 젠장. 경찰이 앨비나의 여권을 못 쓰게 막아놨을 수도 있다. 사람이 죽으면 행정 당국이 그 사람의 여권을 사용 중지하기까지 얼마나 걸릴까?

내가 타야 할 비행기의 탑승 안내 방송이 나온다. 사람들과 함께 줄을 서서 탑승하는데 식은땀이 흐른다. 이탈리아에 가면 뭘 어떻게 해야 할까? 누구의 신분으로 살아야 하지? 앨비 아니면 베스?

chapter 6

**이탈리아 로마,
레오나르도 다 빈치-피우미치노 공항**

"파사포르토Passaporto.(여권 주시겠어요.)"

직원이 말한다. 유리에 막혀 목소리가 조그맣게 들린다. 나는 그가 내민 손바닥을 들여다본다. 감정선과 생명선, 그 밖에 무슨무슨 선들이 손바닥 깊게 새겨져 있다.

나는 가방 맨 밑에 있는 여권을 움켜쥔다. 이대로 돌아서서 다시 비행기에 타야 할까. 아니면 JFK 공항에 산다는 남자처럼 나도 이 공항에 영원히 머물러야 할까. 평생 면세 쇼핑을 하고 비타민D 부족에 시달리면서. 아니, 그렇게는 못 산다. 말도 안 되는 짓이다. 니노가 로마에 있다. 그리로 가야 한다. 나는 설득력 없는 미소를 지으며 내 여권을 꺼내 직원에게 건넨다. 직원은 동료와 이탈리아어로 수다를 떨고 있던 중이었다. 침착해, 앨비나. 아무렇지 않게 보여야 돼. 나는 숨을 죽이고 직원이 내 진홍색 여권을 훌훌 넘기는 모습을 바라본다. 심장이 미친 듯이 두근거린다. 가슴이 조여든다. 가짜 미소가 딱딱하게 굳어지고 이마에 땀이 맺힌다.

여권 사진과 그 옆에 적힌 글씨들이 내 눈에 거꾸로 들어온다.

앨비나
나이틀리
영국 시민
1989년 10월 10일생

시런세스터

(시런세스터는 로마 이주민들의 마을이 있던 곳이니 저들이 좋아하지 않을까.)

나는 그의 컴퓨터 뒤통수를 바라본다. 컴퓨터 화면에 뭔가 이상이 있다고 뜰까? 왜 이렇게 오래 걸리지?

"벤베누토Benvenuto.(환영합니다.)"

직원이 싱긋 웃으며 여권을 다시 내주고 윙크를 한다.

"아, 예. 벤베누토."

나는 여권을 낚아챈 뒤 서둘러 도착장으로 나간다. 통과시켜 주다니 믿기지 않는다. 저 공항 직원은 내가 죽은 사람인 걸 모르나? 아니면 웃고 농담하느라 컴퓨터 화면에 빨간색 경고 표시가 뜬 걸

못 봤나? 어쨌든 더럽게 고맙다. 난 이탈리아 진입에 성공했다.

가까운 화장실로 들어가 거울에 비친 여자를 바라본다. 베스의 얼굴이 나를 마주 보고 있다. 베스의 눈과 베스의 입. 주근깨가 흩뿌려지고 끝이 살짝 올라간 우리 둘의 코. 나는 영락없는 베스의 모습이지만 어마어마한 숙취에 시달리고 있다. 게다가 수배 중이다. 텔레비전에 내 얼굴이 나왔다. (베스의 얼굴이긴 하지만. 여러분은 내 말이 무슨 뜻인지 알 것이다.) 경찰들은 내 얼굴을 알아볼 것이다. 어떻게 하지? 코 성형이라도 해야 하지 않을까. 완전히 변장을 해야 한다. 머리카락도 잘라야겠지. 하지만 머리카락만은 자르고 싶지 않다. 이만큼 기르기까지 얼마나 오래 걸렸는데. (2011년에 멋모르고 짧게 잘랐다가 그 후 몇 년 동안 '어중간한' 길이로 지내야 했다.) 머리 색도 바꿔야겠다. 갈색은 너무 평범하니까 파란색이나 초록색, 노란색, 빨간색, 분홍색은 어떨까? 경찰은 내가 머리를 자를 거라고 예상할 테니 차라리 붙임 머리를 하는 것도 괜찮겠다. 그리고 시선을 분산시키는 챙 넓은 모자를 쓰는 거다. 미러 선글라스도 껴야지. 피어싱도 할까? 문신은? 아무래도 코 성형을 하는 게 제일 낫겠다. 인상이 확 바뀔 테니까. 영화 〈더티 댄싱〉의 여주인공 제니퍼 그레이도 코 성형을 하고 얼굴이 확 바뀌었다. 거의 여드름만 한 작은 코로 성형하는 게 좋겠지. 만화 주인공처럼. 디즈니 공주처럼.

공항을 빠져나와 손을 흔들어 택시를 잡는다.

일단 머물 곳이 필요하다. 에어비앤비로 아파트를 찾아봐야겠다. 호텔보다 아파트가 낫다. 룸서비스 직원도 들락거리지 않고 접수

원의 호기심에 찬 시선을 받지 않아도 된다. 필요하면 언제든 창밖으로 뛰어내릴 수 있는 곳으로 찾아보자. 한 달 정도 예약하고 싶지만 그건 일단 두고 봐야겠다. 여기가 마음에 들면 무한정 머물 수도 있다. (내가 살아남는다는 전제하에 말이다.) 일단 한 달이면 충분할 것 같다. 나는 오직 그 스트론조stronzo(멍청이)를 죽이겠다는 일념으로 여기 왔다. 그리고 쇼핑도 해야 한다. 이곳에는 멋진 매장들이 즐비할 것이다. 지금 내 수중에 20만 유로가 있다. 이렇게 돈이 많은데 지금까지 내가 구입한 거라고는 비행기표와 샴페인뿐이다. 당장 프라다 매장으로 달려가고 싶다. 매장을 아예 통째로 사버릴까.

이탈리아 로마, 트라스테베레 지역

여기 오니 기분이 너무 좋다. 머릿속으로 하이쿠를 하나 지어본다.

로마. 이 섹시한
개놈 새끼야. 지금까지 어디
있었니? 너에게 키스를 보낸다. 쪽쪽.

로마는 정말 굉장한 도시다. 영화에서 본 것보다 실제로 보니 훨씬 훌륭하다. 영화 〈천사와 악마〉의 배경으로 나온 로마의 풍경이 포토샵으로 꾸민 거 줄 알았는데, 아니었다. 여긴 진짜다. 아, 영원

의 도시여. 로마는 카푸트 문디Caput Mundi(세계의 머리)이며 세계의
수도다. 키케로(고대 로마의 정치가이자 철학자 - 옮긴이)와 베르길리우스
(고대 로마의 시인이며《아이네이스》의 저자 - 옮긴이), 오비디우스(고대 로마의
시인 - 옮긴이)의 도시다. 거리 전체가 라틴어로 된 사랑의 애가哀歌다.
건물들은 온통 대리석으로 되어 있다. 펜디와 불가리, 발렌티노 가
라바니의 고향, 콜로세움, 포로 로마노(로마 공회장), 거품이 보글보
글 나는 와인으로 유명한 프라스카티, 영화배우 겸 감독 이사벨라
로셀리니, 피자, 파스타, 섹스와 패션, 축구선수 프란체스코 토티.
　달리는 택시의 차창을 내리고 밖으로 머리를 내민다. 머리카락
이 바람에 깃발처럼 나부낀다. 작열하는 태양에 피부가 타버릴 것
같다. 관능적인 섹스의 향, 한여름 열기의 맛이 느껴진다. 테라스
바에서 흘러나오는, 크랙 코카인 못지않게 중독성이 강한 진한 블
랙커피 향. 페라가모 정장을 입은 멋진 남자들이 베스파 스쿠터를
타고 자동차 사이로 말벌처럼 빠르게 달려간다. 빵 빵 빵 빠앙. 경
적 소리가 요란하다. 남자들은 검은색 선글라스를 꼈고, 입에는 담
배를 물었으며, 데이비드 핫셀호프 못지않은 구릿빛 피부를 뽐낸
다. 젠장, 이탈리아 남자들은 정말 내 취향이다. 저들 중 아무하고
라도 잘 수 있다.
　"저기요, 음악 좀 바꿔줄래요?"
　나는 넋 놓고 멍하게 앉아 있는 택시 운전사에게 요구한다.
　그는 백미러로 나를 흘끗 쳐다본다.
　"이건 루치아노 리가부(이탈리아의 유명 록 가수 - 옮긴이)의 노래예요.

아주 좋은 건데."

"뭐라는지 가사를 알아들을 수가 있어야죠. 따라라 라라 라라라, 이렇게 들려요."

택시 운전사는 한숨을 푹 쉬며 레트로풍 디지털 라디오의 버튼을 눌러 영어 방송이 나오는 채널에 맞춘다.

"좋아요. 볼륨 좀 높여줄래요?"

그는 볼륨을 한껏 높인다. 마일리 사이러스의 '레킹볼'이다. 나는 베이스음에 맞춰 고개를 까딱거리고 앉은 자리에서 몸을 약간씩 흔들며 춤을 춘다. 마일리는 정말이지 내 취향이다. 거친 여자 마일리. 마일리는 팔에 아보카도 문신을 했다. 여기 있는 동안 나도 문신이나 해볼까. '죽어 니노DIE NINO'라든지 '엿 먹어FUCK YOU' 같은 문구를 새기고 싶다. 그런 문신을 했을 때 어떤 기분이 들지 궁금하다.

나는 차창 밖으로 담뱃재를 털어낸다. 건조한 공기에 먼지가 가득하다. 숨 막히게 붐비는 도시의 거리를 따라 차들이 기어가듯 천천히 움직이고 있다. 반구형 지붕과 기둥, 첨탑, 높이 솟은 소나무들이 이 도시의 윤곽선을 이룬다. 아름답다. 난 이미 이 도시를 사랑하게 됐다. 너무나도 시적인 도시다. 저건 성 베드로 대성당인가? 바티칸 근처인 것 같다. 아, 맙소사. 바티칸에 가서 존 키츠의 무덤을 방문해야지. 존 키츠는 내가 좋아하는 죽은 사람들 중 한 명이다. 실로 어마어마하게 전설적인 시인이다. '너는 죽도록 태어나지 않았다, 불멸의 새여!'(존 키츠의 〈나이팅게일에 부치는 노래〉의 한 구절 - 옮긴이)

머리 뒤 후광을 LED 전구로 밝힌 성모마리아 조각상이 보인다.

91

조각상의 파란 치맛자락이 일부 깨져 있다. 성모마리아를 볼 때마다 베스가 떠오른다.

"트라스테베레 다 왔어요."

택시 기사가 왕왕 울려대는 베이스음 너머로 소리친다.

마일리가 이제 막 전쟁을 시작하려는 참인데. 나는 마일리의 심경을 충분히 이해한다.

택시가 연석 옆에 멈춰 서자 나는 요금을 지불하고 내리려는데 택시 운전사가 나에게 한마디 내뱉는다.

"얼른 꺼져, 정신 나간 영국 여자야."

나는 문손잡이를 잡은 채 꼼짝 않고 거리를 내다본다. 니노는 이 근처 어딘가에 있다. 틴더에 그렇게 나와 있다. 틴더는 거짓말을 하지 않는다. 문득 사슬톱과 시체들이 생각난다. 시뻘건 피. 숲속 빈터에 팬 구덩이. 니노는 '만약 당신이 날 찾아내면 함께 일하기로 하지'라는 쪽지를 남겼다. 하지만 *그가* 먼저 *나를* 찾아내면? 내 두 눈 사이에 총알을 박으면? 내 목을 깔끔하게 따버리면? 보도에는 검은 머리 남자들이 가득하다. 저들 중 누구라도 니노일 수 있다……

"알로라Allora?(뭐야?)"

택시 운전사가 날카롭게 내뱉으며 앉은 자리에서 몸을 돌려 내게 인상을 쓴다.

종일 이 택시 안에 있을 수는 없다.

나는 한 번 더 좌우를 살펴본다.

아무리 니노라도 훤한 대낮에, 즐비한 매장들 앞에서 그런 짓을 하지는 못할 거다.

나는 택시에서 내려 문을 세차게 닫으며 소리친다.

"바판쿨로Vaffanculo.(꺼져.)"

에어비앤비에 전화해서 숙소로 쓸 아파트를 구하려는데 문득 경찰들이 베스를 찾고 있을 거라는 생각이 든다. 이 상황에서 베스의 아이폰을 쓰면 안 되겠다 싶다. 경찰이 그 폰의 위치를 추적하고 있을 것이다. 내가 전에 쓰던 삼성 갤럭시 폰이 있지만 그걸 켜는 것도 위험하다. 그럼 방법은 하나뿐이다. 어디 가서 선불 폰을 하나 장만해야 한다. 길 건너에 카폰 웨어하우스(영국의 휴대전화 판매점 – 옮긴이) 같은 가게가 보인다. 나는 부산한 거리를 가로질러 그 가게로 달려 들어간다.

아파트는 구불구불한 골목 안쪽에 있다. 화분에 심은 식물들, 담쟁이덩굴 발코니. 조용하다. 내밀하고 한적한 분위기다. 여기서 악을 써도 아무도 못 들을 것 같다.

나는 집주인을 만난다. (외모 점수는 10점 중 2점이다. 이탈리아 남자라고 전부 잘생기지는 않은 모양이다. 물론 굳이 그에게 그런 말을 하지는 않았다.) 그는 내게 열쇠 몇 개를 건네고, 나는 그에게 돈을 지불한다. 그러자 그는 조용히 물러간다.

하지만 층이 높아 빡친다. 5층이라고? 미치겠다. 승강기나 에스컬레이터도 없다. 더워서 땀이 난다. 힘들게 올라간 보람이 있길. 꼭대기 층이라 안전할 수 있으니 그건 징점으로 쳐주겠다. 문을 열고 집으로 들어간 순간 숨이 턱 막힌다. 집 안이 거의 궁전이다. 리츠 호텔 저리 가라다. 왕족에게나 어울릴 법한 이 집이 온통 내 차지다. 나는 현관홀에 가방을 내려놓고 여러 개의 방들과 끝없는 복도를 누빈다. 벽을 손가락으로 만져보고 바닥을 가볍게 걸어간다. 대리석 타일을 가로질러 미끄러지듯 걸어 다니며 경외에 찬 눈으로 방들을 돌아본다. 아담과 이브가 타락하기 전에 살았다는 에덴동산의 풍경이 나무 벽에 그려져 있다. 무성하게 우거진 푸른 풀과 청명한 하늘, 아기 천사와 숲과 꽃. 높은 천장에는 금칠이 되어 있고 크리스털 샹들리에가 달려 있다. 베스의 저택보다 훨씬 화려하다. 4주식 침대(네 모서리에 기둥이 있고 덮개가 달린 침대-옮긴이)와 프랑스풍 장식장. 밀랍과 재스민 향기. 너무 마음에 든다. 영원히 여기 머무르고 싶다. (적어도 죽기 전까지는 여기 살고 싶다.)

김이 모락모락 나는 물을 욕조에 채우고 거품을 만들어 깊숙이 몸을 담근다. 드디어 여기 왔으니 이 정도 호사는 누려줘야 한다. 나는 손으로 다리 사이를 쓰다듬는다. 이미 젖었다. 손으로 내 몸을 느껴본다……

니노. 니노.

집중이 안 된다. 신경 쓰이는 게 있다. 베스의 휴대폰을 30초만 켜보기로 한다. 그 정도만 켜면 경찰이 위치 추적을 못 할 것이다. 다른 소식이 들어온 게 있는지 알아야겠다. 중요한 정보를 놓칠까 봐 걱정된다.

핑.

모르는 번호로 문자가 와 있다.

'제기랄, 뭐야? 당신 내가 붙여둔 남자를 죽였어?'

니노다. 나한테 붙여놓은 남자가 연락이 안 되니 '2 더하기 2'의 답처럼 뻔한 결론을 내린 모양이다. 난 물론 답장을 하지 않을 거다. 어떻게 된 일인지 직접 알아보라지. 어디 속 좀 끓여봐라…….

나는 휴대폰을 내려놓았다가 다시 집어 든다. 아니다 싶어서 내려놓았다가 잠시 후 다시 집어 든다. 베스의 폰으로 니노에게 문자를 보냈다간 경찰들이 바로 그 신호를 추적할 것이다. 새로 산 선불폰이 옆에 있다. 나는 그 휴대폰에 니노의 전화번호를 입력하고 문자를 보낸다.

'그래, 내가 했다. 다음은 당신 차례야.'

보내기.

질겁할 거다.

'이건 내 휴대폰이야. 새로 샀어.'

나는 이 문자도 보낸다.

니노의 문자를 삭제하고 한참 화면을 노려보다가 베스의 휴대폰 전원을 끈다. 그 폰을 다시 켤 일이 없길. 30초도 너무 길었다. 가리비 모양 비누 그릇에 담배 끝을 비벼 끄고 새 휴대폰에 틴더를 다운로드한다. 손톱 밑에 말라붙은 피를 긁어낸다. 산처럼 솟아오른 거품 위로 발가락들이 솟아 있다. 나는 수증기를 구름처럼 피워 올리는 욕조에서 일어선다. 반짝거릴 만큼 깨끗해진 내 몸에 향수를 뿌리고 파우더를 톡톡 바른다. 이제 내 얼굴과 다리에는 흙이나 피가 묻어 있지 않다. 머리카락에 나뭇잎이 끼어 있지도 않다. 내 모습을 점검해 본다. 여신처럼 신성해 보인다. 이 자식이 왜 답장을 안 하지? 얼간이 같은 놈이.

핑.

아, 왔다.

'난 당신이 거친 말을 할 때가 좋더라.'

이탈리아 로마, 바르베리니

"그게 어떻게 응급 상황일 수 있죠?"

"뭐, 엄밀히 말하면 응급은 아니지만, 아무튼 엄청 급해요."

"급하다고요?"

"네."

접수 담당 직원은 자그마한 코를 찡그리며 나를 위아래로 훑어본다. 흠 하나 없는 이목구비에 완벽한 피부를 가진 여자다. 백 퍼센트 완벽한 피부라서 무슨 외계인을 보는 것 같다. 정상은 아니다. 이렇게 완벽한 피부는 본 적이 없다. 베스도 이 정도는 아니었다. 아기인 에르네스토보다 훨씬 좋은 피부. 반짝이는 새 차처럼, 스프레이 페인트를 뿌린 플라스틱 같은 피부. 피부가 너무 빛나서 일순간 현혹되는 느낌이다. 피부에 무슨 짓을 한 걸까? 어떻게 저렇게 광이 나지? 이 성형 클리닉에서 일하는 덕분에 보톡스를 무한으로 맞을 수 있는 건가? 아니면 뱀 허물처럼 피부의 표층을 얇게 벗겨 낸다는 미세박피술인지 뭔지를 받은 걸까? 뱀파이어 얼굴 마사지? 진흙 팩? 레이저? 이 성형 클리닉에서 직원을 추가로 뽑고 있는지 궁금하다.

"저기요오오오오오?"

직원이 나를 부른다.

내가 멍하게 있었던 모양이다. 침도 흘린 것 같다. 무슨 생각을 하고 있었더라? 그래, 아기처럼 부드러운 피부.

"아, 예. 제가 엄청 급해서요. 여기를 떠나기 전에 수술을 받아야 하는 상황이에요."

"그렇군요. 알겠습니다. 어디로 가실 예정인가요?"

"그건 아직 모르고요."

젠장 니노는 어디 있을까?

"정리해 보죠. 고객님께서는 저희 피란델로 박사님이 응급으로 비성형술을 해줄 수 있는지 알아봐 달라는 말씀이시죠?"

"아뇨, 말했잖아요. 코 수술을 받고 싶다고."

"비성형술이 바로 코 수술입니다."

"그럼 코 수술이라고 말하면 되잖아요?"

영어는 이 여자의 모국어가 아닌 게 분명하다.

직원이 한숨을 쉬며 묻는다.

"오늘 오후에요?"

"네, 맞아요."

어서 여길 떠나야 한다. 여기서 어슬렁거릴 시간이 없다. 일분일
초가 아깝다…….

직원이 손목시계를 내려다본다. 베스의 것과 같은 오메가 시계
다. (괜히 내 손목이 허전하게 느껴진다. 나는 베스의 손목시계를 팔았지
만, 뭐, 괜찮다. 대신 뻐꾸기시계를 얻었으니까. 뻐꾸기시계도 계속 보니
점점 마음에 든다.) 직원은 혼란스러운 표정이지만 알고 보면 더없
이 간단한 문제다.

"그 박사님한테 전화해서 물어봐 줄래요?"

보다 못한 내가 제안한다. 직원은 시칠리아의 하늘처럼 짙푸른
눈으로 나를 쳐다본다. 컬러 렌즈다.

"박사님 일정을 확인해 봤는데 쉽지가 않네요. 저희는 환자분에
게 통상적으로 한두 번 정도 상담을 받아보시길 권합니다. 환자분
들은 최소 2주일 동안 기다리시면서 도중에 마음이 바뀌지 않을지
생각해 볼 수 있습니다. 충분히 생각해 보는 것이죠……."

"아, 예. 알았어요. 난 마음 바뀔 일 없어요."

"그리고 수술실 문제도 있습니다. 수술을 하려면 수술실과 간호
사, 마취과 의사를 확보해야 하고……."

그녀의 숨에서 씹는담배 같은 시원한 박하 향이 난다. 그녀가 '마
취과 의사'라는 발음을 하는데, 마치 얼음으로 뒤덮인 툰드라 지역
위를 날아가다가 비행기에서 뛰어내리는 것 같은 기분이 든다. 북
극의 바람처럼 차가운 향기다. 내 숨에서는 어떤 향이 날지 문득 궁
금해진다. (일단 암브로조와 베스가 썼던 것 같은 전동 칫솔을 좋은 것

으로 하나 장만해야겠다.) 이 여자가 내 입에서 와인 냄새를 못 맡았 길 바란다. 화장실에서 쓰러질 때 아랫입술이 깊게 찢어져서 아직 도 입안에 피 맛이 돈다. 입을 반쯤 다물고 얘기해야겠다. 후바부바 껌도 사야겠다. 나는 카운터 너머로 몸을 기울여 직원에게 바짝 얼 굴을 들이댄다.

직원이 움찔한다. 그러든지 말든지.

"얼마를 원해요?"

"무슨 말씀이신지?"

"원하는 금액을 말하라고요. 얼마면 되겠어요?"

"지금 저를 매수하시려는 건가요?"

이제야 알아들었냐.

"아, 맙소사. 정말 급하다고요. 얼마면 오늘 수술을 받을 수 있는 데요?"

초조해진 나는 카운터를 손가락으로 두드린다……. 톡, 톡, 톡, 톡. 아, 어쩐지 프로디지의 '파이어스타터' 전주 같다.

"돈이 문제가 아닙니다."

돈도 소용없는 모양이다.

"알았어요. 됐어요. 다른 데 가서 알아볼게요."

"발다시니 박사님을 찾아가 보시겠어요? 길 건너에 계신데. 그분 이 제 코를 해주셨거든요."

문을 박차고 나와 날듯이 계단을 내려가 작열하는 태양 속으로 뛰어든다. 미치겠다. 몸이 불에 탈 것 같다. 우산이나 양산을 장만

해야겠다. 하지만 우산만 보면 그가 생각난다. 니노가 아니라 암브로조다. 우리가 처음 만났던 날 밤이 떠오른다. 그날 우리는 리한나의 '엄브렐라'를 같이 들었는데 아마 암브로조는 기억 못 할 것이다. (단순히 그가 죽었기 때문만은 아니다.) 그에겐 원나이트 스탠드였겠지만 나는 그 이상을 바랐다. 그날 밤 나는 순결을 잃었고 임신까지 했다. 뭐 나쁘진 않았다. 하룻밤 섹스로 임신까지 했으니 꽤나 효율적이었다. 하지만 난 배 속 아기를 잃었고 쌍둥이 언니는 내 남자를 훔쳐 갔다. 그러니 베스가 개 같은 년이라는 것이다. 아, 암브로조, 벨로 미오bello mio(나의 아름다운 남자). 하지만 그는 엄청난 실망을 안겨줬다. 그의 성기가 조금만 더 컸어도 이런 사태는 일어나지 않았을 텐데.

나는 연석 옆에 도열한 피아트, 페라리, 마세라티를 지나 길을 달려간다. 주차를 하느라 서로 부딪치고 긁는 소리가 들려온다. 베스파 스쿠터의 윙 소리. 빵빵대는 경적 소리. 나는 전체가 개인 병원으로 개조된 하얗고 우아한 높은 건물들 앞을 지나간다. 벽에 붙은 반짝이는 놋쇠 간판에 '발다시니 박사'라는 이름이 새겨져 있다. 꽤 잘나가는 곳 같다. 베스를 약간 닮은 듯한 여자의 사진도 바깥에 붙어 있다. 나는 계단을 올라가 벨을 누른다. 그리고 웅장하고 인상적인 문을 밀고 안으로 들어간다. 천장이 높아서 쾌적하다. 마다가스카르 바닐라 향이 풍긴다. 화분에는 실란초가 심어져 있다. 나는 검은색과 흰색 바닥 타일을 밟고 접수 데스크에 있는 여자에게 다가가 묻는다.

"안녕하세요. 도움이 필요해요. 응급 상황이에요."

"들어오세요."

안쪽에서 한 남자가 이탈리아 억양으로 말한다.

나는 백금색 머리카락의 접수 담당 직원을 흘끗 돌아본다. 그녀는 고개를 끄덕이며 미소 짓는다.

나는 문을 열고 병원 냄새를 들이마시며 안으로 들어간다. '미스터 머슬'이라는 세제 냄새와 아주 흡사하다. 말도 안 되게 깨끗하고 환한 방이다.

"어떻게 도와드릴까요? 참, 환자분 성함이?"

나는 숨을 훅 들이마시며 대답한다.

"비욘세요."

나는 등 뒤로 문을 닫는다.

어머나.

발다시니 박사는 의사 노릇이나 하고 살기엔 *지나치게* 섹시하다. 상큼한 흰색 의사 가운을 입은 신이 내 앞에 서 있는 듯 휘황찬란하고 눈부시다. 천장의 환한 조명이 곧장 그를 비춘다. 목에 걸친 청진기가 마치 특이하고 멋지고 풍자적인 의미를 지닌 독특한 액세서리처럼 보인다. 작년 봄 맥퀸의 패션쇼 무대에서 저런 액세서리를 본 것 같은데. 셔츠 윗부분의 단추가 (2개) 풀려 있어 그 사이로 가슴털이 살짝 보인다. 유명 헤어디자이너가 만져준 듯한 짧은 수염도 완벽하게 어울린다. 미소를 지을 때마다 양 볼에 보조개가 팬다. 체격도 좋고 키도 알맞다. (아무래도 이탈리아인이 *내 취향*인 모양이다.)

이런 남자가 의사라니 아깝다.

하얗고 얇은 수술용 마스크를 쓰고 웃기는 수술복을 입은 채 수술실에 처박혀 외로이 살아가는 이 남자의 모습을 머릿속에 그려본다. 발에는 방수 장화를 신겠지. 의사들도 *머리망*을 쓸까? 이렇게 잘생긴 얼굴이면 전 세계 여자들이 볼 수 있게 광고판에 붙어 있어야 하는 것 아닌가? 전형적인 미국인 같은 저 턱은 자연산일까? 진짜 턱 맞겠지?

그가 내 눈을 들여다본다. 숭고한 눈빛이다. 나는 화이트 와인을 곁들인 스위스 치즈 퐁뒤처럼 안쪽부터 몸이 달궈지며 끈적하게 녹아내린다. 그가 손을 내밀고 악수를 청한다. 그는 진심을 전하듯 내 손을 꼭 잡고 악수를 한다. 따뜻하고 부드러운 피부. 나는 한 발 다가가 그의 체취를 들이마신다. 향이 강한 애프터셰이브 로션을 쓰는 것 같다. 톰포드의 네롤리 포르토피노 향인가. 베르가모트, 앰버, 로즈마리, 레몬 향……. (난 뛰어난 후각을 제대로 써먹지 못하고 평범하게 살고 있다. 이 정도면 입생로랑의 조향사로 일하거나 샤넬의 코 역할을 하면서 전문적으로 재능을 발휘해야 마땅하다.) 코 성형으로 탁월한 후각을 잃지는 말아야 할 텐데.

"앉으시겠어요?"

나는 어느 우주선에서 훔쳐 온 것 같은, 미래 분위기가 물씬 풍기는 의자에 앉아 동그란 덩어리들이 붙어 있는 책상을 바라본다. 맑고 투명한 그 덩어리들은 마치 (촉수 없는) 해파리의 몸통 같다. 그 덩어리들이 무엇인지 알아내는 데 1분이나 걸렸다.

의사가 나를 가만히 바라보며 말한다.

"일단 보시죠."

그는 책상 너머로 손을 뻗어 투명하고 질척한 실리콘 덩어리 하나를 건넨다.

"알레간 임플란트 중 최상급 제품이고 450cc짜리 가슴 보형물입니다."

나는 그걸 꾹 쥐어본다. 플레이도와 촉감이 비슷하다.

나는 그걸 도로 테이블에 내려놓는다.

"아, 알겠어요."

솔직히 말해 기분이 이상하다.

"어떻게 도와드릴까요?"

S&M(가학성·피학성 변태 성욕 – 옮긴이) 놀이? 항문 성교? 상대의 몸을 가볍게 묶고 하는 섹스? 스리섬도 괜찮지. 당신과 나, 조지 클루니 이렇게 셋이서 하는 건 어때? 당신이 옷 벗는 모습을 내가 지켜보는 건?

그는 두 손을 머리 뒤로 받치며 가죽 의자에 등을 기대고 앉는다.

"편하게 저를 레오나르도라고 부르세요."

레오나르도? 멋진 이름이네.

그의 목소리는 솔트 캐러멜처럼 진하고 낮고 부드럽다. 환자를 대하는 태도도 분명 좋을 것이다. 상대를 진정시키는 목소리는 의

103

사에게 중요한 덕목이다. 잠자리에서 따뜻한 대화를 나누는 듯한 목소리. 앞으로 살날이 일주일밖에 안 남았다는 말을 저 목소리로 하면 환자는 '괜찮아'라고 생각하지 않을까.

레오나르도가 미소 짓는다. 그는 실리콘 보형물 3개를 손에 들고 저글링을 하기 시작한다. 꽤 잘한다.

"접수 직원한테 들으니까 응급수술을 받아야 한다고요? 저희 클리닉에서는 원래 잘 안 하지만, 서로 금액이 맞고 추가 비용을 내신다면 가능할 겁니다."

"정말요? 하실 수 있어요?"

"물론입니다. 조금 급하게 해야 하지만 할 수는 있습니다."

"잘됐네요. 아주 잘됐어요. 좋아요."

열심히 찾아보면 이런 모험심 강한 의사를 찾을 수 있다. 윤리 따위 누가 신경이나 쓸까? 히포크라테스 선서? 가격만 맞으면 다 되는 거다.

나는 테이블 위에 놓인 그의 깍지 낀 손을 바라본다. 줄로 다듬고 매니큐어를 칠한 손톱이 자연스럽게 반짝거린다. 피부는 분홍빛이 살짝 섞인 크림색이다. 전문가한테 매니큐어를 받은 듯하다. 손으로 일하는 의사이니 손 관리를 잘해야겠지. 폭탄 공격에 대비해 손 보험도 들어놓지 않았을까. 그의 손이 내 발가벗은 몸을 만지는 상상을 해본다. 그의 손바닥이 내 어깨를 주무르고 그의 손가락이 내 목을 감아쥔다. 그의 두 손이 밑으로 내려가 젖꼭지를 희롱하고 내 가슴을 움켜쥔다. 배를 부드럽게 어루만지다가 엉덩이를 쓰다듬고 다리 사이로 파고든다. 음핵을 문지르며 그 안으로 손가락을 살짝 넣는다. 손가락을 다 넣어주기를.

"비욘세 씨라고요?"

"아, 예? 어디까지 얘기했죠? 음……."

레오나르도, 레오나르도, 레오나르도 정말 마음에 드는 이름이다. 이 이름을 발음하다 보면 펠라티오를 할 때처럼 혀를 움직이게 된다. 그도 레오나르도 다 빈치처럼 르네상스적 교양인일까? 천재 예술가? 범죄 기획자? 레오나르도 디카프리오 같은 만인의 연인일 수도 있다. 내 첫사랑은 영화 〈타이타닉〉의 주인공 잭이다. (잭은 로즈를 보트에 태울 게 아니라 본인이 보트에 타고 로즈를 걷어찼어야 했다.)

레오가 라텍스 장갑을 벗는다. 나는 의자에 앉아 자세를 살짝 바꾼다. 나는 이미 젖었고 성기가 아려온다. 그의 책상에서 섹스를 하는 상상을 해본다.

'아, 맙소사, 앨비. 널 수술해 주겠다는 의사와 잘 수는 없어. 그건 너무 프로답지 못한 짓이잖아……'

머릿속에서 들리는 이 짜증 나는 목소리는 뭐지? 이성의 목소리인가? 분별 있는 앨비의 목소리? 쓸데없이 열성을 다하는 양심의 목소리? 빌어먹을 베스의 목소리일 리는 없다. 어쨌든 지금은 섹스할 시간이 없다. 니노가 알면, 쓸데없는 짓거리로 시간 낭비를 하는 나를 얼마나 고소해할까. 서둘러야 한다.

게다가 난 남자를 끊기로 하지 않았나? 기억력이 금붕어 뺨친다. 남자를 끊기로 해놓고 왜 또 이러니.

"저는 코 성형, 그러니까 비성형술을 받고 싶어요. 오늘 최대한 빨리요."

"어떤 코 모양을 원하시죠?"

"음, 모델 하이디 몬테그와 1994년 무렵의 마돈나를 합친 것 같은 코요."

"음, 알겠습니다."

"최대한 작게 만들어주세요. 러시아 햄스터처럼 작은 코를 갖고 싶어요."

나는 검지로 허공에 내가 원하는 코 모양을 그린다. 쉼표 비슷한 형태다.

그는 고개를 끄덕이지만 제대로 알아들었는지 모르겠다. 그의 눈이 내 눈을 지그시 바라본다. 무언가를 찾고 있는 듯도 하고 눈빛을 읽으려는 듯도 하다. 그의 잘생긴 얼굴에 의아한 표정이 어린다. 왜 저렇게 나를 쳐다보는 걸까? 이런 상담을 하루에 최소한 스무 번은 할 텐데. 아, 이제 알겠다. 내 벗은 모습을 상상하는구나. 남자들은 늘 저렇게 게슴츠레한 눈빛으로 사람을 쳐다보곤 한다……. 그도 나에 대해 상상하는 걸까? 분명 그럴 것이다. 표정을 보면 알 수 있다.

"안녕, 엘리자베스."

미스터 버블이 나를 내려다보고 서 있다. 나는 그의 얼굴을 올려다본다. 백묵처럼 하얀 얼굴에 핏발 선 눈이 나를 내려다본다. 나는 바퀴 달린 들것에 몸이 결박돼 있다. 몸을 움직이려고 안간힘을 써 보지만 근육 하나 움직여지지 않는다. 발목과 손도 너무 바짝 묶여 있다. 몸을 꿈틀대며 비틀어본다. 위스키 냄새가 훅 끼쳐 눈이 따 갑다. 그의 거친 숨이 내 볼에 와 닿는다. 그의 입술이 바로 곁에 있 다. 그가 점점 가까이 다가온다. 이에 무언가 끼어 있는데 인간의 살점 같다.

"난 다시 앨비로 돌아갈래요."

그는 웃음을 터뜨린다. 세이렌(노랫소리로 뱃사람들을 유혹해 죽게 한 바 다의 요정 - 옮긴이)처럼 미친 듯이 웃는다.

"제발, 제발, 제발, 제발요."

그의 얼굴이 베스의 얼굴로 변한다.

눈을 뜨고 주변을 둘러본다. 이게 뭐지? 여긴 어디야? 왜 내 몸 에 이런 튜브들이 연결돼 있지? 병원인가? 병원 커튼인데. 하얀 벽 에는 아무것도 붙어 있지 않다. 소독제 냄새가 풍긴다. 내가 여기서 뭘 하고 있는 거지? 사고라도 당했나? 누가 나를 (또) 죽이려고 했 나? 내 얼굴이 느껴지지 않는다. 머리도 느낄 수가 없다. 몸이 마비 된 걸까? 내가 죽은 건가?

"도와줘요. 도와줘요."

이게 무슨 일이야?

"간호사? 간호사? 간호사."

침대 옆에 빨간색 비상 호출 줄이 보인다. 줄을 당기자 불이 들어온다. 어딘가에서 핑! 소리가 들린다. 숨 쉬어, 앨비나. 숨 쉬어. 아무 문제 없어. 괜찮을 거야. 넌 또 과음을 하고 횡단보도를 건너다 기절한 거야. 눈을 감는다. 리츠 호텔에서 마셨나? 마티니였던가? 생각해, 앨비나. 생각하라고. *니노가 나를 이렇게 만들었을까?* 이마에 주름이 잡히도록 눈을 질끈 감는다. 모르겠다. 큰 수술을 받은 것도 같다. 뇌 안에 전구가 켜진다. 비성형술. 장인급 변장. 이제 기억난다. 그럼 이 모든 상황이 말이 된다. 나는 경찰을 피해 도망치는 중이다. 비밀스런 위장 활동을 하고 있다. 니노 그 개자식을 찾아야 한다. 여기서 한가롭게 누워 있을 때가 아니다.

"부오나 세라, 코메 스타이Buona sera, come stai?(즐거운 저녁이에요, 몸은 어떠세요?)"

눈을 뜨고 보니 내 싱글 침대로 한 여자가 다가온다.

"당신 누구야?"

여자가 미소 짓는다. 그 여자는 우리 할머니를 닮았다. 우아하게 단장한 옅은 비둘기색 짧은 머리, 상대의 기분을 좋게 만드는 환한 미소. 웃을 때 눈가의 잔주름. 비스토 소스 광고에 나오는 할머니 같은 인상이다.

"로마노 자매라고 부르세요. 제가 오늘 환자분을 돌봐드릴 거예요."

자매? 자매라면 질색인데.

"이 빌어먹을 것은 대체 뭐죠?"

나는 손에 꽂힌 바늘을 잡아당기고 끈적거리는 반창고도 떼버린다. 따끔거리는 통증과 함께 바늘이 꽂혀 있던 자리에서 피가 방울

방울 흐른다. 얼른 그 피를 혀로 핥는다. 맛이 좋다.

"진통제 정맥주사예요." 로마노 간호사가 설명한다. 그녀는 바닥에 떨어진 바늘을 바라보며 말을 잇는다. "모르핀 필요 없어요? 그래요. 알겠어요. 치울게요."

모르핀? 모르핀 좋지……

"몸은 좀 어떠세요?"

"멀쩡해요."

어서 여기서 나가고 싶다.

간호사가 침대 옆의 스위치를 누르자 매트리스가 움직인다. 매트리스 위쪽이 윙 소리를 내며 끼익끼익 올라오자 나는 조금씩 앉은 자세를 취하게 된다.

제기랄.

"이건 뭐죠?"

나는 두 눈을 가운데로 모아 내 코를 내려다본다. 하얀 석고 같은 것이 코에 덮여 있다……

간호사는 내 얼굴을 바라보며 환한 미소를 짓는다.

"음, 직접 보세요."

나는 간호사가 건넨 손거울을 받아 든다. 간호사가 석고를 벗긴다. 머릿속에서 베스가 지껄인다.

'코가 없으니 팩맨(일본 게임 캐릭터 – 옮긴이)이 따로 없구나.'

"어머나."

내 코가 사라졌다. 완전 대박이다.

"이…… 이건 너무 작지 않아요?"

"아뇨, 알맞아요. 한번 보세요…….'

간호사가 내 코를 꽉 쥔다. 아무 느낌도 없다.

"어머, 손 치워요. 그러다 부러지겠어."

나는 거울 속 내 얼굴을 바라본다. 레오나르도, 당신 진짜 뛰어난 실력자구나. 그는 진정한 천재다. 성인이다. 마법사다. (게다가 몸매도 끝내준다. 망할 언니 년이 머릿속에서 짖어댄다. 내가 레오나르도와 섹스를 못 하게 훼방을 놓는다.) 이 정도면 경찰들도 나를 못 알아볼 것이다. 예전의 앨비 얼굴과는 완전히 달라졌으니까.

"3시간에 걸쳐 수술을 받았기 때문에 휴식을 취해야 해요."

"3시간요?" 젠장. 오래도 걸렸네. 니노는? "전 이만 갈게요."

간호사가 입술을 꽉 깨문다. 화난 표정이다. 그녀는 조금 전에 떼어낸 하얀 석고 붕대를 도로 내 코에 붙인다. 나는 그녀를 노려본다.

"내 물건은요? 어서 가야 해요."

"시뇨리나Signorina(아가씨), 방금 마취에서 깨어나셨어요."

"당장 여길 나가야 해요. 내 휴대폰 어디 있어요?"

나는 침대 옆 서랍장을 열어본다. 그 속에 있다. 다행이다. 휴대폰을 꺼내고 서랍을 쾅 닫는다.

"지금 어딜 간다고 그러세요. 맘마미아Mamma mia(맙소사). 발다시니 박사님에게 상태가 어떤지 확인받고 싶지 않으세요?"

음, 레오나르도 박사. 그래, 만나고 싶다. 하지만 지금은 아니다. 시간이 없다. 속성 섹스를 할 시간은 더더욱 없다. 지금 나는 시간과 싸우고 있다. 크리스털 미로 게임처럼. 무엇보다 '남자를 끊기로 했다.' 이제 다 기억난다. 돈, 복수, 계획.

침대에서 황급히 내려오다 넘어질 뻔했다. 살짝 비틀거리다 침대 난간을 붙잡는다. 마취제 때문인 것 같다. 아니면 코가 갑자기 작아져서 무게 중심을 잃은 건가. 눈앞이 빙빙 돌던 게 멈추고 바닥도 안정된다. 옷을 찾아 주변을 두리번거리다가 벽장을 열어젖힌다. 작은 고리에 내 샤넬 미니 원피스가 걸려 있다. 고리에서 벗겨바로 입는다. 신발도 찾아 신는다. 하지만 생각해 보니 15센티미터 힐을 신고 걸어 다닐 자신이 없다. 힐을 벗어 손에 든다. 바닥에 닿는 발이 아프다. 아파서 걷기도 힘들다. 그동안 온갖 숙취에 시달려 봤는데, 지금은 숙취에다 코에 불까지 붙은 기분이다. 사랑스러운 모르핀을 좀 더 맞아야겠다. 말 진정제도 투여할까? 약간의 진을 곁들이면?

간호사는 내 코의 석고 붕대를 가리키며 말한다.

"그걸 6주 동안 계속 붙이고 계세요. 밤이고 낮이고 할 것 없어요. 절대 벗기면 안 돼요."

"그럴게요."

당연히 절대 안 벗지.

벽장 안에 베스의 에르메스 토트백이 놓여 있다. 나는 토트백을 꺼내 그 안에 휴대폰을 쑤셔 넣는다. 돈도 확인해 본다. 돈은 뻐꾸기시계 속에 잘 들어 있다. 그렇다. 내 인생이 토트백 속에 통째로 들어 있다. 적어도 나름 가볍게 여행하는 중이다……

"약 잘 챙겨 드세요. 하루에 네 번이에요."

아. 약 좋지.♥♥♥

"알았어요."

간호사가 약이 잔뜩 담긴 종이 가방을 건넨다. 나는 알약들을 손으로 집어 토트백에 집어넣는다. 토트백이 꽉 차서 잠기지도 않는다.

파란 커튼을 젖히고 비틀거리며 병실을 가로질러 걸어간다. 바닥에 닿는 맨발이 얼음처럼 차갑다. 말보로 라이트 담배에 불을 붙이는데 간호사가 부른다.

"굉장히 강한 진통제예요. 코데인과 파라세타몰이거든요. 과용하지 않도록 주의하세요."

"예, 예, 예. 알았어요."

"그럼, 차오Ciao(잘 가요), 비욘세 씨."

이탈리아 로마, 트라스테베레 지역

약국 문을 밀고 안으로 들어간다. 속도위반으로 달려온 2층 버스에 얼굴이 깔아뭉개진 것 같은 기분이다. 알약을 한 줌 집어 한 알씩 삼킨다. 눈을 손으로 문질러본다. 잔뜩 부어 있다. 목이 칼칼하고 바짝 말랐다. 콧구멍으로 숨이 쉬어지지 않는다. 얼굴 근육도 제대로 움직일 수가 없다. 에너지 드링크 루코제이드 한 병을 집는다. 목 안이 파타고니아 소금 평원처럼 갈라지기 전에 목을 축여야 한다. 석고 붕대를 살짝 벗겨서 보니 코 모양이 생각보다 예쁘게 잘 나온 것 같다.

약국 통로를 지나면서 휘휘 둘러본다. 또 뭘 사야 하지? 일단 필수용품을 사야겠다. 머리 염색제(푸크시아 핑크색), 콕링(남성의 성기에 붙이는 고리 - 옮긴이), 듀렉스 플레이 젤과 향기 나는 콘돔, 빗, 치약, (전동)칫솔, 립스틱, 컨실러, 마스카라, 그리고 아주 멋진 미러 선글라스. 나는 뻐꾸기시계에서 꺼낸 현금으로 계산을 하고 약국을 나선다.

계단을 밟고 아파트로 올라가 곧장 욕실로 들어간다. 세면대 앞에서 머리를 염색한다. 머리를 헹구자 분홍색 물이 빙글빙글 돌면서 배수구로 흘러 들어간다. 벌겋게 물든 세면대에 대고 머리카락의 물을 쥐어짠 뒤 헤어드라이어로 말린다. 환한 조명이 들어오는 거울 앞에서 머리를 손질한다. 솜사탕 같은 머리카락을 등 뒤로 늘어뜨린다. 트롤 왕국의 파피 공주 같다. 석고 붕대를 벗겨내고 성형한 코 상태를 다시 한 번 확인해 본다. 어머, 잘됐다. 그것도 엄청. 이게 누구야? 네온 핑크색 머리카락에 마라스키노 체리(마라스키노 술에 담근 체리 - 옮긴이)처럼 귀여운 코. 딱 봐도 딸기를 얹은 휘핑크림 선디(기다란 유리잔에 아이스크림을 넣고 시럽, 견과류, 과일 조각 등을 얹은 것 - 옮긴이)다. 앤젤 딜라이트 디저트 같기도 하다. 보랏빛으로 멍들기 시작한 코 윗부분에 컨실러를 바른다. 약간 아프기는 하지만 진통제 때문인지 생각보다는 통증이 덜하다. 구름 위에 둥둥 떠 있는 기분이다. 입술에 립스틱을 살짝 바르고 마스카라를 칠한다. 선글라스를 낀다. 뭐야. 사람이 완전 달라 보인다. 외모 점수가 10점 만점에 *12점*은 될 것 같다. 진통제를 몇 알 더 삼킨다. 이제 슬슬 움직일 때가 됐다.

chapter 7

마취제의 약발이 떨어지면서 허기가 진다. 새 코를 장착한 채 먹을 것을 찾아 돌아다닌다. 꽤 괜찮은 식당이 보인다. 옛날식 이탈리아 레스토랑 타베르나 트릴루사다. 페인트칠을 한 벽을 타고 담쟁이덩굴이 자라 있다. 캐노피와 예쁜 테라스가 있는 레스토랑이다. 나무 덧문과 양초 랜턴도 보인다. 들어가 봐야겠다. 문을 밀고 안으로 들어간다. 레스토랑 안은 먹고 마시고 떠드는 손님들로 붐빈다. 어떤 이들은 목청을 높이기도 한다. 한쪽에서는 볼로네즈 소스에 대해 토론이 한창이다. 주방에서 흘러나오는 감각적인 냄새가 실내에 그득하다. 아, 세상에. 군침이 고인다. 뭐든 먹을 수 있을 것 같다. 뭐든지 다. 웨이터가 다가와 미소를 짓는다. 젊은 시절의 맷 르블랑(미국의 영화배우 – 옮긴이)을 닮았다.

"부오나세라, 시뇨리나Buonasera, signorina.(안녕하세요, 손님.)"

그가 나를 위아래로 훑는다.

"차오. 한 명이에요."

"네, 따라오시죠."

나는 그의 뒤를 따라간다. 그는 몸에 착 붙는 검은 바지를 입었다. 엉덩이 근육이 팽팽하다. 호두까기 인형의 엉덩짝처럼.

우리는 손님들로 바글거리는 레스토랑을 가로질러, 테이블과 의자들 사이를 비집고 구석 자리로 향한다. 그는 내가 앉을 의자를 뒤로 빼주고, 내가 자리에 앉자 무릎에 냅킨을 얹어준다. 그의 손가락이 내 허벅지 안쪽을 스친다. 일부러? 아니면 어쩌다?

"아페리티보aperitivo(식전주)는 뭘로 드릴까요, 벨라bella(아름다운 손님)? 프로세코 와인? 아페롤 스프리츠 칵테일?"

"보드카 주세요, 스트레이트로."

그는 고개를 끄덕이며 혀로 입술을 핥는다.

"시, 벨리시마Si, bellissima.(네, 아름다운 손님.)"

나는 커다란 메뉴판을 펼치고 끝도 없는 요리 목록을 들여다본다. 뭘 골라야 될지 모르겠다. 하긴 평소에 할로웨이의 도미노 피자에서 마르게리타 피자나 주문해 먹던 내가 알 턱이 없지.

실내를 쭉 둘러본다. 상당히 오래된 곳이다. 짙은 색 나무 대들보가 천장을 가로지르고 벽에는 액자에 담긴 유화들이 걸려 있다. 나무통들, 램프 불빛, 르네상스풍 벽화, 연철 안전망, 책들이 쭉 꽂힌 책꽂이들. 아늑하다. 진짜배기 느낌이다. 전통적이다. 암브로조, 베스와 함께 갔던 타오르미나의 레스토랑처럼 화려하지는 않지만 멋이 흐른다. 지나치게 휘황하지 않아서 좋다.

웨이터가 쟁반에 음료를 받쳐 들고 온다.

"보드카 나왔습니다."

그는 이 말을 하며 윙크를 한다.

나는 플라스틱 빨대로 보드카를 한 모금 빨아 마신다. 뼉이 갈 만큼 차갑고 상쾌하다. 음, 이 맛이야. 기운이 난다. 나는 진통제를 몇 알 더 삼킨다.

나는 웨이터의 아마레토(아몬드 향 증류주 - 옮긴이) 빛깔의 눈을 바라보며 묻는다.

"여긴 뭐가 맛있죠?"

"카치오 에 페페가 유명합니다. 페퍼와 치즈를 넣은 파스타죠."

"맛있겠네요. 치즈 좋죠. 그걸로 할게요."

"탁월한 선택이십니다. 훌륭하세요."

그는 미소를 지으며 메뉴판으로 손을 뻗는다. 그의 손가락이 내 손을 스친다. 내 손목을. 실수일까? 아니, 실수가 아닌 것 같다.

나는 저만치 걸어가는 웨이터의 모습을 바라본다. 섹시하다. 10점 만점에 8점. 이 레스토랑에서 몸매가 제일 좋다. 다른 웨이터들도 모두 합격 수준이다. 문득 내가 저 웨이터를 마음에 들어 하는 이유를 깨닫는다. 그는 니노를 닮았다. 검은 머리카락, 검은 눈동자, 마른 체격에 상스러운 인상, 늘씬한 몸매, 20년 전 젊은 살인청부업자 니노의 모습이 저렇지 않을까?

니노. 이 자식을 어떻게 죽일까? 생각해 봐야 한다. 꼼꼼히 계획을 짜야 한다. 일단 목록을 만들고 도해도 그리자. 묘안을 떠올려야 한다. 온갖 정신 나간 아이디어라도 디 적어보자. 복합적 창의성을 발휘해야 한다. 머릿속에 떠오르는 모든 아이디어를 잘 살펴보자. 금지 사항은 없다. 나는 가방에 손을 넣어 빨간 펜을 찾아낸다. 그런데 종이가 없다. 종이 냅킨이라도 찾아보지만 천으로 된 냅킨뿐이다. 천이든 뭐든 흰색이면 될 것이다. 안 될 건 또 뭐람. 나무 테이블 위에 냅킨 한 장을 펼쳐놓고 맨 위에 굵은 글씨로 제목을 적는다.

앨비의 복수♥

중간에 니노의 모습을 그려 넣는다. 머리는 동그랗게, 몸뚱이와 팔다리는 선으로 쭉쭉 긋는다. 난 그림에 소질이 없다. 그림은 니노와 전혀 닮지 않았다. 오히려 배우 톰 히들스턴 같다. 목에 교수형 올가미를 그려주고, 마치 게임을 하듯 교수대의 나머지 부분을 그린다. 그리고 사방에 말풍선을 그리고 그 안에 목록을 적는다. 총으로 쏴 죽이기, 칼로 찌르기, 차로 치기, 절벽 너머로 밀어버리기, 가라데 같은 무술을 배워서 두들겨 패기, 뒤통수를 몽둥이로 후려갈기기, 목 조르기, 차에 가두고 일산화탄소로 질식시키기, 삼플루오르화염소를 부어서 자연 발화하게 만들기.

어느새 웨이터가 다가와 내 귀에 대고 부드럽게 속삭인다.

"파스타 나왔습니다, 시뇨리나."

나는 냅킨을 얼른 집어서 무릎에 뒤집어놓는다. 그가 영어를 못 읽어야 할 텐데. 나는 미소 띤 얼굴로 묻는다.

"근처에 철물점 있나요? 비앤큐 매장 같은 곳요. 아는 데 있어요?"

"아뇨, 죄송합니다. 근방에는 없습니다."

"밧줄과 망치를 좀 사야 하는데."

요리로 눈길이 돌아간다.

나는 특대 사이즈 음식을 선호하는 편이다. 그런데 아, 맙소사. 이건 정말 *거대하다*. 웨이터는 내 앞의 작은 테이블에 프라이팬만큼이나 커다란 접시를 내려놓았다. 크림소스로 버무린 파스타가 넘치도록 담겨 있다. 소스에서 치즈 향이 물씬 풍긴다. 웨이터는 자기만큼 키가 크고 몸통이 굵은 후추 분쇄기를 들고 있다. (남근 모양이라 자연히 내 시선은 그리로 향한다.)

"해드릴까요?"

"그러세요. 특별히 핫하게요."

웨이터는 바로 옆에서 후추를 갈아 파스타에 뿌려준다. 그의 엉덩이가 내 팔에 지그시 닿는다. 그의 성기가 내 눈높이에 있다. 성기가 있는 자리가 두드러지게 불룩하다. 아마 23센티미터쯤 되지 않을까? 그의 몸에서 풍기는 링크스 아폴로 향수에 취한다. 후추 분쇄기가 *드르르륵* 갈린다.

"이 정도면 괜찮으실까요?"

"네."

"부온 아페티토Buon appetito.(맛있게 드세요.)"

포크로 파스타를 퍼서 입에 넣는다. 섹스보다 훌륭하다. 완벽한 알덴테로 삶아진 파스타 면이 탱탱하다. 소스는 크림 맛이 강하고 적당히 짭짤하며 죽여줄 만큼 맛있다. *맙소사, 너무 맛있잖아. 굉장해. 엄청난 맛이야.* 나는 2분 만에 접시를 비운다.

머릿속에서 베스가 구시렁거린다.

'어휴, 돼지가 따로 없구나. 그렇게 먹고 또 토하려고?'

생전에 베스는 글루텐을 악마로, 탄수화물을 적그리스도로 생각했다.

"아니, 더 먹을 거야."

나는 음식을 먹으면서 마음의 위안을 얻는다. 뭘 어떻게 하든 내 마음이다. 따뜻하고 부드러운 음식을 배 속에 더 넣어야겠다. 포옹처럼 기분 좋은 음식. 어릴 때는 아빠를 잊으려고, 베스와 엄마에 대한 생각을 머릿속에서 지우려고 음식을 입에 퍼 넣었다. 나는 미소 지으며 웨이터를 올려다본다.

"하나 더 주세요."

웨이터의 눈이 휘둥그레진다.

"아, 술을 한 잔 더 달라는 말씀이시군요." 그는 프라이팬 같은 접시를 치우며 확인한다. "혹시 카치오 에 페페 파스타를 하나 더 달라는 말씀인가요?"

"그래요. 그거로 하나 더요."

나무 의자에 구부정하게 앉아, 주방으로 달려가는 그의 뒷모습을 바라본다. 잔을 비우고 천천히 입술을 핥는다. 믿기지 않을 정도로 맛있는 파스타였다. 요리 포르노의 최고봉이라고 불러도 좋을 만큼. 아치웨이에 살던 시절 즐겨 먹던 '맥앤치즈 팟 누들' 컵라면이 떠오르긴 하는데 맛의 수준이 비교가 되지 않는다. (그리고 봄베이 배드 보이 맛 컵라면이 더 좋았다. 오리지널 커리 맛도 괜찮았고.)

손가락으로 테이블을 타닥타닥 두드린다. 나는 *베스*가 아니다. 먹고 싶은 건 뭐든 먹을 거다. 푸딩도 먹어야지.

웨이터가 쟁반에 술잔을 받쳐 온다.

"보드카 나왔습니다, 시뇨리나."

나는 길게 쭉 들이켠다. 그는 내 모습을 유심히 바라본다.

"7년째 여기서 일하고 있는데 지금까지 모신 손님들 중 제일 아름다우십니다."

"아, 그래요?"

저녁마다 하는 멘트일 수도 있지만, 그래서 뭐? 난 그 말을 믿기로 한다.

"유일하게 카치오 에 페페를 두 접시째 주문하신 손님이기도 하고요."

이제야 그의 말이 신뢰가 간다.

"아, 예. 정말 맛있어요."

"저는 음식을 잘 먹는 여자를 좋아합니다."

"*그래요? 그럼 잘 봐줘요.*"

그를 산 채로 잡아먹을 수도 있다. 말리지 말길. 야생 딸기 같은 입술……. 판나 코타(생크림이 들어간 이탈리아 푸딩 – 옮긴이) 같은 크림색 피부. 이따가 남은 음식을 담아 가는 봉지에 *이 남자를* 담아서 아파트로 가져갈까?

그는 내 음식을 가지러 다시 주방으로 간다. 나는 술을 홀짝인다. 어머! 와! 술이 곧장 머리로 향한다. 괜히 웃음이 난다.

음, 어디까지 계획을 짰더라? 무릎에 치워뒀던 냅킨을 다시 테이블에 펼쳐놓는다. 다양한 아이디어들을 쭉 읽어보고 몇 가지를 더 추가한다. 치사량의 약물(리신? 헤로인? 청산가리?)로 죽이기. 지금쯤 니노도 저녁을 먹고 있지 않을까. 근처에 있는 어느 아담한 식당에서? 불쌍한 놈. 그는 아직 모르겠지만 머잖아 구더기 밥이 될 것이다. 냅킨에 적은 목록을 한 번 더 훑어본다. 항목이 꽤 광범위하다. 말풍선을 하나 더 그리고 적어 넣는다. 수영장/욕조/호수에 빠뜨려 죽이기.

"파스타 나왔습니다."

웨이터가 미소 띤 얼굴로 말한다.

눈빛이 묘하다. 저 눈에 담긴 감정은 두려움일까, 동경일까? 나 때문에 흥분한 것 같기도 하다. 이번에도 그는 내 앞에 파스타가 산처럼 쌓인 프라이팬을 내려놓는다. 파스타가 '나를 먹어줘, 어서'라고 애원하는 듯하다.

베스가 구시렁거린다.

'돼지 같은 년.'

나는 포크를 손에 쥐고 파스타를 퍼서 입에 넣는다.

웨이터가 묻는다.

"후추는 필요하지 않으십니까?"

"괜찮아요."

내 입에 음식이 가득 차 있다.

아무리 빨리 먹어도 부족할 만큼 식욕이 동한다. 포크를 연달아

놀리며 파스타를 점점 더 빠르게 입에 퍼 넣는다. 상당히 뜨겁지만 괜찮다. 얼굴 안에 가득 밀어 넣고 싶다. 뜨끈한 소스가 입안에서 소용돌이친다. 아, 젠장, 신이시여.

이걸 먹기 전까지 난 제대로 된 음식을 먹은 게 아니었다.

웨이터는 내 눈을 바라보다가 내 쪽으로 몸을 굽히며 속삭인다.

"저, 40분 후에 교대 근무가 끝납니다." 이 레스토랑에서는 어떤 디저트를 내올지 궁금하다. 그가 계속 말한다. "이따 한 번 더 들러 줄 수 있으세요? 같이 와인도 마시고 음악도 들으면 좋겠어요. 저는 이 모퉁이 너머에 살고 있어요……."

이제야 배가 부르다.

"더는 못 먹겠어요. 계산서 갖다 줄래요?"

"좋습니다. 와인은 생략하죠. 음악은요? 로맨스는?"

나는 고개를 저으며 부른 배를 내려다본다. 문득 좋은 생각이 떠올라 나는 고개를 옆으로 기울이며 미소를 지어 보인다.

"내 아파트로 와요."

나는 그에게 주소를 적어준다.

"달려와서 나를 때려요."

디에고는 어안이 벙벙한 표정으로 나를 쳐다본다.

"나한테 확 달려들라고요. 공격하란 말이에요. 내 코는 건드리지 말고요."

그는 고개를 절레절레 흔든다.

"무슨 말인지?"

"잘 들어요, 디에고. 이건 *전희*라고요. 섹시한 분위기를 만들어야죠. 난 이렇게 해야 흥분된다고요."

나는 답답해하며 눈을 위로 굴린다. 그는 못 알아듣는 눈치다.

나는 휴대폰으로 유튜브를 켜서 그에게 '최고의 호신술 다섯 가지'라는 제목의 영상을 보여준다.

그가 묻는다.

"아, 레슬링을 하고 싶다는 거군요?"

"그래요. 그거예요, 레슬링."

나는 방해가 되는 소파를 옆으로 밀어 치운다. 안락의자와 커피 테이블도 치워버린다. 테이블 다리가 바닥을 찍 긁지만 아랑곳하지 않고 아예 벽에 붙여놓는다. 그래, 이제 좀 낫다. 편하게 움직일 만한 공간이 확보됐다. 상대를 죽이려면 민첩한 움직임을 연습해야 하는데 혼자서는 할 수가 없다. 탱고를 추려면 파트너가 있어야 한다.

"내가 여기 서서 저쪽을 보고 있을 테니까…… 당신이 뒤에서 내 쪽으로 와요."

"알겠습니다. 바 베네Va bene.(좋아요.) 논 체 프로블레마Non c'e problema.(문제없어요.)"

그가 이탈리아어로 말하니 좋다. 이 상황이 진짜처럼 느껴진다. 니노를 상대하는 것 같다. 억양도 니노처럼 귀엽다. 이 남자도 시칠리아 출신일까?

나는 벽을 쳐다보고 서서 묻는다.

"준비됐어요?"

"우노, 두에, 트레Uno, due, tre……(하나, 둘, 셋…….)"

"아니, 아니, 아니. 숫자 세지 말아요. 기습을 당해야 하니까."

"내가 당신 쪽으로 가는 걸 알잖아요?"

"언제인지는 모르죠."

나는 거실 벽을 가만히 쳐다본다. 예쁜 목련이 그려진 벽지다. 나는 목련 문양을 손가락으로 만져본다. 플뢰르 드 리스fleur-de-lys(백합 모양 장식 문양 – 옮긴이)다. 뒤가 조용하다. 아무 기척이 없다. 공격도 하지 않는다. 나는 잠시 기다리다 뒤돌아본다.

"할 거예요, 말 거예요?"

디에고가 별안간 확 달려든다. 흥분한 래브라도 개처럼 내 가슴을 타고 올라앉는다. 우리는 바닥으로 쓰러진다. 그는 숨을 헐떡이며 나를 짓누른다. 아, 맙소사. 배가 터질 것 같다. 파스타를 너무 많이 먹었다. 개비스콘이 필요하다. 우리는 이리저리 구른다. 그가 내 옆쪽 목을 세게 후려친다.

"아, 아프잖아. 비켜요." 나는 숨을 헐떡이며 인상을 찌푸린다. 목이 아프고 머리도 핑 돈다. "뭐예요?"

"공격하라면서요?"

그는 바닥에 앉아 얼얼해진 손을 다른 손으로 감싸 쥔다.

"그런 식으로 말고요. 제기랄."

베스가 중얼거린다.

'웃기고 있네.'

우리는 서로를 가만히 쳐다본다.

그가 말한다.

"그럼…… 이제 섹스를 해도 되죠?"

나는 일어서서 목을 문지른다.

"아뇨. 아직 아니에요. 어림없어요. 내가 아직 당신을 끝장내지 못했잖아요."

거실 한가운데서 디에고가 일어선다. 나는 유튜브 영상을 흘끔 쳐다본다. 상대의 눈과 사타구니를 공격하라고 되어 있다. 팔꿈치로 잽을 날려야 한다.

"자, 자. 난 준비됐어요." 나는 휴대폰을 커피 테이블 위로 던지며 묻는다. "당신도 준비됐죠?"

"시Si.(예.)"

방 끝에서 그를 향해 달려간 나는 무릎으로 그의 불알을 걷어찬다.

"으아아아아아아아아아아악!"

그는 허리를 확 굽힌다.

"뭐예요? 공격이 제대로 먹혔죠? 아파요?"

디에고는 눈물이 그렁그렁한 눈으로 나를 쳐다보다가 현관문 밖으로 도망친다.

"이봐요, 어디 가는 거예요?"

나는 침실로 돌아가 킹사이즈 침대에 털썩 눕는다. 로드킬을 당한 문어처럼 늘어진 채 램프의 장식술을 쳐다본다. 한껏 먹고 싸움 연습까지 했더니 죽을 것 같다. 해변으로 밀려 올라온 고래가 된 기분이다. 평범한 흰긴수염고래나 범고래가 아니라 '웨이트 와처스(체중 감량 서비스 업체명 – 옮긴이)'에 가려고 해변으로 올라왔다가 심부전으로 죽어가는 비만 고래다. 다른 고래들에게 뚱뚱하다고 놀림받는 고래. 데이트를 해볼 기회도 없는 고래. 이렇게 늘어져 있다가 살이 푹푹 찌면, 사람들은 나를 문밖으로 꺼낼 수가 없어서 벽을 무너뜨리고 지게차로 들어내야 할 것이다. 그런 꼬락서니라면 뉴스에 뜰 테고, 그럼 모든 게 끝장이다. 대체 어쩌자고 그 많은 파스타를 다 먹었을까?

베스가 말한다.

'그럴 줄 알았다는 말을 하기도 지친다.'

나도 영화배우 기네스 펠트로처럼 베리와 꿀벌화분만 먹는 다이어트를 하고 싶다.

시트의 감촉이 시원하고 비단처럼 매끄럽다. 누군가 내 베개 한가운데 네모난 민트 초콜릿 하나를 놓아두었다. 은박지를 까서 초콜릿을 입에 넣는다. (아까 레스토랑에서 디저트를 먹지 않았는데 마침 잘됐다.) 가만히 누워 천장에 새겨진 무늬를 감상한다. 천사와 장미, 소용돌이 같은 조가비 문양이다. 퍼석퍼석한 흰 석고다. 고풍스런 르네상스 분위기가 물씬 풍긴다. 구석 자리에는 멋진 벽난로도 있다. 벽난로 위 선반은 윤기가 차르르 흐르는 대리석이다. 가짜 밀랍 양초가 달린 샹들리에가 따뜻하고 기분 좋은 빛을 드리운다. 예스럽고 화려한 분위기. 황금기의 빛이다.

"뻐꾹."

뻐꾸기시계가 정각을 알려준다.

1시. 적어도 런던은 1시라는 뜻이다. 여기는 아마 2시나 3시쯤 되지 않을까. 혼란스럽다. 시곗바늘을 앞으로 돌려 1시간이나 2시간쯤 당겨야겠다. 이렇게 시간도 안 맞는 시계를 굳이 들고 다닐 필요가 있을까…….

어서 밖에 나가 산타마리아 광장을 샅샅이 뒤져야 하는데, 로마 중심부를 돌아다니며 계획대로 실행에 옮겨야 하는데, 너무 지친다. 기운이 없다. 이만저만 지친 게 아니다. 오늘은 무척 긴 하루였다. 어제도 마찬가지였다. 아직 수술에서 회복되는 중이다. 부쿠레슈티에서 강도를 만나 죽이기까지 했다. 치즈가 듬뿍 들어간 파스타를 3킬로그램이나 먹었다. 일어나서 니노를 찾는 일은 조금 뒤로 미뤄야겠다. 니노가 나를 찾기 전에 내가 먼저 찾아야 할 텐데.

(게을러서가 아니다. 난 독일 차처럼 에너지 효율이 좋을 뿐이다.)

아, 니노. 당신의 맛이 느껴져. 당신은 분명 이 근처 어딘가에 있을 거야. 당신의 존재가 뼈에 사무치게 느껴진단 말이야…….

침대에 누운 채 팔다리를 쭉 뻗는다. 머리 위 천장에 매달린 선풍기가 바람을 살살 불러일으킨다. 미풍이 뜨끈한 피부를 어루만진다. 원피스 자락을 위로 끌어 올리고 다리를 벌린다. 손가락으로 허벅지 사이를 훑는다. 나는 여전히 팬티를 안 입고 있다. 새 팬티도 몇 장 사야 한다. 니노가 여기, 바로 이 자리, 내 곁에 있으면 얼마나 좋을까. 그에게 키스하고 싶다. 아, 그의 얼굴을 깔고 앉을 수 있으면 정말 좋을 텐데. 아침에 해가 뜰 때까지 그의 몸에 올라타고 싶다. 그의 입술이 찢어질 때까지 잘근잘근 씹고 싶다. 그의 영혼을 빨아들이고 싶다. 그럼 나는 니노가 되고, 그는 앨비가 될 것이다. 우리는 캐서린과 히스클리프(《폭풍의 언덕》의 주인공 - 옮긴이)가 된다. (내가 마침내 그를 죽인다면) 그가 유령이 되어 나를 쫓아다녀도 좋다. 민트 초콜릿 맛이 아직도 혀에 감돈다. 그게 니노의 피라면 좋을 텐데.

나는 나를 파괴하는 것들을 왜 이다지도 원하는 걸까?

눈을 감고 한숨을 쉰다.

손가락으로 가슴 주변을 쓰다듬는다. 부드럽고 둥그런 가슴을 주무른다. 젖꼭지가 단단하게 일어선다. 손가락으로 젖꼭지를 희롱하고 쥐어짠다. 니노를 데리고 잔 다음 죽여버릴 것이다. 얼마나 섹시할까. 벌린 입술을 손가락으로 문지른다. 매끈한 피부가 촉촉이 젖어든다. 내 몸을 만지며 안으로 손가락을 밀어 넣는다. 아프다. 갈망이 극단으로 치닫는다. 등이 활처럼 휘었다가 쭉 펴진다. 아, 그래, 기분 좋다. 괜찮다. 이대로 절정에 다다르고 싶다. 내 안에 깊숙이 들어온 니노의 모습을 상상한다. 그의 크고 단단한 성기가 곧게 선 채 고동친다. 그의 성기를 내 지스폿에 가져다 대고 싶다. 내 목에 그의 뜨거운 숨결을 느끼고 싶다.

'당신이 이렇게 나쁜 여자인 줄 미처 몰랐네요……'라고 니노는 말했다.

침대에서 그의 목을 조를까? 러시아 출신 본드 걸처럼 허벅다리로 그의 목을 휘감고 부러뜨릴까? 하지만 니노는 강한 남자다. 나보다 힘이 세다. 그를 이기려면 훨씬 민첩해야 한다. 빠르면서도 신중해야 한다. 그를 확실하게 제압할 방법이 필요하다. 손가락을 더욱 깊숙이 밀어 넣는다. 내 몸이 블라망주(푸딩)처럼 느껴진다. 브래지어 속에 면도칼을 숨겨둘까? 면도칼을 꺼내 그의 목을 그어버릴 수도 있을 것이다. 뜨거운 땀이 흐르고 숨이 막힌다. 정신이 아득하게 흐려진다. 숨이 거칠어진다. 헐떡인다. 상상 속의 그것이 점점 커지고 단단해지고 강해진다. 내가 이렇게 필요로 하는데 니노는 대체 어디 있는 걸까? 난 절정에 다다르고 싶단 말이다.

침대에서 일어나 앉아 주변을 둘러본다. 어지럽다. 이 한계점을 넘길 만한 무언가가 필요하다. 아끼는 딜도인 미스터 딕은 타오르미나에 있다. 아마 그 집에 불이 났을 때 녹아버렸을 것이다. 생각해 보니 새로 산 전동 칫솔이 있다. 그걸 쓰면 되지 않을까? 침대에서 벌떡 일어나 욕실로 달려간다. 전동 칫솔을 꺼내 스위치를 켠다. 전동 칫솔이 부르르 윙 덜덜거리며 작동한다. 손잡이가 손바닥 안에서 벌떡거린다. 콜게이트 스피어민트 치약 냄새가 난다. 배터리의 힘이 제대로다. 나는 침대로 달려와 다리 사이에 전동 칫솔을 대고 부르르르 떠는 진동을 느껴본다. 아, 신선하다. 전기의 찌릿한 느낌. 박하 향. 칫솔모에 피부가 쓸리지만 참을 만하다. 앨비 나이틀리, 넌 천재야.

이대로 쭉 가자.

쾌락의 파도를 타고

저만치

그리고

더 멀리.

골목에 죽어 널브러져 있는 남자의 모습이 보인다.

지금 그 남자는 니노의 얼굴을 하고 있다.

공허한 눈.

목 졸린 비명.

'그래, 그래. 내가 그를 잡았어. 그 개자식을 잡았다고.'

온몸이 짜릿해졌다가 풀어진다. 나는 빗물처럼 자유로워진다.

침대에서 기분 좋게 뒹굴거린다. 너무 지쳐서 양치질도 못 하겠다. (그 칫솔이 어디 들어갔다 나왔는지 알기 때문이기도 하다.) 눈을 감고 하품을 한다. 깜빡 잠이 들었는데 별안간 쾅 소리가 들린다. 창문이 닫히는 소리 같다. 녹슨 경첩이 삐걱거리는 소리도 들린 듯하다. 일어나 앉아 조명을 켠다. 심장이 콩닥거린다. 무슨 일이지? 여긴 5층이다. 여기까지 올라올 사람은 없다. 혹시 건물 바깥의 비상계단으로 올라온 걸까? 아까 그 섹시한 웨이터가 다시 돌아왔나? 아니면 혹시…… 니노? 제길, 어쩌지. 아, 어떡해. 죽고 싶지 않아. 난 무기도 없단 말이다. 뭐든 무기로 쓸 만한 물건을 빨리 찾아야 한다. 시트를 젖히고 침대 밖으로 뛰쳐나간다. 현관홀로 달려간다. 창문이 열려 있다. 얼른 닫는다. 뭔가 어설프다. 나는 어둠 속에서 이리 뛰고 저리 뛴다.

칼. 고기 자를 때 쓰는 칼을 찾아야 한다. 주방에 한 자루 정도는 있을 것이다. 칼을 찾느라 마구 뒤적거린다. 서랍을 여닫는 소리, 금속끼리 쩔그럭쩔그럭 부딪치는 소리가 요란하다. 내가 뭘 하는지 모르겠다. 하지만 너무 겁이 나서 주방의 조명등을 켤 엄두가 나지 않는다. 숨이 막힌다. 코데인을 보드카랑 같이 마셨더니 똑바로 생각할 수가 없다. 약을 몇 알이나 먹었는지 모르겠다. 생각이라는 걸 하는 것 자체가 용하다. 손가락으로 이리저리 더듬어본다. 어서 나와라. 어서 나와. 버터 칼, 서빙 스푼, 나무 밀방망이. 서랍을 싹 비운다. 찬장도 열어젖힌다. 뭐든 있어야 할 텐데. 칼이나 가위? 감자 필러? 꼬챙이? 막자와 막자사발? 없다. 아무것도. 코르크 마개뽑이조차 없다. (내가 필요로 하는 건 총이다. 영화 〈매트릭스〉에 나오는 것 같은, 방 안 가득 들어찬 총들. 끝없이 공급되는 총이 필요하단 말이다.) 이렇게 지체할 시간이 없다. 창문은 왜 열렸을까?

찬장을 손으로 더듬는데 나무 도마가 느껴진다. 그 안쪽에 다양한 크기의 칼이 다섯 자루 들어 있다.

드디어.

바로 이런 게 필요했다.

역시 신은 있는 건가?

나는 그중 제일 길고 큰 칼을 손에 쥔다. 완벽하다. 이게 바로 내가 필요로 하는 무기다. 칠면조나 닭, 오븐에 구운 쇠고기를 자르는 칼. 묵직하고 단단하다. 심장이 쿵쿵 뛴다. 엄지를 칼끝에 대고 눌러본다. 피가 한 방울 맺힌다.

놈이 들어오더라도 준비가 돼 있다. 놈을 잡고 말 것이다.

베스가 주절거린다.

'*그가 이길 거야.*'

나는 오래전에 잃어버렸다가 되찾은 아들처럼 칼을 소중히 품에 안는다.

'*대비하는 게 최선이지.*'(《햄릿》의 한 구절 – 옮긴이)

뭐지? 마룻장이 삐걱대는 소리 같은데? 현관문 두드리는 소리인가? 나는 귀를 쫑긋 세운다. 경비견이라도 한 마리 집에 들여놓아야겠다. 아니면 마이크 타이슨처럼 호랑이라도 키워야 할까? 영화에 나오는 어떤 꼬마처럼 용이라도 키워봐? 나는 떨리는 두 손으로 칼을 꼭 쥔 채, 살그머니 현관홀에서 물러나 침실로 향한다. 내가 여기 왜 왔을까? 뭘 어쩌자고 왔을까? 대체 무슨 근거로 그 마피아를 죽일 수 있을 거라고 생각했을까?

베스가 이죽거린다.

'*네가 이길 가능성은 없어.*'

"엿이나 먹어. 나중에 지옥에서 보자."

나는 발끝으로 걸어 침실로 돌아간다. 여긴 아무도 없다. 너저분한 침대로 다가간다. 전동 칫솔이 어디 갔지? 여기 있었는데. 분명히 시트 위에 뒀었다. 누가 가져간 건가? 니노가 여기 왔었나? 내가 자위를 하는 동안 몰래 훔쳐본 걸까? (그건 꽤 섹시한데.) 아직 이 안에 숨어 있을까? 나는 벽에 등을 붙이고 선다. 두려움으로 두 눈이 휘둥그레진다. 작은 소리라도 포착하려고 숨을 참는다.

아무 소리도 들리지 않는다. 삐걱 소리 한 번 없다. 발소리도 들리지 않는다.

옷장을 열고 그 안으로 뛰어 들어간다. 얼른 문을 닫고 틈새로 밖을 내다본다. 제기랄. 이제 뭘 어떻게 해야 하지? 아치웨이의 집으로 돌아가고 싶다는 생각이 처음으로 든다.

셋째 날

강아지

2주일 전

2015년 8월 19일 수요일
런던 아치웨이

미스터 딕에게 가볍게 입을 맞추고 서랍에 다시 넣는다. 침대 겸 소파에 드러누워 이불을 끌어 올려 덮는다. 수년 동안 미스터 딕은 내가 소중히 아껴온 섹스 장난감이었다. 단순한 섹스 장난감이 아니라 연인이자 친구였다. 대화 상대가 필요할 때나 종일 침대에서 섹스 파티를 벌이고 싶을 때 내 곁에 있어줬다. 바람을 피우거나 나를 버리지도 않았다. 나를 거절한 적도 없었다. 나를 죽게 내버려두지도 않았다. 우리 사이에는 특별한 유대감이 있었다. 우린 쌍둥이보다 가까운 사이였다. 물론 가끔 그의 배터리가 다 되어서 내게 고통을 주긴 했지만 난 불평하지 않았다. 미스터 딕은 늘 프로였다.

언제나 맡은 소임을 해냈다. 완벽한 신사다.

 미스터 딕, 예전에 내가 듀라셀 플러스 파워 배터리를 새것으로 4개 사준 적 있는데, 기억해? 그날 넌 전설적인 복합 오르가슴으로 보답했고, 덕분에 나는 5분 동안 황홀경을 경험했잖아. 웸블리 트래블로지 호텔 룸에서 브래드 피트가 나오는 영화들을 봤던 것도 기억나? 난 〈델마와 루이스〉를 좋아했고 넌 〈스내치〉를 좋아했지. 소호 거리 상점에서 고리에 걸려 있던 널 발견한 그날을 난 영원히 잊지 못할 거야. 첫눈에 반했으니까. 네온 불빛에 반짝이는 넌 강렬한 분홍색이었어. 28센티미터의 장엄한 고무 장난감. 해부학적으로도 완벽했어. 넌 마치 새 지우개처럼 새것 냄새가 진하게 났어. 그 상점에 마지막으로 딱 하나 남아 있던 것이 바로 너였잖아. 난 곧장 너를 집으로 데려와 포장을 뜯고 침대 시트 속으로 같이 들어갔어. 우리가 그날 얼마나 즐겁게 놀았는지 기억할 거야. 넌 나를 영원히 떠나지 않을 거라고 생각했어. 넌 사람들과는 다르니까…….

 프리마크 토트백에 손을 넣어 말보로 라이트 담뱃갑을 꺼낸다. 젠장, 딱 한 개비 남았다. 더 찾아봐야겠다. 보라색 지포 라이터를 찾아 손을 더듬거린다. 어디 있을 텐데. 어디 됐더라? 어디 있지? 어디 있어? 지갑 밑에 있다. 라이터를 꺼내 드디어 담배에 불을 붙인다. 연기를 쭉 빨아들이며 눈을 감는다. 천천히 다시 내뱉는다. 니코틴이 몸속을 쭉 돌면서 기분이 좋아지길 기다린다. 마법의 묘약처럼.

 어쩔 수가 없다.

지갑을 열고 사진을 꺼낸다. 낡은 버스표와 커피숍 쿠폰, 보드카 술집 영수증 뒤에 접어서 넣어둔 사진이다. 무릎에 펼쳐놓고 구겨진 사진을 들여다본다. 1987년 12월 로어 슬로터에서 찍은 부모님의 결혼식 사진이다. 엄마와 아빠가 마을 한가운데 있는 교회 옆에 서 있다. 전형적인 코츠월드 언덕의 풍경이 보인다. 환상적인 장소를 배경으로 찍은 나름 완벽한 사진이다. 벌꿀색 석회석으로 지어진 작은 집들, 물결치는 초목과 물방아 연못. 이 결혼식 사진에서 앨빈 씨는 무척 멋져 보인다. 검은색 턱시도를 입고 실크해트를 썼으며 반짝이는 브로그 구두를 신었다. 완벽하고 잘생긴 남편감이다. 이상적인 신랑이다. 엄마도 그럭저럭 괜찮아 보이지만 아빠는 완전히 수준이 다르다. 풍성한 머리카락은 검고 윤기가 흐른다. 몸매는 유연하고 날씬하다. 아빠를 본 지 25년이 지났다. 25년……. 엄마 얘기로는 그렇다. 난 기억도 안 난다.

담배를 머그잔에 넣고 끈다.

제기랄. 엿이나 먹어. *아빠 따위* 엿이나 처먹으라고.

날 떠나지 않을 사람을 찾을 거다. 내게 충실한 사람을 찾아내고 말 거다.

사진을 갈기갈기 찢는다.

손가락 사이에서 사진 파편이 모래처럼 흘러내린다.

chapter 8

2015년 9월 2일 수요일
이탈리아 로마, 트라스테베레 지역

　나무 문을 밀고 옷장에서 나오다가 침실 바닥에 자빠진다. 반쯤 열린 커튼 사이로 햇살이 흘러든다. 쥐고 있던 칼을 바닥에 떨어뜨리자 칼이 햇빛에 번쩍거린다. 나는 팔꿈치를 손으로 잡고 문지른다. 아, 멍들겠다. 팔꿈치 끝을 바닥에 부딪쳤더니 찌릿찌릿 아프다. 기다시피 엎드려 너저분한 침대로 올라간다. 아, 전동 칫솔이 테이블 밑에 떨어져 있다. 니노가 훔쳐 간 게 아니었다. 나는 전동 칫솔을 집어 침대 위로 던진다. 목이 심하게 뻐근하다. 빌어먹을 옷장에 숨어 있다가 밤새 앉은 채로 잠을 잤다. 그는 이 방에 없다. 밖으로 나가야겠다. 커피라도 마셔야지. 에스프레소 마티니를 마셔야겠다. 베스의 황금색 프라다 샌들을 집어 든다. 옷은 입고 있으니 됐다. 팬티는 안 입었지만 어쩔 수 없다. 로마 날씨가 더우니까 안 입어도 될 것 같다. 칼을 토트백에 집어넣고 방을 나와 5개 층의 계단을 신나게 달려 내려간다. 테일러 스위프트의 '배드 블러드'를 흥얼거리면서.

산타마리아 광장에 있는 카페로 향한다. 테이블 하나를 차지하고 의자를 당겨 앉는다. 커피와 크루아상을 주문한다. 뒤통수를 문지르고 오른쪽에서 왼쪽으로 고개를 돌려본다. 바람이 분다. 어제는 바람 때문에 창문이 열렸던 것 같다. 쾅 하는 소리도 집에서 보통 들리는 소음이었을 것이다. 오래된 건물에서는 가끔 그러니까.

계산을 하기 위해 지갑에 손을 넣는다. 문득 사진을 넣어뒀던 칸에 손가락이 머문다. 사진이 없다는 걸 알면서도 그 칸을 열어본다. 사진은 찢어버렸고, 잘했다고 생각한다. 끝났다. *아빠*는 이제 끝이다. 하지만 마음속에는 여전히 그 사진이 남아 있다. 굳이 실물로 갖고 있지 않아도 마음의 눈에는 그 사진이 보인다. 결혼식 날 찍힌 아빠의 얼굴에는 낙천적인 기운이 넘쳐난다. 아빠가 이탈리아 사람처럼 생겼다는 생각이 처음으로 든다. 얼굴도 그렇고 몸매도 그렇다. 망할. 니노와 비슷한 것 같다. *구역질이 나진 않는다.* 혈통이 그렇다는 것뿐이니까. 검은 눈동자에 구릿빛 피부인 것을 보면 아빠도 시칠리아 출신일지 모른다. '앨빈 나이틀리'가 이탈리아 이름 같지는 않지만 *외모*를 봐서는 그렇다……

"니노."

뒤에서 누군가 그의 이름을 부른다. 나는 플라스틱 의자에 앉은 채 몸을 홱 돌린다. 테이블 가장자리에 무릎이 부딪치면서 테이블이 들썩인다. 니노라고? 지금? 어디? 여기? 나는 가방에 손을 넣어 칼을 쥔다.

"니노, 아모레, 비에니 퀴Nino, amore, vieni qui.(니노, 내 사랑, 이리 와.)" 또 이런 식이다.

니노를 부른 건 젊은 여자의 목소리다. 그 여자는 바로 옆 테이블에 앉아 허리를 굽힌 채 바닥을 향해 말하고 있다. 천천히 허리를 굽혀 그 여자가 누구한테 말하고 있는지 확인한다. 저 아래 *니노*가 있다고?

개였구나.

잠시지만 니노를 찾은 줄 알았다. 내가 새로 마련한 거처 바로 앞에서 그 자식을 만나게 된 줄 알았다. 하지만 아니었다. 하긴 그러면 너무 쉽게 찾는 거다. 당연히 그가 아니었다. 니노라 불린 건 닥스훈트 강아지다. 나는 크루아상 끝을 떼어 입에 넣고 씹는다. 상큼한 맛의 마멀레이드가 들어 있다. 달콤 쌉싸레한 살구 잼이다. 설마 니노가 닥스훈트로 변한 건 아니겠지? 프란츠 카프카의 《변신》이라는 괴상한 소설 속 남자처럼. 하지만 그 소설에서 그 남자는 딱정벌레로 변했다. 이건 더 괴상한 일이다. *니노, 니노.* 둘은 같은 이름을 갖고 있다. 그게 전부다. 공통점은 거기서 끝이다. 나는 잠시 혼란스러웠다. 숙취가 남아 있는 데다 잠을 제대로 못 잔 탓이다.

"브라보Bravo(잘했어), 니노."

니노라는 강아지가 바닥에 앉아 여자에게 앞발을 내민다. (인간 니노보다 훈련이 잘되어 있다.) 여자는 털로 덮인 강아지의 손을 잡고 악수를 한다. 나는 조그마한 닥스훈트를 바라본다. 윤기가 흐르는 초콜릿 갈색 털. 비단처럼 부드러워 보이는 귀. 강아지는 팽팽한 꼬리를 흔들며 세상에서 가장 냉혹한 가슴마저 녹여버릴 반짝이는 두 눈으로 나를 올려다본다. 맙소사, 정말 귀엽다. 잡아먹고 싶을 정도로. 하지만 안타깝게도 난 이미 아침을 먹었다. 그래도 여전히 저 개는 먹음직스러워 보인다.

"브라보, 니노. 브라보."

여자는 이렇게 말하며 강아지의 턱 밑을 쓰다듬는다.

'앨비, 정신 차려.' 입 닥쳐, 베스. 내 머릿속에서 나가. '너한테 멍청한 개가 왜 필요하니.'

아니, 베스, 난 저런 개가 필요해. 경비견을 집에 들여놔야겠다고 했잖아, 기억나지? 믿을 만한 하운드로. 충성스런 친구. 내가 잠들어 있는 동안 내 눈과 귀가 되어줄 개가 필요하다고. 저 강아지를 사고 싶어. 완벽해. 언제든 데리고 다닐 수 있을 거야. 몸집도 작고 예뻐. 멋진 계획이야. 저 강아지는 나를 안전하고 온전하게 지켜줄 거야.

나는 담배를 끄고 손을 흔들어 웨이트리스를 부른다. 수표에 대충 휘갈겨 서명을 한다. 옆에 앉은 여자가 의자를 뒤로 민다. 의자 다리가 바닥에 긁히는 소리가 난다. 여자는 은 접시에 돈을 올려두고 일어선다. 세상에, 여자는 무척 조그맣다. 진짜 작다. 강아지보다 조금 큰 수준이다. 키가 150센티미터쯤 되려나. 웨지 구두를 신은 키가 그 정도다. 여자는 개의 목에 찬 빨간 가죽 목줄을 잡고 말한다.

"비에니, 안디아모Vieni. Andiamo.(자, 이제 가자.)"

"왈. 왈. 왈."

니노가 신나게 대답한다. 면 양말을 신은 것 같은 저 귀여운 발 좀 봐.

니노는 제 작은 꼬리를 잡으려고 껑충껑충 뛰면서 미친 듯이 맴 돈다. 미친개로구나. 나처럼 멋지네. 우린 서로 잘 어울려. ♥

"저기, 잠시만요."

나는 서둘러 일어선다. 내가 앉아 있던 플라스틱 의자가 뒤로 쓰 러진다. 나는 작은 강아지를 내려다본다. 그 강아지도 나를 올려다 본다. 제 코를 혀로 핥으며 눈을 깜박거린다. *나를 집으로 데려가 줘요*, 하고 말하는 것 같다. *당신이랑 같이 가고 싶어요.*

"이 강아지 얼마예요?" 내가 묻자 여자는 뒤를 돌아보더니 인상 을 쓴다. "댁의 개 말이에요. 그 개를 사고 싶은데, 얼마면 팔래요?"

우리는 둘 다 그 작은 강아지를 내려다본다. 크기가 딱 두더지만 하다. 강아지는 용수철처럼 몸을 쭉 편다. 앞다리와 뒷다리 사이가 믿을 수 없을 만큼 길다. 내 핸드백 속에 넣으면 딱 맞을 것 같다. 아 니면 바게트 백을 하나 새로 사야 할까? 그 가방 속에서 이 강아지 가 고개를 쏙 내밀고 세상 구경을 하는 모습이 머릿속에 그려진다. 이 강아지에게 작은 재킷을 사 입히고 옷에 어울리는 야구 모자도 씌워줄까? 타탄체크가 좋을까? 아니면 가죽? 아니, 유니언잭 무늬 에 스팽글이 박힌 게 좋겠다. 패리스 힐튼은 치와와를 기르지만 가 수 아델은 이런 닥스훈트를 기른다. 이 강아지를 훈련시켜서 사람에게 달려들어 죽이도록 만들 수도 있을 것이다. 기 드 모파상이 쓴 단편소설 《복수A Vendetta》에 나오는 멋진 과부처럼. (그 방법도 내 목록에 올려둔다. 닥스훈트를 이용해 죽이기. 생각만으로도 좋다.)

"당신 개를 사고 싶다니까요."

"노 잉글리제, 미 디스피아체No Inglese, mi dispiace.(영어 못해요, 미안합니다.)"

여자는 웃으며 가버린다.

"1백 유로? 1천 유로? 1만 유로?"

나는 뻐꾸기시계에서 현금을 한 주먹 꺼내 보인다.

"아뇨, 아뇨. 미 디스피아체Mi dispiace.(미안합니다.)"

여자는 목줄을 잡아당기며 저만치 걸어간다. 나는 여자의 윤기 흐르는 머리카락을 바라본다. 저 강아지와 똑같은 초콜릿 갈색이다.

"안디아모, 니노. 바이Andiamo, Nino. Vai.(가자, 니노. 어서.)"

나는 강아지가 짧은 다리로 종종걸음을 치는 모습을 바라본다. 몸집이 작아서인지 자갈길을 올라가는 게 마치 바위를 타고 등반이라도 하는 것 같다. 그래도 움직임은 놀라울 정도로 민첩하다. 마치 밀리피드(노래기) 같다. 밀리? 밀리는 1천을 나타내는 단어 아닌가? 센티는 1백이고 밀리는 1천을 뜻한다. 센티피드(지네), 밀리피드(노래기). 이탈리아어에서 유래한 단어일까, 라틴어에서 유래한 단어일까?

"밀리 유로? 밀리? 밀리?"

나는 젊은 여자를 쫓아 같이 뛴다. (맙소사. 내가 지금 뭘 하고 있는 거야? 로마 한복판에서 이 여자를 쫓고 있다니. 이건 정말 우스꽝스런 짓이다. 하지만 저 닥스훈트를 미치도록 갖고 싶다.) 테라스에 앉은 사람들이 나를 손가락질하며 소곤거린다. 그 바에는 손님들이 꽤 많이 앉아 있다. 모두 나를 쳐다본다. 자갈 깔린 길에서 하이힐을 신고 뛰자니 여간 힘든 게 아니다. 망할 굽이 자꾸만 자갈 사이에 낀다. 사람을 쫓아가려면 실용적인 신발을 사야 한다. 발레리나처럼 예쁜 플랫 슈즈를 신으면 잘 뛸 수 *있지* 않을까? 제임스 본드는 샌들을 신고 뛰어다니지 않는다. 제레미 레너(미국의 영화배우―옮긴이)가 힐을 신은 모습을 한 번도 본 적이 없다. 지금의 절반이라도 제대로 서 있으려면 좀 더 실용적인 신발을 신어야 한다.

샌들을 벗어서 겨드랑이에 끼운다. (내가 제일 먼저 해야 할 일은 플랫 슈즈를 사고, 그다음에 이 망할 샤넬 미니 원피스 대신 편한 원피스를 사 입는 것이다.) 나는 강아지를 가리키며 다시 묻는다.

"밀리 유로? 밀리? 밀리? 밀리?"

여자는 멈춰 서서 뒤를 돌아보며 말한다.

"페르 니노? 마 노. 논 벤도 일 카네Per Nino? Ma no. Non vendo il cane.(니노를요? 아뇨. 이 개는 안 팔아요.)"

이대로 포기할 수는 없다. 나는 또 다른 광장까지 여자를 쫓아간다. 여자가 걷는 속도를 높인다. (덩달아 나도 빨리 걷는다.) 하지만 강아지는 그 속도를 맞출 수가 없다. 강아지는 최대한 빨리 뛰고 있다. 여자가 강아지 목줄을 잡고 끌어당긴다. 결국 강아지는 발을 위로 뻗고 옆으로 드러눕고 만다.

오래된 광장은 거의 비어 있다. 아침 8시밖에 안 된 이른 시각이다. 시계탑에서 둥둥둥 종소리가 들려온다. 바로 뒤따라 뻐꾸기시계가 뻐꾹거린다. 높이 솟은 바로크풍의 교회 탑이 우리를 내려다본다. 성모마리아가 아기 예수를 품에 안은 그림이 보인다. 비바람에 바래 거의 파스텔 색이다. 분홍과 노랑, 탁한 파란색. 아기 예수가 마리아에게 손을 뻗는다. 그 그림을 보니 타오르미나에 있는 어니가 생각난다. 젠장, 저 개를 꼭 갖고 싶다.

여자는 정육점으로 들어가면서 가게 앞 금속 가로대에 개의 목줄을 묶는다. 여자가 고개를 돌려 나를 노려본다. 나는 몇 걸음 떨어진 곳에서 그쪽을 안 보는 척 서 있다가 잠시 후 살금살금 다가간다. 정육점 쪽으로 후다닥 뛰어가 허리를 굽히고 꼼지락대는 강아지를 품에 안는다. 가로대에 묶인 목줄을 풀어 손에 쥔다.

"이건 내 잘못이 아니야. 난 널 사려고 했어."

나는 강아지의 귀에 대고 속삭인다.

강아지를 품에 안고 달음박질친다. 샌들을 벗었더니 뛰기가 한결 편하다. 나는 광장을 다시 가로지른다. 물을 뿜어대는 분수, 셀카봉을 파는 남자, 공연을 준비 중인 페루의 팬파이프 밴드 옆을 지나간다. 그리고 카페 앞을 달려가는데 사람들이 나를 손가락질하며 쳐다본다.

웨이트리스가 소리친다.

"저기요. 수표는요? 계산하셔야죠?"

아, 제길. 아직 계산을 하지 못했다.

"이따가요. 이따가 다시 올게요."

나는 달리고 달리고 또 달린다. 구불구불한 옆 골목으로 들어가
는데 그 여자의 목소리가 들린다.

"니노?"

마침내 아파트 문 앞에 다다른 나는 가방에 손을 넣어 열쇠를 찾
는다. 심장이 쿵쾅쿵쾅 뛴다. 품 안에서 강아지가 계속 꼼지락거린
다. 열쇠를 찾아 문을 열고 안으로 뛰어 들어가 문을 쾅! 닫는다.

베스가 빈정댄다.

'닥스훈트를 훔치다니 믿기지가 않네……. 하긴 너라면 그러고
도 남지.'

강아지가 짖는다.

"왈. 왈. 왈."

닥스훈트는 침대 저 끝에 앉아 있고 나는 이 끝에 앉아 있다. 우
리는 서로를 빤히 쳐다보다가 고개를 돌린다. 강아지는 조그마한
앞발에 머리를 얹었고 나는 두 손에 턱을 얹었다. 강아지를 데려오
긴 했는데 뭘 어떻게 해야 할지 모르겠다. 이 강아지를 데리고 프라
다 매장에 들어갈 수는 없다. 바닥에 오줌을 싸놓고 말 것이다.

"안녕, 니노. 내 이름은 앨비나야. 이제 네 주인은 나야."

강아지는 기다란 분홍색 혀로 제 코를 핥을 뿐 대답하지 않는다.

"우리 둘이 재미있게 지내보자. 신나는 모험을 하게 해줄게."

강아지는 뒷다리로 제 귀를 벅벅 긁는다. 몸에 벼룩은 없어야 될

텐데.

"내 얘기를 잘 들어주니 참 좋네. 요 며칠 내가 많이 힘들었거든……."

강아지는 귀를 쫑긋 세우고 고개를 갸웃하더니 작게 낑낑거린다.

"이제 너랑 나는 단짝이 되는 거야. 넌 내 조수야."

나는 강아지를 안아 무릎에 올리고 비단처럼 부드러운 머리를 쓰다듬는다.

"전에는 미스터 딕이 곁에 있었지만 집에 불이 나서 타 죽고 말았어. 걱정 마. 너한테는 그런 일이 일어나지 않게 할 거야. 넌 내 옆에 있으면 안전해."

나는 핸드백에서 니노의 낡은 페도라를 꺼내 냄새를 맡아본다. 구겨지고 모양이 뒤틀렸지만 여전히 니노의 체취가 배어 있다. 나는 그 모자를 강아지의 코 밑에 갖다 댄다.

"니노, 죽여."

강아지는 킁킁 냄새를 맡고는 고개를 들어 나를 쳐다본다. 별로 인상 깊게 생각하지 않는 눈치다. 이 강아지에게 사람을 죽이는 방법을 가르쳐야겠다. 경정맥을 물어뜯는 방법을 가르치면 되겠지. 《바스커빌 가문의 개》(아서 코난 도일)에 나오는 무서운 사냥개처럼 사람의 피 맛을 보게 해줘야겠다. 나는 작은 강아지를 바라보며 한숨을 쉰다. 아무리 봐도 민달팽이 같아서 무서운 맛이라곤 없다.

나의 니노는 어디 있을까. 지금으로선 그를 찾을 방법이 없다. 사흘을 꼬박 그를 찾아다녔지만 내 손에 들어온 건 겨우 이 개뿐이다. 엉망진창이다. 내 꼴도 엉망이다. 구겨진 원피스를 내려다본다. *맙소사, 진짜 쇼핑 좀 해야겠다.* 브래지어도 팬티도 없다. 토트백도 지저분하다. 쇼핑이 절실하다. 당장 옷을 사러 가야겠다. 멋진 옷을 사 입으면 기분도 좋아질 것이다. 그래야겠다. 쇼핑을 하면 재미있으니까. 여긴 *로마*다. 이탈리아는 패션의 나라다. 강력한 살인마가 된 앨비 나이틀리는 어떤 옷을 입어야 어울릴까? 니노를 찾아냈을 때 끝내주게 섹시한 모습을 보여주고 싶다. 그래야 그는 자신이 실수했음을 깨달을 것이다. 흥미롭고 굉장하며 폭발적인 매력을 가진 모습이어야 한다. 새롭게 변신하자. 이 멋진 머리카락과 잘 만든 코에 어울리는 복장이어야 한다. 쇼핑을 하고 나서 그를 죽이자. 그럼 완벽한 하루가 될 거다. 나는 정교한 계획에 따라 행동하고 있다. 바보도 해낼 수 있는 간단한 변장이긴 하지만 말이다.

"좋아. 넌 여기 있어."

니노가 나를 쳐다보며 고개를 옆으로 갸웃한다.

나는 침대에서 내려간다.

콘도티 거리로 가야겠다. 인터넷에서 보니 거기가 쇼핑하기 제일 좋은 곳이라고 한다. 살인자에게 어울리는 새로운 옷을 사고 싶다. *가죽 옷이 좋겠다.* 몸에 딱 붙는 옷. 강렬한 느낌의 옷. 가을 겨울에 어울리는 검은색. 섹시한 분위기. 신발은 달리기 편한 걸로 사야겠다. 새 핸드백도 필요하다. 꼭 사야 한다. 뻐꾸기시계를 흘끗 쳐다본다. 그리니치 표준시로 오전 8시 30분이다. 그럼 이곳 시간으로는 9시 30분인가? 지금 우리는 거의 1시간 동안 이 아파트에 숨어 있었다. 개 주인이 그만 사라졌길. 주방 창문으로 걸어가 반쯤 드리운 커튼 사이로 창밖을 내다본다. 저 아래 광장에 사람들이 북적이고 있다. 날이 달궈지기 시작한다. 그 여자의 모습은 보이지 않는다. 그리고 아, 나의 니노도 없다.

나는 가방을 집어 들며 강아지에게 말한다.

"니노, 착하지. 아무것도 물어뜯지 마. 아파트를 쓰레기장으로 만들면 안 돼."

생각해 보니 그건 *내가* 주로 하는 짓이다.

니노가 낑낑댄다. 현관문을 열자 강아지가 나를 따라 달려 나온다. 휘핏 개처럼 재빨리 내 두 발 사이를 지나 저만치 복도를 달려간다. 그러더니 어느새 5층 계단을 달려 내려간다.

"못된 개 같으니, 니노. 거기 서."

나는 계단을 따라 내려가 니노를 품에 안고 다시 올라와 방으로 들어간다.

"앉아."

니노는 앉지 않는다.

또다시 현관문 틈으로 달려 나가 계단을 내려간다. 이번에는 계단 맨 아래 칸까지 내려간다. 저 개가 왜 내 말을 안 듣는지 이제 알겠다. 저 개는 *이탈리아어만* 알아듣는다.

chapter 9

이탈리아 로마, 콘도티 거리

프라다 매장으로 들어가자 모두의 시선이 내게 쏠린다. 널찍한 매장 안은 온통 반짝거린다. 빛나는 타일과 눈부시게 하얀 조명등. 바닥도 아이스링크처럼 매끈하고 반짝거린다.

다른 쇼핑객들이 고개를 돌려 나를 쳐다보며 입을 딱 벌린다. 나는 그들을 무시하고 안으로 당당히 걸어 들어간다.

"뭘 봐요?"

저들은 내가 유명인이라도 되는 줄 아나?

사람들이 쑥덕대는 소리가 들려온다. 어떤 노부인은 나를 보더니 숨넘어가는 듯한 소리를 낸다. 점원들도 얼빠진 표정으로 나를 쳐다본다. 내 상태가 말이 아니긴 하다. 지저분한 원피스에 속옷도 입지 않았고 신발도 안 신었다. 에르메스 토트백은 진흙과 강도의 피까지 묻어 있다. 그나마 상태가 괜찮은 것은 3만 달러나 들인 내

코와 머리카락뿐이다.

남자 점원이 다가오자 니노가 으르렁댄다.

"<u>으르르르르르르르르릉.</u>"

그래, 내 새끼, 잘한다. 제대로 하는구나.

검 모양 송곳니가 있는 호랑이처럼 사나운 녀석이다.

"차오, 뭘 도와드릴까요, 시뇨리나?"

그는 나를 위아래로 훑어본다.

"차오. 차오. 차오. 새 옷이 필요해요. 전 남친이 내 옷을 전부 훔쳐 갔거든요."

"아, 그렇습니까?"

"검은 옷으로 살게요. 검은색이어야 해요. 그래야 어두운 곳에서 잘 안 보일 테니까."

그는 내가 강도짓을 하거나 자기를 잡아먹으러 온 게 아니라 쇼핑을 하러 왔다는 걸 알고 안심한 표정이다.

"스페치알레speciale(특별한) 행사 때 입을 옷인가 봐요?"

니노가 순식간에 내 가방에서 뛰쳐나간다. 점원은 화들짝 놀란다. 나는 니노가 뛰어다니게 내버려둔다. 열기를 좀 식혀줘야 할 것 같다.

"잘 찢어지지 않는 질긴 옷으로요. 싸울 때 입기 좋은 것 말이에요."

"싸울 때요? 리티가레litigare(말다툼)……할 때요?"

"그리고 섹시해야 해요. 엄청나게. 몸에 딱 붙는 가죽 원지(상하의 일체형 - 옮긴이)기 좋겠어요. 갯우먼이 입은 그런 옷 말이에요."

"가죽이라. 체르토, 시Certo, Si.(물론 그래야죠.) 당연히. 자, 이쪽으로 오시죠."

나는 점원을 따라간다. 그는 나를 매장 뒤쪽으로 안내한다. 다른 손님들이 고개를 돌려 나를 쳐다본다. 록 가수 같은 내 머리카락이 마음에 드는 모양이다. 내가 지금 가수 핑크나 니키 미나즈 같은 모습이긴 하다. 저들은 나의 네온 핑크색 머리카락이 부러운가 보다. 나는 점원을 따라 매장을 가로질러 신상 옷들을 걸어둔 곳으로 간다. 옷걸이에 검은 가죽 바지와 검은 재킷들이 몇 벌 걸려 있다. 니노가 옷 사이로 왔다 갔다 하다가 재킷 하나를 물어뜯지만 점원은 알아채지 못한다.

"이 재킷들을 보시죠. 새로 들어온 겁니다. 몰토 벨로Molto bello.(정말 아름답죠.) 보시다시피 가죽도 아주 부드럽습니다."

그는 만져보라며 재킷의 소매를 내민다. 어니의 피부처럼 부드럽다. 나는 깊게 숨을 들이마신다. 니노 냄새가 난다. 죽은 소의 가죽으로 만든 옷이라 그럴 것이다. 느낌은 무척 좋다.

"질긴가요?"

"아주 질깁니다. 이것도 보세요." 그는 바지를 보여준다. "상냥히 괜찮은 바지인데, 토스카나산 가죽으로 만든 겁니다. 입어보시겠어요?"

"그래요. 둘 다 입어볼게요. 영국 사이즈로 10이에요."

어젯밤에 먹은 파스타가 마음에 걸리지만…… 아직은 괜찮을 거다.

그는 옷을 집어 들고 우아한 탈의실로 나를 데려간다. 호화롭고 널찍한 탈의실 안에는 전신 거울이 있다. 문 앞에는 윤기 나는 검은 벨벳 커튼이 드리워 있다. 은방울꽃 향기가 풍긴다. (내 후각이 제대로 작동하니 다행이다.)

"신발도 가져다 드릴까요? 이 옷에 어울리는 신발로?"

"그래요. 가죽 신발로 주세요. 플랫 슈즈로요. 핸드백이랑 브래지어도."

"체르토, 시뇨리나. 운 모멘토Certo, signorina. Un momento.(알겠습니다, 손님. 잠시만 기다려주세요.)"

"티팬티도요."

그는 내가 말한 것들을 가지러 간다. 나는 담배에 불을 붙인다. 니노가 내 핸드백으로 기어 들어간다. 집으로 가고 싶은 모양이다.

나는 말보로를 피우고 또 피운다. 발소리와 함께 그 점원이 다가온다. 나는 담배를 비벼 끈다. 카펫에 구멍이 났다. 이런. 토트백을 그 위에 얹어 가린다. 두꺼운 커튼을 젖히고 그가 가져온 옷들을 받는다.

그가 묻는다.

"아, 담배 냄새가 나지 않습니까?"

"바비큐 냄새 같은데요?"

나는 속옷과 딱 붙는 셔츠, 재킷과 바지를 입는다. 손가락으로 머리카락을 쓸어 넘기고 미러 선글라스를 착용한다. 너저분한 토트백에서 보라색 립스틱을 꺼내 바른다. 그리고 커튼을 젖히고 탈의실 밖으로 나간다.

"짜잔."

"아, 판타스티코^{fantastico}.(환상적이네요.)"

나는 아름다운 살인 나비처럼 두 팔을 옆으로 펼친다. 나는 위험천만한 박각시나방이다.

베스가 중얼거린다.

'솔직히, 섹시해 보이긴 하네.'

이제야 바른말을 하는구나, 개 같은 년.

"나한테 사근사근하게 대하기로 한 거야?"

이 옷을 입으니 누구든 때려눕힐 자신이 생긴다. 권투선수 메이웨더가 와도 맨손으로 붙을 수 있을 것 같다.

"괜찮네요. 전부 세 벌씩 주세요."

"세 벌씩요?"

"네, 세 벌씩."

"이걸 전부 세 벌씩 달라는 말씀이시죠? 똑같은 걸 세 벌씩 사신다고요?"

"그래요. 이제부터 이게 내 복장이에요. 하나는 빨고, 하나는 말리고, 하나는 입고. 항상 입으려고요. 제복처럼."

"시^{Si}.(예.)"

하지만 그는 이해 못 하는 표정이다.

"그러니까 영화 〈데드풀〉의 주인공 데드풀이 늘 입는 것 같은……옷이에요."

"그렇군요. 바 베네^{Va bene}.(알겠습니다.)"

나는 몸을 돌려 엉덩이를 확인해 본다.

"이대로 입고 갈게요."

나는 전신 거울 앞에서 몸을 이리저리 돌리면서 리타 오라(유고슬라비아의 가수 겸 영화배우 - 옮긴이)처럼 머리카락을 뒤로 젖힌다. 완벽한 사진이 나올 때까지 셀카를 수백 장 찍는다. 카메라에 대고 입을 비쭉 내밀며 포즈를 취하고 틴더에 내 사진을 업데이트한다.

chapter 10

옷과 신발, 핸드백을 계산한다.

핑. 핑. 핑.

세상에. 이게 뭐야?

휴대폰을 들여다본다. 틴더 알림이다. 내가 '엄청 좋아요'를 받았다. 보지 않아도 그가 보냈음을 알 수 있다. 확인해 보니 역시 그렇다. 예상대로다.

'1.6킬로미터 떨어진 곳에 있는 39세 남성 니노 브루스카가 당신에게 엄청 좋아요를 보냈습니다.'

젠장. 미쳐. 젠장. 미쳐. 젠장. '비욘세'가 나라는 걸 그는 알까?

잘됐다. 니노가 틴더에서 나를 찾았다. 내 가짜 이름도 봤을 것이다. *1.6킬로미터* 떨어진 곳에 있다고 하지만 실은 더 가까이 있을지도 모른다. 적어도 그 정도 거리에 있다는 뜻이니 1백 미터일 수도 있고, 6미터일 수도 있다. 등줄기를 따라 짜릿한 느낌이 오르내린다. 그 자식이 이렇게 가까운 데서 뭘 하고 있는 거지? 그는 이 근처 어딘가에 있다. 혹시…… 나를 따라다니고 있나?

나는 진열장의 마네킹 뒤에 몸을 숨기고 사람들로 붐비는 거리를 내다본다. 콘도티 거리에서 그의 모습은 보이지 않는다. 혹시 그도 나처럼 쇼핑을 하고 있을까? 2백만 유로나 갖고 있으니 그럴 만도 하다. 불에 태워도 될 만큼 엄청 많은 돈이다.

프라다 쇼핑백 6개를 집어 들고 부리나케 매장을 벗어나 광장으로 나간다. 끝없는 스페인 광장의 계단을 한 번에 두세 개씩 올라간다. (신발은 편하다. 검은색 가죽 펌프스라 납작해서 뛰기에 좋다. 핸드백도 마음에 든다. 화려한 바게트 백인데 강아지를 넣고 다니기에 좋은 모양이다. 크림색 가죽. 황금색 체인. 멋진 금색 프라다 로고. 재킷과 바지는 약간 별로다. 부드러운 이탈리아 가죽이긴 하지만 너무 착 달라붙는다. 물론 내 엉덩이가 환상적으로 예쁘기는 하지만 땀이 나면서 끈적하다.) 한낮의 태양 아래서 숨을 헐떡이며 오래된 계단을 올라간다. 기온이 40도는 되는 것 같다.

나는 욕을 내뱉으며 관광객들 사이를 뚫고 올라간다. 계단 꼭대기에 이르자 눈앞이 확 트인다. 주변이 훤히 보인다. 사람들로 붐비는 저 아래 광장까지 다 보인다. 시내 중심가도 한눈에 내려다보인다. 저기 돌체앤가바나가 있다. 나중에 (그놈을 죽이고 나서) 들러야지. 저쪽에는 몽클레르가 있다. 구찌도 보인다. 여기가 웨스트필드 쇼핑몰보다 훨씬 좋다. 본드 가와 비슷하지만 여긴 이탈리아다. 옥스퍼드 가와 비슷하지만 좀 더 수준이 있다. 나는 수많은 인파 속에서 니노를 찾아본다.

힘에 부쳐 프라다 쇼핑백을 내려놓고 맨 위의 계단에 털썩 주저앉아서 선글라스를 머리 위로 올린다. 여전히 숨이 차다. 이 쇼핑백들을 전부 들고 올라오기가 쉬운 일이 아니었다. 계단도 너무 가파르다. 대체 이놈은 어디 있는 걸까? 멀리 있지 않을 거다. 놈이 나를 보기 전에 내가 먼저 놈을 찾아내야 한다.

손가락으로 V자를 그리며 셀카를 찍는 관광객들. 서로 손을 꼭 잡은 신혼부부들. 바닐라 젤라토 아이스크림을 핥아먹는 아이들. 그놈을 찾으면 뭘 어떻게 할까? 목록을 떠올려본다. 총으로 쏴 죽이기, 칼로 찌르기, 차로 치기, 절벽 너머로 밀어버리기……. 핸드백 속에 있는 칼을 손으로 만져본다. 큰 칼을 가져오길 잘했다.

눈을 크게 뜨고 부산한 스페인 광장을 둘러본다. 저 대리석 배 근처 어딘가에 있을까? 광장 중앙에 분수대가 보인다. 왼쪽에는 키츠박물관이 있고 오른쪽에는 바빙턴이라는 찻집이 있다. 니노가 저곳에 들러 애프터눈 티를 마셨을까? 혹시 지금 저기서 우롱차를 마시고 있을까?

그 순간 믿기지 않는 일이 일어났다. 그놈을 본 것이다.

그렇다.

바로 그놈이다.

놈은 저 아래 광장에 있다. 검은 머리카락, 검은 가죽 재킷, 말발굽 모양의 콧수염. (모자는 쓰지 않았다. 그의 페도라는 지금 구겨진 채 내 핸드백 속에 처박혀 있다.) 아, 맙소사. 드디어 찾았구나. *저 나쁜 새끼. 빌어먹을 미친 새끼가 웃고 있다. 나는 칼을 꺼내 든다. 손에*

꽉 쥔다. **이제 드디어 시작이다.**

쇼핑백들을 챙겨 들고 인파를 밀치며 계단을 달려 내려간다. 숨을 헐떡이고 땀을 흘리고 욕을 하고 휘청거리면서. 지금이다. 지금이 내게 주어진 유일한 기회다. 에미넴처럼 한 번에 끝내야 한다. 다음 기회는 없을지도 모른다. 놈을 놓치면 안 된다.

마침내 나는 대리석 분수대 앞에 다다른다. 방금 전까지 그는 여기 있었다. 바로 여기 이 대리석 배 옆에. 지금은 어디로 갔을까? 시원한 물방울이 내 얼굴로 떨어진다. 360도 돌면서 니노의 뒤통수를 찾아본다. 그가 돌아선 짧은 순간, 우리는 눈이 마주친다. 숨을 못 쉬겠다. 세상이 멈춰버렸다. 내 심장도……. 그가 바로 돌아서서 가버린다.

젠장, 이제 어쩌지?

저 멍청이가 나를 봤다.

내가 로마에 있다는 걸 그가 알게 됐다. 이제 그도 나를 쫓을 것이다.

"니노, 가지 마. 기다려."

나는 이렇게 말하며 손을 뻗는다…….

그는 지하철역 안으로 사라진다. 안 돼. 지하철로 들어가면 안 돼. 저 아래로 내려가 버리면 그를 못 찾을 것이다. 나는 자갈 깔린 광장을 미친 듯이 가로지른다.

잠깐, 개가 어디 갔지?

걸음을 멈추고 주변을 둘러본다. 내 개가 어디 있지? 대리석 분수대에서 물을 먹고 있는 개가 보인다. 조그만 분홍색 혀로 할짝, 할짝, 할짝 물을 먹고 있다. *맙소사, 개를 두고 갈 뻔했네.*

"니노. 이리 와, 어서."

니노가 꼬리를 흔들며 폴짝 뛰더니 광장을 가로질러 달려온다. 늘어진 귀를 파닥거리고 검은 눈을 빛내며 발을 재빠르게 놀리면서 촐랑촐랑 다가온다. 나는 쇼핑백을 전부 바닥에 내려놓는다. 니노가 내 품에 안겨 얼굴을 핥는다. 나는 침을 닦고 니노를 프라다 핸드백에 집어넣는다.

"준비됐지? 이제 가자."

나는 쇼핑백을 집어 들고 지하철역으로 달려간다. 젠장. 표를 끊어야 하는데 그럴 시간이 없다. 가로로 쳐놓은 장벽을 넘어 에스컬레이터를 타고 내려간다. 저 아래 그가 보이는 것 같다. 쇼핑백이 아이들과 관광객들에게 마구 부딪친다. 여긴 너무 심하게 붐빈다. 젖산이 분비되어 근육이 불에 타는 듯하다. 호흡도 무겁고 요란하다. 그래도 나는 뛰고 뛰고 또 뛴다. 이러다 정신이 나갈 것 같다.

"비켜요, 좀. 비키라고요."

왜 사람들이 꿈쩍도 안 할까, 제기랄! 급한 거 안 보이나?

마침내 아래층에 다다른다. 엄청난 인파가 줄을 서 있다. 앵무새를 데리고 있는 사람, 휠체어를 탄 사람, 유모차를 끄는 사람, 화분을 든 사람, 자기 몸보다 큰 배낭을 멘 남자, '취급 주의'라고 적힌 종이 상자를 옮기는 여자. 그래, 어디 안 깨뜨리고 옮길 수 있는지 두고 보자. 나는 여자를 확 밀치면서 사람들을 둘러본다. 남자들이 전부 니노처럼 보인다. 모두 검은 머리카락에 검은 재킷을 입었다. *이탈리아 남자들이다……. 안 돼. 잠깐. 저기 니노가 맞는 거 같은데.*

나는 어느새 악을 쓴다.

"니이이이이이이노오오오오오!"

내 목소리가 벽에 부딪쳐 메아리친다.

그는 뒤를 흘끗 돌아보더니 터널로 들어가 사람들 속에 모습을 감춘다.

저 터널이 어디로 이어지는 거지? A호선인가 B호선인가. 젠장, 젠장, 젠장, 젠장, 젠장.

나는 그의 뒤를 따라 붐비는 터널로 들어간다. 끈적끈적하다. 습하고 덥다. 열대지방 매음굴도 여기보다는 덜 더울 것이다. 에어컨도 나오지 않는다. 곡선 벽에는 온통 그래피티가 그려져 있다. 누군가 스프레이 페인트로 심장을 그려놓고 '사랑해'라고 적어놓은 걸 보니 열이 확 오른다. 지나가는 지하철이 괴성을 지른다. 브레이크가 걸리면서 높은 소리로 악을 써댄다. 멀리서 철로가 우웅거린다.

좁은 터널 끝에 이르렀다. 아래로 내려가는 계단이 2개 보인다……. *둘 중 어느 계단일까? 똑같아 보인다.* 벽에 붙은 포스터를 살펴본다. 알록달록한 지하철 노선도인데 아무리 봐도 모르겠다. 노선이 사방으로 뻗어 있다. 북쪽, 남쪽, 동쪽, 서쪽. 주변을 둘러보지만 니노는 보이지 않는다. 어디로 가야 할지 모르겠다.

"으아아아아아아아아아."

이러다 누군가 죽고 말 거다.

피가 부글부글 끓어오른다.

왼쪽일까 오른쪽일까? 모르겠다. (개)니노가 핸드백 속에서 짖는다. 긴장감이 솟구치는 걸 느끼는 모양이다. 동물들은 그런 것에 예민하니까. 니노가 핸드백 속에서 미쳐가고 있다. 멕시코 딱정벌레처럼 튀어오른다. 나는 핸드백 지퍼를 열고 말한다.

"쉬잇."

"왈. 왈. 왈. 왈."

나는 핸드백에서 칼을 꺼내 손에 쥔다. 핸드백 지퍼를 잠그고 계단을 달려 내려간다. (무작위로 왼쪽 계단을 선택한다.) 계단 맨 아래 칸에 다다라 플랫폼 가장자리까지 쭉 미끄러져 나아간다. 하지만 코앞에서 지하철 문이 닫히더니 그대로 출발해 버린다. 제기랄. 플랫폼에는 아무도 없다. 나뿐이다. 어이가 없어 고개를 절레절레 흔든다. 바로 앞에서 그를 놓치고 말았다.

나는 그 자리에 서서 숨을 헐떡이며 땀을 흘린다.

다음 지하철이라도 타야 한다. 기다리고 있으면 다음 지하철이 올 거다. 나는 찢어진 포스터들, 헐벗은 검은 벽돌 벽을 바라본다. 어둠 속에서 환한 띠 조명이 너무 하얗게 빛나서 눈이 아프다. 여긴 지하 100미터쯤 된다. 세상에 종말이 온 걸까. 얼마 지나지 않아 플랫폼에 사람들이 들어차기 시작한다. 나는 플랫폼 끄트머리에 서 있다. 겨드랑이 밑에 칼을 숨기고 터널에 시선을 고정한다. 어서, 어서, 어서 와라.

그때 갑자기 거친 손이 내 목을 움켜잡는다. 비명을 지르고 싶지만 숨이 차서 소리가 나오지 않는다. 억센 팔이 내 허리를 감싸는 순간 칼이 철로에 떨어지고 만다.

아, 맙소사, 그놈이다.

그가 내 귀에 대고 속삭인다. 숨소리와 뜨거운 입김이 와 닿는다.

"쉬잇."

뒤를 돌아볼 수가 없다. 머리를 움직일 수 없다. 그의 가죽 재킷 냄새가 코끝에 와 닿는다. 그의 가슴에서 뜨끈한 열기가 올라온다. 가시철사처럼 날씬하고 탄탄한 그의 몸이 내 등을 짓누른다. 그의 심장이 **쿠쿵, 쿠쿵** 뛰고 있다. 그의 거친 숨결이 느껴진다. 지하철이 낮고 깊은 우웅 소리를 내며 들어온다. 플랫폼이 우르르 울린다. 맙소사. 그는 달려오는 지하철로 나를 밀어버릴 모양이다. 발버둥을 쳐야 하는데 근육 한 가닥조차 움직일 수가 없다. 그가 내 몸을 바이스처럼 단단히 붙잡고 있다.

베스가 말한다.

'그가 널 죽일 거야.'

식은땀이 쏟아진다. 눈앞이 아득하고 머릿속이 뒤죽박죽이다. 어둠 속에서 지하철 앞부분이 보인다. 칠흑같이 어두운 터널에서 빠른 속도로 나오고 있다. 요란한 소음. 바람. 나는 말을 할 수도, 숨을 쉴 수도 없다.

'그가 널 잼으로 만들어버릴 거야.'

그가 나를 플랫폼 가장자리 너머로 밀어낸다. 지하철이 달려오는 선로 앞에 내 몸을 들이밀고 있다.

"제발, 제발."

나는 그에게 애원한다.

"안 돼."

비명을 지르고 싶다. 입을 열지만 아무 말도 나오지 않는다. 발을 달싹거린다. 심장이 달음박질친다. 지금까지 살아온 인생이 주마등처럼 스쳐 지나간다.

3미터, 2미터, 1미터…….

저 앞에 기관사가 보인다. 두려움으로 휘둥그레진 기관사의 두 눈에 흰자가 가득이다. 그래, 이렇게 죽는구나. 나는 눈을 감고 숨을 멈춘다…….

베스가 내 귓속에서 웃어댄다.

쌔애애애애애애애앵.

마지막 순간 그는 나를 뒤로 잡아당긴다. 지하철이 간발의 차이로 내 앞을 지나간다. 퀴퀴한 공기가 얼굴을 덮친다. 모래 알갱이가 눈에 들어갔다. 제기랄. 죽을 뻔했네. 텁텁한 먼지, 그리고 얼굴을 타고 흐르는 식은땀과 눈물이 입에 짭짤하게 닿는다. 나는 바닥에 주저앉아 흐느껴 운다. 한참 울다가 눈물을 닦고 주변을 돌아본다. 니노는 온데간데없다.

사람들이 내 주변에 모여들어 나를 내려다보고 있다.

"투토 베네Tutto bene?(괜찮아요?)"

"스타이 베네Stai bene?(괜찮은 겁니까?)"

"괜찮아요. 넘어진 것뿐이에요."

일어서려는데 다리가 휘청거린다. 누군가 나를 부축해 준다. 나를 둘러싼 사람들을 노려본다. 내 표정을 보고 눈치를 챈 사람들이 물러선다. 심장이 목구멍까지 올라왔다. 윤간이라도 당한 듯 심장이 쿵쾅쿵쾅 뛴다. 평생 이렇게 두려웠던 적이 없다. 5센티만 더 앞으로 갔으면 난 페스토(이탈리아 소스 - 옮긴이)가 됐을 것이다. 죽음 직전까지 갔다.

베스가 속삭인다.

'그가 왜 널 놔줬을까? 확 밀어버렸어야 했는데.'

"내가 어떻게 알아? 다행히 막판에 도덕심이 생겼나 보지."

다시 숨이 쉬어지고 주변 상황이 눈에 들어온다. 하지만 지하철은 이미 떠났고 플랫폼은 휑하다. 나밖에 없다. 그는 사라졌다. 나는 다시 혼자다. 내 곁에는 닥스훈트뿐이다……

니노는 뭘 어쩌려는 걸까? 처음에는 내게 강도를 보내더니 이번에는 이런 짓을 했다. 그는 지저분하게 놀고 있다. 분명하다. 그가 나와 일대일로 맞닥뜨리면 실수를 깨달을 줄 알았다. '자기야, 정말 보고 싶었어'라며 꼬리(꼬리든 성기든)를 두 다리 사이에 집어넣고 내게 기어올 거라고 생각했다. 그런데 그는 전혀 사과할 마음이 없어 보였다. 부끄러움도 후회도 없는 듯했다. 그래, 다음에 만나면 반드시 끝장내 주마. 나는 신에게 맹세한다. 반드시 찢어 죽이고 말 것이다.

플랫폼 뒤쪽에 있는 벤치로 걸어가 주저앉는다. 몸이 덜덜 떨리고 기운이 하나도 없다. 옆구리에 닿은 핸드백이 뜨끈하다. 핸드백에서 역한 냄새가 훅 올라온다.

"니노? 뭐니? 제기랄."

닥스훈트가 핸드백 안에 똥을 싸놓았다.

잠시 후 나는 어두운 지하철역에서 밖으로 나왔다. 로마의 태양이 눈부신 햇빛을 쏟아내고 있다. 휴대폰이 핑! 소리를 낸다. 문자가 온 모양이다. 새로 산 핸드백 속에서 휴대폰을 꺼낸다. 똥이 묻어 끈적거리지만 상관없다. 나는 똥을 셔츠에 쓱 문지른다.

'칼을 들고 나를 쫓아다녀? 한 번만 더 그러면 죽을 줄 알아. 새로 바뀐 섹시한 머리 모양은 마음에 드네.'

chapter 11

이탈리아 로마, 트라스테베레 지역

새로 산 핸드백을 덤불에 던져버린다. 망할 니노. 미친 개새끼.
구역질이 난다. *어떻게 이래?* 2천 유로짜리 신상 프라다 핸드백인
데. 산 지 3시간도 안 됐다. 나는 휴대폰과 콕링, 지갑, 콘돔, 화장품,
뻐꾸기시계를 다른 새 핸드백에 옮겨 담는다. 여분으로 핸드백 몇
개를 더 사둬서 다행이다. 이대로라면 하루에 핸드백을 하나씩 갈
아치울 판이다.

나는 개 목줄을 잡고 도시의 거리를 성큼성큼 걸어간다. 사이코
전 남친은 지금 뭘 하고 있을까? 그놈은 기회가 있을 때 왜 날 죽이
지 않았을까? 아파트 앞 광장을 지나가다가 깜짝 놀란다. 그 여자
다. 이 개의 원래 주인이 카페 앞에 앉아 있다. 여자는 큰 잔에 담긴
화이트 와인을 마시면서 케틀 칩 과자를 먹는 중이다. 그 여자가 니
노를 보고, 니노도 그 여자를 봤나. 개가 미친 듯이 펄쩍거린다.

"왈. 왈. 왈. 왈."

나는 그 여자에게 걸어간다.

"이 개 데려가요. 받아요, 어서. 당신 가지라고요. 이 개가 내 신상 프라다 백을 망쳐놨어."

내가 목줄을 손에서 놓자 니노가 그 여자에게 달려간다.

여자는 기뻐하며 소리친다.

"니노, 아모레Nino, amore.(니노, 내 사랑.)"

나는 좁은 길을 따라 살그머니 걸어간다. 이제 여기 머물 수가 없다. 더 이상 안 된다.

문을 밀고 아파트 안으로 들어가 5층 계단을 느릿느릿 올라간다. 이제 여기는 안전하지 않다. 경비견이 있든 없든 상관없다. 그 스트론조(멍청이)가 내 뒤를 밟은 게 분명하다. 그는 내가 이 아파트에 사는 걸 알고 있다. 아마 어젯밤 건물 바깥 비상계단으로 올라와 내가 전동 칫솔로 자위하는 모습을 지켜봤을 거다. 그리고 내게 '엄청 좋아요'를 보냈겠지. 나는 새로 산 옷들과 새 핸드백 2개, 뻐꾸기시계를 챙긴다. 그리고 5층 계단을 쿵쿵거리며 내려와 에어비앤비에 전화를 건다.

새 아파트를 찾았다. 트라스테베레 지역에 있는 방 2개짜리 아파트다. 이번에도 또 5층이다. 7천 달러를 주고 빌리기로 했다. 아파트라기보다는 화랑에 가까운 집이다. 벽마다 그림과 사진들이 가득하다. 선반 위에는 크고 작은 조각상들이 놓여 있다. 눈이 닿는 곳마다 예술품이 있다. 모던파, 추상파, 인상파. 저 그림은 앤디 워홀의 작품 같다. 캠벨 토마토 수프 통조림 그림이다. 확인해 보니 진품은 아니다. *인쇄한 그림일 뿐이다.* 아무려면 어때?

다시 돌아가서 현관문이 잠겨 있는지 확인한다. 문틀과 문 사이에 사슬고리를 걸어놓는다. 이중으로 빗장을 지르고 재차 확인한다. 작은 구멍으로 밖을 내다보니 아무도 없다. 손가락으로 머리카락을 쓸어 넘긴다. 숨을 깊이 들이마셨다 내뱉는다. 드디어 안전해졌다. 어느 정도는. *거의.* 손을 내려다보니 아직도 부들부들 떨린다. 술을 마셔야겠다. 알콜 도수가 센 걸로. 위스키나 보드카, 아니면 브랜디로. 블로잡 칵테일이나 플레이밍 람보르기니 칵테일도 괜찮다. 그 짜증 나는 놈 생각을 내 머릿속에서 몰아내 주기만 하면 된다. 신경이 잔뜩 곤두섰다. 엄마처럼 스트레스가 만땅이다. *거처까지 옮겨야 할 줄은 몰랐다.*

블라인드를 전부 내리고 커튼을 친 다음 덧문까지 닫는다. 혹시 그가 맞은편 건물에서 창문으로 이쪽을 보면서 커다란 총으로 나를 조준하고 있는 건 아닐까. 오픈 플랜open-plan 주방으로 들어가 보니 큼직하게 자란 식물과 꽃이 담긴 화분들이 가득하다. 열대우림 같은 멋진 실내 정원이다. 칼을 하나 더 찾아본다. 저쪽에 하나 있는데 지난번에 내가 갖고 다니던 것보다 크다. 대충 길이가 40센티미터쯤 되는 것 같다. 영화 〈싸이코〉의 샤워실 장면에 나온 칼 같다.

거실로 들어가 편안한 의자에 털썩 앉는다. 칼을 무릎에 올려놓는다. 스테인리스스틸 칼인데 손잡이는 검은색 플라스틱이다. 가장자리가 단단하고 예리한 톱니 모양이다. 이 정도 칼이면 제 구실을 할 것이다. 하지만 지난번에도 칼을 갖고 있다가 어이없게 선로에 떨어뜨리고 말았다. 니노는 너무 강하다. 그는 나를 죽일 수도 있었다. 난 근육도 없고 체력도 없으며 힘도 모자란다. 살인자답게 민첩하지도 못하다. 루마니아에서 강도를 죽인 건 순전히 운이 좋아서였다. 언제까지 운에 기댈 수는 없다. 훈련을 해야 한다. 그것도 빡세게.

바닥에 엎드려 팔굽혀펴기를 한다. 윗몸일으키기도 두 번 한다. 스타 점프와 런지도 한다. 몸을 만들어야겠다. 극기 훈련도 할 것이다. 이렇게 며칠만 더 하면 테니스 선수 세레나 윌리엄스 못지않은 근육질이 될 수 있겠지. 두고 봐라.

뭐, 지금은 이 정도면 된 것 같다. 담배로 손을 뻗는다. 몸을 제대로 만들려면 전략적으로 해야 한다. 똑똑하게. 의자에 털썩 앉아 휴대폰을 집는다. 유튜브에서 '최고의 호신술 다섯 가지' 영상을 띄운다. 그래, 그래, 그래, 좋아, 알겠어. 브리지와 블록 운동도 해야겠다. 서너 번 반복해서 보고 화면을 끈다.

텔레비전 뉴스를 켠다. 상황이 어떻게 되어가고 있는지 알아야겠다. 언니의 사건과 관련해서 수사가 진전됐을까? 경찰들은 아직도 내 쌍둥이를 찾고 있을까? 앨비나 나이틀리는 여전히 죽은 것으로 알려져 있나? 텔레비전 채널을 이리저리 돌려본다. 증거가 추가로 나왔을까? 또 다른 단서는? 화면에 경찰들이 보인다. 도로가 온통 아수라장이다. 로마 외곽의 고속도로 같은데 정확히 어딘지는 모르겠다. 고속도로가 다 거기서 거기지. 죄다 길고 회색이며 차들이 잔뜩 다닌다. 저 고속도로는 어디든 될 수 있다.

이탈리아어 뉴스는 한마디도 알아들을 수 없다. 화면이 바뀌면서 다른 소식으로 넘어가고 살바토레의 사진이 뜬다. 살바토레, 언니의 정부, 옆집에 살던 섹시한 조각가의 얼굴이다. 이어서 그가 살던 집과 그의 자동차가 보인다. BMW의 트렁크 뚜껑이 활짝 열려 있다. 텔레비전 카메라가 그 안을 비춘다. 나는 움찔한다. 트렁크 안은 비어 있다. 살바토레와 나는 저 트렁크에 암브로조의 시신을 집어넣었다. 지난주에 나는 암브로조를 죽이고 살보의 도움을 받아 그의 시체를 처리했다. 우리는 저 차를 몰고 절벽으로 가서 암브로조의 시신을 바다로 던졌다.

아, 제기랄. 이번에는 암브로조의 사진이 화면에 뜬다. (맙소사, 섹시하다. 그를 거의 잊고 있었다. 그는 크리스 헴스워스의 이탈리아 버전이다. 좀 더 구릿빛으로 태닝되고 날씬한 토르다.) 저 트렁크 안에서 머리카락을 찾아냈을까? 암브로조의 시신이 저 안에 있었다는 사실을 알아냈을까? 카메라가 조수석을 클로즈업한다. 내가 베스를 죽인 날 밤, 베스는 살보의 차를 타고 드라이브를 나갔다. 기억난다. 그게 바로 지난주였다. 베스는 바로 저 자리에 앉아 있었다. 저들이 차 안에서 베스의 손톱을 찾았을까? 피부 각질은? 가짜 속눈썹은? 피는? 베스의 DNA가 발견돼서 내가 암브로조의 살인범으로 몰리면 어쩌지?

살바토레의 거칠고 강하고 비열해 보이는 또 다른 사진이 화면

173

에 나온다. 그의 이름이 크고 굵은 글씨로 같이 뜬다. '**살바토레 보타로**.' 저들은 살바토레가 나를 죽였다고 생각하는 건가? 그가 암브로조도 죽였다고 여기는 걸까? 그런 것 같다. 잘됐다. 살바토레는 지명수배자가 됐다. (이미 죽은 게 유감이지만.) 이어서 내 사진도 화면에 나온다. 베스의 결혼식 날 찍힌 사진 중 하나다. 은색 망사 스타킹, 몸에 딱 붙는 미니 원피스, 방금 자다 일어난 것 같은 부스스한 머리. 나는 머리카락으로 얼굴을 덮고 의자에 웅크린다. 엄지손톱을 살 끄트머리까지 잘근잘근 씹는다. 피가 살짝 난다.

선불 폰으로 뉴스를 검색한다. BBC 월드 뉴스 채널을 띄운다. 유럽의 사건 사고를 쭉 검색해 본다. 새로운 기사가 올라왔을까? '엘리자베스 카루소'로 검색한다. 맨 위에 속보가 떠 있다. 의자 가장자리에 걸터앉아 아랫입술을 씹는다.

'이탈리아 타오르미나 시 경찰은 영국 국적의 여성 앨비나 나이틀리 살인 사건과 관련해 31세 남성 살바토레 보타로를 찾고 있다. 보타로는 8월 28일 이후로 모습을 보이지 않고 있으며 무장한 위험인물일 수 있다. 그는 이웃에 살던 암브로조 카루소, 즉 앨비나 나이틀리의 형부를 살해한 용의자이기도 하다. 이탈리아 내에서 이 사람을 목격하면 직접 접근하지 말고 최대한 빨리 112로 신고해 주기 바란다. 이탈리아 밖에서 이 사람을 보면 그 지역 경찰에 연락하면 된다.'

도저히 참을 수가 없다. 큰 소리로 웃음을 터뜨린다. 무장한 위험인물? 살바토레가? 웃기고 자빠졌네. 그는 예술가였다. 감성적인 영혼을 가진 남자였다. 경찰은 사건의 단서를 전혀 찾지 못한 모양이다. 나는 BBC가 제공한 살바토레의 사진을 유심히 들여다본다. 그래, 그는 몸매가 탄탄하고 매력적이었다. 언니와 바람을 피우기도 했다. 하지만 살인자라고? 그건 아닌데.

뉴스를 끈다. 걱정할 필요 없겠다. 저들은 엉뚱한 나무를 향해 짖어대고 있다. 나는 깨끗하게 용의선상에서 벗어났다. 경찰이 베스와 얘기를 하고 싶다고 해도 사건에 대한 경위를 듣기 위해서다. 그들은 베스의 – *나의* – 이야기를 듣고 싶어 한다. 나는 *용의자*가 아니라 목격자다.

틴더를 다시 확인해 본다. 니노는 감감무소식이다. 새로운 방법으로 그를 추적해야 될 것 같다……. 생각을 하자, 앨비나, 생각을.

틴더를 보다 진력이 나서 '브리슬러Bristlr' 앱에 접속한다. '수염을 쓰다듬고 싶은 사람들을 수염 난 사람들과 연결해 주는 앱'이다. 잡지에서 읽은 적 있다. 내게 새로운 페티시(도착증)가 있는지 알아보고 싶다.

수염이 있습니까? 예/아니오.

'아니오.'

찾는 대상은? 남자/여자/모두.

'남자.'

2백 킬로미터 내에 있는 수염 난 사람들을 보여드립니다.

사진들을 쭉 스크롤한다. 남자들은 전부 수염이 있다. 그게 핵심이다. 0점부터 5점까지 수염에 점수를 매기고 '수염 없음' 혹은 '수염 건너뛰기'를 선택할 수 있다. 손가락이 뻐근할 때까지 화면을 쭉쭉 올리면서 엄지손톱을 피가 날 때까지 깨문다.

이런 건 내가 찾는 수염이 아니다…….

내가 찾는 건 말발굽 모양 콧수염이다.

"안녕하세요. 문신을 하려고요."

"예. 이쪽으로 들어오세요."

키 크고 예쁘장한 여자가 나를 맞이한다. 그 여자의 등과 목에 별 모양 문신이 있다. 파란색 머리카락은 펑키한 해골 문양 스카프로 묶었다. 나는 그녀의 뒤를 따라 타투 시술실로 들어간다. 시술실에 다른 사람들의 땀 냄새가 배어 있다. 벽에는 고객들의 사진, 펜과 잉크로 그린 그림들, 새로운 디자인들이 붙어 있다. O. J. 심슨의 얼굴을 고스란히 가슴에 문신으로 새긴 사람도 있다. O. J. 심슨의 실물과 굉장히 닮았다. O. J. 심슨의 대단한 팬인 모양이다. 브리트니 스피어스를 문신한 성기 사진도 있다. 실물 크기의 앤 공주, 오지 오스본, 도널드 트럼프의 얼굴을 새긴 문신도 보인다. 어떤 남자는 허벅지를 면도하고 그 자리에 가수 엘리 굴딩의 얼굴을 새겼다. 그 얼굴이 나를 쳐다본다. (저 남자의 허벅지 털이 다시 자라면 저 얼굴은 어떻게 될까? 엘리 굴딩은 수염 난 여자가 되고 말 것이다. 브리슬러 앱에서 그런 사진은 본 적이 없다. 그 앱에서 어울릴 것 같은데…….)

"저건 누구예요?"

나는 누군가의 등에 컬러로 새겨진 문신을 손으로 가리킨다. 진홍색의 커다란 입으로 미소를 짓고 있는 여자의 문신이다. 앞머리는 직모 금발이고 눈동자는 청록색이다. 레이스 브래지어를 차고 있다. 저 등 주인의 여자 친구일까.

여자가 미소 짓는다.

"아, 치치올리나예요. 이탈리아에서 엄청 유명해요. 치치올리나는 예명이에요."

"예명요? 뭐 하는 사람인데요? 가수인가요?"

"아뇨, 정치가예요."

"아, 그렇군요."

"1990년대 국회의원에 당선됐죠. 그 전에는 포르노 스타였고요."

"포르노 스타요?"

"네, 뭐. 포르노 영상을 엄청 찍었어요."

나는 사진 속 여자를 다시 한 번 바라본다.

"가슴이 엄청 크긴 하네요."

"손님 나라에도 배우 출신 정치인이 있나요?"

어째서인지 마이클 고브와 보리스 존슨이 떠오른다.

"모르겠어요. 아마 말해도 모르실 거예요."

(마이클 고브와 보리스 존슨이 나오는 영화라면 보고 싶지 않다. 그들의 영상이 유포른 사이트에 올라가 있지 않길 바란다.)

"어떤 문신을 해드릴까요?"

여자가 잉크건을 들고 미소를 지으며 묻는다.

"'죽어 니노DIE NINO'를 엉덩이에 새겨주세요. 'DIE NINO'요. 대문자로. 큼직하게 검은색으로 가능하죠?"

"예, 가능합니다."

"좋아요."

"탁월한 선택이네요."

"그런가요?"

"아, 그럼요. 요즘은 그런 문신을 많이들 하세요."

나는 작은 침대에 엎드려 바지를 내린다.

"정말요? '죽어 니노'를요?"

"유행인가 봐요. '죽어 도리', '죽어 말린', '죽어 미스터 레이' 같은 문구가 상당히 많아요……. 이제부터 움직이지 마세요. 바늘은 별로 안 아파요."

그녀가 잉크건을 켠 순간 마치 공기 착암기 같은 높고 날카로운 소음이 들리기 시작한다.

위잉.

"윽."

"움직이지 마세요. 가만히 계셔야 해요."

"아, 맙소사. 엄청 아파요."

"아직 시작도 안 했어요."

옆에서 베스가 개소리를 한다.

'겁은 더럽게 많네.'

"혹시 보드카나 케타민(환각성 마취제 - 옮긴이) 있어요?"

여자가 돌아서서 벽장을 뒤적거리더니 반쯤 들어 있는 레드 와

178

인 술병을 내민다.

"발폴리첼라 와인이라도 괜찮다면 드세요."

여자가 와인 병을 연다. 스크루 마개다.

나는 와인을 벌컥벌컥 들이켠다. 약에 자두를 섞은 것 같은 맛이다. 조금 더 마시고 나서 마음을 다잡고 주먹을 꽉 쥔다. 여자가 다시 바늘을 들이댄다.

위이잉.

"아, 악."

"아직 'D' 자도 안 끝났어요."

"아, 됐어요. 그만할래요."

"엉덩이에 'D' 자만 새기겠다고요?"

"뭐, 그것도 나쁘지 않죠. 난 'D' 자를 좋아하니까. 개^{dog}도 'd'로 시작하잖아요. 난 개를 좋아해요."

침대에서 일어나 거울 앞으로 간다. 몸을 돌려 엉덩이의 문신을 확인한다. 왼쪽 엉덩이에 불완전한 형태의 'D' 자가 생살을 뜯긴 듯 빨갛게 새겨져 있다.

머릿속에서 베스가 나불거린다.

'진짜 더럽게 멍청해 보여.'

"좋아요. 끝까지 해볼게요. 와인 좀 더 줘요. 나머지 글자를 새기세요. 살살."

대체 고통을 통해 쾌락을 얻는다는 괴물은 어떤 작자들일까? 신체를 결박하고 섹스를 하는 것들. 가학성·피학성 변태들. (나는《그레이의 50가지 그림자》에 나오는 아나스타샤 스틸이 아니다. 나라면 크리스찬 그레이에게 정확히 어디를 자극해야 하는지 말해 줄 것이다.) 어떻게 여자들은 피어싱에 중독될 수 있을까? 피부를 온통 문신으로 도배하는 것? 나는 그럴 일이 없다. 나는 마조히스트(고통을 받음으로써 성적 쾌감을 얻는 변태 – 옮긴이) 기질이 눈곱만큼도 없으니까. 차라리 상대에게 고통을 가하는 걸 좋아한다.

"빨리 해주세요. 아주 빨리요."

나는 침대 가장자리를 붙잡고 매트리스에 손톱을 박는다. 바늘이 다시 위잉 소리를 내기 시작한다. 미친 치과용 드릴 소리 같다.

위이잉.

'아악.'

"그만할까요?"

"아뇨, 계속하세요."

나는 와인을 조금 더 마신다. 입으로 들어갔던 와인이 코로 찔끔 나온다. 눈이 매워 눈물이 난다.

위잉.

"으윽."

위이잉.

"으으윽."

(이런 소음이 한동안 계속된다.)

소인족이나 요정, 소인국 사람들의 칼에 찔리면 이런 기분일까. 화가 난 작은 사람들이 떼로 몰려와 날카로운 칼로 찔러대는 것 같다. 니노를 붙잡아 끈으로 결박하고 얼굴에 '재수 없는 새끼'라는 문신을 새기고 싶다. 그의 온몸에 빼곡히 의미 없는 점을 잉크로 콕콕 찍어주고 싶다. 그래. 그것 참 재미있겠다. 내가 방금 새로운 종류의 고문을 발명했다. 변호사를 찾아가 특허를 내고 〈드래곤스 덴 Dragons' Den〉('용들의 동굴'이라는 뜻으로 자수성가한 사업가(드래곤) 5명이 투자처나 사업 아이템을 찾는 영국 TV 프로그램. 데보라는 드래곤 중 한 명이다. – 옮긴이)에 출연해야겠다. (데보라가 미친 듯이 좋아할 만한 아이디어다.) 아니면 관타나모만의 미국 해군기지에서 일할 수도 있을 것이다.

영원처럼 느껴지던 시간이 드디어 끝나고 여자가 말한다.

"끝났습니다. 자, 어떠세요?"

나는 침대에서 내려와 거울을 들여다본다.

'죽어 니모DIE NEMO'라고 새겨져 있다.

"니노NINO를 니모NEMO로 잘못 새겼잖아요. 그것만 아니면 좋았을 텐데."

chapter 12

새 문신 덕분에 기운이 펄펄 난다. 이 기분으로 아파트로 돌아가고 싶지 않다. 머리와 화장을 매만지고 시내로 향한다. '라디오 론드라'라는 클럽이 보인다. 오래된 지하 벙커에 들어선 클럽이다. 그 클럽 위의 보도가 마치 기차가 지나가는 것처럼 웅웅거린다. 클럽의 에너지가 느껴진다. 채찍과 가죽 목걸이를 한 여자가 새디스트 같은 표정으로 서 있다. 엉덩이가 드러나는 비닐 바지를 입었고, 무릎길이의 15센티미터 힐 부츠를 신었다. 문을 밀고 안으로 들어가자 뜨끈한 수증기와 땀 냄새가 훅 올라온다. 공기가 진동하고 있다. 깊은 베이스 기타 소리가 끝내준다. 디제이DJ가 테크 하우스 스타일 음악을 너무 크게 틀어서 귀가 따갑다. 음악이 내 뺨을 연달아 후려치는 기분이다. 음악은 뼈를 타고 흐르며 두개골 속까지 메아리친다. 나는 눈을 감고 음악을 느끼다가 음악과 하나가 된다. 음악에 몸을 맡긴다. 생각도 그림도 니노도 베스도 다 필요 없다. 다 잊고 싶다. 멍하게 텅 빈 채로 완전히 취하고 싶다.

문 옆에서 남자 둘이 진한 키스를 나누고 있다. 나는 스피커에 씌워놓은 미세한 검은 망에 몸을 붙인다. 목 뒤의 털이 바짝 곤두선다. 베이스의 진동이 내 몸속 세포 하나하나를 흔든다. 소름이 등뼈를 타고 쫙 올라갔다가 내려온다. 음핵이 간질간질 아려온다.

번쩍이는 조명등에 마치 번개라도 맞은 듯 눈앞이 아득해진다. 잠시 후 사람들이 춤추는 모습이 스톱 모션처럼 툭툭 끊어져 보인다. 흰색에서 검은색, 다시 흰색으로 번뜩인다. 사람들은 산산이 부서져 내리는 빛 속에서 키스를 하고 고함을 지르고 웃음을 터뜨린다. 내 옆에 서 있는 여자가 엑스터시 한 알을 떨어뜨린다. 여자는 네온 노란색 바지에 네온 초록색 다리 토시를 입었다. 늑대인간 같은 차림의 남자가 그 여자를 안아 자기 어깨에 올린다. 연기 장치가 드라이아이스를 뿜어댄다. 분필과 가루 설탕 맛이 난다. 뜨끈한 몸뚱어리들, 끈적끈적한 피부, 다비도프 핫 워터 향수 냄새. 나는 몸을 마구 흔들어대는 인파를 뚫고 바 쪽으로 향한다.

몸에 딱 붙는 푸크시아 핑크색 원피스를 입은 남자가 보인다. 원피스 재질은 라텍스인 것 같다. 지나치게 화장이 진한 그 남자는 징이 박힌 검은색 초커 목걸이를 목에 두르고 있다. 위아래로 가죽 옷을 입었더니 몸에서 열이 난다. 타일 바닥이 술에 젖어 끈적거린다. 바 카운터에 빈자리가 있다. 은색 술병 꼭지들과 술들이 즐비하다. 스미르노프, 바카르디, 잭 다니엘스, 베일리스, 코인트로, 삼부카. 바텐더는 귀엽지만 특별하지는 않다. 10점 만점에 6.5점. 바텐더가 내게 윙크를 한다. 나는 마주 윙크를 해주지 않고 고개를 돌려 메뉴판을 본다. 섹스 온 더 비치, 포르노 스타 마티니……. 난 남자를 끊기로 했다. 금남禁男 사흘째다. 아니 나흘째인가? 메나주 아 트로와, 슬리퍼리 니플. 솔직히 말하면 아직까지 남자가 그립지는 않다. 거의 그랬다. 스크리밍 오르가슴, 슬로 컴포터블 스크루. 뭘 주문해야 할지 모르겠다. 그냥 아무거나 독한 술로 한 잔 달라고 해야지.

바 끝에서 소동이 났다. 사람들이 고함을 지르고 악을 쓴다. 싸움이 났나. 구경하러 가야겠다. 난 시끌벅적한 구경거리가 좋다. 사람들을 밀치고 간다. 남자와 여자가 싸우고 있다. 그런데 여자가 승기를 잡은 모양새다. 여자가 남자의 팔을 등 뒤로 확 꺾는다. 남자가 징징 운다. 여자는 남자의 손목을 꺾어 잡고 무릎으로 내리찍어 바닥에 처박는다.

순간 정적이 흐른다.

모두 그들을 쳐다보고 있다.

대단하다.

"핥아."

여자가 명령하자 남자가 따른다.

남자는 더러운 바닥을 혀로 핥는다.

윽, 더러워. 구역질 나. 사람들 신발에 묻은 세균이 얼마인데. 저 바닥에는 개똥은 물론 진흙, 대장균, 리스테리아까지 묻어 있을 것이다. 손님들로 붐비는 술집의 더러운 바닥이니까. 이런 데서는 3초 규칙(바닥에 떨어뜨린 음식이라도 3초 안에 주워 먹으면 괜찮다는 속설 – 옮긴이) 도 통하지 않는다. 나는 속이 울렁거려 시선을 돌린다. 토할 것 같다. 여자가 마침내 남자를 앉게 한다. 남자는 여자의 손에서 놓여나자마자 다친 어깨를 부여잡고 도망친다.

여자가 미소를 짓는다. 예쁘다.

여자가 사람들 사이를 지나 바 쪽으로 걸어온다. 박수갈채가 쏟아진다. 우아, 멋지다. 짧고 쌈빡한 액션이었다. 제대로 본때를 보여줬다. 그 남자가 무슨 잘못을 했는지 궁금하다. 아마 엄청 심한 잘못이겠지. 저런 식으로 싸우는 방법을 배우고 싶다. 연습을 더 해야겠다.

사람들 사이를 뚫고 앉아 있던 자리로 돌아간다. 메뉴판을 집어 들고 다시 들여다보려는데 내 옆자리에 그 여자가 앉는다. 나도 모르게 그 여자를 뚫어져라 바라본다.

"안녕."

여자가 내게 인사한다.

맙소사. 엄청난 여자다.

믿을 수 없을 정도로 섹시하다. 가까이서 보니 가수 리아나를 닮았다. 나는 여자의 얼굴을 바라본다. 그녀는 바로 앞에 서서 내 허벅지에 자신의 무릎을 붙인다. (술집 안이 몹시 붐비기는 하다. 공간이 별로 없다.)

여자는 둥그런 에이비에이터 선글라스를 꼈다. 검은색 렌즈에 은테를 두른 멋진 선글라스다. 테 옆에 '불가리' 로고가 붙어 있다. 렌즈에 내 모습이 비친다. 그리고 내 시선은 그녀의 입술로 향한다. 그 입술에 끌리는 이유를 모르겠다. 마치 내게 최면을 거는 듯, 내 영혼을 빼앗는 듯하다. 둥글고 도톰하며 윤기가 흐르는 그 입술은 장미꽃 봉오리를 닮았다. 여자가 입술에 빨대를 대고 소다수인지 보드카 토닉인지를 마신다. 그게 뭐든 나도 마시고 싶다. 나도 저 여자처럼 멋지게 보이고 싶다.

여자가 가까이 다가와 내게 몸을 밀착한다. 유니섹스 오 데 코롱 향수에 캘빈클라인 원 향수를 살짝 섞은 향기가 난다. 긴 머리카락이 허리까지 내려온다. 검은색 새틴 시트처럼 윤기가 흐르는 머리카락이 아이폰 화면처럼 반짝거린다. 여자는 카운터에 두 손을 올리고 가느다란 은반지를 손가락으로 만지작거린다. 엄지에 낀 걸 보니 결혼반지는 아니다. 유부녀는 아닌 듯하다. 매니큐어를 칠하지 않은 손톱은 짧고 깔끔하다. 왼쪽 귀에 귀고리가 20개쯤 붙어 있고 오른쪽 귀에는 하나도 없다.

"안녕. 난 레인이에요."

"레인요?"

"네. 내 이름이 마음에 안 들어요?"

나는 눈을 감고 한숨을 쉰다. 루마니아에서 강도를 죽였을 때 내 얼굴로 떨어지던 빗물이 떠오른다. 한껏 달아오른 내 피부를 기분 좋게 식혀 주던 차가운 빗물. 빗물처럼 자유롭게 떠다니는 듯했던 그 느낌이 아직도 생생하다.

"아뇨, 난 비를 좋아해요. 멋진 이름이네요. 어떤 이름의 약칭이에요?"

"어떤 이름?"

나는 인상을 쓴다.

"이를테면…… 레인보우의 약칭이라든가?"

맙소사. 앨비, 그만해.

"아뇨. 그냥 '비'를 뜻하는 레인이에요."

"좋은 이름이네요."

"억양이 멋지네요. 영국인인가요?"

"예. 아뇨. 어쩌면요."

이 여자는 미국 억양을 쓰는 것 같다. 캐나다 억양일 수도 있다. 음악 소리가 요란해서 우리는 악을 쓰며 대화를 해야 한다. 거의 독순술을 하고 있다. 어쩌면 내가 그녀의 입술에서 시선을 뗄 수 없어서인지도 모르겠다. 진심으로 키스하고 싶다.

뭐라고?

이 여자는 나를 자석처럼 끌어당기고 있다.

"내 이름은 비욘세예요."

"술 한잔 사드릴까요?"

여자는 선글라스를 머리 위로 올리고 연푸른색 눈동자를 드러낸다. 나는 침을 꼴깍 삼킨다. 여자는 화장을 하지 않았다. 할 필요도 없다. 여자의 얼굴을 만져보고 싶다.

"당신이랑 같은 걸로 마실게요."

여자한테 술을 얻어 마셔보기는 처음이다.

여자가 바텐더에게 말한다.

"보드카 토닉 두 잔. 그라지에Grazie(고마워), 마르코."

"프레고Prego.(천만에요.)"

바텐더는 나를 쳐다보며 윙크한다. 또 저런다. 혹시 틱 증상일까?

질투가 난다. *레인은 저 남자랑 어떤 사이지? 혹시 같이 자는 사이인가?*

"음……."

레인이 청재킷을 벗어 접고 바 카운터에 올려둔다. 그녀는 심플한 브이넥 티셔츠를 입었다. 얇고 하얀 면 티셔츠라 젖꼭지가 도드라진다.

나도 재킷을 벗는다. 갑자기 너무 덥다.

레인은 내게 미소를 짓고 나도 미소를 짓는다. 그녀는 앞니 2개가 벌어져 있어서 프랑스 여자처럼 보인다. *제길, 귀엽잖아. 미치도록 섹시하다. 레인이 남자였으면 진즉에 달려들었을 거다.*

"아까 싸울 때 보니까 움직임이 좋던데요. 꽤 거칠더라고요."

"아, 그랬나요? 원한다면 보여줄 수 있는데."

나는 고개를 끄덕인다.

"굉장했어요. 난 무술 전문가가 되려고 훈련을 하고 있어요……. 아까 그 남자가 무슨 짓을 했는데 그런 거예요?"

"내 엉덩이를 꼬집었어요. 여기 자주 와요?"

나는 레인을 바라본다. *내가 여기 자주 오는 걸 왜 신경 쓸까?* 그녀는 나를 바라보며 천천히 눈을 감았다 뜬다.

"그…… 그게……."

말이 잘 나오지 않는다. 레인의 입술은 정말 예쁘다. 내가 그 말을 했었나?

바텐더가 우리 앞에 똑같은 술 두 잔을 내려놓는다. 나는 빨대를 입에 물고 길게 쭉 빨아들인다. 씁쓸하고 신맛이 난다. 보드카 2샷이 들어간 것 같다. 3샷이나 4샷도 괜찮은데.

"아까 뭘 물어봤죠?"

"여기 자주 오냐고요."

아, 그건 쉬운 질문이다.

"처음이에요. 휴가차 왔어요."

뭐 대충 그렇단 얘기지.

"술집에 오는 것 말고는 뭘 하면서 지내요?"

레인이 이렇게 물으며 술잔 옆면을 손가락으로 문지른다. 위아래로 문질러 잔에 맺힌 물방울을 닦는다. 그걸 왜 신경 쓸까? 혹시 지금 날 꼬시는 건가? 아니면 그냥 친하게 지내자는 건가?

"일급비밀이라 입 밖에 낼 수가 없어요."

너무 많은 정보를 줄 수는 없다. 난 비밀리에 작업 중이니까.

"재미있네요. 설마 마피아 나부랭이는 아니겠죠? 이 근방에 마피아들이 엄청 많고 여기도 그런 사람들이 드나드는 곳이거든요."

나는 대답하지 않는다.

레인이 내 손에 자신의 손을 가만히 얹는다. *뭐지?* 그녀는 손가락으로 내 손가락을 쓰다듬는다. 길고 날씬해서 꼭 피아니스트의 손가락 같다. (피아니스트라는 발음이 어쩐지 페니스와 비슷하게 들린다.) 나는 침을 꿀걱 삼킨다. 땅콩 안주로 손을 뻗는다. 땅콩을 집어 입안에 밀어 넣는다.

　레인은 검은 빨대로 술을 마신다. 술잔을 빙글빙글 돌려 얼음으로 딸그락딸그락 소리를 낸다. 그 소리마저 섹시하다. 레인은 속눈썹 너머로 나를 바라본다. 눈빛이 깊고 그윽하다.

　"뻐꾹."

　내 뻐꾸기시계가 짖는다.

　"뭐예요?"

　"아, 아무것도 아니에요. 그냥 시계예요."

　나는 그녀에게 핸드백 안을 보여준다.

　"아, 귀여워. 마음에 드네요."

　나는 무슨 말이든 해야 할 것 같아 질문을 던진다.

　"무슨 일 해요?"

　"판매 일요."

　"멋지네요. 뭘 파는데요?"

　"아, 일급비밀이에요."

　하긴, 그래야 공평하지.

　레인은 날씬하고 판판한 배를 손으로 문지른다. 간지러운가? 면 티셔츠가 살짝 올라가자 그녀의 배꼽 피어싱이 드러난다. 가느다란 은색 막대에 구슬 2개가 붙어 있는 피어싱이다. 어디에 또 피어싱을 했을지 궁금하다.

　나는 땅콩으로 손을 뻗어 아작아작 씹는다. 그 땅콩이 니노의 불알이라고 상상하면서.

레인이 입술에 립글로스를 바른다. 입술이 더욱 반짝거린다.

나는 손가락 끝에 묻은 소금을 혀로 핥는다.

"어디 출신이에요, 비욘세?"

익명이 더 안전하다. 나는 이 여자에 대해 아는 게 없다. 어쩌면 경찰일지도 모른다. 위장 근무 중일 수도 있다.

"음, 아치웨이요."

제길.

"모르는 곳이네."

다행이다.

"그쪽은요?"

"시카고요."

"아, 어딘지 알아요."

나는 땅콩을 몇 개 더 씹고 술을 마신다. 얼음이 다 녹았다. 술잔 바닥에 남은 술을 빨대로 후룩후룩 빨아 마신다. 한 잔 더 마실 수 있을 것 같다. 레인이 내 허리에 손을 가져다 댄다. 그녀의 코발트 색 눈동자가 마치 불처럼 반짝인다. (내 지포 라이터의 파란 불 같기도 하다.)

내가 주절거린다.

"이 땅콩을 참 잘 구웠어요. 와사비를 약간 넣어서 구웠나 본데……."

레인이 내 쪽으로 몸을 기울이며 제 입술을 지그시 깨문다. 그녀의 따뜻한 숨결이 내 뺨에 와 닿는다. 그녀는 내 목덜미에 손을 얹고 나를 자기 쪽으로 당긴다.

"우리 집으로 갈래요? 싸움 동작을 몇 가지 가르쳐줄 수 있는데."

하룻밤이다…… 니노는 내일 찾아야지…….

"좋아요. 가요."

chapter 13

우리는 택시 뒷좌석에 앉는다. 은색 프리우스 택시다. 택시 기사
가 백미러로 우리를 흘끔거린다. 더러운 새끼, 저러다 사고 나겠다.
앞도 안 보고 있다.

"이봐요. 앞이나 잘 봐요, 젠장."

내 입에서 나올 법한 말인데 방금 소리친 건 레인이었다.

라디오에서 이탈리아 랩이 흘러나온다. 나는 그중 몇 단어만 알
아듣는다. '피카fica(보지)', '카초cazzo(고추)', '바판쿨로vaffanculo(꺼
져)' 정도다. 따라 부르고 싶지만 레인이 내 무릎에 앉아 있다. 그녀
는 내 가죽 상의 안으로 손을 집어넣은 채 내 입에 혀를 깊게 밀어
넣고 있다.

혀에도 피어싱을 했다. 아, 맙소사, 굉장하다. 이 여자 완전 대단
하다. 내 혀가 그녀의 혀에 달린 은 피어싱을 찾아간다. 뒤로 갔다
앞으로 갔다 한 바퀴 굴리고 또 굴리고. 매끈하고 둥글며 조그마한
완벽한 피어싱이다. 그녀는 보드카 앤 레몬 각테일 맛이 난다. 나는

아무래도 사랑에 빠진 것 같다. 숨을 깊게 들이마시며 뒤로 기댄다. 여자와 키스하는 건 처음인데 마치 케이티 페리의 노래('아이 키스드 어 걸') 같다. 해보니 마음에 든다.

레인이 내 눈을 들여다보며 웃는다. 그녀의 동공이 확장돼 있다. 씹던 껌을 차창 밖으로 뱉더니 다시 몸을 기울여 내게 키스한다. 그녀의 입술이 내 입술에 부드럽게 닿는다. 내 입으로 혀를 밀어 넣는다. 나는 그녀의 머리카락을 쓰다듬는다. 시원하고 비단처럼 매끈하다. 그녀는 좋은 맛이 난다. 체취도 마음에 든다. 니노와는 완전히 다르다……. 키스도 훨씬 잘하고 더 나은 인간이다. (니노 같은 개새끼보다 더 낫지 않기도 어렵다.)

레인이 잠시 뒤로 물러나 내 가슴에 얼굴을 들이댄다. 나는 날카롭게 숨을 들이쉰다. 온몸이 긴장된다. 그녀는 내 상의 단추를 푼다.

나는 그녀의 머리카락 사이로 말한다.

"혹시 스트랩온(벨트가 달려 있어 팬티처럼 음부에 차고 쓰는 딜도-옮긴이) 같은 거 필요할까요?"

입 닥쳐, 앨비, 횡설수설하지 마.

"아뇨. 필요 없어요. 두고 보면 알아요."

그녀는 내 브래지어를 아래로 벗기고 젖꼭지에 입술을 갖다 댄다. 내 피부에 닿는 그녀의 입술이 따뜻하다. 나는 눈을 감고 한숨을 쉰다. 머리를 헤드레스트에 기댄다. 레인의 손이 내 허벅지를 따라 내려가 바지 속으로 들어온다. 아, 맙소사. 나는 그녀의 등을 문지른다. 피부가 부드럽다. 그녀의 가는 허리도 느껴본다.

"몸매가 훌륭하네요."

"당신도요."

나는 이미 젖었다. 음핵이 후끈 욱신거린다. 아래가 아리다. 그녀의 손가락이 팬티 속으로 미끄러지듯 들어온다.

택시 기사가 말한다.

"다 왔습니다."

레인이 연두색 술을 5센티미터쯤 잔에 따른다. 술병 라벨에 '라페 압생트 파리지엔La Fèe Absinthe Parisienne'이라고 적혀 있다. 레인은 은색 압생트 스푼에 흑설탕 한 덩어리를 올리고 그 위에 술을 따른 뒤 성냥으로 불을 붙인다. 유황 탄내, 그리고 달콤한 아니시드(아니스 씨) 냄새가 올라온다. 금색 불이 노랗게 변하는 동안 설탕이 캐러멜로 변한다. 녹은 설탕이 스푼 밑바닥 구멍을 통해 그 아래 술잔으로 똑, 똑, 똑 떨어진다. 레인이 잔에 물과 각얼음 몇 개를 넣고 젓는다. 나는 레인이 술을 젓는 모습을 바라본다. 날씬한 손목, 가느다란 손가락. 그녀는 내게 술잔을 건넨다. 우리는 쨍그랑 소리를 내며 건배한다.

한 모금 마셔본다. 세다. 맛은 좋다. 방 안을 둘러본다. 조명이 희미하고 부드러우며 어둡다. 레인이 초 2개에 불을 붙이자 부드러운 호박색 빛이 피어난다. 방 안에서 레인의 체취와 이국적 향료 냄새가 풍긴다. 취기가 오르고 흥분된다. 액자에 담긴 브리지트 바르도의 누드 사진이 벽에 걸려 있다. 꽃병에 꽂힌 분홍색과 하얀색 난초

꽃. 마치 여성의 질처럼 생긴 꽃이다.

레인이 스테레오를 켠다. 이탈리아 노래다. 그것도 여가수의 노래. 강력한 목소리다.

"어머. 누구 노래예요? 처음 들어보는 목소린데."

"에리사요. '에푸레 센티레Eppure Sentire(하지만 들어줘)'라고 내가 좋아하는 노래예요."

나는 잔에 남은 압생트를 입에 마저 털어 넣는다.

"이 노래 마음에 드네요."

"이리 와요."

레인이 내게 몸을 기울인다.

우리가 눕자 매트리스가 삐걱거린다. 레인이 내 눈을 들여다본다. 전기 충격을 받은 듯 짜릿하다. 레인은 압생트 한 모금을 입에 머금고 내 턱 아래 입을 맞춘다. 목부터 뒷덜미까지 각얼음으로 선을 긋는다. 얼음이 피부에 녹아내린다. 얼음이 뜨거운지 차가운지 모르겠다. 그저 황홀할 뿐이다. 얼음이 녹아내린다. 내 젖꼭지가 단단해진다. 나는 레인의 몸을 가까이 끌어당긴다. 레인과 함께 쭉 가고 싶다. 절정에 오른 레인을 맛보고 싶다.

고개를 들어 그녀의 입술에 키스한다. 얼음은 사라졌다. 그녀의 혀는 얼음처럼 차갑다. 괴상하고 낯설다. 심장이 빠르게 뛴다. 숨이 얕아진다. 이 모든 경험이 새롭다.

"당신의 비명을 듣고 싶어요, 비욘세."

"젠장. 나도요."

나는 그녀의 얇고 신축성 있는 하얀 면 셔츠를 잡아당긴다. 그녀의 벗은 몸을 보고 싶다. 지독하게 흥분된다. 그녀가 상의를 벗는다. 아, 내 예상대로 피어싱이 있다. 완벽한 모양의 자그마한 젖가슴. 막대기 피어싱이 젖꼭지를 관통하고 있다. 검은색 유륜. 초콜릿색 피부. 나는 몸을 기울여 레인의 가슴에 입을 맞춘다. 젖꼭지를 관통한 막대기 모양 피어싱을 입안에서 느껴본다. 막대기를 중심으로 혀를 굴리고 빨아들인다. 그녀는 내 머리를 가까이 당긴다. 아아아. 내가 이러고 있다는 게 믿어지지 않는다. 어떠냐고? 끝내준다. 니노 따위 꺼져버려. 필요 없어. 비교도 안 돼.

레인이 여름 소나기처럼 가볍게 손가락 끝으로 내 피부를 쓰다듬는다. 그녀는 내 가죽 상의를 벗겨 바닥에 던진다. 우리는 서로의 곁에 눕는다. 그녀의 숨소리가 들린다. 빠르고 얕다. 나는 정신이 맑아진다. 환하게. 코카인에 전 기분이다. 그녀의 맨어깨에 입을 맞춘다. 그녀의 목을 핥는다. 스위첼 러브 하트 사탕 맛이 난다.

그녀의 두 손이 내 엉덩이로 내려간다. 더는 기다릴 수 없다. 그녀의 찢어진 청바지의 지퍼로 손을 뻗는다. 단추를 더듬거린다. 그녀는 브라질리언 왁싱을 했을까? 아니면 하와이언 왁싱? 그녀의 청바지를 벗겨 내린다. 발끝으로 마저 쭉 당긴다. 비키니 라인에 난초 문신이 있다. 자그마한 분홍색의 미치게 완벽한 문신이다. 내 문신보다 예쁘다. 손을 뻗어 가볍게 만져본다. 예쁜 꽃잎을 쓰다듬다가 그녀의 음부 속으로 손을 넣는다.

"으으음."

레인이 신음을 흘린다.

그녀의 머리가 베개 깊숙이 박힌다. 등이 활처럼 휜다.

검은 음모 사이로 은색으로 반짝이는 무언가가 보인다. 음핵에도 피어싱을 했나. 나는 가까이 들여다본다.

"세상에! 굉장하네요."

손가락 끝으로 만져본다. 작은 피어싱이 반짝거린다. 그녀의 성기에 입을 맞춘다. 그곳은 또 다른 맛이다. 신맛. 나는 핥고 핥고 또 핥는다. 암브로조의 요트에서 먹었던 굴이 떠오른다. 그녀의 몸이 휘어지며 침대 위에서 파도처럼 넘실거린다.

"으으으음."

나는 손가락을 더욱 깊숙이 넣어 그녀의 지스폿에 갖다 댄다. 그녀는 신음을 흘리다가 몸을 부르르 떤다. 나는 그녀가 절정에 이르는 모습을 바라본다.

그녀가 몸을 일으키고 앉아 나를 바라본다. 나는 가만히 그녀를 마주 본다. 그녀는 내 가죽 바지의 지퍼를 벗기고 천천히 다리 아래로 벗겨 내린다. 맙소사. 섹스에 불이 붙었다.

"기다려요. 움직이지 말고."

레인이 침대에서 내려가 서랍장으로 걸어간다.

"어디 가요? 돌아와요."

대체 뭘 하려는 거지?

레인이 장갑을 꺼낸다. 윤기가 흐르고 반짝이는 검은 장갑이다. 그녀는 그 장갑을 손에 낀다. 팔꿈치까지 오는 비닐장갑이다.

"콘돔이 없으면 사랑이 아니라잖아요.(1986년부터 사용된 안전한 섹스를 위한 표어. - 옮긴이)"

"그건 비유적인 의미 아닌가요?"

레인이 다시 침대로 올라온다. 장갑 말고는 몸에 아무것도 걸치지 않았다.

그녀의 눈이 나를 지그시 바라본다.

그녀가 손을 뻗어 내 뺨을 어루만진다. 피부에 와 닿는 장갑의 느낌이 빗방울처럼 시원하다. 내 얼굴이 불타오르는 것 같다. 눈을 감는다. 어지럽다. 날아오른다. 신경의 끝이 전부 살아난다. 레인은 내 다리 사이를 오르내린다.

"마음에 들어요?"

그녀가 묻는다.

그녀는 두 손으로 내 배를 문지른다. 부드러운 입술이 내 성기를 지그시 누른다. 아래를 내려다보니 그녀의 검고 긴 머리카락이 벗은 어깨 위에서 너울거린다. 내 입에서 계속 신음이 나온다. 몸이 둥둥 뜬다. 나지막한 탄성이 흐른다. 레인의 혀 피어싱인 듯한 단단한 무언가가 내 음핵을 누른다.

"아, 세상에! 아, 바로 그거야."

레인이 혀끝으로 그곳을 간질인 후 손가락을 깊숙이 밀어 넣는다.

"마음에 들어, 자기야?"

"멈추지 말아요. 멈추지 마."

레인은 내 그곳을 위아래로 핥는다. 쭉 빨고 입을 맞추고 혀를 돌린다. 이어서 또 다른 손가락을 안으로 넣는다. 뭐지? 엄지인가? 그리고 이어서 아, 대박, 내 지스폿에 닿는다. 으으으으. 끄으으응. 뇌가 폭발한다. 황홀하다. 아무 생각도 할 수 없고 숨도 안 쉬어진다. 앞도 보이지 않는다. 내 안으로 깊숙이 들어온 그녀의 손가락이 내 몸을 아래로 누르고 누르고 또 누른다. 몸 아래서 침대 시트가 말려 올라간다. 나는 그녀의 머리카락을 움켜쥔다.

"니노. 니노. 날 가져."

나는 몇 번이나 절정에 다다른다.

"니노. 니노. 니노."

레인이 선홍색 보드카를 내 얼굴에 뿜어댄다. 나는 끈적해진 알몸 위로 시트를 끌어 올린다. 그녀가 묻는다.

"지랄, 니노가 대체 누구야?"

"싸움 동작을 가르쳐준다면서요?"

"아, 그거? 잘 봐."

레인은 나를 거칠게 복도 쪽으로 떠민다. 나는 현관문에 몸을 부딪힌다.

"뭐, 나쁘진 않네요. 내 옷은 가져가도 되죠?"

나는 옷을 입고 그 집을 나와 현관문을 세차게 닫는다.

쾅.

맙소사, 미국인들이란. 진짜 못돼 처먹었다니까.

chapter 14

이탈리아 로마, 포로 로마노

나는 두 팔로 몸을 감싼다. 옷을 입었는데도 몸이 떨린다. 레인은
왜 나를 내쫓았을까? 자기 이름 좀 까먹은 게 뭐 그리 대수라고? 새
벽 3시다. 어디로 가지? 어떻게 집으로 가야 하지? 어둠이 내린 텅
빈 거리를 둘러본다. 택시도, 트램도, 버스도 없다. 젠장. 걸어가야
한다. 내 아파트까지 얼마나 가야 할까? 눈에 익은 대형 건물을 찾
아 주변을 두리번거리지만 보이지 않는다.

레인이라니, 바보 같은 이름이다. 누가 사람 이름을 '레인'이라고
지을까? 자기가 뭐, 뉴에이지 히피야? 빗물의 화신이야? 웃기지도
않는다. 나는 아무 방향으로 걸어간다. 이쪽이 남쪽인가, 서쪽인가?
인적 없는 거리에서 방향을 바꿔 걸어가다가 핸드백을 뒤져 휴대
폰을 꺼낸다. 구글 지도를 화면에 띄운다. 주소를 찍는데 계속 잘못
입력된다. (압생트를 너무 많이 마셨나 보다.) 열 번 만에야 겨우 경로

가 뜬다. 아파트까지 *1시간*은 걸어가야 한다. 레인은 내일 밤에 또 다른 영국 여자를 낚을 것이다……. '*약한 자여, 그대 이름은 여자이니라*'(햄릿이 재혼한 어머니 거트루드를 비난하며 내뱉은 대사 - 옮긴이) 니노. 레인. 레인. 니노. 말이 좀 헛나간 것뿐이다. 둘 다 두 글자라서.

머리에 빗방울이 툭 떨어진다. 하늘이 열린다. 툭. 투둑. 후두둑. 후두두둑. 아, 제기랄. 뭐야? 비가 온다. 아, 진짜 더럽게 고맙네요, 하느님. 어찌나 타이밍이 좋은지. 레인이란 여자를 만나니 이렇게 비까지 맞는구나. 나무 밑으로 달려간다. 우산이 없다. 차갑고 축축한 공기 속에 서서 비를 피한다. 그래, 레인이다. 비다. 문득 동요가 떠오른다.

비야, 비야, 오지 마라.
다른 날 오렴…….
제기랄. 아무려면 어때.

오줌이 마렵다. 레인의 아파트에서 나오기 전에 화장실에 갈걸. 이미 늦었다. 다시 돌아갈 수는 없다. 그 여자의 집이 어디인지도 모르겠다. 사방이 어둡고 낯설다. 별안간 주변이 초록색으로 바뀐다.

압생트 맛이 꽤 좋았다. 오늘 처음 마셔본 술이다. 머릿속이 몽롱해서 미스터 소프트(트레버 사탕 광고에 나오는 폭신폭신한 남자 캐릭터 - 옮긴이)가 된 기분이다. 보도가 마시멜로처럼 말랑해지고 나는 문워크로 걸어간다. 벽에 간판이 붙어 있다. 그리로 둥둥 떠가서 들여다본다. 하지만 읽을 수가 없다. 한쪽 눈을 감고 고개를 90도로 돌려 읽어본다. '바이올린스 앤 버진스' 아니면 '바이아덕트 버지니아' 아니면 '비아 델레 버지니'다. 다른 간판에는 '비에트리 알러지' 아니면 '트레버 갤러거' 아니면 '트레비 갤러리'라고 적혀 있다. 그리고 또 다른 간판에 '포미카' 아니면 '팜야드' 아니면 '파마시아'라고 적혀 있는 것 같다. 확실히는 모르겠다.

상점 진열장이 늘어서 있다. 문을 닫은 상점에 플라스틱 덧문까지 처져 있다. 진열장 행렬은 끝이 보이지 않는다. 이제 오줌을 정말, 정말 못 참겠다. 뛸 수도 없다. 방광이 가득 찼다. 몸에 열이 나고 어지럽다. 압생트는 3샷이 적당한데 나는 20샷 가까이 마셨다.

몸이 둥둥 떠오른다. 모퉁이를 돌아가자 거대하고 허연 무언가와 맞닥뜨린다. 놀라서 헉 소리가 나온다. 아, 저게 뭐야? 작은 유리 램프의 높은 조명등이 그 아래 오아시스를 비추고 있다. 손으로 눈을 문질러본다. 내가 꿈을 꾸는 건가? 대리석 분수대다. 날개 달린 말들. 신. 누구지? 바다의 신 넵튠? 트리톤(바다의 신 포세이돈의 아들옮긴이)? 인어의 왕, 남자 인어. 신의 망토 자락이 바람에 휘날리는 듯하다. 장엄한 바위들, 풍성한 수염, 조개 모양의 마차. 신은 눈부신 마법의 청록색 바다를 내려다보며 서 있다.

그 뒤로 웅장한 대리석 건물이 보인다. 끝없이 올라가는 계단식 발코니들. 시야가 닿는 범위까지 뻗어 올라간 코린트식 기둥들. 태양이 지평선을 넘어 미끄러지듯 떠오른다. 새벽의 첫 햇살이 은색 밤하늘을 가른다. 건물의 정면이 윤곽을 드러내고, 황금빛 속에서 님프들이 찬란한 아름다움을 뽐내며 춤춘다.

나는 분수대 옆에 가방을 내려놓고 분수 안으로 들어간다. 푸르고 시원하며 반짝이는 바다다. 물살이 소용돌이치며 내 몸을 휘감는다. 물속 깊이 들어가 달콤한 물을 맛본다. 초록색 물은 괴상한 쓴맛에 감초 맛이 섞여 있다. 바닥에 동전 수백 개가 쌓여 있다. 금화 은화가 온통 반짝인다. 나는 그중 3개를 집어서 주머니에 넣는다. 갑자기 분수대가 작동한다. 위에서 물이 콸콸 쏴아 쏟아지고 거품이 인다. (이제 진짜 어쩔 수가 없다. 여기서 오줌을 싸야겠다.) 나는 폭포처럼 쏟아지는 물 아래 서서 머리카락을 등 뒤로 쓸어내린다. 나는 여신이다. 영화배우다. 영화 〈달콤한 인생La Dolce Vita〉의 아니타 에크베르그다. 나를 신에게 바친다.

오줌을 눴더니 기분이 한결 낫다.

"푸오리 달라 폰타나FUORI DALLA FONTANA.(분수대 밖으로 나오세요.)"

목소리가 들린다. 남자의 목소리다. 대리석 신이 고함을 친 건가? 나한테?

"이봐요. 물 밖으로 나오라고요."

나는 손으로 눈을 비비며 주변을 둘러본다.

"벌금 5백 유로입니다."

경찰이 나한테 손을 흔든다. 나는 재빨리 분수대 밖으로 나가 물에 젖은 채 거리를 달음박질친다.

도와줘요. 도와줘요. 경찰이 나를 죽이려고 해요. 나를 쫓아오고 있어요. 저 경찰은 내가 한 짓을 알고 있다. 여길 빠져나가야 한다.

도망쳐야 한다. 다 끝났다. 그동안 저질러온 살인들이 내 발목을 잡는다. 망했다.

모퉁이를 돌아서 뛰다가 또 다른 모퉁이를 돌아간다. 더 이상 뛸 수 없을 때까지 죽기 살기로 뛴다. 심장이 터질 것 같다. 숨도 못 쉬겠다. 길을 잃고 말았다.

여기가 어디지?

무슨 사원 같다. 돌아보니 경찰은 보이지 않는다. 휴. 따돌린 모양이다. 어두워서 청각이 예민해진다. 싸움박질하는 동물들이 컹컹대는 소리, 길고 낮게 짖어대는 고양이 울음소리가 들려온다. 뻐꾸기시계가 새벽 4시를 알린다. 한 걸음도 더 못 걷겠다. 발이 아파 죽겠다. 레인한테 쫓겨나자마자 왜 바로 택시를 부르지 않았을까? 난 제정신이 아니다. 제대로 생각을 못 하고 있다. 이게 다 압생트 때문이다.

지치고 물에 젖은 채 온몸을 덜덜 떤다. 옷에서 땅으로 물이 뚝, 뚝 떨어진다. 어디로 가지? 저 기둥은 뭘까? 저 거대한 아치는? 내 발이 모래와 부서진 바위를 밟고 서 있다. 구글 지도를 다시 들여다본다. 하지만 화면을 봐도 모르겠다. 이 화면에서 파란 점이 나인가? 갑자기 눈부신 빛이 쏟아져 주변을 둘러본다. 여기는 어디일까. 바위들, 폐허, 대리석 덩어리들, 모자이크, 환하게 쏟아지는 조명등, 그림자.

으윽.

저기서 날아가는 게 뭐지? 박쥐 떼인가?

205

발이 걸려 휘청하면서 기둥에 부딪친다. 기둥이 약간 흔들리더
니 쓰러지고 만다.

콰쾅.

쾅.

제기랄.

땅으로 쓰러진 기둥이 둘로 쪼개지더니 조금 더 굴러간다. 진짜
오래돼 보이는 기둥이다. *귀중한 유적일 것 같다.* 나는 바스러지는
계단을 밟고 달려 올라간다. 휴대폰을 다시 들여다보지만 배터리
가 다 돼서 쓸 수가 없다. 구글 지도도 이제 도움이 안 된다. 알아서
길을 찾아야 한다.

야트막한 벽에 올라앉아 아래로 다리를 달랑거린다. 두 손으로
머리를 감싸 쥔다. 왜 이렇게 괴로울까? 난 무엇을 이루려고 했던
걸까?

아빠는 나를 버렸다. 니노도 나를 버렸다. 그리고 방금 전 레인도
나를 내쫓았다. 내 쌍둥이 자매는 나를 죽일 계획을 세웠다. 엄마는
내가 죽었다니 좋아라 한다. 듣고 있다면 말해 봐요, 하느님. 내가
뭘 그렇게 잘못했나요? 평생 내가 원한 건 누군가 나를 받아주는
것이었다. 사랑? 사랑은 나와는 거리가 멀었다. 늘 다른 사람들 몫
이었다. 베스라든지 학교에서 잘나가는 애들. 소설 속 주인공들. 괜
찮은 외모를 가진 '평범한' 사람들. 우리 할머니의 개.

나는 하늘을 향해 소리친다.

"왜 난 안 되는 건데?"

아무도 대답하지 않는다.

내가 없어져도 아무도 모른다. 내가 사라져도 아무도 관심이 없다. 엄마와 경찰들이 나를 찾고 있는 유일한 이유는 나를 베스라고 생각하기 때문이다. 나는 두 발 사이를 내려다본다. 까마득한 높이다……. 여기서 뛰어내리면 누가 알아줄까? 누가 신경이라도 쓸까?

'슬픔이란 첨병은 한 사람씩 오지 않고 대부대로 몰려오오.'(《햄릿》의 한 구절 – 옮긴이)

살아야 할 이유가 단 하나도 없다.

넷째 날

수녀

지난주

2015년 8월 28일 금요일
시칠리아, 타오르미나

베스의 침대 옆 테이블의 램프 갓이 진홍색의 따뜻한 빛을 뿌린
다. 니노의 얼굴이 절반은 빛에, 절반은 그림자에 묻혀 있다. 나는
다가가 그의 입술에 키스한다. 그의 혀와 입술을 맛본다. 우리는 서
로의 품에 침잠한다. 나는 침대에서 그의 곁에 누워 그의 몸 안으로
녹아들어 간다. 그의 피부에서 솟아나는 열기가 느껴진다. 그는 불
꽃으로 만들어진 존재다. 언니의 침대에서 섹스를 하니 더욱 에로
틱하다. 언니가 암브로조와 함께 썼던 침대다. 지난주까지만 해도
언니 부부는 이 침대에서 잠을 잤지만 지금은 둘 다 죽었다. 나는
눈을 감고 니노의 체취를 들이마신다. 그의 손가락이 내 머리카락

을 쓸어내린다.

정원에서 올빼미 울음소리가 들린다. 저건 길조일까, 흉조일까.
모르겠다.

니노가 일어나 앉아 내 눈을 들여다보며 말한다.

"난 원래 영국인들을 좋아하지 않아요."

그는 말보로 레드에 불을 붙여 내게 건넨다.

나는 한 모금 빨아들이고 묻는다.

"왜요? 영국인들이 뭐 어쨌는데요? 당신은 날 좋아하잖아요."

"아버지가 영국인 때문에 돌아가셨거든요."

"아, 그랬구나. 젠장."

"엔조. 우리 아버지 이름이에요."

시작이구나. 바이올린이 어디 있더라? 눈물 질금거리는 이야기
를 할 시간인가 보네.

나는 말보로를 도로 그의 입에 꽂아준다.

"아버지가 돌아가셨을 때 난 열네 살이었어요."

"우리 아빠도 돌아가신 것 같아요. 확실히는 모르지만······."

그는 고개를 절레절레 흔들며 나를 바라본다.

"난 확실히 알아요. 내가 직접 *봤어요*."

그 말을 내뱉는 그의 눈이 커져 있다. 두려움이 깃들어 있다. 겁
먹은 눈빛이다. 우리 아빠 얘기는 나중에 해야겠다.

"아버지는 영국 놈한테 당했죠. 아버지는 그놈과의 거래에 모든
걸 걸었어요. 예술품 거래였죠. 엄청 큰 건이었어요. 우리 가족의

삶을 완전히 바꿀 만큼 큰 건. 로또 당첨보다 나은 거래였어요."

그는 분노한 표정으로 담배를 빨고는 고개를 돌려 바닥을 내려
다본다.

"우리 가족이 이 섬을 떠나 미국에서 새로운 삶을 시작할 수 있
는 기회이기도 했어요. 나와 어머니, 세 여동생들을 위한 기회였죠.
어느 날 밤 아버지가 집으로 와서 어머니에게 키스하시던 모습이
아직도 생생해요." 그는 내 눈을 똑바로 바라본다. 눈에 불꽃이 이
글거린다. "그런 식으로 키스하는 부모님은 처음 봤어요. 그래서 지
금까지 기억나나 봐요……."

그가 나를 다시 덮칠지 궁금하다. 아까는 정말이지 엄청났다.

"도난당한 그림을 사겠다는 매수자가 나타났어요. 안토넬로 다
메시나가 그린 〈십자가〉라는 그림이었어요."

그는 나를 쳐다본다. 나는 멍하니 마주 본다.

"처음 들어보는 화가네요. 난 영국 화가밖에 몰라요."

"다 메시나는 르네상스 시대에 활약한 시칠리아 출신 화가예요.
이탈리아에 처음 유화를 들여왔죠. 영향력이 대단한 화가였어요."

나는 고개를 끄덕인다.

"그런 화가의 작품이라면 대단한 거래였겠네요. 가격도 엄청났
을 거고."

니노는 담배가 그 영국인이라도 되는 듯 짓이겨 불을 끈다.

"매수자라던 영국 놈은 아버지 어깨에 총을 쏜 뒤 그림을 갖고
튀었어요. 아버지 손에는 그림도, 돈도, 니엔테niente(아무것도) 남지

않았어요······."

그가 내 항문을 범했을 때 나는 기분이 정말 좋았다. 신세계를 발견한 듯했다.

"다음 날 내가 그분을 발견했어요······."

"누구를, 어디서 발견했는데요?"

"······ 아버지가 우리 집 정원의 레몬 나무에 목을 매신 거예요."

"아, 맙소사. 어떻게 그런."

"목에 아버지의 가죽 혁대가 감겨 있었어요. 성기는 발기돼 있었고."

"뭐라고요?"

"방금 전에 숨이 끊어지신 거예요. 바로 얼마 전에 자살하신 거였죠. 내가 몇 분만 일찍 나가봤어도 아버지를 구할 수 있었을 텐데······."

"당신 탓이 아니에요."

나는 그의 목을 손으로 문지른다. 목이 딱딱하게 굳어 있다.

"그 후 여동생들을 돌보는 일은 내 차지가 됐어요. 어머니는 상심이 깊어서 여동생들을 챙길 정신이 아니었거든요. 그래서 난 가족 사업인 라 코사 노스트라에 들어갔어요."

나는 깜짝 놀랐다.

"열네 살 때부터 살인을 했다고요?"

질투가 난다. 그 나이 때 나는 다람쥐나 죽이고 있었다. 다람쥐와 다마고치.

그는 온 세상을 어깨에 짊어진 듯 지친 표정으로 나를 바라본다.

"그래요. 열네 살 때. 도메니코랑 둘이서요. 그때 도메니코는 열한 살이었어요."

나는 그의 목을 두 팔로 감싸고 그의 가슴에 머리를 기댄다.

"정말 정말 마음이 아프네요, 니노."

"그러니까 이 일도 당신 탓이 아니에요, 베타." 니노는 손을 뻗어 두 손으로 내 턱을 감싼다. 그의 따뜻한 손가락이 내 뺨을 쓰다듬는다. "이런 얘기는 처음 하는 거예요……."

나는 그의 피부에 코를 대고 숨을 들이마신다. 눈을 감는다. 그의 심장 박동 소리에 귀를 기울인다. 다른 사람과 이토록 가까워진 느낌을 받은 건 처음이다. 내 가슴을 아프게 한 일들을 그에게 털어놓고 싶다. 이 순간을 공유하고 싶다. 그에게 다 말하고 싶다. 우리 아빠에 대해, 아빠가 떠나게 된 사정에 대해. 가슴속에 숨겨뒀던 그 망할 얘기들을 다 끄집어내고 싶다. 내 진짜 이름도 알려주고 싶다……. 하지만 그를 잃고 싶지 않다.

chapter **15** ───

2015년 9월 3일 목요일
이탈리아 로마, 트라스테베레 지역

해가 뜬다. 하늘이 분홍색으로 물든다. 새들이 일제히 깨어난다. 머리 위에 찌르레기 떼가 시커먼 구름처럼 맴돌며 속삭거린다. 사방에 새들이다. 내 얼굴과 머리카락에도. 히치콕의 영화 속에 갇힌 듯하다.

찌르. 찌르. 찌르. 찌르. 찌르.

짖어대는 소리가 꼭 우리 엄마 목소리 같다. 마녀처럼 날카롭고 징그러운 목소리. 그 소리가 싸늘한 아침 공기를 채운다. 평생 들어온 소리 중 최악이다. 시끄럽고 날카롭고 불길하다.

"꺼져. 저리 가. 저리 가."

이렇게 엿같이 깨어나는 방법도 있구나. 진짜, 장난 아니다. 나는 끄응 소리를 내며 벽 너머로 다리를 내린다. 허리를 세우고 앉아 다리를 쭉 편다. 온몸이 쑤신다. 내 인생 최악의 잠이었다. 괴상한 자세로 잤더니 팔에 감각이 없다. 핀과 바늘로 마구 찔러대는 듯 찌릿찌릿하다. 세상에 누가 벽 위에서 잠을 잘까? 대체, 난 무슨 생각으로 이런 짓을 했을까? 예전에 회전목마 한가운데서 기절했을 때보다 더 거지 같다.

'네 쓰레기 같은 삶이 이제 아주 새로운 경지에 도달했구나. 잘했다, 앨비. 브라보.'

그래, 이번만은 베스의 말이 맞다. 내 인생 최고의 순간은 아니다. 그런데 왜 아무도 나를 구해 주지 않았을까? 영화 〈로마의 휴일〉에 나오는 앤 공주는 도움을 받았는데. 아니, 됐다. 누가 영웅 따위 필요하대? 나는 내가 구한다. 글로리아 스타이넘(미국의 페미니스트 운동가-옮긴이)도 '물고기가 자전거를 필요로 하지 않듯이 여자는 남자를 필요로 하지 않는다'고 말하지 않았던가.

벽 너머를 흘끗 내려다본다. 벽 높이가 20미터에 달한다. 아! 저 아래가 포로 로마노구나. 바윗덩이들, 기둥, 대리석 파편들이 모래 바닥에 흩어져 있다. 자다가 굴러떨어지지 않은 게 천만 다행이다. 떨어졌으면 죽었을 것이다. 철퍼덕하는 순간 딸기 잼이 되는 거다. 어젯밤에 죽을 생각을 하기도 했지만 그때는 제정신이 아니었다.

나는 지나가는 행인에게 트라스테베레로 가는 길을 물어본다. 얼마 후 드디어 내 아파트를 찾았다. 계단을 올라가 침실로 향한다. 휴대폰을 충전한다. 모르는 번호로 부재중 전화가 한 통 와 있다. 메일이나 문자는 없다. 틴더 앱을 켜봤자 니노를 찾을 수 없을 것이다. 이제 그 위치 추적 앱은 사용 못 한다. 아마 니노는 이 도시를 떠났을 것이다. 절망이다.

베스가 묻는다.

'그래서 이제 포기하려고?'

"포기 안 해. 어림없어. 웃기지 마."

다른 방법이 있겠지. 지금은 2015년이다. 나는 위험도를 계산하고 베스의 휴대폰을 켠다.

핑.

엄마가 보낸 새 메일이 와 있다. 읽어보나 마나 뻔하다.

연락처 목록을 쭉 훑는다. 이유는 모르겠지만 혹시 누군가에게 도움을 받을 수 있지 않을까 해서다. 안나, 비앙카, 칼라, 도메니코…….

도메니코? 왜 이 이름이 눈에 익지? 들어본 적 있는 것 같은데. 타오르미나 사람인가? 도메니코? 도메니코? 아, 기억났다. 지난주에 만났던 남자다. 니노의 친구. 암브로조 밑에서 살인청부 일을 하던 또 다른 남자. 베스는 도메니코의 전화번호를 왜 갖고 있었을까? 도메니코하고도 동침하는 사이였나? 윽, 그건 아니길 빈다. 도메니코는 진짜 진상처럼 생겼다. 현생인류라기보다는 네안데르탈인에 가까운 외모였다. 으스스한 숲에서 봤던 도메니코의 모습이 떠오른다. 래미콘과 낡은 픽업트럭을 갖고 있던 그는 내 쌍둥이 언니의 시체 위에 시멘트를 부었다. 그런 면에서는 좋은 사람이다. 훌륭하다. 니노가 타오르미나에서 도망쳤으니 그는 더 이상 니노와 친구가 아닐 수도 있다. 분명 사이 좋게 헤어지지는 않았을 것이다. 니노에게 잔뜩 열 받아 있을 수도 있다. 니노는 신부를 살해하고, 저택에 불을 지르는 등 파괴의 흔적을 잔뜩 남겨놓고 떠났다. 무엇보다 3천만 달러짜리 그림을 망가뜨렸다. (누가 물어보면 내가 아니라 니노가 한 짓으로 몰아가야 한다.) 도메니코도 그 그림에 지분이 있었겠지. 도메니코와 니노는 암브로조의 그림 거래에 관여하고 있었으니까. 니노는 나는 물론 도메니코까지 엿을 먹인 것이다. 도메니코도 나처럼 잔뜩 분노해 있을 것이다.

문득 재미있는 아이디어가 떠오른다.

도메니코에게 전화를 걸자. 그래, 좋은 생각이다. 둘이 머리를 맞대면 하나보다 낫겠지. 도메니코는 강하고 거칠고 상스러운 남자다. 내 입장에선 완벽한 남자다. 우리 둘이 힘을 합해 니노를 잡으면 된다. 공동의 적이 있으니 우리 둘은 절친이 될 것이다.

도메니코의 전화번호를 누른다.

그런데 베스가 빈정댄다.

'그래, 도메니코한테 전화를 걸어. 그는 좋은 사람이니까. 정말이야. 네가 전화하면 정말 기뻐할 거야. 그동안 네 목소리를 얼마나 듣고 싶었겠니.'

나는 전화를 끊어버린다. 욕이 나온다. 더럽게 비꼬네, 개 같은 년. 하지만 베스의 말이 맞으면 어떻게 하지? 도메니코가 나까지 죽여버릴 생각을 하고 있으면? 내가 니노와 공범인 걸 알까? 내가 지금 전화를 해서 위치를 알려주면 난 도메니코와 니노, 두 폭력배에게 쫓기는 신세가 되는 건가? 그럼 상황은 더욱 악화될 것이다. 바닥에 있는 똥을 사방으로 튀기는 꼴이 될 수도 있다.

하지만 다른 방법이 있나? 나는 여기서 시간만 죽이고 있다. 아까는 운이 좋아서 찌르레기 떼가 나한테 똥을 지리지 않았지만 내가 누릴 수 있는 행운은 거기까지였다. 오늘은 그리 운 좋은 날이라고 할 수도 없다. 그래도 혹시 모르지 않나? 운에 맡겨보기로 하자. 그에게 전화를 걸어보자.

따르릉, 따르릉, 따르릉.

"프론토Pronto.(여보세요.)"

도메니코다.

그는 나를 누구라고 생각할까? 앨비, 베스? 아니면 니노?

도메니코가 다시 말한다.

"프론토."

그의 목소리는 낮고 걸걸하다. 편도염에 걸린 것처럼 거칠다.

제길. 무슨 말을 해야 할지 모르겠다.

그는 전화를 끊어버린다. 나는 다시 전화를 건다. 손이 떨린다. 식은땀이 난다······.

따르릉, 따르릉, 따르릉, 따르릉. 도메니코는 '앨비나'의 시신을 묻어줬으니 난 베스인 척해야 한다. 경찰들도 앨비의 시신이라고 생각한다. 내가 베스 행세를 해야 앞뒤가 맞다. 그런데 도메니코가 나한테, 즉 베스한테도 화가 나 있으면 어떻게 하지?

"시, **프론토**Si, PRONTO.(예, 여보세요.)"

그는 긴장한 목소리다.

나는 침을 삼킨다. 꼴깍. 어서 말하자…….

"나예요. 암브로조의 아내……."

"엘리자베타? 니노는 어디 있어요?"

덥수룩한 풀밭에 대리석 판들이 긴 그림자를 드리운다. 붉은 하늘에 태양이 낮게 걸려 있다. 나는 묘비를 바라본다. **'영국의 젊은 시인**이 여기 묻혀 있다', '물 위에 그 이름을 써서 남긴 자, 여기 잠들다. 1821년 2월 24일'이라고 새겨져 있다.

나는 한숨을 푹 쉬며 피스타치오 맛 젤라토 아이스크림 통에 작은 스푼을 집어넣는다.

나도 죽으면 이런 묘비명을 가질 수 있을까. 나도 영국 시인인데.

존 키츠는 스물다섯 살에 죽었다. 지금의 나와 같은 나이다. 그런데 그는 엄청난 시들을 남겼다. 〈그리스 항아리에 부치는 노래〉, 〈엔디미온〉, 〈두려움을 느낄 때〉, 〈가을에게〉, 〈브라이트 스타〉. 그래, 난 착각하지 않는다. 키츠는 나보다 훌륭한 시인이다. 뭐, 내 하이쿠는 나름 잠재력을 갖고 있다. 나도 나름 노력을 했단 말이다. 우리 세대의 예술은 똥을 싸고 그 사진을 찍어 인스타그램에 올리는 수준이긴 하지만, 내 하이쿠들 중 몇 개는 천재적이라 할 수 있다. 그건 부정할 수 없는 사실이다. 하지만 키츠 옆에 갖다 댈 수는 없다. 키츠는 시의 대가다. 독보적인 시인이다. 당연히 나보다 조금 낫다.

묘지에는 천사와 망토 두른 여자들의 조각상이 넘쳐난다. 어떤 무덤은 백 년도 넘은 것이다. 아름답지만 오싹하다. 여기엔 온통 죽음이 널려 있다. 땅밑이라 보이지 않을 뿐이다. 흙을 60센티미터만 파 내려가도 관과 구더기, 뼈들이 즐비하다.

요즘 나는 시를 등한시했다. 살인에 완전히 사로잡힌 탓이다. 나는 살인에 재능을 타고난 것 같다. 그 재능에 집중해야 한다. 최선을 다해서. 키츠가 나보다 나은 시인일지는 몰라도 살인은 나보다 못하다. '살인자 앨비 나이틀리.' 진짜 낭만적이다. 내 묘비에도 그렇게 새겨야겠다. 그리고 내가 쓴 멋진 하이쿠도 새겨 넣어야지.

아이스크림을 다 먹고 통을 혀로 핥는다. 플라스틱 스푼을 키츠의 무덤에 휙 던진다. 나는 꽃을 가져오지 않았다. 분홍색 스푼은 네온 핑크색이라 나름 예쁘다. 초록색과 갈색, 회색, 검은색뿐인 묘지에서 분홍색은 유일하게 튀는 색이다.

앞으로 살인에 집중해야겠다. 그쪽 방면으로 경력을 쌓아야 한다. 휴대폰을 켜고 '다크 웹'을 검색해 보지만 쉽지 않다. 일단 '토르'라는 브라우저부터 다운로드해야 한단다. 시간이 몇 분 걸린다. 프로그램을 다운로드하고 검색을 해본다. '히트맨(상대편 보스 또는 조직 내 배신자, 조직을 노리는 경찰 등을 죽이기 위해 고용한 살인청부업자를 일컫는 은어-옮긴이) 고용'으로 검색해 보니 수천 개까지는 아니지만 수백 개의 글이 뜬다. 전부 살인청부업자들이 서비스를 제공하겠다며 올린 글이다. 이렇게 웹사이트를 만들고 결제 프로그램만 깔아놓으면 되는 것이구나. 누군가를 내 '상관'으로 모실 필요도 없다.

파트너도 필요 없다. 혼자 프리랜서로 일하고 대금은 비트코인으로 받으면 된다. 뭐, 괜찮다. 살인청부업자 웹사이트를 두어 개 클릭해 본다. 그중 하나는 전남편을 '중성화'시켜주겠다고 제안한다. 그렇게 재미있는 걸 왜 남한테 맡기지? 나 같으면 직접 할 거다. 그게 훨씬 만족도가 높을 테니까. 내 안에서 에멀린 팽크허스트(20세기 초 영국의 급진파 여성참정권론자-옮긴이)와 메리 울스턴크래프트(18세기 영국의 작가이자 여권신장론자-옮긴이)의 목소리가 솟구친다. 난 독립적인 여자다. 어때, 니노. 기대해.

한 건을 의뢰하는 데 드는 비용은 1만 달러다. 나쁘지 않다. (난 무료로 해줄 수도 있다. 기분 전환을 위해서라면 얼마든지.) 어떤 웹사이트는 의뢰 대상을 자살한 것처럼 꾸민다고 홍보한다. 하하. 됐다. 난 아니다. 어림도 없다. 난 나만의 상징을 만들 거다. 일종의 명함처럼. 스프레이 페인트로 나만의 표시를 써 갈기는 것도 멋지겠다. 세상이 나를 알아주면 좋겠다. 익명으로 남고 싶지 않다. 아무도 모르게 살인을 하다니, 왜 그런 짓을 하지? 나라는 걸 드러내도 어차피 경찰은 나를 못 잡는다. 분명하다. 난 역사에 남을 것이다. 악명을 떨칠 것이다. 실제 사건에 기반을 둔 범죄 다큐멘터리의 주인공이 될 것이다. 논픽션 책의 주제가 될 것이다. 어떤 표식이 멋질까? 눈에 확 띄어야겠지? 희생자의 가슴에 립스틱으로 웃는 얼굴을 그리는 건 어떨까? 손톱에 네온 녹색 매니큐어를 칠해 줄 수도 있다. 나 말고는 아무도 그런 멋진 생각을 못 할 거다⋯⋯.

웹사이트 몇 개를 더 클릭해 본다. (선부 히트맨이고 히트우먼은 없다.) 모두 검은 옷을 입고 손에 총을 든 모델 같은 이미지를 사용하고 있다. 어떤 웹사이트에서는 자기네만의 원칙을 내세운다. '어린 아이를 대상으로 하는 의뢰는 사절.' '정치인을 대상으로 하는 의뢰는 사절.' 그 외에는 다 된단다. 아, 대박. 어서 시작하고 싶어서 몸이 근질근질하다. 정말 재미있겠다. 워드프레스 같은 홈페이지 제작 툴로 끝장나게 멋진 웹사이트를 만들어야지. 그리고 내 이력을 올린 뒤 전화를 기다리면 되는 것이다.

이력서

이름: ~~앨바나 나이틀러~~
이름: ~~엘라자베스 나이틀러 카루소~~
이름: 추후 확정
이메일: @AlvinaKnightly69로 트윗하세요.

나는 의욕이 넘치고 재능 있는 살인자입니다. (영화 〈미스터 앤 미세스 스미스〉의 안젤리나 졸리 같은) 전문 히트우먼 여성으로서 앞장서 나아가려 합니다.

자격증:
* 없음

경력:
* 쌍둥이 언니를 살해함.
* 쌍둥이 언니의 남편을 돌로 쳐 죽임(정당방위였음).
* 늙어빠지고 짜증 나는 냉혹한 사제를 죽임.

* 일본 초밥 할인 전문점에서 회를 떴음.

* 마피아 히트맨을 두세 명 총으로 쏴 죽임.

* 생활 광고 판매원으로 일했음.

* 강도를 죽임.

* 올여름 3일 동안 라 코사 노스트라 출신의 숙련된 암살자와 동업했음. 그는 내 솜씨를 별로라고 했지만, 그는 나를 타고난 킬러로 여겼음.

취미:

* 채닝 테이텀, 테일러 스위프트, 마일리 사이러스 트위터 하기

* 미스터 딕(11인치 진동 딜도) 가지고 놀기.

* 코카인, 스피드, 위드, 해시, 케타민, 엑스터시, MDMA 즐기기.

* 마티니, 피노 그리지오, 그라파, WKD 블루, 블러디 메리, 말리부, 진(스트레이트도 괜찮고 토닉과 섞어 마시는 것도 좋아함. 설탕이 거의 들어 있지 않은 슬림라인 토닉만 아니면 어떤 토닉이든 상관없음), 앱솔루트 보드카, 스미노프 보드카, 그레이 구스 보드카(테스코에서 파는 것이면 다 좋음).

* 국적 불문의 온갖 포르노 영상 시청하기.

* 하이쿠 쓰기.

기술:

* 영어를 당연히 엄청나게 잘함.

* 초급 이탈리아어 가능(외국 포르노를 보고 시칠리아에 거주하면서 알게 된 욕 몇 가지).

* 살인.

* 326가지에 달하는 다양한 체위.

추천인:

* 지아니노 마리아 브루스카(약칭 니노). 주소: 모름.

(이 남자를 보면 내가 찾으러 간다고 전해 주기 바람.)

핑.

내 선불 폰에서 난 소리다.

문자 메시지를 클릭해 본다.

아, 도메니코가 보냈구나.

'아래층'이라고 적혀 있다.

chapter 16

이탈리아 로마, 테베레강

저건 성난 유인원인가, 약이 바짝 오른 회색 곰인가? 광견병에 걸리고 굶주린 식인 좀비 아닌가? 도메니코는 최악의 악몽을 끌어 모아 만든 킬러의 전형 같은 모습이다. 영락없는 *범죄자* 인상이다. 코뼈가 부러진 흔적이 역력한 뭉툭한 코. 체중이 90킬로그램에 육박할 듯한 상스러운 인상. 그 남자가 내 아파트 바로 앞에 서 있다. 그는 혼자가 아니다. 자기 못지않게 사납게 생긴 덩치 둘을 데리고 왔다. 이건 예상 못 했다. 어쩌면 니노도 같이 왔을지 모른다는 생각이 퍼뜩 들어…… 나는 한 걸음 뒤로 물러선다.

도메니코가 말한다.

"엘리자베타? 좀…… 달라 보이네요."

그는 나를 팍 끌어안는다. 갈비뼈가 2개는 나간 것 같다. 명심하자, 앨비, 너 *베스*야. 그는 널 죽은 보스의 마누라로 생각하고 있어.

금발의 베스의 모습을 더 많이 보이고 피에 굶주린 앨비의 모습은 감춰야 해…….

"그 멍청이가 여기 있다는 얘기를 듣자마자 왔습니다. 그놈이 마을을 떠나면서 흘려놓은 똥을 내가 다 치운 거 알아요? 돈 루소의 부하들까지 내 꽁무니에 붙었단 말입니다. 니노가 프랑코 모티시를 죽인 바람에."

"어머나. 어쩌면 좋아요. 고생 많으셨네요."

그가 돼지 같은 머리를 흔들어댄다.

"이쪽은 리카르도와 주세페라고 합니다."

그는 같이 온 남자들을 손으로 가리킨다.

로젠크란츠와 길덴스턴(햄릿을 살해하려고 한 옛 친구들 – 옮긴이)인가. 그들은 죽었는데.(톰 스토파드의 희곡 《로젠크란츠와 길덴스턴은 죽었다》에서 인용 – 옮긴이)

빡빡머리에 사시인 리카르도는 키가 크고 앙상하게 말랐다. 주세페는 키가 작고 엄청 뚱뚱하다. 쌍둥이를 임신한 지 9개월쯤 된 임산부 배 같다. 물론 맥주 살이겠지만. 키만큼이나 몸이 옆으로 잔뜩 퍼졌다. 왼쪽 관자놀이에는 총알이 스친 자국이 있다. (빗나간 모양이다.) 그의 몸에서 쇠고기 육포 냄새가 난다. 이도 2개나 없다. 나는 그들을 멍하니 쳐다보다가 그들이 가져온 가방으로 시선을 돌린다. 가볍게 여행할 생각으로 온 것 같진 않다. 불룩한 여행 가방이 3개나 된다. 바이올린 케이스. 모자 상자. 이것들은 뭐지? 순회 서커스단인가? 이 집에서 하룻밤 묵겠다는 뜻인가?

내가 옆으로 비켜서자 그들은 현관 입구 안쪽에 그 가방들을 던져놓는다.

그러더니 도메니코가 내 팔을 잡는다.

"이봐요, 뭐 하는 거예요?"

"실종됐었잖아요. 당신이랑 그 스트론조. 암브로조는 죽었고. 대체 어떻게 된 일인지 알아야겠으니 같이 좀 갑시다."

"어딜 가요?"

"산책하러."

"아, 놔요. 놓으라고요."

그는 나를 거리로 끌고 나가 1층 대문을 닫는다. 리카르도가 다른 쪽 팔을 잡자 나는 겁에 질린다. 몸부림을 쳐보지만 소용없다. 저들은 셋이고 난 혼자다. 고기 써는 칼은 프라다 핸드백 속에 있어 당장 손이 닿지 않는다. 젠장, 내가 실수했나 보다. 베스 말을 들을걸. 리카르도와 도메니코는 양옆에서 내 팔을 틀어쥐고 거리를 가로지른다. 강으로 이어지는 계단을 내려간 그들은 테베레강을 따라 낡은 다리 앞까지 걸어간다.

"이제 좀 놔줄래요?"

아무도 대답하지 않는다.

우리는 다리 밑에 서 있다. 어둡고 지저분하고 더럽다. 시커먼 물은 딱 봐도 깊어 보인다. 눅눅한 냄새가 올라온다. 썩은 냄새. 사람 시체나 죽은 물고기 냄새일 것이다. 구역질이 난다. 하지만 구토는 하면 안 된다. 그랬다간 저놈이 나를 강물에 처박고 말 것이다. 그래, 그럼 끝이다.

도메니코는 재킷 속에 손을 넣더니 흉측한 권총을 꺼내 든다. 그는 손으로 권총을 쓱 문지른다. 나는 권총을 바라본다. 손잡이에 'D. O. M.'이 금색으로 새겨져 있다. 도메니코의 이름 첫 글자일 것이다. 아, 무시무시하게 생긴 무기다. 나도 저런 총이 필요하다. 훔치고 싶지만 가능할 것 같지 않다. 도메니코는 주석으로 된 시가 상자를 꺼내 뚜껑을 열더니 내게 한 개비 내민다. 뭐지? *마지막으로 한 대 피우라고?* 제기랄. 나는 시가를 받아 손으로 문질러본다. 표면이 매끄러우면서도 파삭파삭하다. 슬쩍 코를 대보니 비에 젖은 흙냄새가 난다. 어서 피워보고 싶다. 도메니코가 긴 성냥에 불을 붙인다. 나는 몸을 기울여 불을 붙인다. 입안에서 연기를 굴려본다. 괜찮은 것 같다.

"그놈을 봤어요?"

그는 니노의 행방을 묻고 있다. 다행이다. *한 패거리로 같이 온* 건 아닌 모양이다.

"그래요. 봤어요."

"왜 당신이 그를 추적하고 있죠?"

"돈 때문에요……. 그 자식이 돈을 훔쳐 갔어요. 카라바조 그림의 매수자한테 빼앗은 돈요."

도메니코가 고개를 절레절레 흔든다.

"그 망할 놈의 그림 때문이구만. 개새끼. 그놈이 내빼게 됐다고요?"

"어제 그를 스페인 광장에서 봤는데 지하철역에서 놓쳤어요."

"민키아Minchia.(제길.)"

그는 으르렁대듯 내뱉으며 나를 노려본다.

나를 죽이려는 게 아니고 얘기나 나눌 생각인가? 그런 거라면 할 수 있다. 아무도 다치지 않는다면. 하지만 지난 얘기를 나누기에는 어울리지 않는 장소다. 도망칠 곳도 없다. 다른 두 남자는 한마디도 하지 않고 서서 나를 쳐다보고 있다. 그들은 멍하니 눈알을 굴리는 것 외에는 표정이 없어서 무슨 생각을 하는지도 알 수 없다. 내 착각일 수도 있으니 섣부른 판단을 해서는 안 된다. 어쩌면 저들은 마피아에서 아르바이트를 하는 양자물리학자들일 수도 있다.

도메니코가 주세페를 쳐다보며 내 핸드백 쪽으로 고갯짓을 한다. 주세페가 내 프라다 핸드백을 빼앗아 바닥에 내용물을 쏟아낸다.

"조심해요. 신상이란 말이에요."

그는 핸드백을 바닥에 툭 떨어뜨린다. 가죽에 똥이며 모래가 묻고 만다. 핸드백 속에 있던 물건들이 죄 흙바닥에 나뒹군다. 리카르도는 내 뻐꾸기시계를 흘끗 쳐다본다. (그 속에 돈이 있는 건 모르는 눈치다.) 주세페가 허리를 굽혀 내 칼을 집더니 도메니코에게 건넨다.

"이건 뭡니까?"

도메니코는 두 손으로 칼을 이리저리 돌리면서 톱니 모양 칼날을 살펴본다. 엄지로 칼날을 쓱 만져보더니 강물에 던져버린다. 풍덩 소리와 함께 칼이 사라진다. 내 무기가 그렇게 사라지고 만다……

도메니코는 니노의 휴대폰을 부더니 허리를 굽히고 집어 든다.

누구 휴대폰인지 알아본 눈치다.

"서…… 설명할 수 있어요."

그는 휴대폰 커버에 묻은 흙을 털어낸다.

"내가 앱으로 니노를 추적하고 있었어요." 나는 멍청한 도메니코가 무슨 말인지 이해할 때까지 뜸을 들이다가 말을 잇는다. "그런데 니노가 자기 휴대폰을 어떤 쓰레기 같은 인간한테 맡겨서 루마니아로 가져가게 한 거예요. 나는 그 휴대폰을 쫓아서……."

마피아들은 서로를 쳐다보더니 한바탕 웃음을 쏟아낸다.

"니노가 휴대폰을 보냈다고요……? *루마니아로*?"

"웃기는 얘기 아니거든요."

리카르도와 주세페는 얼굴에 주름을 잔뜩 잡아가며 배를 쥐고 웃는다.

"그만해요. 웃기는 얘기 아니라고요."

나는 시가를 빤다. 콜록. 콜록. (아, 이제 기억난다. 이건 빌 클린턴 시가처럼 빨아들이면 안 되는 시가다.)

눈가에 맺힌 눈물을 닦아낸 덩치들은 다시 굳은 표정을 지으려고 애쓴다.

"웃지 말아요. 우리는 니노를 놓친 거예요."

저들이 웃으면서 분위기가 좀 풀어진 것 같아 다행이다.

도메니코가 말한다.

"못 믿겠는데요."

"사실이에요. 핸드백 챙겨도 되죠?"

아무도 대답을 안 한다. 나는 흙이 묻은 내 물건들을 챙긴다. 윽, 핸드백이 더러워졌다. 미치겠다. 새로 산 핸드백 중 멀쩡한 건 이제 딱 하나밖에 안 남았다. 내가 어쩌자고 핸드백들을 전부 크림색으로 샀을까?

도메니코가 니노의 휴대폰으로 다시 시선을 돌리더니 화면을 손으로 톡톡 두드린다.

내가 말한다.

"아무것도 못 봐요. 비밀번호가 걸려 있어요."

도메니코는 비밀번호 4자리를 입력하고 화면을 연다.

내가 묻는다.

"비번을 어떻게 알았어요?"

"20년을 같이 일했는데, 그놈 생일도 모르겠어요?"

"아, 그게 언제예요? 그냥 궁금해서요."

"9월 5일."

"그렇군요."

아, 9월 5일이면 토요일 아닌가? (내가 신경을 쓰겠다는 뜻은 아니다. 니노에게 선물을 사줄 생각 따윈 전혀 없다.)

도메니코는 니노의 휴대폰을 손가락으로 쓱쓱 문지른다.

"통화 목록이랑 문자를 다 지웠네⋯⋯. 주소록은 남아 있군. 그래, 그래. 아는 놈이야. 로마에 사는 놈."

그는 휴대폰을 돌려 누군가의 연락처를 내게 보여준다.

"이자의 별명은 다이너마이트라고 합니다."

"멋지네요."

내가 먼저 찜할걸. 훔치고 싶을 만큼 멋진 별명이다.

"트라스테베레 지역에 있는 우리 조직의 연락책이죠."

"그렇다는 건…… 니노가 그들과 함께 있다는 거죠?"

도메니코가 고개를 돌려 덩치들에게 고개를 끄덕인다. 그러자 덩치들이 또 내 양쪽 팔을 하나씩 잡는다.

"이봐요, 강물에 던지지는 말아요."

그들은 나를 다리 위로 데리고 올라가 녹슨 철책 울타리 쪽으로 데려간다.

"뭐예요……? 어디로 데려가는 거예요?"

나는 시가를 떨어뜨린다.

바로 뒤에서 따라오던 도메니코가 내 귀에 대고 속삭인다.

"당신이 니노와 공모한 게 밝혀지면 죽은 목숨인 줄 알아. 알겠어?"

마피아들은 내 목덜미를 잡아 울타리의 쇠창살 사이로 쑤셔 넣는다.

"뭐야? 왜 이래? 제길. 이러지 마요. 제발. 안 돼. 난 공범이 아니에요. 맹세해요. 놔줘요. **풀어줘.**"

나는 양손으로 쇠창살을 잡는다. 얼굴이 그 사이에 꽉 끼었다. 머리를 빼내려고 하지만 귀가 걸려서 빠지지 않는다. 머리가 쇠창살 사이에 완전히 끼어버렸다.

제기랄. 제기랄. 제기랄. 내가 미쳐. 미쳐버려.

마피아들의 발소리가 서서히 멀어진다.

"돌아와요. 돌아와. 내가 도와줄게요."

그들의 웃음소리가 들린다.

시도해 볼 가치는 있을 것 같아서 미끼를 던져본다.

"니노가 나를 좋아해요. 나한테 반했다고요……."

아무 소리도 안 들린다. 전혀. 그들은 가버렸다.

chapter 17

다시 한 번 머리를 빼내려고 용을 쓰는데 귀의 연골이 *따닥* 부러진다.

"으윽."

씨발. 이건 불공평하다. 두들겨 맞은 럭비 선수처럼 귀가 부풀어 오르게 생겼다. 이런 꼴이 되다니 믿기지 않는다. 꼼짝할 수가 없다. 어떻게 하지? 숨 쉬자, 앨비나. 숨 쉬어, 어서. 머리가 들어갔다는 건 다시 *빼낼* 수도 있다는 뜻이다. 당연한 거다. 보편적인 법칙이다. 힘내, 앨비. 넌 할 수 있어. 다시 한 번 머리를 당긴다. **아파 죽겠다.** 이렇게는 안 될 것 같다. 철책 밑 담장에 턱을 올리고 훌쩍거린다.

머릿속에서 베스가 미친 듯이 웃어댄다. 아주 신이 났다.

머리를 다시 *빼내* 보는데 아래쪽의 틈새가 위쪽보다 약간 넓은 것 같기도 하다. 그래도 꽉 끼어 있다. 나는 과호흡을 하기 시작한다. 니노가 여기서 나를 발견하면 어떻게 하지? 그럼 나는 더없이 쉬운 표적이 된다. 한마디로 봉인 것이다. 어서 빠져나가야 한다. 시간이 없다. 윤활유가 있으면 좋을 텐데. K-Y 젤리 같은 윤활유라도……. 문득 생각이 난다. 핸드백에 약국에서 비상용으로 사둔 듀렉스 플레이 마사지 젤이 있다. 핸드백을 이쪽으로 가져올 수만 있다면 가능할 것이다……. 발가락으로 핸드백 끈을 걸고 발로 들어 올린다. 손 가까이 끌어 올리고 핸드백 속에 손을 넣는다. 튜브형 마사지 젤이 잡힌다. 됐다. 됐어. 이거면 되겠지. 굉장한 아이디어다. 손바닥에 잔뜩 짜서 양쪽 귀에 대고 문지른다. 축축하고 미끈거린다. *완벽하다.* 심호흡을 하고 숫자를 센다. *하나, 둘, 셋……* 철책 밖으로 머리를 당긴다.

됐다. 드디어 빠져나왔다.

바닥에 주저앉아 숨을 고른다. 그런데 뭔가 이상하다. 뜨끈한 열기가 느껴진다. 제기랄, 귀가 불에 타는 것 같다. 왜 이렇게 뜨겁지?

뜨겁다. 뜨거워. 뜨거워 죽겠다. 뜨거워. 이게 무슨 일이야? 나는 두 손으로 양쪽 뺨을 탁탁 두드린다. 얼음이 필요하다. 물이라도 있어야 한다. 강으로 달려가 무릎을 꿇고 강물을 뜨거운 귀에 끼얹는다. 바닥에 떨어진 마사지 젤 병을 흘끗 쳐다본다. '듀렉스 플레이 워밍(따뜻한 마사지용)'이라는 상표명이 적혀 있다. 아, 그래. 깜빡했다. 뜨거운 마사지용이 아닌 게 어디냐. 따뜻한 정도니까 괜찮을 거다.

바닥에 벌렁 드러누운 채 눈을 찡그린다. 하지만 난 *베스*가 아니다. 이깟 일로 울지 않는다. 비록 악취 나는 강물에 흠뻑 젖긴 했지만……. 나는 자유다. 나는 앨비나 나이틀리다. 이제 다시 말에 올라타야 한다. 남의 도움 따위 필요 없다. 특히 그 크로마뇽인들의 도움 따위는 필요 없다. 내 힘으로 다이너마이트를 찾을 거다. 그러려면 차가 있어야 한다.

계단을 올라가 거리에 서서 도로를 둘러본다. 택시? 버스? 헬리콥터? 아니다. 내 차가 있어야 한다. 하지만 렌터카는 불가능하다. 렌터카 회사에 내 신상 정보를 내줄 수가 없다. 무엇보다 난 운전면허가 없으니 내게 차를 빌려줄 리도 없다. 놈들이 돌아오기 전에 어서 여길 떠나야 한다. 내 귀가 이보다 더 큰 시련을 견뎌낼 수 있을 것 같지 않다.

모퉁이를 돌아 조용한 거리로 들어선다. 뚱뚱한 남자가 자기 차 옆에 서 있다. 피아트 친퀘첸토 자동차의 문은 열어놓은 채로. 예쁜 연청록색 차인데 지금까지 본 중에서 제일 작은 차다. 무슨 오래된 페인트 통처럼 생겼다. 곡선형 보닛과 은색 범퍼, 동그랗게 뜬 눈 같은 헤드라이트를 보니 1950년대나 1960년대 모델 같다. 조그마한 엔진이 윙윙거린다. 저 차를 갖고 싶다. 저건 *내* 거다. 뚱보가 허리를 굽혀 거리의 신문 지급기에서 신문을 꺼내 자기 차로 돌아가고 있다.

"저건 내 차야."

나는 이렇게 중얼거리며 달려간다.

뚱보의 손에서 신문을 빼앗고 그를 확 밀친 뒤 그의 차에 올라탄다. 신문은 뒷좌석으로 확 던진다. 일단 차 문부터 잠근다.

"안 돼. 아스페타. 아스페타Aspetta. Aspetta.(그러지 마. 그러지 마.)"

차창으로 뚱보의 얼굴이 보인다. 그가 손잡이를 잡고 차 문을 잡아당긴다.

"이 차가 필요해서요. 미 디스피아체Mi dispiace.(미안해요.)"

맙소사, 이 차는 무슨 정어리 통조림 같다. 밖에서 볼 때보다 안에 타고 보니 더 작다. 머리가 천장에 닿는다. 이건 뭐, 애들 타라고 만든 건가? 아니면 엘프 요정 타라고? 저 남자는 대체 어떻게 이 차를 타고 다녔지? 차창 너머로 그의 배가 내 눈높이에 있다. 허리띠 위로 살덩어리가 출렁댄다. 차 안 공기가 칙칙하고 퀴퀴하다. 수십 년 묵은 악취가 콧구멍을 쑤시고 들어와 구역질이 난다. 시트도 울퉁불퉁하고 일부 꺼져 있다. 더럽게 딱딱하다. 시트 속 용수철이 엉덩이를 찔러댄다. 뚱보가 벌겋게 달아오른 얼굴을 차에 갖다 대고 있다. 어서 출발해야 하는데 차가 꿈쩍도 안 한다.

뚱보가 차 지붕을 주먹으로 내리친다.

"에쉬 달라 미아 마키나Esci dalla mia macchina.(내 차에서 내려.)"

"저리 가. 한 대 새로 뽑아."

나는 꽂힌 차 키를 돌린다. 차는 쿨럭 털털거릴 뿐 시동이 걸리지 않는다. 장난하니. 미치겠다. 수많은 차 중에 왜 하필 이런 차를 골랐을까……? 도주용으로 쓰기에는 최악이다. 액셀을 밟아본다. 친퀘첸토는 끄응 위이잉 하고 숨넘어가는 소리만 낼 뿐 시동이 걸리지 않는다. 맙소사, 이건 고물이다. 망가진 차다. 그래도 한 번만 더 해보자. 액셀을 콱 밟고 망할 놈의 차 키를 비틀어 돌린다. 드디어 시동이 걸렸다. 제기랄 드디어. 운전대를 꺾으면서 액셀을 밟는다.

뚱보가 여전히 차 문손잡이를 잡은 채 매달려 있다. 나는 그를 질질 끌며 도로를 달려간다. 닥스훈트를 데리고 다니던 여자처럼. 아, 젠장, 좀 떨어져라.

"일 마치고 나면 도로 갖다 줄게요."

나는 이렇게 말하며 2단 기어로 바꾼다. 엔진이 성질을 내며 그르릉 짖는다. 하지만 차는 좀처럼 속도를 내지 못한다. 꼭 태엽으로 움직이는 장난감 쥐를 타고 가는 기분이다. 속도가 시속 54킬로미터밖에 안 된다. 걷는 것보다 조금 빠른 수준이다. 내 심장 박동이 더 빠르겠다. 마침내 뚱보는 "아아" 하고 탄식하며 문손잡이를 놓는다. 그는 저 뒤에서 두 팔을 흔들며 휘청거리고 따라오다가 악을 쓴다.

"토르나 인디에트로TORNA INDIETRO!(돌아와!)**"**

백미러로 보니 뚱보가 점점 멀어져 간다. 그가 씩씩 헉헉거리며 주먹을 휘두른다. 저 비둔한 몸으로 쫓아올 생각을 하다니 놀랍다.

어디로 가지? 그 클럽에 다시 가볼까? 레인의 말로는 마피아 나 부랑이들이 이 근처에 있다고 했다. 클럽으로 가서 물어봐야겠다. 어쩌면 다이너마이트를 아는 사람을 만날 수도 있지 않을까?

먼지투성이 뒷골목으로 차를 몰면서 뒷좌석으로 팔을 뻗어 신문을 집어 들고 휘릭휘릭 넘긴다. 언니의 사건과 관련해 진전이 있는지 뉴스를 확인해 본다. '앨비나 나이틀리'나 '엘리자베스 카루소'라는 이름이 있는지 둘러본다. 제목을 쭉 훑어보지만 없다. 내 사진도 없다. 신문을 다시 뒷좌석으로 던진다. 고개를 들어 앞 유리 너머를 바라본다.

어머, 저게 뭐야?

세그웨이(전기모터로 구동되는 1인용 탈것 ─ 옮긴이)를 탄 글래디에이터다. 글래디에이터 분장을 한 남자가 시속 10킬로미터 속도로 거리를 달리고 있다. 맙소사. 몸매가 *끝내준다.* 러셀 크로인가? 그건 아니다. 웃통을 벗어서 조각 같은 흉근과 한여름 햇빛에 그을린 진한 구릿빛 피부가 돋보인다. 머리에는 빨간 깃털이 달린 은색 투구를 썼다. 손에는 반질반질한 방패와 빛나는 장검을 들었다. 탄탄한 식스팩, 가죽 치마, 멋지게 휘날리는 망토. 로마풍 샌들의 가죽 끈이 불룩한 구릿빛 종아리를 감싸고 있다. 아, 세상에. 이탈리아 남자들은 정말 내 취향이다. 고대 로마인은 더더욱 좋다. 내 옆으로 그의 멋진 엉덩이가 지나간다. 그래, 나도 안다. 난 남자를 끊기로 했다. 하지만 저 남자만은 예외로 하고 싶다. 저 남자를 집으로 데려가 섹스 노예로 삼고 싶다. 그를 침대에 사슬로 묶고……. 아니, 아니다, 아니야. 그건 안 되겠다. 저 덩치 좀 봐. 밥값이 엄청 들겠다. 글래디에이터가 모퉁이를 돌아간다. 나는 목을 길게 빼고 모퉁이 너머로 사라지는 그의 완벽한 엉덩이를 눈으로 훑는다. 엉덩이를 겨우 덮은 짧은 가죽 치마가 바람에 펄럭인다. 한번 쫓아가 볼까?

아니. *다이너마이트*를 찾아야 된다.

다시 앞을 보는데 웬 수녀가 나타났다. 어디서 갑자기 튀어나왔지? 세상에, 여긴 꼭 런던의 피카딜리 서커스 광장 같다. 수녀가 길을 건너려 한다. 경적을 울려도 수녀가 비키지 않는다. 도로 한가운데를 천천히 휘청휘청 가로지르고 있다. 등이 구부정하고 지팡이를 짚었다. 마더 테레사와 살짝 비슷한 것 같은데, 다스베이더나 가수 마릴린 맨슨, 음반기획자 사이먼 코웰처럼 온통 검은색 옷을 입고 있다. 그래, 복장은 마음에 든다.

나는 창문을 내리고 악을 쓴다.

"비켜요! 비키라고요!"

나는 속도를 늦추지 않는다. 지금은 그럴 수가 없다. 겨우 이 정도 속도를 내고 있는데 더 떨어뜨릴 수는 없다. 현재 속도는 시속 90킬로미터 정도다. 조금만 더 달리면…… 시속 110킬로미터도 가능할 거다.

"비켜! 비켜요!"

나는 경적을 울리다가 막판에 방향을 튼다.

쾅. 탁.

"젠장."

chapter 18

내 잘못이 아니다. 저 수녀가 갑자기 튀어나왔다. 죽으려고 환장한 것처럼.

백미러를 흘긋 올려다본다. 수녀가 길바닥에 쓰러져 있다. 로드킬을 당한 새처럼 길 한복판에 늘어져 있다. 젠장, 젠장. 이런 건 계획에 없었다. 저대로 두고 떠날 수는 없다. 혹시 다쳤을까? 다친 건 확실해 보인다. 아, 제길. 혹시 죽은 거면 어떡하지? 난 암살자가 되고 싶지만, *이런* 살인은 하고 싶지 않다. 특히 지금은 아니다.

여길 떠나야 하는데 문득 저 수녀가 나를 봤을지도 모른다는 생각이 든다. 저 수녀가 사진처럼 정확한 기억력을 가진 사람이라 내 얼굴과 번호판까지 기억한다면? 아, 맙소사. 이건 절대 일어나서는 안 되는 일이다. 비록 내 차가 아니기는 하지만 말이다.

거리를 둘러본다. 아무도 없다. 일단 브레이크를 밟는다.

차 시동을 켜둔다. 치익, 칙, 칙 소리를 내며 공회전한다. 차 문을 열고 뛰어내려 수녀에게 달려간다. 수녀의 가슴이 오르내리고 있다.

다행이다. 아직 살아 있다. 허리를 굽히고 얼굴을 살펴본다. 엄청 늙었다. 여든다섯 살쯤 됐을까? 주름 잡힌 볼이 부드러워 보인다. 실크처럼 얇다. 옆통수에서 흘러나온 피가 뱀처럼 목을 타고 흘러내린다. 젠장. 난 이 수녀를 칠 생각은 없었다. 이제 어쩌지? 수녀가 눈을 뜨고 나를 올려다본다. 레인처럼 연푸른 눈동자다. 수녀의 턱을 손으로 잡아본다. 수녀는 눈꺼풀을 파르르 떨면서 내 얼굴을 바라본다. 그렇게 우리는 잠시 오붓하게 둘만의 시간을 갖는다…….

"아이고, 죄송해요."

내가 말하자 수녀가 들릴락 말락 하는 소리로 끄응 하고 신음을 토하며 나지막하게 이탈리아어로 내뱉는다. 나는 다시 한 번 길 양쪽을 살핀다. 아무도 없다. 하지만 이 상태가 얼마나 더 지속될까? 서둘러야 한다. 어느 누구의 눈에도 띄면 안 된다. 머잖아 사이코 같은 도메니코 패거리가 나를 찾으러 올지도 모른다. 아니면 니노가 나를 죽이러 오든지. 빌어먹을 경찰들이 쫓아올 수도 있다.

정신이 혼미해 보이는 수녀를 내려다본다. 길고 검은 수녀복에 차에 치인 흔적이 역력하다. 수녀는 눈을 감고 있다. 생기라곤 없어 보인다. 손목을 잡고 맥박을 느껴본다. 팔에 힘이 없고 가볍다. 수녀는 평화롭게 잠이 든 것 같다…….

그러다 갑자기 숨을 몰아쉰다. 몸을 덜덜 떨며 일어나 앉는다.

나는 깜짝 놀라 소리친다.

"아악. 아, 씨발."

벌떡 일어서 물러나다 수녀의 다리에 걸려 바닥에 엎어진다.

수녀는 아직 죽지 않았다.

"정신 차리고 일어나 봐요. 여기 계속 있을 수는 없어요. 저랑 같이 가요."

수녀는 마치 사악한 가톨릭 좀비처럼 내 목으로 두 손을 뻗는다. 차가운 손가락으로 내 목을 잡아 쥔다.

"데모네, 데모네Demone, demone.(악령이구나, 악령이야.)"

수녀의 약해빠진 손을 나는 쉽게 밀쳐낸다.

"저리 치워요. 잡지 말아요."

나는 수녀의 겨드랑이에 두 손을 넣고 일으켜 세운다.

"자, 일어나요. 차에 타세요."

수녀를 피아트로 끌고 간다. 숨을 씩씩 헉헉대면서. 땀과 욕이 동시에 나온다. 수녀의 피가 도로에 붉은 줄을 긋는다. 젖은 페인트처럼 보이기도 한다. 그것까지는 어떻게 할 수 없다. 비가 오면 씻기려나? 뭐, 괜찮을 것이다. 난 무사할 거다. 뚝. 뚝. 서두르자, 앨비. 뭉그적거릴 시간 없어. 누가 이쪽으로 오면 어떡해. 나는 조수석 문을 열고 수녀를 안으로 밀어 넣는다.

"오스페달레Ospedale.(병원으로.)"

"오스페달레? 그게 뭐예요? 병원?"

나는 조수석 문을 콱 닫는다.

담배라도 피우고 싶다. 신경을 안정시킬 만큼 센 성분을 몸에 집어넣어야 한다. 코 수술 때문에 갖고 다니던 마지막 진통제를 입에 넣고 삼킨다. 운전석에 앉아 말보로 리이트에 불을 붙이고 깊게 들이마신다. 그래. 이제 좀 낫다. 담배를 입에 물고 기어를 1단으로 바꾼다. 엔진이 내 옆에 늘어져 앉은 수녀처럼 힘없이 낑낑거린다. 오래된 피아트가 덜커덕대자 내 머리가 천장에 부딪힌다. 바퀴가 끼익 하고 비명을 지른다. 털. 털털. 털털. 털털. 자갈길을 넘어가야 하는데. 누가 이 차를 좀 밀어주면 좋겠다. 이런 거친 바닥에서 달릴 수 있는 차가 아닌 모양이다.

20초 동안 0부터 10까지 세면서 마음을 가라앉힌다. 웃긴다. 애초에 *제대로* 된 차를 훔쳤으면 이런 개고생을 안 해도 될 것을. 마세라티나 페라리면 좋았을 거다. 하지만 이 엿 같은 곳에는 그런 차가 보이지 않는다. 세 번째로 시동을 걸어본다. 드디어 톱니가 맞물렸는지 그르르릉 소리가 난다. 클러치를 밟고 앞으로 나아간다. 이런 수동이 아니라 자동을 훔쳤어야 했다. 아, 제길. 너무 힘들다.

운전대를 꽉 잡고 앞을 바라본다. 이마에서 땀이 뚝뚝 떨어진다. 숨이 가쁘다.

옆에서는 수녀가 신음을 흘리고 있다. 수녀복과 머리카락이 온통 피투성이다. 조수석도 피 칠갑이다. 무슨 도살장 같다. 아무래도 이 차는 돌려주지 못할 것 같다. 미안한데, 솔직히 미안하진 않네, 뚱보 아저씨.

시속 80킬로미터로 거리를 달린다. 혹시 목격자가 있는지 주변을 둘러본다……. 글래디에이터는 보이지 않는다. 그런데 다른 수녀가 어느 건물에서 나온다. 아, 젠장. 내가 꿈을 꾸고 있는 건가? 수녀가 모퉁이 너머에 서 있다. 빌어먹을, 이 거리는 수녀투성이구

나. 대체 수녀가 몇 명이나 있는 거야? 벽에 붙은 간판에 '콘벤토 Convento(수녀원)'라고 적혀 있다. 아, 콘벤토. 그렇다면 말이 되지.

'*수녀원으로 가라*'(햄릿이 오필리어에게 하는 대사 – 옮긴이)…… 수녀원으로.

다행히 저 수녀는 아무것도 못 본 것 같다. 사고가 났을 때도 저기에 없었을 것이다. 일단 여기를 빨리 떠나야 한다. 수녀를 유괴할 수는 없으니까.

"오스페달레."

늙은 수녀가 또 말한다.

"병원으로는 못 데려다줘요. 그 사람들이 내 얼굴을 볼 거고, 내 차도 볼 거란 말이에요. *내가 수녀님한테 이런 짓을 한 것도 알게 될 테고요.*"

젠장. 어떻게 하지?

수녀가 끄응 소리를 낸다.

"생각 좀 해볼게요."

머릿속에서 베스가 지껄인다.

'*브라보, 앨비. 사제를 죽이더니 이제 수녀까지 죽일 작정이구나. 바닥으로 떨어지는 것도 정도가 있지.*'

제기랄, 베스의 말이 맞다. 난 이 수녀를 죽이고 싶지 않다. 죽게 내버려두고 싶지도 않다. 사고일 뿐이었다. 어쩌다 보니 운이 나빠 그곳에서 그 시간에 마주친 것뿐이다.

"알았어요. 알았어. 오스페달레로 갈게요."

수녀는 대답하지 않는다.

엉덩이가 엄청 배긴다. 수녀 때문에 시간을 낭비하고 있다. 난 해야 할 일이 있다. 이 수녀는 *진짜* 정도를 넘어섰다.

길가의 표지판을 흘끗 보니 '성 조반니 병원'이라고 적혀 있다.

"저거 보이죠? 운 좋네요. 오늘 수녀님 진짜 운 좋은 줄 아세요."

수녀는 대꾸하지 않는다.

저곳에…… 수녀를 내려놓고 도망쳐야겠다. 이 고물차를 타고 최대한 빨리. 우회전을 하면서 표지판을 따라가다가 연석 옆에 차를 세운다. 수녀를 차 밖으로 끌어내 정문 근처에 내려놓아야지. 누군가 곧 발견할 것이고, 병원에서 치료받으면 멀쩡해질 것이다.

핸드백에서 니노의 모자를 꺼내 얼굴이 보이지 않도록 깊이 눌러쓴다. 최선의 방법은 아니지만 아무것도 안 쓴 것보다는 얼굴이 그럭저럭 가려질 것이다. 자, 이제 가보자.

수녀를 돌아본다. 얼굴이 창백하다. 고개를 뒤로 젖힌 채 입까지 벌리고 있다.

아.

눈동자가 뒤로 넘어가 허옇다.

가슴을 살펴본다.

꿈쩍도 안 한다.

아, 맙소사.

하필 지금.

이런 일이.

수녀의 뺨을 후려친다. 세게.

"이봐요. 정신 차려요."

숨을 쉬는지 들어본다.

망할!

왜 하필 *나*한테 이런 일이?

수녀는 *진짜*로 죽어버렸다.

속이 울렁거린다. 울컥한다. 내가 무슨 짓을 한 거지? 어쩌다가 이런 일이 일어난 거야?

입 닥쳐, 앨비. 참고 견뎌. 마피아처럼 되고 싶다며? 히트우먼이 되겠다며?

속이 메슥거린다. 이 일을 해낼 수 있을 것 같지 않다. 베스의 말이 옳다. 난 구제불능이다. 이참에 심리 치료라도 받아야겠다. 중학교 때 만난 로레인 선생한테라도 연락해 볼까.

앞으로 이 수녀는 시시때때로 나를 고문할 것이다. 수녀들을 볼 때마다 나는 이 수녀의 얼굴을 떠올리게 될 것이다. 꿈에서도 보겠지.

액셀을 밟고 피아트를 부산한 거리로 몰고 간다. 수녀의 머리가 이리저리 흔들거린다. 마치 고개를 까딱거리는 강아지 인형처럼. 수녀를 어떻게 처리해야 할까? 이런 엿 같은 일들 때문에 계속 발목이 잡히고 있다. 기분이 울적하다. 스타일 망가지게. 시간이 없다. 어서 라디오 론드라 클럽으로 가서 도메니코보다 먼저 다이너마이트를 만나야 하는데, ㄱ 전에 수녀의 시체를 처리해야 한다. 이러다 일이 다 틀어지겠다.

　도시를 뒤로하고 계속 차를 달린다. 해가 지평선을 향해 저물고 있다. 하늘이 핏빛이다. 솟구치던 아드레날린이 점차 가라앉는다. 계속 도로를 달린다. 피곤해도, 이 모든 일이 진저리가 나도 자면 안 된다. 눈을 부릅뜨고 도로를 바라보며 눈을 감았다 뜬다. 깜빡, 깜빡, 깜빡. 하품이 나오려는 걸 참는다. 어느새 달이 떴다. 별도 떴다. 눈꺼풀이 무겁다. 이쑤시개나 성냥개비, 뜨개질바늘로 눈꺼풀을 괴고 싶다. 눈이 감기지만 않는다면 뭐든 좋다. 하지만 내 수중에 그런 물건들은 없고 눈은 자꾸만 감긴다. 직선 도로가 끝도 없이 뻗어 있다. 저 앞에 검은 바다가 보인다. 해변에 도착할 때까지 차를 멈출 수 없다. 어쩌면 니노가 저 바다에서 멋지게 나올지도 모르겠다. 〈엑스 온 더 비치〉라는 리얼리티 프로그램처럼. 우리는 미친 듯이 소리를 지르면서 싸우다가 화해할 것이다. 그리고 이 정신 나간 싸움을 끝맺음하는 거다. 그는 내게 돈을 돌려주면서 말할 것이다. "앨비(그는 드디어 내 이름을 알게 된다), 보고 싶었어. 정말 미안해……." 우리는 바로 그 자리, 모래밭에서 사랑을 나눈다. 모래가 까끌까끌하니 타월을 바닥에 깔고서. 눈이 다시 감기고 머리가 운전대에 툭 부딪친다.

　핑.

　문자가 왔다. 휴대폰을 들여다보니 니노다. 이 자식이 뭘 원하는 거야?

　'폰섹스 할까?'

하고 싶다.

'아니, 당신이랑 대화하기 싫어.'

나는 이렇게 입력하고 '보내기'를 클릭한다.

웃긴다. 그는 내가 지금 자기 생각을 하고 있는 걸 아는 듯하다. 격정적인 싸움 후의 섹스를 꿈꾸고 있다는 걸 그도 느꼈을까. 혹시 우리는 초자연적으로 연결되어 있는 건가? 그럼 *그의* 귀도 지금 불붙은 듯 뜨끈뜨끈할까?

하품이 난다. 차를 세워야겠다. 눈을 비비며 차를 세울 만한 곳을 찾아본다. 도로 주변에 소나무들이 우뚝 솟아 있다. 숲속이다. 제길. 길을 잃었다. 어쩌다 여기까지 왔을까? 숲에서 귀신이 나올 것 같다. 죽은 듯 고요하다. 나한테는 잘된 일인지도 모른다. 시체를 숨기기에 좋은 장소다.

운전대를 천천히 돌려 나무를 향해 차를 몰고 간다. 차가 나무에 쿵 부딪치면서 앞 유리에 금이 간다. 나는 잠에 빠져든다.

다섯째 날

창녀

17년 전

1998년 6월 19일 금요일
글로스터셔, 로어 슬로터 마을
세인트 바질 초등학교

"질문에 대답해, 앨비나."

나는 의자에 앉은 채 안절부절못한다. 의자에 닿은 허벅지가 너무 따끔거리고 가렵다. '상담 전문가'는 손에 든 플라스틱 클립보드 너머로 나를 관찰하고 있다. 나는 그 여자가 싫고 그 여자도 나를 싫어한다. 나더러 자기를 '로레인'이라고 부르라고 한다. 창문이 열려 있는데도 덥다. 이 건물은 위층으로 올라갈수록 덥다. 물리학의 법칙상 그렇다. 지금은 여름이고 건물 안에 열파가 밀어닥쳤다. 하지만 우리는 지금 1층에 있다. 청밖으로 운동장에서 빈둥대는 아이들이 보인다. 나도 나가고 싶다. 축구공을 선생들에게 걷어차고 싶다. 술래잡기 놀이를 하면서 세게 때리고 싶다. 내 신발을 내려다 본다. 닳아빠진 검은 가죽 신발이다. 들판을 지나왔더니 양옆에 진흙이 말라붙었다. 지저분한 신발 안쪽에 풀잎 하나가 비쭉 튀어나와 있다. 나는 다리를 달랑달랑 흔든다. 무릎에 상처가 나 있다. 분홍색 상처 부위에 딱지가 앉기 시작했다. 밴드를 붙이고 싶지 않다. 난 베스 같은 쪼다가 아니니까.

나는 깃털을 뱉어내는 것처럼 쌕쌕대며 말한다.

"얘기하기 싫어요. 집에 가고 싶어요."

"넌 방금 여기 왔어. 다른 질문을 해볼게." 그녀는 씹은 자국이 있는 펜 끄트머리를 질겅질겅 씹으며 묻는다. "왜 여기 왔는지는 알고 있지?"

나는 그녀를 쏘아본다. 내 최고로 멋진 표정이다. 상대를 겁주려고 특별히 고안해 낸 표정이다. 눈을 가늘게 뜨고 눈주름 사이로 죽일 듯이 노려보는 것이다.

"차 때문에요."

나는 짧게 대답한다. 그것 때문일 것이다. 어른들은 불에 늘 민감하니까.

"제가 한 짓이 아니에요. 저는 안 그랬어요. 차에 불을 낸 적 없다고요."

사실이 아니지만 그렇게 말해 본다. 때로는 거짓말이 통할 때도 있다. 뭐, 거의 매일이지만. 사람들은 '착한 거짓말'이라는 핑계로 거짓말을 입에 달고 산다. 거짓말을 잘만 하면 곤경에서 벗어날 수 있다.

"앨비나, 교장 선생님이 네가 차에 불 지르는 걸 *봤다고* 하셨어."

"저 아니에요. 베스예요."

그녀가 눈을 치켜뜬다. 통하지 않을 모양이다. 베스는 선생들이 예뻐하는 아이다. 그들 눈에 베스는 완벽하기 그지없는 학생으로 보인다.

"알았어요. 좋아요. 제가 했으면 뭐요? 벌써 지난주 일이잖아요."

나는 이미 거의 잊고 있었다.

대체 왜 이 난리인지 알 수가 없다. 어차피 도장이 다 벗겨지고 괴상하게 생긴 낡고 녹슨 자동차다. 40년은 되어 보이는 차였다. 그 따위 차를 누가 그리워할까. 교장은 멋진 새 차를 사면 그만 아닌가.

상담 전문가가 한숨을 쉰다. 그녀한테서 비누 냄새가 난다. 통에 들어 있는 끈적끈적한 물비누 냄새다. 난 그 초록색 물비누의 세정력을 믿지 않고, *이 여자도* 믿지 않는다. 난 초록색으로 된 것은 절대 안 먹는다.

"처음부터 다시 시작해 보자."

나는 성질난 고양이처럼 그르릉댄다. 우리는 온종일 여기 있었다. 계속 있다가는 〈라운드 더 트위스트〉라는 텔레비전 프로그램을 놓치게 된다. 탈출하고 싶다. 당장 일어나서 도망치고 싶다. 이 학교를 떠나 다시는 안 돌아오고 싶다. 동네 공원에 있는 놀이터에서 살면 되지 않을까.

"교장 선생님 말씀으로는 네가 부탁을 했다고 하던데."

"전 *아무* 부탁도 안 했어요."

"너희 엄마와 결혼해 달라고 부탁했다던데. 교장 선생님이 거절하셔서 차에 불을 질렀니?"

높고 날카로운 위잉 소리가 들린다. 그 소리는 점점 더 커진다. 머릿속에서 비행기가 이륙하는 것 같다. 나는 눈알을 위로 뒤집으며 손으로 귀를 틀어막는다. 하지만 소리는 멈추지 않는다…….

"앨비나?"

상담 전문가의 목소리가 훨씬 작게, 그리고 부드럽게 들린다. 물속에서 외치는 소리 같다. 나는 가끔 숨을 꾹 참고 수영장 바닥에 앉아 오래 버티기를 하곤 한다. 그럼 차가운 물속에서 완전히 혼자가 된 기분을 느낄 수 있다. 우주 공간에 있는 것 같기도 하다. 나는 눈을 뜨고 고개를 젓는다. 소리는 여전히 귓속에서 울린다.

"교장 선생님이 너희 엄마와 결혼을 안 한다고 해서 화가 났니?"

"엄마는 어차피 *교장이랑* 결혼하고 싶어 하지 않았어요."

그는 악마 교장이다. CBBC 채널의 〈더 데몬 헤드매스터〉라는 드라마에 나오는 악마 교장처럼 말이다. 나는 교장이 좋은 사람인 줄 알았는데 알고 보니 아니었다. 내 생각이 틀렸다. 그도 다른 사람들과 다를 바 없었다. 관리인, 정원사, 제니 앤서니의 새아빠와 똑같다…….

"집에서는 별 문제 없니? 아빠가 보고 싶어?"

나는 상처를 뒤덮은 딱지 가장자리를 조금씩 뜯기 시작한다. 일부를 뜯어내자 따끔따끔하다. 피가 한 방울 새어 나온다.

"운동회 날 있었던 얘기를 해보자."

"그 얘기는 하고 싶지 않아요."

나는 벌떡 일어선다. 주먹을 꽉 쥔다. 귓속에서 심장이 쿵쿵 울린다. 양모 카디건을 입어서인지 너무 덥다. 카디건을 벗어서 허리에 걸치고, 양 소매를 당겨 꽉 묶는다.

"앉아. 비스킷 줄게."

그녀는 커피 테이블에 놓인 주석 통의 뚜껑을 열어 내 쪽으로 내민다. 다이제스티브가 들어 있다. 드디어 주는구나. 배고파 죽을 뻔했다. 그 통에 뭐가 들었는지 줄곧 궁금했다. 비스킷이 들어 있을지도 모른다고 생각했는데. 나는 다이제스티브 3개를 집어서 자리에 앉는다. 그녀는 내가 더 꺼내지 못하게 뚜껑을 도로 덮는다. 그러고는 코 위로 안경을 밀어 올리며 다시 질문을 한다.

"부모님과 함께 달리기 경주를 하면서 무슨 일이 있었는지 말해 줄래?"

아이 한 명과 어른 한 명이 짝을 맞춰 달리는 경주에서 엄마와 베스가 짝이 됐다. 나는 문 옆 벽에 걸린 시계를 쳐다본다. 시곗바늘이 마치 딱풀로 붙여놓은 것처럼 지독히도 느리게 움직인다.

"좋아, 그럼 다른 얘기를 해보자……." 그녀는 클립보드에 꽂아둔 서류들을 휘릭휘릭 넘긴다. "맨디 심스가 너에 대한 불평을 했어. 네가 그 애 아빠를 공격했다던데? 그 애 아빠를 때려 코피가 난 거

기억나지?"

"그 아저씨가 어릿광대처럼 옷을 입고 있어서 그런 거예요."(게다가 그 남자는 우리 엄마와 결혼을 하지 않겠다고 했다.)

상담 전문가는 종이에 뭔가를 끄적거린다.

"이제 가도 되죠? 지루해서요."

시곗바늘이 거의 움직이지 않는 것 같다.

"오늘 미술 수업 시간에 있었던 일에 대해 얘기해 볼까?"

나는 벽에 붙은 포스터를 바라본다. 차일드라인이라는 24시간 아동 상담 전화를 홍보하는 포스터다. 사진 속 여자애는 슬픈 표정을 하고 있지만 나보다 슬프지는 않을 것이다. 전화번호도 적혀 있다. 0800 어쩌고저쩌고. 내가 그리로 전화를 걸면 어떻게 될까? 누가 와서 나를 구해 줄까? 하지만 난 전화를 걸 수 없다. 여기서는 내가 전화하는 것을 허락하지 않을 것이고, 공중전화를 쓰고 싶어도 내 주머니에는 20펜스가 없다.

상담 전문가가 계속 말을 건다.

"아버지의 날 카드를 만들기로 되어 있었잖아……."

나는 벌떡 일어나 커피 테이블을 뒤집어엎는다. 비스킷 통과 상담 전문가의 머그가 날아오른다. 쾅 소리와 함께 그녀가 내뱉는다. "제기랄." 그 여자는 찻물을 뒤집어썼다.

나는 그대로 도망쳐 창문을 훌쩍 뛰어넘는다. 이제 자유다.

"제기랄?"

뭐지? 욕인가? 마음에 든다. 앞으로 쭉 애용해야지.

창문을 넘으면서 콘크리트 바닥에 고꾸라지고 만다. 무릎의 상처가 다시 터졌다. 피가 양말로 주르륵 흐른다. 면양말이 빨갛게 변했다. 손바닥에 묻은 모래를 치마에 비벼 털고 교문으로 달려간다. 교문을 밀고 밖으로 나간다. 아빠의 손을 잡고 아이스크림을 먹으러 혹은 공원에 축구를 하러 가는 아이들 곁을 지나, 죽어라 달려간다. 저들은 영화를 보러 가는 중일까? 금요일 저녁이다. 아빠와 함께 보내는 저녁 시간.

나는 속도를 늦추고 멈춰 선다. 어디로 가야 할지 모르겠다. 집으로 가서 베스나 엄마를 보고 싶지는 않다. 길 한가운데 서 있는데 심장이 **쿠쿵 쿠쿵** 뛴다. 어디로 가야 하지? 공원으로 발걸음을 옮긴다. 제일 큰 나무로 달려가 그 위로 올라간다. 나뭇잎 사이에 숨는다. 어두워질 때까지 그곳에 있을 거다.

손톱으로 나무껍질에 '앨비'라고 새긴 뒤 그 옆에 '제기랄'이라고 덧붙인다. 나무에 머리를 기대고 눈을 감는다. 그날 밤 나는 나무 위에서 잠을 잤고 아빠를 찾아다니는 꿈을 꿨다.

2015년 9월 4일 금요일
이탈리아 로마, 오스티아 마을

숲 끄트머리에 처박힌 자동차 안에서 눈을 뜬다. 이마를 운전대에 갖다 댄 채 잠이 든 모양이었다. 일어나 앉으려다가 경적을 울리고 만다.

빠아아아아아아아아아아아아앙.

내가 숲에서 뭘 하고 있는 거지? 어릴 때 나무 위에서 잠을 잤던 기억이 난다. 여덟 살인가 아홉 살 때였다. 거의 잊고 살았는데. 당시 나는 머리카락에 나뭇잎을 붙이고 바지 속에 개미가 들어간 채 눈을 떴다. 몸은 바짝 얼어 뻣뻣했다. 맨 위의 가지에서 균형을 잡고 앉아 있었다. 아래로 떨어지지 않은 게 놀라웠다. 다음 날 집으로 돌아가자 엄마는 엄청 화를 냈다. 엄마가 그렇게 화를 내는 모습을 처음 봤다. 내가 밖에서 자고 와서 화가 난 게 아니었다. 내가 집으로 돌아와서 화가 난 것이었다.

조수석에 앉혀둔 수녀가 얼굴을 계기판에 붙인 채 엎어져 있다. 쿡 찔러보지만 움직이지 않는다. 차갑다. 숨도 쉬지 않는다. 여전히 죽어 있다. 난 정말로 이 수녀를 죽일 의도가 없었다. 수녀의 시신을 어떻게 처리해야 할까? 사고였다. 실수였다. 기분이 좋지 않다. *죄책감*마저 든다. 아치웨이에 살던 시절, 초콜릿 팝타르트 10개를 한꺼번에 먹었을 때 느꼈던 것과 비슷한 죄책감이다. 나는 수녀를 바로 앉히고 눈을 감긴 뒤 얼굴을 쓰다듬으며 말한다.

"정말 죄송해요. 이건 계획에 없던 일이에요. 이 얘기를 들으면 기분이 좀 나아지실 것 같아 드리는 말씀인데, 천국에서 우리 언니를 만나 같이 살 일은 없을 거예요. 언니는 나한테 붙어 다니니까요."

수녀는 대답하지 않는다.

입이 마르고 목이 따갑다. 어깨와 목덜미가 불붙은 듯 뜨겁다. 하늘 높이 뜬 해가 차창으로 칼날 같은 빛을 쏟아붓고 있다. 차 안이 점점 뜨거워진다. 아, 맙소사. 미치게 덥다. 피부에 불이 붙은 느낌이다. 듀렉스 플레이 마사지 젤을 얼굴에 발라서 더 그렇다……. 쏟아지는 햇볕 아래서 너무 오래 잠들어 있었던 것 같다. 몇 시지? 12시? (여전히 잘 맞지 않는) 뻐꾸기시계를 들여다본다. 내 몸을 머리부터 발가락 끝까지 빠르게 확인한다. 어디 부러진 곳도 (수술받은 지 얼마 안 돼서 약한 코를 제외하고는) 아픈 곳도 없다. 백미러로 코를 확인해 보니 여전히 예쁘다. 앞 유리를 살펴보니 거미줄처럼 금이 쭉쭉 나 있다. 속도를 별로 내지 않아서 차가 크게 부서지지는 않았다. 나무에 충돌했다기보다는 콕 처박은 정도였다. 다만 차가 45도 정도 기울어서 괴상하게 끼었다. 덕분에 균형이 흐트러져서 멀미가 난다. 일단 여기서 나가야겠다.

이게 다 무슨 난리지? 수녀? 숲? 내가 여기서 뭘 하고 있나. 주변은 온통 나뭇가지와 나뭇잎이다. 숲과 산울타리. 야생화. 흙냄새와 땅. 무언가 썩어가는 냄새. 여긴 로마 시내가 아니다. 얼마나 오랫동안 운전한 걸까? 여긴 움브리아주일까? 아니면 토스카나주? 차를 후진하려고 시동을 켠다.

그런데 시동이 걸리지 않는다. 잘한다. 아주 환상적이다. 이 차를 손에 넣은 지 얼마나 됐다고 벌써 망가뜨렸다. 연료를 확인해 보니 비어 있지는 않다. 엔진이 과열된 것일 수도 있다. 금속이 녹을 정도로 햇볕이 강렬하니까. 어차피 대단한 손해도 아니다. 워낙 고물이라 퍼지기 직전이었다. 색이 바래고 오래된 내부를 둘러본다. 크림색 플라스틱 운전대, 베이지색 가죽 시트, 은색 계기판, 작은 거울, 작고 동그란 레트로풍 속도계. 모두 50년은 된 것들이다. 운전석 문을 열려는데 나무에 단단히 끼어 꿈쩍도 하지 않는다. 죽은 수녀의 몸 너머로 팔을 뻗어 조수석 문을 밀어본다. 그 문도 움직일 생각을 안 한다. 맙소사. 차 안에 갇혔다. 햄스터나 금붕어처럼 갇혀버렸다. 나는 절절 끓는 차 안에 앉아 인상을 구긴다. 차는 하노이의 매음굴처럼 달아오르고 있다.

이건 뭐, 새로 나온 지옥이냐?

뒷좌석으로 넘어가 트렁크로 손을 뻗는다. 금속 깡통이 몇 개 보인다. 손에 쥐고 흔들어 냄새를 맡아본다. 휘발유다. 어쩌면 경유일 수도 있다. 트렁크에 도로 던진다. 깡통 속에서 액체가 출렁거린다. 트렁크 손잡이가 있는지 살펴보지만 없다. 안에서는 트렁크를 열 수 없게 돼 있다. 숨을 헐떡이고 땀을 흘리며 욕을 하다가 문득 고개를 들어 위를 보니 선루프가 있다. 휴, 다행이다. 땀방울이 목을 타고 흐른다. 선루프를 밀어서 연다. 신선한 공기가 들어온다. 보드카든 뭐든 마시고 싶다. 나는 화분의 식물처럼 시들어가고 있다. 열린 선루프 사이로 꿈틀거리며 빠져나간다. 땀에 젖은 머리카락 사이로 시원한 바람이 불어온다. 그래. 그래. 드디어 벗어났다. 감옥에 갇혀 있던 1990년대의 넬슨 만델라가 어떤 심경이었을지 이해가 된다.

뜨거운 주석 지붕에 손과 무릎을 대고 휘청휘청 기어가면서 테네시 윌리엄스의 희곡 《뜨거운 양철 지붕 위의 고양이》를 떠올린다. 땅바닥으로 뛰어내려 차를 돌아본다. 범퍼에 수녀의 피가 묻어 있다. 지워야겠다.

그때 남자의 굵은 목소리가 들려 나는 깜짝 놀란다.

"차오, 코메 스타이Ciao, come stai?(안녕, 괜찮아요?)"

잠깐 니노가 아닐까 생각했지만 그의 목소리가 아니다. 모르는 남자의 목소리다.

"아, 차오."

나는 대답하며 돌아본다. 그런데 남자가 아니라, 여자인 것 같다. 혼란스럽다.

여자가 다시 묻는다.

"투토 베네Tutto bene?(괜찮아요?)"

여자를 살펴본다. 커다란 두 손, 큰 턱, 목젖, 까칠하게 자란 수염, 큰 키. 어깨도 떡 벌어졌다. 그런데 브래지어를 했고 짧은 분홍색 치마를 입었다. (숲에 어울리지 않게) 하이힐을 신었고 화장이 엄청 진하다. 아, 여자의 반짝반짝 빛나는 귀고리가 마음에 든다. 저 귀고리를 어디서 샀을까. 산책을 나온 사람치고는 너무 심하게 꾸몄다. 혹시 나처럼 길을 잃은 건가?

"음, 난 이탈리아어를 못해요."

이 여자는 여기서 뭘 하고 있는 걸까?

"문제없어, 자기. 뭐 찾는 거 있어요?"

"아뇨. 딱히 없어요." 보드카 말고는 없다. 그리고 니노…… "내 차가 시동이 안 걸려서 그러는데, 기계에 대해 좀 알아요?"

"물어볼 사람한테 물어봐야지." 여자는 내 눈을 잠시 바라보다 어깨를 으쓱한다. "차오. 좋은 하루 보내요."

여자는 돌아서서 엉덩이를 씰룩대며 걸어간다. 몸에 딱 붙는 분홍색 치마를 입고 걸어가는데 힐이 진흙에 푹푹 빠진다.

"저기, 잠깐만요. 저기요."

여자는 길을 따라 가버린다. 그러다 특정한 곳에 시선을 주지 않고, 멍하니 길가를 바라보며 서 있다. 왜 갓길에서 저러고 서 있을까? 버스 정류장 같은 것도 없는데. 아무 이유 없이 돌아다닐 만한 장소가 아니다. 히치하이킹이라도 하려는 건가? 나는 나무에 처박힌 친퀘첸토를 흘끗 쳐다본다. 글쎄. 나도 히치하이킹을 해야 할 것 같다.

아, 이제 알겠다. 저 여자는 창녀구나.

나는 그 여자가 서 있는 곳으로 가려다 우뚝 멈춰 선다.

아, 젠장. 수녀.

경찰들이 와서 수녀의 시신을 발견하면 골치 아프다. 차에 내 지문이 온통 찍혀 있다. 수녀의 피도 범퍼에 묻어 있다. 나는 또다시 죽음이 내 뒤를 쫓는 것을 원치 않는다. (베스가 쫓아다니는 것만으로도 충분하다.) 저 차 주인이 나를 봤으니 경찰에 내 인상착의를 상세하게 설명했을 수도 있지 않을까? 사고 장소에서 본 또 다른 수녀가 내 얼굴을 보고 그대로 몽타주를 그렸다면? 그래, 방법은 하나뿐이다. 저 깡통 같은 차를 불태워야 한다. 저 수녀를 용광로 속에 태워 재와 연기, 불길만 남겨야 한다. 프라다 핸드백에 손을 넣어 보라색 지포 라이터를 찾아본다. 콘돔, 립스틱, 니노의 휴대폰, 뻐꾸기시계, 콕링, 드디어 라이터를 찾았다……. 차 쪽으로 돌아서서 지붕으로 다시 기어 올라간다. 차 표면이 달궈져 있어 무릎이 지글지글 타는 듯하다. 선루프를 통해 다시 안으로 기어 들어간다. 트렁크에 던져둔 휘발유 깡통을 집어 들고 다시 밖으로 기어 나온다. 복부 근육을 쭉 당기며 힘을 준다.

예전에 차에 불을 냈던 기억이 떠오른다. 내가 다니던 초등학교 교장의 차였다. 지금도 그때 활활 타오르던 차의 열기가 얼굴에 느껴지는 듯하다. 유독가스 냄새도 또렷이 생각난다. 돌이켜 생각해 보면 교장이 우리 엄마와 결혼하지 않기로 한 것은 옳은 결정이었다. 하지만 그의 차를 망가뜨린 일은 무척 즐거웠다. 유익한 연습이었다. 깡통을 열고 냄새를 맡아본다. 눈이 따갑다. 완벽하다. 이거면 되겠다. 나는 창녀 쪽을 흘긋 쳐다본다. 그녀는 이쪽을 쳐다보고 있지도 않고, 여기서 100미터는 족히 떨어진 곳에 있다.

선루프 안으로 휘발유를 붓는다. 꿀럭, 꿀럭, 꿀럭, 꿀럭. 냄새가 고약하다. 수녀의 몸과 머리 가리개, 머리카락, 길고 검은 옷에도 붓는다.

"정말 정말 죄송해요."

수녀가 나를 용서해 줄까. 당연히 용서해 줄 것이다. 수녀는 그리스도교인이니까. 그리스도교는 원래 죄를 용서해 주는 종교 아닌가.

마지막 몇 방울까지 털어내고 깡통을 차 안으로 휙 던진다. 나뭇잎이 붙은 가지를 주워 온다. 잎사귀와 잔가지들을 조금 더 모은다. 바싹 말라 있다. 지포 라이터로 불을 붙이자 빨간색과 오렌지색 불꽃이 타오른다. 익숙한 냄새가 풍긴다. 눈썹이 타버릴 것처럼 뜨겁다. 나는 불붙은 나뭇가지를 차 안에 던져 넣고 지붕에서 땅바닥으로 뛰어내려 저만치 물러선다. 쉬익, 소리와 함께 휘발유에 불이 붙더니 녹슨 피아트가 불길에 휩싸인다. 나는 몸을 낮추고 유리창 너머로 안을 들여다본다. 시트도 잘 타고 있다. 불길이 뒷좌석으로 퍼지면서 갈라진 가죽을 태운다. 불이 천장으로 옮겨 붙어 내부를 집어삼킨다. 잘 가라, 피아트. 잘 가요, 수녀님. 아니, 자매님. *됐다.* 이제는 *진짜로* 음료수를 마셔야겠다. 베일리스나 칼루아, 진한 아이스티와 초콜릿 밀크셰이크를 마시고 싶다.

고무가 타면서 독한 냄새와 함께 시커멓고 흉측한 연기가 피어오른다. 타닥타닥, 탁, 쉬익. 나는 숨을 쉬다가 콜록거린다.

창녀가 있는 곳으로 걸어간다.

"저기, 저기요."

그녀가 돌아본다. 그러다 피아트 쪽을 흘끗 쳐다본다.

"당신 차가 불에 타고 있잖아요."

"알아요."

창녀는 다시 도로 쪽으로 시선을 돌린다. 금색 아이섀도. 지나치게 많이 바른 립스틱. 모조 다이아몬드로 장식한 속눈썹이 마음에 든다. 멋지다. 근처 숲 공터에 조그마한 2인용 텐트가 보인다. 지붕이 낮은 세련된 텐트다. 텐트를 고정하는 줄도 보이고, 보라색 천으로 된 문도 있다. 우리는 중앙 분리대가 있는 도로 오른쪽에 서 있다. 여기는 캠핑을 하기엔 안 어울리는 곳 같은데.

"음료를 사고 싶은데 어디서 파는지 알아요?"

내가 그녀에게 묻는데 뻐꾸기시계가 짖어댄다.

"뻐꾹."

여자는 고개를 젓는다.

"몰라요."

"보드카 같은 걸 파는 술집이면 되는데."

"이 근처엔 아무것도 없어요."

윙 소리와 함께 차 한 대가 다가온다. 란치아 자동차다. 그 차가

갓길에 멈춰 서더니 중년 남자가 내린다. 평범한 체격에 평범한 키, 별 특징 없는 외모다. 여자가 엉덩이를 씰룩대며 그에게 다가간다. 그리고 두 사람은 함께 텐트로 향한다.

불타는 피아트에서 연기 냄새가 난다. 타닥 소리와 함께 불길이 포효한다. 혀끝에서 화장터 공기의 맛이 난다. 불길이 타맥 포장도로까지 그슬리면서, 허공에 떠다니던 고운 재들이 눈처럼 허옇게 도로에 내려앉는다. 불길이 근처 나무로 번지고 있다. 이대로 서서 몇 시간이고 지켜볼 수 있을 것 같다. 하지만 (아무리 불이 멋져도) 종일 여기 있을 수는 없다. 난 해야 할 일이 있다. 사람들을 죽여야 한다. 로마로 돌아가서 다이너마이트를 찾아야 한다. 당장. 도메니코보다 먼저. 그리고 니노도 내가 먼저 찾아야 한다.

휴대폰을 확인해 본다. 여기는 인터넷도 안 되고, 통신 신호도 잡히지 않는다. 택시를 부를 수가 없다. 걸어서 빠져나가는 것은 불가능하다. 저 남자가 창녀와 볼일이 끝나면 나를 차에 태워주지 않을까?

나는 돌아서서 숲으로 옮겨 붙은 불길을 바라본다. 강렬한 빛 속에서 친퀘첸토는 이미 보이지도 않는다. 나무 열 그루 내지는 스무 그루가 활활 타오르고 있다. 수녀는 차 안에서 바비큐가 될 것이다. 텐트가 앞뒤로 흔들거린다. 시간이 조금 걸리겠구나 싶다. 나는 엄지를 내밀며 도로를 살펴본다. 마세라티. 프리우스. 세아트. 피아트. 차들이 휙휙 지나간다. 번져나가는 불길의 온기가 느껴진다. 햇볕에 그을린 피부가 열기에 따끔거린다.

나는 타오르는 용광로를 피해 도로를 따라 걸어간다. 럼 모히토를 상상해 본다. 라임 한 조각, 민트 약간, 황설탕, 종이 파라솔 장식…… 엄지를 흔들어보지만 아무도 차를 세우지 않는다. 나를 무시하고 쌩하니 달려간다. 나뭇가지가 바닥으로 떨어졌는지 쿵 소리가 들린다. 나뭇잎이 오렌지색으로 타오르고 있다. 작은 텐트를 흘끗 쳐다본다. 여전히 흔들거리고 있다. 텐트에서 불과 몇 미터 떨어진 곳까지 불이 번진 상태다. 나는 엄지를 내밀고 계속 흔든다.

마침내, 하늘색 마쓰다 자동차가 내 쪽으로 다가온다. 운전자는 젊은 남자다. 그는 차를 세우고 차창을 내리며 묻는다.

"콴토Quanto?(얼마야?)"

"아, 영어로 말해 줄래요?"

"빨아주고 삽입하는 데 얼마냐고?"

"됐어요. 난 창녀가 아니에요. 당신이 영어를 잘하는 건 인상적이지만요. 차 좀 태워줄래요? 트라스테베레까지?"

그는 차창을 도로 올리더니 가버린다.

"이봐요. 그냥 가면 어떡해요?"

차를 얻어 타려면 시간이 좀 걸릴 싶다.

잠시 후 알파로메오가 다가온다. 이번에는 꼭 타야겠다. 나는 다시 엄지를 내밀고 풍차처럼 팔을 돌린다. (나 같으면 절대 안 태워줄 것 같은데) 그 차가 속도를 늦추더니 멈춰 선다. 나는 그 차를 향해 달려간다. 중년 여자가 운전석에 앉아 있다. 여자는 두려움에 휘둥그레진 눈으로 타오르는 불길을 손가락질하며 말한다.

"맘마미아. 운 푸오코Mamma mia. Un fuoco?(맙소사. 불이 났잖아요?)"

271

나는 텐트 쪽을 쳐다본다.

"아, 젠장. 잠깐만 기다려줘요."

텐트를 고정하는 줄 바로 앞까지 불길이 번진다.

왜 내가 이렇게까지 신경을 써야 하지? 저 둘이 산 채로 타 죽든 말든 내가 알 바 아니잖아.

하지만 결국 숲으로 들어가 텐트를 향해 달려간다. 뜨거운 불길이 내 발꿈치를 향해 혀를 날름거린다. 빨갛게 타오르는 불꽃 속에서 기침이 콜록, 콜록, 콜록 터져 나온다.

"이봐요. 나와요. 나오라고."

텐트 지퍼를 열고 문을 열어젖힌다. 그러다가 새끼손가락을 데고 만다.

"거기서 나와야 돼요."

알몸으로 섹스를 하고 있던 그들은 열린 텐트 밖으로 튀어나온다. 우리는 거센 불길을 피해 도로로 달려 나온다.

알파로메오에 탄 여자가 믿기지 않는다는 표정으로 우리를 쳐다본다. 여자의 입이 딱 벌어진다. 아. (우리 모습이 가관이긴 했을 거다. 옷을 입고 있는 사람은 나뿐이다. 평소 나답지 않게 말이다.) 여자는 액셀을 밟더니 차를 몰고 가버린다. 제길. *저걸 타고 갔어야 했는데.*

이제 다시는 남을 배려하지 않을 거다. 니노 말이 맞다. *그런 짓은 나한테 어울리지 않는다.* 내가 뭐에 씌었지. 아직도 사고의 충격에서 못 벗어났나 보다.

나는 두 사람을 돌아본다. 실오라기 하나 걸치지 않은 알몸이다.

발기된 성기 2개, 젖가슴 한 쌍이 눈에 들어온다.

"로마까지 태워줄래요?"

내가 묻자 젖가슴이 없는 쪽이 대답한다.

"그러죠."

남자는 약간 떨어진 곳에 주차된 란치아를 향해 흐느적거리며 걸어간다. 나는 트렁크를 열고 있는 그 남자의 엉덩이를 바라본다. 피자 반죽처럼 물렁물렁해 보인다. 남자는 가방을 꺼내고 트렁크를 닫는다. 그리고 가방으로 성기를 가리며 내게 말한다.

"차에서 기다리고 있어요."

나는 조수석에 탄다. 널찍하고 편안하다. 새로 나온 모델이다. 창녀의 벌거벗은 궁둥이가 도로를 따라 걸어가는 것이 보인다. 그쪽에 옷을 빌려줄 친구라도 있는 건가? 남자는 숲으로 걸어 들어가 나무 사이로 사라진다. 나는 조수석 창문 너머로 그를 살펴본다. 설마 지금 옷을 입으러 숲으로 들어간 거야? 시동 장치를 확인해 보니 제기랄, 차 키가 안 꽂혀 있다. 별수 없이 기다려야 한다.

불길이 빠르게 번지고 있다. 2분 정도 불구경을 하고 있는데 불타는 덤불에서 사제가 걸어 나온다. 나는 잠시 환각을 본 줄 알았다. 저건 혹시…… 모세? 그는 사제복을 입었고 목에는 성직자용 칼라가 붙어 있다. 발목까지 내려오는 기다란 검은 망토를 펄럭이며 불길 사이를 걸어오고 있다. 차로 다가온 그는 문을 열고 운전석에 올라앉는다.

"사제예요?"

"그렇습니다."

믿을 수가 없다. 또 사제라니. 지난주에 사제를 하나 죽였는데…….

"왜요? 문제될 거 있습니까?"

그가 묻는다.

"그냥요. 뭐…… 됐어요."

그는 시동을 켜고 도로로 나선다.

"괜히 순진한 척하지 말아요. 사제들이 트랜스젠더 창녀를 좋아하는 거 알잖아요? 2015년도인데."

"아, 그래요. 당연히 알죠……."

"사제들이 1순위 고객이에요."

우리는 소나무 숲 사이로 뻗은 도로를 달려 로마 시내로 진입한다. 어젯밤에 내가 이 길을 운전해서 왔나 본데 기억이 나지 않는다. 반쯤 자면서 운전한 모양이다.

"목숨을 구해 줘서 고맙습니다."

"예, 예, 뭐 그렇죠."

그는 내가 불을 낸 줄 모를 것이다. 모르는 편이 낫다.

나는 창밖으로 고대 유적지를 바라본다. 오래된 갈색 벽돌과 로마 시대 집들의 흔적이 보인다. 길가 표지판에 '오스티아 안티카'라고 적혀 있다. 모든 길은 로마로 통한다더니 정말 그렇구나 싶다.

사제가 말을 붙인다.

"여기는 일 때문에 온 겁니까, 아니면 놀러?"

"둘 다요. 실은 둘 다 아니에요."

설명하기 귀찮다. 사정이 너무 복잡하다.

"지금까지는 여행이 즐거웠나요?"

"아뇨. 딱히요."

"전에 이탈리아에 와본 적 있어요?"

한숨이 나온다. 제길. 그는 대화를 나누고 싶은가 보다. 친구를 사귀고 싶은 건가. 펜팔이라도 하자는 건가.

"폼페이랑 밀라노, 타오르미나에 가봤어요."

타오르미나 얘기는 하지 말았어야 했다…….

"대단하네요. 난 시칠리아를 좋아합니다. 로마는 어디어디 가봤어요?"

나는 하품을 참는다. 그가 입을 좀 다물면 좋겠는데. 잠깐이라도 눈을 붙이고 싶다.

"트레비 분수, 스페인 광장, 테베레강……."

"로마에 왔으면 바티칸을 *가봐야* 합니다. 로마에서 제일 아름다운 곳이에요."

"바티칸은 로마 안에 있는 한 장소가 아니라, 로마에 둘러싸인 도시국가예요."

가톨릭 사제라면 응당 알아야 하는 상식 아닌가.

"지금 그리로 가는 길이니 데려다줄게요. 어차피 작업복으로 갈아입었으니 가서 볼일을 봐야겠네요."

우리가 탄 차는 먼지 나는 길을 달려간다. 잠을 좀 자보려는데 사제가 계속 말을 건다. 한참 만에야 바티칸에 도착한다.

"다 왔습니다. 저기가 성 베드로 대성당이에요. 오늘은 사람들이 많을 겁니다. 이제 곧 미사가 시작될 거예요……."

나는 한숨을 쉬며 차에서 내린다. 여기는 오고 싶지 않았다. 트라스테베레로 가고 싶었는데. 수백 명이 광장으로 몰려 들어오고 있다. 광장 중앙에 오벨리스크가 보인다. 영화 〈천사와 악마〉에서 본 적 있다. 영화에서는 저 광장 중앙으로 헬리콥터가 내려왔다. 하늘이 폭발하는 장면이 참 좋았다. 멋진 장면이었다.

사제가 시동 버튼을 누르자 삐 소리와 함께 라이트에 불이 한 번 들어왔다가 꺼진다. 란치아 문이 잘 잠긴 모양이다. 사제는 내 눈을 지그시 바라보면서 아랫입술을 이로 물고 묻는다.

"어디 가서 오늘 일을 발설하진 않을 거죠?"

"누구한테 얘기할까요? 교황한테?"

나는 이 사제의 이름도 모른다.

그는 고개를 끄덕인다. 안심하는 눈치다. 확신이 서는지 그는 한숨을 내쉬며 말한다.

"당신이 내 목숨을 구해 줬으니 부탁 하나 들어줄게요."

"아, 그래요? 이건 어때요? 저를 구원해 주시는 건?"

영세를 받고 싶지는 않다…….

"밖에서 줄 서지 않고 바로 대성당 안으로 들어가게 해줄게요. 꼭 보고 가도록 해요."

"아뇨, 됐어요. 정말이에요. 난 유대교예요."

"그러지 말고 들어가 봐요."

276

chapter 20

바티칸, 성 베드로 대성당

우리는 성 베드로 광장으로 나아간다. 나는 의무감으로 셀카를 찍지만 별로 내키지 않는다. 광장은 둥그렇다. 영어로 광장은 사각 형이라는 뜻의 스퀘어square인데, 여기는 원형이니 엄밀히 따지면 광장은 아닐 수도 있다. 길고 곧은 기하학적 선들이 타일 바닥에 죽 죽 그어져 있다. 광장 끄트머리에는 보란 듯이 거대한 성당이 서 있 다. 지금까지 본 중에 제일 큰 성당이다. '대성당'이라는 명칭이 어 울린다. 높고 크며 둥그런 반구형 지붕이 사방을 굽어보고 있다. 성 당 정면 위쪽에는 실물 크기의 조각상 수십 개가 서 있다. 성인들이 나 인기 많은 교황들이겠지? 여기서는 누가 누군지 봐도 모르겠다. 나는 사제를 따라 광장을 가로질러 성당으로 향한다.

밤새 움파룸파족(로알드 달의 《찰리와 초콜릿 공장》에 등장하는 난쟁이 종 족-옮긴이)이나 탈 법한 조그만 차에 앉아 불편하게 잤더니 온몸이 찌뿌드드하다. 햇볕에 그을린 피부도 따끔거리고 탈수 증세도 있다. 어쩌다 보니 사고로 *수녀*를 죽였다. 니노를 찾을 가능성은 더욱 줄어든 듯하다. 모든 게 엉망진창이다. 주변 사람들을 둘러본다. 온통 관광객들뿐이다. 내가 여기서 뭘 하고 있는 거지? 바닥에 드러누워 미친 듯이 울고 싶다. 구석진 곳으로 기어 들어가 죽고 싶다. 하지만 이 광장에는 구석진 곳이 없다. 빌어먹을 원형 광장이기 때문이다.

친절한 인상의 수녀가 옆을 지나간다. 본 적이 있는 수녀(사고로 죽은 수녀나 수녀원 앞에 있던 수녀)는 아니다. 수녀는 아무 이유 없이 내게 미소 짓는다. 왜 저래? 뭘 원하는 거야? 왜 저렇게 행복한 얼굴을 하고 있지?

'*사람이 웃고 웃으면서 악당일 수 있음을.*'(《햄릿》의 한 구절 – 옮긴이)

나는 니노 덕분에 힘겹게 이 교훈을 얻었다.

사제를 따라 계단을 올라가 거대한 청동 문 안으로 들어간다.

그가 말한다.

"무척 마음에 들 겁니다."

대성당 내부는 사람들로 넘쳐난다. 향냄새, 관광객들의 체취, 그리고 금속 테이블 위에 도열한 수천 개의 작은 촛불들의 냄새. 공기가 서늘하고 축축해 몸서리가 쳐진다. 나도 이 사제처럼 망토를 두르고 싶다. 이번 시즌에 로마에서 망토는 꽤 *흥미로운* 아이템인 것 같다. 인기 폭발인 것 같기도 하다. 제단 앞에 서 있는 남자를 흘긋 쳐다본다. 누구지? 교황인가? 교황처럼 보이는 남자는 망토 속에 마법사 간달프처럼 길게 나부끼는 예복을 입었다. 프라다 매장에 갔을 때 가죽 망토를 하나 살걸 그랬다. 다시 가서 사야지. 어차피 핸드백도 하나 더 장만해야 한다.

"어때요? 장엄하죠?"

"그러네요. 샬롬('평화'를 뜻하는 히브리어 - 옮긴이). 마젤 토브('행운을 빕니다'라는 뜻의 히브리어 - 옮긴이)."

나는 목을 길게 빼고 천장을 올려다본다. 눈부신 빛줄기가 순백색 기둥 사이로 흘러든다. 내부가 온통 번쩍이는 금으로 뒤덮여 있다. 아기 천사와 예수 조각상들도 보인다. 제단 뒤에 있는 웅장한 황금색 태양 때문에 눈이 부시다. 수천 명까지는 아니지만 수백 명의 인파로 북적인다. 교황(?)이 이탈리아어로 미사를 집전하고 있다. 어쩌면 라틴어일 수도 있다. 잘 모르겠다.

사제가 말한다.

"우리끼리 비밀로 하기로 한 거 잊지 말아요. 하느님이 그대와 함께하기를. 차오."

그는 유쾌하게 손을 흔들고 복도 저쪽으로 가버린다.

나는 가까이에 있는 신도석에 털썩 앉는다. 두 손으로 머리를 부여잡는다. 아, 신이시여, 이건 너무 심하지 않습니까. 왜 이렇게 일이 꼬여버렸을까? 지난주까지만 해도 내 인생은 창창했다. 브래드 피트를 닮은 섹시한 새 남자 친구와 도주 중이었고, (그는 내 이름을 모르지만) 내 생각에 우리는 영혼의 단짝이었다. 세상은 우리 것이었다. 나는 타고난 재능을 발견했고 그 재능을 살려 일하는 꿈을 꾸었다. 우리는 마피아를 피해 달아나 런던의 리츠 호텔로 숨어들었다. 우리에게는 다이아몬드와 람보르기니, 엄청난 액수의 돈으로 가득한 가방이 있었다. 그런데 그 모든 것이 사라졌다. 지금 나에게는 무엇이 남았을까?

베스가 지껄인다.

'*내가 남았잖아.*'

앨비, 진정해. 침착해야 돼.

이런 옛 같은 일은 그만 겪고 싶다. *압생트? 창녀? 빌어먹을 숲 속 화재? 다 멍청한 짓거리다.* 난 해야 할 일이 있다. 복수. 니노. 정신 차리자. 집중해야 한다. 약간의 절제도 필요하다. 가서 *다이너마이트*를 찾아야 한다. 다이너마이트를 만나야 니노를 확실하게 찾을 수 있을 거다. 하지만 어떻게? 다이너마이트는 진짜 이름도 아니다. 안내 책자나 전화번호부에서 연락처를 찾을 수도 없다. 지금은 라디오 론드라 클럽 문이 닫혔을 테니 가봤자 소용없다. 도메니코를 만나서 니노의 휴대폰을 훔치는 방법도 있다. 그 휴대폰으로 다이너마이트에게 전화를 걸어 만날 약속을 정하는 거다. 말은 쉽지만 과연 가능할까. 아니, 할 것이다. 해야 한다. 당연히. 도메니코의 총도 훔칠까? 휴대폰을 훔치면서 같이 훔치면 될 것이다. 그리고 멍청이 니노를 잡아야지. 그래, 그래. 내가 해야 할 일은 바로 그거다. 그러니 정신 차리자.

그런데 다이너마이트가 연막이라면? 가짜라면? 아무것도 아니라면? 그럼 니노는 어떻게 찾지? 무엇보다 보디가드를 둘이나 거

느린 마피아한테서 휴대폰을 어떻게 훔쳐? 그래, 말도 안 되는 일이다. 포기하는 게 좋겠다. 요즘 나는…… 웃을 일이 없다. 이건 너무 부당하다. 난 최근에…… '내 모든 즐거움을 잃어버렸다'(《햄릿》의한 구절 - 옮긴이). 이건 너무 불공평하다. 난 왜 이렇지? 계속 헛수고만 하고 있는 기분이다. 러닝머신 위에서 달리고 있을 뿐, 목표했던곳으로는 한 걸음도 나아가지 못하고 있다.

사람들을 둘러본다. 모두 손을 모으고 눈을 감은 채 기도하고 있다. 빨간색 가죽 쿠션에 무릎을 꿇고 고개를 바짝 숙인 채로. 그리고 입으로 속삭속삭 기도를 한다. 그래, 나도 한번 해보자. 생전 처음 해보는 것이긴 하지만. 그만큼 간절하다. 당장 하느님을 내 편으로 만들어야 한다. 공식적으로 내 인생이 완전히 바닥을 쳤다고 해도 될 것 같다. 여기서 더 잃을 것이 있을까?

신도석 고리에 걸린 작은 가죽 쿠션을 바닥에 내려놓고 무릎을 꿇는다. 눈을 감고 손바닥을 마주 댄다.

하느님, 저를 도와주세요.
니노를 찾아야 해요.
지금 당장 찾게 해주세요.

하느님이 기도를 충분히 이해할 수 있도록 살짝 뜸을 들이고 한쪽 눈으로 주변을 둘러본다.
니노? 뭐야 이게?

진짜 니노다. 내 하이쿠 기도가 정말 먹힌 건가?

니노가 두 줄 앞의 신도석에서 기도를 하고 있다. 나는 그의 뒤통수를 보자마자 알아봤다. 그가 옆으로 고개를 돌린다. 니노가 맞다. (아무래도 맞는 것 같다.) 저 자식이 여기서 뭘 하는 거지? 아, 그래. 그는 신앙심이 깊은 인간이다. 성모마리아 문신을 등짝에 온통 새길 정도로. 자동차 계기판에는 예수 그림을 붙이고 다녔다. 독실한 가톨릭이다. 그러니 그가 로마에 있다면 여기 있는 게 당연하다. 그게 정답이다.

나는 내 옆에 앉아 기도하는 사람들을 밀치며 통로를 달려가 니노가 앉아 있는 곳으로 간다. *고마워요, 하느님. 진짜 대단한 분이시군요.* 나는 앞으로 착하게 살겠다고 약속한다. 진심이다. 새끼손가락을 걸고 약속한다. 니노가 앉아 있던 줄 끝으로 가서 보니⋯⋯ 그는 사라지고 없다. 나는 그의 윤기 나는 검은 머리카락과 조각 같은 턱, 잘생긴 얼굴, 오른쪽 뺨의 길쭉한 분홍색 상처 자국을 찾아 사람들 사이를 돌아본다⋯⋯.

"니노. 어디 있어?"

마침 문을 나서는 낡은 검은 가죽 재킷이 내 시야에 들어온다. 그 남자가 고개를 돌려 뒤를 돌아본다. 저거 말발굽 모양 콧수염 맞지? 사람들이 혀를 차며 나를 쳐다본다. 성당 안에서 소리를 지르면 안 된다는 뜻이다. 뛰어도 안 되고, 욕해도 안 되고.

"빌어먹을."

나는 사람들로 붐비는 통로를 달려간다. 몸에 열이 올라 땀이 난다. 이마에 땀이 맺혀 따끔거린다. 다들 충격을 받은 표정이다. 교황(?)은 설교를 하다 말고 나를 쳐다본다.

나는 데르비시(금욕주의 이슬람 교파로 예배 때 빠른 춤을 춘다. - 옮긴이)처럼 빙그르르 돌며 외친다.

"으아아아아아아아아아아아아아아아아!"

나는 문밖으로 달려 나간다. 이런 게 바로 기적 아닌가? 조금 전까지 그는 분명 이 성당에 없었다. 그런데 내가 기도를 하고 나서 마법처럼 나타났다. 아무래도 개종해야겠다. 이건 *진짜*다. 계시다. 나는 저 아래 광장을 둘러본다. 저기. 분수대 옆에 있는 것 같은데? 나는 가을철 말벌처럼 지그재그를 그리며, 인파로 붐비는 광장을 가로지른다. 하느님을, 그분을 의심하면 안 *되는* 거였다.

검은 가죽 재킷을 입은 남자……

미친 듯이 그리로 달려간다.

하지만 가서 보니 니노가 아니다.

하지만…… 아, 대체 어디로 간 거지?

"니노?"

광장 한가운데 서서 돌아보지만 그의 모습은 보이지 않는다. 그는 사라졌다. 애초에 진짜 그였을까? 아니면 스트레스와 수면 부족으로 헛것을 본 걸까? 아까 내가 본 게 나의 전 남친이 맞나? 난 미쳐가고 있는 건가?

나는 소름 끼치는 괴성을 내지른다.

"더는 못 참아!"

다음에는 그를 잡고 말 것이다. 반드시. 반드시…….

두 손으로 머리를 감싸고 타일 바닥에 주저앉는다.

난 진짜 형편없어!

뻐꾹. 뻐꾹.

"괜찮아요, 아가씨?" 고개를 들어보니 수녀다. "종교 체험을 했나요?"

"예, 맞아요. 황홀경에 빠졌나 봐요."

"그런 일은 늘 일어난답니다."

chapter 21

이탈리아 로마, 트라스테베레 지역

"댁들이 여기 어떻게 들어왔어요?"

마피아들이 내 아파트에 들어와 있다. 거실에 앉아 카드놀이를 하면서 이탈리아 맥주를 마시고 있다.

"엘리자베타, 문이 열려 있었어요."

"아뇨, 안 열려 있었거든요."

도메니코는 어깨를 으쓱할 뿐이다.

"어쨌든 난 니노랑 같이 일 안 해요."

내 말에 그는 고개를 들고 나를 노려본다.

"이봐요. 나도 그 자식을 죽이고 싶어요. 댁들이랑 같은 심정이라고요. 알겠어요?"

나는 그에게 내 엉덩이에 새긴 문신을 보여준다.

"죽어 니모?"

"그래요. 뭐, 오타가 나긴 했지만. 나랑 당신들은 한 팀이나 마찬가지예요."

나는 거실을 둘러본다. 나스트로 아주르 맥주 빈 캔들이 나뒹굴고, 재떨이에 담배꽁초가 가득하다. 이들은 한동안 여기서 지낸 모양이다. 나를 기다리면서.

"바티칸에서 니노를 봤어요."

도메니코가 인상을 찌푸리며 묻는다.

"니노 확실해요?"

"그런 것 같아요. 아닐 수도 있고. 잘 모르겠어요. 맞는 것 같기도 하고."

도메니코는 카드 게임으로 다시 시선을 돌리며 외친다.

"스코파Scopa."

스코파 카드 게임에서 스코파를 먼저 외쳤으니 도메니코가 이긴 모양이다.

"그 다이너마이트라는 사람 좀 만나게 해줘요."

젠장, 같이 가서 만나면 되잖아.

도메니코가 고개를 끄덕이며 대답한다.

"시Si.(그러죠.)"

커피 테이블에 놓인 꽃병에 줄기가 길쭉길쭉한 빨간 장미들이 꽂혀 있다. 내가 이 집에서 나갈 때는 없었는데. 어머, 이게 무슨 의미지?

"도메니코, 혹시 나한테 주려고 꽃 사 왔어요?"

도메니코는 장미 꽃다발을 쳐다보며 대답한다.

"아뇨. 내가 왜 그런 짓을 합니까?"

"그냥요."

나는 리카르도와 주세페를 돌아본다. 둘 다 무표정한 걸 보니 그들도 아닌가 보다.

"젠장……. 니노가 여기 왔다 갔나 보네요. 도메니코, 현관문이 열려 있었다고 했죠."

"맞아요."

꽃병 근처에 쪽지나 카드가 있는지 살펴보지만 없다. 장미 꽃다발뿐이다. 빨간 장미. 리츠 호텔에서처럼.

"저 꽃들, 무슨 의미인지 알아요. 니노가 보낸 거예요."

아, 뭐야. 이건 너무 달콤하잖아…….

아니, 앨비, 속지 마. 니노가 죄책감 때문에 꽃을 보낸 것뿐일 수도 있어.

당연히 죄책감을 느껴야지. 개새끼.

아니면, 니노라는 인간의 면면을 생각해 볼 때, 혹시 위협의 뜻으로 보낸 것 아닐까? 나는 진홍색 꽃을 살펴본다. 줄기에 붙은 가시가 상당히 날카로워 보인다.

도메니코는 못생긴 머리통을 가로젓는다.

"니노가 당신한테 꽃을 왜 보냅니까?"

"전에 얘기했잖아요. 니노는 나한테 반했다니까요……."

젠장, 꽃을 꽂아뒀다는 건 내가 여기 산다는 걸 아는 거잖아. 혹

287

시 나를 미행한 걸까? 내 휴대폰 위치를 추적한 걸까? 하지만 그건 불가능하다.

"니노가 아직 여기 있는 거 아닐까요?"

내 말에 도메니코는 남은 맥주를 마저 들이켜고 캔을 테이블에 탁 소리나게 내려놓는다. 리카르도와 주세페가 서로 눈짓을 주고받는다.

내가 말한다.

"이 아파트 안을 수색해 봐야겠어요."

도메니코가 권총을 빼들고 앞장선다. 나는 그 뒤를 따라간다. 나는 놈을 처리할 준비가 돼 있다. 불알을 무릎으로 쳐올릴 것이다. 우리는 침실로 들어간다. 도메니코의 총을 내가 갖고 있으면 좋을 텐데. 우리는 주방과 욕실, 서재를 차례로 살펴본다. 손님방에도, 찬장 속에도 없다. 다락방에도, 침대 밑에도 없다. 우리는 아파트를 샅샅이 살펴본다.

"젠장, 여기 없나 보네."

내 말에 도메니코가 내뱉는다.

"제길."

"멍청이."

도메니코가 다시 의자에 앉는다. 나는 고개를 절레절레 흔들며 한숨을 내쉰다. 지긋지긋하다. 온몸이 끈적거린다. 숲에서 난 화재 때문에 몸에 연기가 배었고 머리카락에는 듀렉스 플레이 마사지 젤이 붙어 있다.

"샤워를 해야겠어요. 샤워하고 같이 나가요."

나는 위아래 가죽옷으로 빼입고 거실로 나간다. 샤워하고 옷을 갈아입었다. 행동에 나설 준비가 됐다. 열의가 넘친다. 흥분된다. 마피아들은 소파에 늘어져 자고 있다.

그때 현관문을 노크하는 소리가 들린다.

아, 안 돼. 누구지? 경찰인가? 니노는 아닐 것이다. 그 인간은 노크를 하지 않는다.

도메니코가 손을 총에 갖다 댄다.

내가 나지막이 말한다.

"잠깐만요. 별사람 아닐 수도 있어요."

그의 몸이 긴장하는 게 느껴진다. 어깨도 위로 올라간다. 야수 같은 얼굴이 굳어진다. 경찰들이 나를 급습하러 온 걸까? 쌍둥이 언니를 살해한 죄로? 아니면 암브로조를 죽인 죄? 루마니아의 강도? 수녀 때문에? 나는 깊게 숨을 들이마신다.

"내가 나가보고 올게요. 기다려요."

도메니코는 현관문이 열려도 자기가 보이지 않도록 침실로 들어간다. 좋은 생각이다.

나는 손으로 머리카락을 매만진다. 입술을 깨물고는 현관문의 이중 잠금장치를 만지작거린다. 금속 잠금장치를 짤그락거리며 하나씩 연다. 손이 떨려 제대로 열지 못하고 더듬거리기만 한다. 땀에 젖은 손바닥이 미끌거린다. 마침내 현관문이 열린다……. 문 앞에 엄마가 서 있다. 들고 있는 이동식 아기 침대에는 어니가 누워 있다.

나는 놀라 입이 딱 벌어진다. 여길 어떻게 알고 온 거지? 이게 무슨 엿 같은 장난이야? 엄마와 나는 한집에서 오순도순 지낸 적이 없다. 절대로…… 당장 엄마 집에 불을 지르고 싶은 심정이다. 이건 경찰의 급습보다 더 지독하다. 차라리 감옥에 가는 게 낫겠다.

"앨비나?"

엄마가 나를 보며 말한다.

그러더니 두 손으로 자기 입을 틀어막는다. 엄청나게 충격받은 표정이다. 유령이라도 본 것 같은가. 하긴 그럴 만도 하지.

제길, 진짜 어색하다. 엄마는 나와 베스를 구분할 수 있는 유일한 사람이다. 어떤 상황에서도 그랬다. 마치 냄새로 알 수 있는 것처럼. 로니와 레지(영국의 쌍둥이 형제 로널드 크레이와 레지널드 크레이로 1950년대부터 1960년대에 걸쳐 활동한 런던 이스트엔드 최악의 범죄자들 - 옮긴이). 지킬 박사와 하이드. 영화 〈아이언 마스크〉의 철가면을 쓴 쌍둥이를 구분하듯이. 지금부터는 앨비로 행동해야 한다. 엄마가 이 일을 비밀로 묻어줄 리 없다. 이미 얼굴에 다 써 있다.

"실은요, 엄마. 저 '비욘세'예요. 요즘 '비욘세'라는 이름으로 살고 있어요."

"네가 죽은 줄 알았는데."

엄마는 높은 목소리 톤에 호주식 억양을 구사한다. 영국 드라마 〈이스트엔더스〉와 호주 드라마 〈네이버스〉 사이에서 갈피를 못 잡고 왔다 갔다 하는 듯한 억양이다. 엄마는 온갖 독성을 가진 생물들이 살고 있는 호주에서 10년째 살고 있다. 그곳에서 나오지 말고 영원히 있었으면 좋았을 것을. 하지만 젠장, 엄마가 내 앞에 와 있다. 엄마는 손가락을 하나씩 잡아당기며 장갑을 벗어서 접고 주머니에 집어넣는다. 뻣뻣한 진홍색 치마 정장을 입고, 햇빛 차단용 모자를 썼으며, 15데니어 스타킹을 신었다. 영국 총리 테리사 메이가 텔레비전에 나와서 짜증 나는 말을 할 때마다 입고 나온 것 같은 차림새다.

"엄마? 뭐예요? 제가 여기 있는 거 어떻게 알았어요?"

"그렇게 어렵지도 않았어. 네가 설인도 아니고."

그렇겠지. 난 설인이 아니라 네스호 괴물(스코틀랜드의 네스 호수에 산다고 여겨지는 괴물 – 옮긴이)*이지.*

엄마는 울음을 눌러 참는다.

"설마 설마…… 했는데. 베스가 살아 있는 줄 알았는데."

엄마의 뺨을 타고 눈물 한 방울이 흘러내린다. 엄마는 손가락으로 눈물을 닦아낸다.

나는 아기 침대에 누워 있는 어니를 바라본다. 어니는 내 아기다. *엄마가 데려가지 못하게 할 거다.* 나는 어니를 들어 올려 품에 안는다.

"엄마 엄마 엄마."

"안녕, 꼬마 돼지야."

나는 어니의 부드럽고 통통한 분홍색 뺨을 쓰다듬는다. 어니를 되찾았으니 다시는 품에서 놓지 않을 것이다. 나는 어니의 커다란 푸른 눈을 들여다보며 말한다.

"아가야, 그동안 보고 싶었지?"

엄마는 나를 밀치고 안으로 들어온다. 에르네트 헤어스프레이 냄새가 지독하게 풍긴다. 엄마는 늘 머리에 헤어스프레이를 잔뜩 뿌리니 불을 붙이면 활활 탈 것이다. (그런 면에서 유용하네.) 고수, 월하향, 다량의 오포포낙스, 엄마가 늘 쓰는 방충제이자 화학물질 덩어리인 디올 쁘아종 냄새가 확 난다. 엄마는 아기 침대를 바닥에 내려놓고 아파트의 지저분한 꼬라지를 둘러보다가 소파에 널브러진 두 폭력배를 쳐다본다. 그리고 시선을 돌려 처음으로 내 코를 쳐다본다.

엄마는 한쪽 눈썹을 치뜨며 말한다.

"아, 네 얼굴이 좀…… 이상해졌구나. 살쪘니?"

"인사부터 하죠. 오랜만에 보니 반가워요, 엄마."

엄마는 나를 돌려세우고 내 엉덩이를 확인한다.

"대체 뭘 먹고 사는 거야?" 엄마는 고개를 흔들며 혀를 찬다. "내가 몇 번을 말해야 알아들어? 프링글스는 주식이 아니라니까."

어니가 트림을 하다가 나한테 왈칵 토를 한다. 나는 셔츠로 토사물을 대충 닦아낸다.

리카르도와 주세페는 하품을 하다가 가죽 소파에 몸을 쭉 뻗고 누워버린다. 흙투성이 부츠에 구겨진 바지, 지저분하게 때가 낀 얼굴들이다. 엄마는 코를 찡그리면서 팔짱을 끼고 기다린다.

뭘 기다릴까?

우리는 서로를 빤히 쳐다본다.

그때 도메니코가 침실에서 슬그머니 나온다. 그는 엄마를 무슨 이국적인 새를 보듯이 쳐다보며 눈을 껌벅인다. 겉모습은 천국에 사는 새 비슷할 거다. 윤기 나는 털 망토를 입은 극락조나 리본 모양의 꼬리가 달린 긴꼬리극락조. 하지만 나는 엄마가 *신천옹*이라는 걸 알고 있다. 불길한 징조, 사악한 저주의 새. 죽이면 재수 옴 붙는 새.

"흠, 나를 소개해야 하지 않겠니?"

엄마는 모자를 벗어서 나한테 건네며(*시중 들라는 건가?*) 말한다. 쓸데없이 챙이 넓고 야단스런 분홍 스카프를 둘러 묶은 밀짚모자다.

타오르미나에서 엄마를 죽이지 않은 게 한이다. 엄마가 올 때까지 기다리고 있다가 미간에 총알을 박았어야 했다. 엄마가 여기 오면서 모든 것이 끝장나게 생겼다. 지금도 엄마는 이 상황에서 수다를 떨려고 한다…….

"시뇨라Signora(부인), 제 소개부터 하겠습니다. 제 이름은 도메니코 오스발도 마우로라고 합니다. 따님과 막역한 사이죠. 이렇게 고혹적인 젊은 숙녀를 만나뵙게 돼서 무척 기쁩니다." 그는 엄마의 손을 잡고 가볍게 입을 맞춘다. "제 차림새가 지저분한 것을 용서해주십시오. 옷을 제대로 차려입을 시간이 없어서."

뭐야. 젊은 숙녀라고? 진심이냐?

화장이 워낙 진해서 잘 모르겠지만 엄마는 얼굴을 붉히는 것 같다. 오늘 엄마는 화장을 거의 떡칠을 해서 마치 데스 마스크(죽은 사람의 얼굴을 직접 본을 떠서 만드는 안면상 – 옮긴이) 같다.

나는 둘을 소개한다.

"도메니코, 이쪽은 우리 엄마, 메이비스 씨예요. 엄마, 이쪽은 도메니코예요."

도메니코는 깜짝 놀랐다는 듯이 말한다.

"메이비스? 참 아름다운 이름이네요."

웃기고 있네.

엄마는 내밀었던 손을 거둬들이며 말한다.

"어머, 고마워요. '노래지빠귀'라는 뜻의 프랑스식 이름이에요."

아, 진짜. 그거 아니잖아요.

내가 얼른 끼어든다.

"엄마, 어쨌든 만나서 반가워요. 제가 있는 곳을 어떻게 찾았는지 말씀 안 해주셨잖아요."

"그래, 안 했지. 정말 이상한 상황이구나. 어떻게 된 일인지 알아야겠어."

엄마는 앉을 곳을 찾아 주변을 둘러보다가 이끼색 안락의자를 쳐다본다. 안락의자에 붙은 먼지를 털어내고는 자세를 잡고 앉아 치마를 매만진다. 그러고는 다리를 꼬면서 나를 쳐다본다.

"차도 한잔 안 줄 거니? 샴페인도 없어?"

볏처럼 비쭉 올라간 머리를 옆으로 갸우뚱하는 엄마의 모습은 버르장머리 없는 왕관앵무새 같다.

"차도 없고 샴페인도 없어요. 여기서 지낸 지 얼마 안 됐거든요."

"참 나, 손님 대접을 이따위로 하네. 누가 보면 널 헛간에서 키운

줄 알겠다." 엄마는 빨간 재킷 소매에서 있지도 않은 보풀을 떼어내는 시늉을 하며 주절거린다. "먹을 것도 없겠네. 내가 거의 굶어 죽을 지경이지만 신경 쓰지 마라."

"방금 말했듯이 여기서 지낸 지 얼마 안 돼서⋯⋯."

"됐어. 딸기 팝타르트를 내놓으라는 게 아니야. 넌 내가 타오르미나에서 여기까지 얼마나 힘들게 왔는지 모를 거다. 고아가 된 네 조카를 데리고 혼자 고생고생하면서 왔어. 가방을 들어줄 사람도 없어서 내가 직접 다 들고. 그렇게 고생해서⋯⋯ 여기까지 왔더니⋯⋯." 엄마는 나를 손가락질하더니 두 손에 얼굴을 묻고 덧붙인다. "이런 꼴이나 보고."

이런 꼴이란 내가 살아 있는 것을 의미할 것이다. 무척 실망한 모양이다.

"그러게 누가 찾아오랬어요." 나는 내 품에 안겨 잠든 어니를 바라본다. "그런데⋯⋯ 제가 있는 곳을 어떻게 찾았어요?"

"경찰이 네 언니의 휴대폰 위치 추적을 했어."

(제기랄. 그 휴대폰을 켜는 게 아니었다. 위험할 줄 알면서도 혹시나 했는데 결국 이렇게 되었구나.)

엄마가 계속 말한다.

"네가 왜 엘리자베스의 휴대폰을 갖고 있는지 모르겠구나⋯⋯. 경찰들이 곧 올라올 거다. 지금 저 아래 차를 대고 있어." 엄마는 날카로운 눈빛으로 나를 가만히 쳐다본다. "네 언니가 죽은 건 알고 있지?"

나는 말없이 엄마를 마주 쳐다본다.

도메니코가 헛기침을 하며 말한다.

"그럼 저희는…… 이만 가보겠습니다."

도메니코는 소파로 걸어간다. 그의 부하들이 소파 위에 널브러져 자고 있다. 주세페의 벌린 입에서 흘러나온 침이 거칠한 수염이 자란 턱으로 내려간다. 리카르도는 안락의자와 거실 바닥에 몸을 반씩 걸친 채 늘어져 있다. 도메니코는 리카르도의 정강이를 걷어찬다.

"어이, 스트론조, 스테글리아Stronzo, steglia.(멍청아, 일어나.)"

그리고 주세페의 뺨을 후려친다. 금반지와 들쭉날쭉한 너클을 낀 손으로.

주세페와 리카르도는 눈을 뜨고 발딱 일어나 지껄인다.

"케 카초? 케 카초Che cazzo?(뭡니까? 뭐예요?)"

그리고는 손으로 눈을 비비며 하품을 한다.

도메니코가 알려준다.

"폴리치아Polizia.(경찰.)"

도메니코는 엄마를 돌아보며 말한다.

"만나서 반가웠습니다, 메이비스 부인. 나중에 다시 뵙죠."

그는 같잖게도 허리를 굽혀 절까지 한다.

경찰이 결국 나를 찾아낼 줄 알았다. 제기랄, 도망쳐야 한다. 하지만 여기서 도망치면 죄가 있는 것으로 보이겠지. 그러다 경찰에게 붙잡히면 엿 되는 것이다. 어쩌면 그들은 몇 가지 물어보려는 것일 수도 있다. 내 도움으로 사건을 해결하려고 말이다. 그 바보들은 살바토레가 범인이라고 믿고 있다. 난 무사할 거다. 엄마가 찾아왔으니 이제 앨비 행세를 해야 한다. 언니 부부를 아끼는 쌍둥이 여동생 역할을 해야 한다. 그러려면 도메니코가 어서 꺼져줘야 한다……. 이놈이 말 한마디라도 잘못하면 경찰에 단서를 줄 수도 있다. 모든 것이 탄로 날 수도 있다.

현관문을 날카롭게 두드리는 소리가 난다. 도메니코의 얼굴이 창백해진다. 나는 눈을 위로 굴리며 문을 연다. 역시. 이미 늦었다. 경찰 둘이 문 앞 복도에 서 있다. 타오르미나에서 만난 적 있는 사바스타노와 그라소 경관이다. 이들은 암브로조가 죽었을 때도 그의 집으로 찾아왔다. 나는 그들을 바로 알아봤다.

경관들이 말한다.

"본조르노, 시뇨라.(안녕하세요, 부인.)"

도메니코가 말한다.

"본조르노."

리카르도도 말한다.

"본조르노."

주세페도 인사한다.

"본조르노."

나도 말한다.

"차오, 차오, 차오."

"우리는 막 떠나려던 참이었습니다." 도메니코는 이렇게 말하고 두 부하를 돌아보며 다그친다. "안디아모Andiamo.(가자.)"

도메니코 패거리는 경관들 옆을 지나 복도로 나간다.

도메니코가 내게 말한다.

"아리베데르치Arrivederci.(나중에 봅시다.)"

그들은 복도 저편으로 사라진다.

경관들이 나를 쳐다보며 묻는다.

"엘리자베스 카루소 부인?"

그러자 엄마가 냉큼 끼어들면서 눈물을 삼키며 말한다.

"아뇨, 얘는 다른 애예요. 경관님들, 얘는 앨비나 나이틀리예요."

경관들은 나를 쳐다보며 인상을 찌푸린다.

사바스타노가 묻는다.

"타오르미나에서 발견된 시신은요?"

엄마가 훌쩍이며 대답한다.

"그 시신이 엘리자베스 카루소예요."

아, 제길. 죽고 싶다.

"저는 타오르미나에 딱 하루 있었어요. 언니가 사람을 진짜 짜증나게 했거든요." (이건 어느 정도 사실이다.) "그래서 언니한테 런던으로 돌아가겠다고 했어요. 할 일이 있다고. 그래요, 알아요. 거짓말하면 안 되지만, 거길 어서 떠나고 싶어서 핑계를 대야 했어요. 언니가 나를 진짜 돌아버리게 만들었거든요. 골치가 아프게 만들었어요. 지금 생각하면 미안하네요." (물론 사실은 전혀 미안하지 않다. 베스는 소 같은 년이었다.) "언니한테는 영국으로 돌아갈 거라고 말하고 집을 나와서 섬 곳곳의 유명한 관광지들을 돌아다녔어요. 에트나 화산 꼭대기에도 올라가 봤어요. 풍경이 엄청 멋지더라고요."

"잠은 어디서 잤습니까? 어떤 호텔이죠?"

사바스타노 경관이 묻는다. 스프링 철을 한 수첩을 손에 든 그는 내 대답을 받아 적으려고 연필을 쥐고 있다.

"별들을 지붕 삼아 야외에서 잤어요. 날씨가 따뜻하고 건조해서 괜찮았어요."

엄마가 혀를 찬다. 내 말을 믿는 눈치다. 하긴 엄마는 내가 예전에 나무 위에서 잠을 잔 적이 있다는 걸 기억할 거다……

"그리고 뭘 했습니까?"

"8월 30일에는 페리호를 타고 이탈리아 본토로 들어갔고 그 후 기차를 타고 이곳 로마까지 왔어요. 영국으로 돌아가기 전에 여기저기 구경하다 가고 싶어서요. 스페인 광장이랑 바티칸도 봤어요……. 실례합니다. 마음이 너무 안 좋아서요."

나는 두 손에 얼굴을 묻고 깊이 숨을 들이쉬고 내쉰다. 어깨도 들썩인다. 손가락 사이 틈새로 보니 어니가 아기 침대에서 버둥거리고 있다. 엄마는 나를 쏘아보고 있다. 맞은편에 앉은 경관들은 각자 수첩에 뭔가를 휘갈겨 쓰고 있다.

엄마가 눈을 가늘게 뜨며 끼어든다.

"이해가 안 되는 부분이 있는데, 왜 네가 엘리자베스의 휴대폰을 갖고 있지?"

나는 엄마를 죽일 듯이 노려본다. 엄마는 내 눈빛에 담긴 살벌한 기운을 알아채지 못한 듯하다. 엄마가 어떤 사람인지 내가 잘 알고 있기에 망정이지, 몰랐으면 엄마와 경관들이 공모해서 나를 살인범으로 몰려고 작정했다고 여겼을 것이다. 아, 이런. 잠깐만. 지금 엄마가 한 말 때문에 경관들이 나를 의심할지도 모르겠다.

"그래요, 그 휴대폰은 저희가 가져가겠습니다." 그라소가 손을 내민다. "괜찮다고 하시면요, 나이틀리 양."

나는 프라다 핸드백에서 베스의 아이폰을 꺼낸다. 그라소가 내민 손에 핸드폰을 넘기고 머리를 쥐어짠다. 저 핸드폰에 뭐가 담겨 있지? 내 유죄를 입증할 내용이 있나? 생각해 보니 내 흔적을 잘 감춘 것 같다. 니노에게 문자를 보낼 때도, 프라다 매장에서 셀카를 찍을 때도 새로 마련한 선불 폰을 사용했다.

사바스타노 경관은 베스의 아이폰을 받아서 투명한 비닐에 넣고 봉한다.

"제 휴대폰이 망가져서 베스가 자기 걸 빌려줬어요. 베스가 가끔은 착하게 굴 때도 있었거든요……."

경관들이 고개를 끄덕이고 엄마는 인상을 찌푸린다. 엄마는 경찰이 발견한 시신이 베스라는 것이 아직도 믿어지지 않는 모양이다. 엄마가 내게 묻는다.

"그럼 왜 베스가 호주에 있는 나한테 전화를 걸어서 *네가* 죽었다고 말했을까?"

경관들이 의아한 눈빛을 주고받는다. 젠장. 엄마 말이 맞다. 내가 왜 그랬을까? 깔끔하게 마무리하고 싶어서였다. 그때는 좋은 생각 같았다. 엄마에게 전화를 걸어 베스인 척하면서 앨비가 술에 취해 수영장에 빠져 죽었다고 말했다. 술에 취해 수영장에 빠져 죽은 것은 사실이다.

세 쌍의 눈이 나를 바라본다. 갑자기 몸이 확 더워진다.

"엄마가 착각한 거겠죠." 엄마의 손에 내 손을 얹고 나지막하게 덧붙인다. "가끔 사람 뇌는 그렇게 농간을 부려요. 진실이 너무 버거울 때…… 뇌는 엄마가 믿고 싶은 대로 말해 주기도 하죠."

엄마는 손을 뒤로 치우며 흐느껴 운다. 흐느낌은 이내 울부짖음으로 바뀐다. 이제야 베스의 죽음이 실감 나는가 보다. 아주 히스테리를 부리듯이 울어댄다. 잘됐다. 엄마가 제정신이 아닌 것처럼 보이면 경관들에게 내 얘기가 신빙성 있게 들릴 것이다.

머릿속에서 미스터 버블의 웃음소리가 메아리친다.

사바스타노 경관이 짧고 희끗희끗한 수염을 손으로 쓰다듬으며 묻는다.

"8월 26일 밤에 카루소 부부의 집에 있었다는 거죠?"

"예, 맞아요. 에밀리아한테 물어보세요. 그 집 유모예요."

경관들은 고개를 끄덕인다. 벌써 에밀리아를 심문한 듯하다.

"하룻밤이었나요?"

"맞아요."

"그 집에 머무는 동안 의심스러운 것을 보거나 들은 적이 있습니까? 언니가 위험에 처해 있는 것 같은 낌새가 보였다든가?"

"음, 글쎄요. 흐음……." 나는 이마에 주름을 잡으며 생각하는 척한다. 뇌 깊숙한 곳에 담긴 정보를 뒤적거린다. "언니는 옆집에 사는 남자와 불륜 관계였어요. 살바토레요. 그 사람이 마음에 걸려요. 혹시 그게 사건과 연관이 있을까요?"

잘했다.

적절한 말이었다.

엄마는 마치 목 졸린 앵무새처럼 높은 소리로 꺽꺽대며 운다.

"아, 예, 살바토레 보타레 씨요."

"맞아요. 아무래도 그 사람이 의심스러워요."

"이웃에 사는 보타레 씨가 이 극악무도한 사건의 범인이라고 보십니까?"

"예, 그럴 거예요. 분명해요."

사바스타노가 한숨을 쉰다.

"알겠습니다."

나는 매력적인 미소를 지어 보이려 애쓴다.

"두 분이 해야 할 일은 가서 그 사람을 찾는 거예요."

사바스타노는 헛기침을 하고 물 한 모금을 마시더니 말한다.

"어젯밤에 보타레 씨의 시신이 발견됐습니다. 타오르미나 외곽에 있는 숲에서요. 엘리자베스 씨의 시신이 묻혀 있던 곳에서 그리 멀지 않은 곳이었습니다."

나는 그를 멍하니 쳐다보다가 묻는다.

"죄송한데, *뭐라고요?*"

"살바토레 씨는 죽었습니다."

내 얼굴에서 피가 싹 빠져나가는 기분이다. 니노와 도메니코가 살바토레의 시신을 어디에 묻었는지 그동안 궁금했다. 일이 잘 풀리려다 말았다.

"살바토레의 시신을 발견했다고요?"

"그렇습니다."

"숲에서요?"

베스가 내 머릿속에서 히스테리를 부린다.

"닥쳐, 개년아."

"뭐라고요?"

"아, 경관님한테 한 말이 아니에요."

엄마가 인상을 쓴다. 나는 땀이 난다.

"저희는 언니분을 살해한 자 혹은 자들이 암브로조 카루소 씨와 살바토레 보타레 씨까지 살해한 것으로 보고 있습니다."

"정말 그렇게 생각하세요?"

나는 의자에 앉은 채 몸을 꼼지락댄다.

그라소가 묻는다.

"하나 더 묻겠습니다, 나이틀리 양. 그림에 대한 얘기를 들어보셨습니까? 카라바조라고?"

내가 해진 카펫을 멍하니 내려다보고 있는데 엄마가 내 정강이를 툭 찬다.

"앨비나, 경관님이 질문하시잖아."

'넌 이 게임에서 지고 있어.' 베스가 말한다.

닥쳐 닥쳐 닥쳐 닥쳐.

"다시 말씀해 주시겠어요?"

"언니 부부의 집에 머무는 동안 카라바조의 그림에 대해 들어본 적 있냐고 물었습니다."

"아뇨. 못 들어봤어요. 그게 뭔지도 모르겠는데요."

엄마는 눈을 위로 굴리며 "카.라.바.조"라고 또박또박 말한다. 그러더니 경관들을 쳐다보며 덧붙인다.

"얘가 예술에는 영 문외한이에요."

경관들은 서로를 쓱 쳐다보더니 펜 끝을 딸깍 누르고 수첩을 덮는다.

"감사합니다. 큰 도움이 됐습니다."

나는 그들을 쳐다보며 고개를 끄덕인다. 내 얼굴에 환한 미소가 번져나간다.

"수사에 도움이 된다면 뭐든 협조할게요. 진심으로요. 뭐든지……"

그들은 자리에서 일어서고, 우리는 악수를 한다. 그들은 집을 떠난다.

와! 와아! 이렇게 쉬운걸. 가뿐하게 해냈다. 난 전문가다. 마치 아무것도 숨길 게 없는 사람처럼 잘 말했다. 냉정하게, 흔들림 없이. 오스카상을 받을 만한 연기력이었다. 경관들이 살바토레의 시신이 발견됐다는 폭탄을 내 앞에 떨어뜨리긴 했지만 침착하게 잘 대응

했다. 움찔하지도 않았다.

엄마가 내게 다가와 눈을 가늘게 뜨고 쳐다본다.

"넌 어딜 가든 재앙을 몰고 다니는구나."

"엄마, 저를 비난하지 마세요. 전 그저 좋지 않은 때에 가서는 안 될 장소에 갔을 뿐이에요. 그게 다라고요."

"분명히 네가 말한 것 이상의 뭔가가 있어."

나는 허리를 굽혀 어니를 안아 올리고 턱 밑을 간질인다.

"아뇨, 그런 거 없어요. 드라마 쓰지 마세요. 쓸데없이 민감하게 좀 굴지 말아요."

경찰이 가고 나서 엄마가 자기 집처럼 느긋하게 쉬고 있는데 도메니코와 그의 부하들이 다시 돌아왔다.

나는 도메니코에게 입 모양으로 말한다.

'다 잘됐어요. 경찰들은 갔어요.'

도메니코가 묻는다.

"그 새끼들이 뭘 원하던가요?"

"원한 거 없어요. 이제 괜찮아요."

"원한 게 없다고요?"

도메니코는 고개를 절레절레 흔든다.

나는 그들을 집으로 들이고 현관문을 이중으로 잠근다.

그가 갑자기 "에헴." 하고 헛기침을 하는 바람에 난 깜짝 놀란다. 헛기침 소리가 마치 AK-47 소총의 총성만큼이나 요란하다.

"두 숙녀분을 오늘 저녁 식사에 모실 수 있으면 큰 영광이겠습니다."

아, 제발. 그러지 마. 나는 눈을 위로 굴린다.

"도메니코, 안 그래도 돼요. *진심이에요.*"

도메니코가 엄마를 쳐다본다. 엄마도 그를 마주 본다.

"나보나 광장에 멋진 레스토랑이 있습니다. 뭐랄까, 상당히 로맨틱한 곳이에요. 베르니니의 걸작인 콰트로 피우미 분수가 바로 앞에 보여서 경치가 말도 못 하게 아름답죠."

"아뇨. 고맙지만 됐어요."

나는 거절하면서 눈을 크게 뜨고 그에게 눈짓을 한다. 하지만 그는 받아들이지 않는다. 아예 신경도 안 쓰는 것 같다. 그는 엄마가 마릴린 먼로나 트로이의 헬레네라도 되는 것처럼 넋을 놓고 바라본다. 엄마도 그를 마주 본다. 이게 무슨 분위기야? 도메니코는 프러포즈라도 하는 것처럼 한쪽 무릎을 꿇는다.

"4개의 강을 다스리는 신들의 대리석 피부에 달빛이 키스를 하면 전능한 자의 존재를 느낄 수가 있죠. 그러니까…… 코메 시 디체 come si dice?(뭐랄까?)…… 신성한 분위기 말입니다."

그는 자신의 손가락에 입을 맞추고 손을 펼쳐 반짝이는 별을 표현한다.

내가 말한다.

"아뇨, 안 돼요. 됐어요."

엄마는 커다란 진주 귀고리를 단 귀 뒤로 머리카락을 넘기며 (페라가모 샌들을 신은) 자신의 발을 내려다보더니 아랫입술을 살짝 깨묻다.

도메니코는 앞으로 몸을 기울이면서 마치 은밀한 얘기를 하듯 목소리를 낮춘다.

"로마의 가장 호화로운 진미들로 미뢰를 호강시켜 드리죠. 그 레스토랑에서 얇은 튀김옷을 입힌 바칼라(소금에 절인 대구 요리 – 옮긴이)와 주키니 꽃, 달콤한 프로슈토(향신료가 많이 든 이탈리아 햄 – 옮긴이)로 감싼 살팀보카 디 비텔로(송아지 고기에 햄을 싸서 세이지로 양념해 구운 이탈리아 요리 – 옮긴이), 리가토니 카르보나라를 맛보면 감동받아 눈물이 날 겁니다."

"안 된다니까요. 정말이에요. 우린 못 나가요."

아, 맙소사. 이 자식이 엄마를 꼬시고 있다. 진짜 구역질이 난다.

"생크림과 설탕에 절인 오렌지 껍질을 넣은 마리토치 빵. 최고급 마르살라 와인을 넣어 만든 티라미수……."

엄마가 치맛자락을 매만지고 의자에 앉은 채 자세를 바꾸며 말한다.

"음, 가고 싶구나, 앨비나. 안 그래도 출출하던 참인데 잘됐다." 엄마는 핸드백을 들고 나설 준비를 한다. "고마워요, 도메니코. 이렇게 배려해 주다니."

도메니코는 의아한 눈빛으로 나를 쳐다본다. 그가 무슨 생각을 하는지 빤히 보인다.

'앨비나라니? 당신 이름이 아니잖아요. 그건 우리가 땅에 묻은 여자 이름인데.'

아마 이런 생각을 하고 있을 것이다.

나는 헛기침을 하며 말한다.

"어니는 어쩌고요? 자고 있는데. 아기를 데리고 나갈 수도 없잖아요."

그 말로 분위기를 바꿔놓았다. 하지만 얼마나 갈까. 망했다.

어니는 아기 침대에서 잠들어 있다. 부드럽게 코를 골면서. 어니의 눈꺼풀이 파르르 떨린다. 젖을 먹는 꿈이라도 꾸는 모양이다. (아기들이 보통 꾸는 꿈을 꿀 것이다. 남자애니까 젖가슴 꿈을 꾸고 있겠지.)

엄마는 허리를 굽히고 이불을 끌어 올려 어니의 턱 밑에 여며준다. 그러고는 도메니코에게 묻는다.

"어떤 종류의 레스토랑이죠, 도메니코? 아기를 데려가도 되나요?"

도메니코는 에르네스토를 내려다보더니 리카르도와 주세페를 돌아본다. 리카르도와 주세페는 또 소파에 드러누워 있다. 사람이 아니라 짐승에 가까운 것들이다. 사자처럼 많이도 잔다.

"논 시 프레오쿠피, 시뇨라Non si preoccupi, signora.(걱정 마세요, 부인.)" 도메니코는 살짝 허리를 숙이며 덧붙인다. "제 부하들이 손자를 잘 돌봐줄 겁니다. 오늘은 이런저런 의무에서 벗어나 편안하게 저녁 시간을 즐기세요."

도메니코가 사납게 부르자 마피아들이 눈을 뜬다.

"멍청이들아, 애 잘 보고 있어."

이 남자들한테 애를 보라고? 미쳤나.

엄마가 말한다.

"아, 그래도 되겠어요?"

나도 묻는다.

"그러게요. *진심이에요?*"

리카르도가 일어서더니 정체를 알 수 없는 존재를 보듯 아기를 내려다본다. 주세페도 일어나 엉덩이를 긁적이며 도메니코에게 인상을 찌푸린다.

도메니코가 엄마에게 말한다.

"당연하죠. 메이비스, 아무 걱정 마세요. 잠시 실례하겠습니다. 옷을 갈아입고 올게요……."

나는 침실로 향하는 그를 쫓아간다.

"다이너마이트는요?"

"도마니Domani.(내일요.) 운 포 디 파치엔자Un po di pazienza.(인내심 좀 가져요.)"

그러고는 내 코앞에서 문을 닫는다.

잠시 후 도메니코가 침실에서 나온다. 나는 깜짝 놀란다. 같은 사람 맞아? 냉혈한 살인자 맞아? 돼지같이 뚱뚱한 마피아 맞아? 시칠리아의 숲에서 처음 이 남자를 만났을 때가 기억난다. 그때 그는 픽업트럭 뒤쪽에 앉아 쿠바 시가를 피우고 있었다. 찢어진 작업복, 두들겨 맞은 흔적이 역력한 얼굴, 손톱 밑의 때, 보기 싫은 과체중 몸뚱어리. 그가 베스의 시신 위에 시멘트를 부었다. 그는 자기 남동생도 '할복을 해서' 죽었다고 말해 내 비위가 상했었다. 그런데 지금

스리피스 정장을 입고 내 앞에 서 있는 그는 마치 크리스 유뱅크의 백인 버전이나 영화 〈007 카지노 로얄〉의 주인공 다니엘 크레이그처럼 멋져 보인다. 가수 드레이크처럼 번드르르하다. 보라색 페이즐리 무늬 넥타이를 매고, 같은 색깔의 비단 손수건을 주머니에 꽂았다. 구두는 어찌나 반질반질한지 치마 속까지 비칠 지경이다. 저 중산모는 대체 어디서 구한 거지? 아, 모자 상자에 들어 있던 거구나. (마피아들이 모자 판매업과 무슨 관계가 있나?)

'의복은 종종 그 사람을 나타낸다'(《햄릿》의 한 구절 - 옮긴이)고 하지만 이번 경우에는 해당되지 않는 듯하다.

엄마도 입을 딱 벌리고 도메니코를 쳐다본다. 지금 당장 절정에 오를 것 같은 표정이다.

"안디아모Andiamo(가시죠), 숙녀님들."

그는 이렇게 말하며 현관문을 열어준다.

chapter 22

이탈리아 로마, 나보나 광장

우리는 나보나 광장 한가운데 위치한 오래된 레스토랑의 테라스에 자리 잡고 앉았다. 정말 멋진 곳이기는 하다. 낭만의 교과서라고 불러도 좋을 정도다. 나와 도메니코, 엄마는 마치 시트콤 〈브래디 번치〉의 브래디 가족처럼 앉아 있다. 이러다 무자비한 마피아를 '아빠'라고 부를 날이 올지도 모르겠다.

메뉴를 들여다본다. 라자냐 알 포르노와 스파게티 알라 푸타네스카의 풍성한 향기가 따뜻한 밤공기 속에 퍼져 나간다. 깜박이는 촛불들이 고풍스런 광장에 따스한 그림자를 드리운다. 빨간색과 하얀색 체크무늬 식탁보가 덮인 테이블 위에 에메랄드 빛깔의 올리브가 놓여 있다. 올리브 한 알을 입에 넣고 씹어본다. 짭짤하고 알찬 육질이 씹힌다. 베르니니의 걸작이라는 분수대가 불과 몇 미터 앞에 있다. 이집트 오벨리스크가 별이 빛나는 하늘로 솟아 있다.

분수대가 뿜어낸 물줄기가 하얗게 솟구치고 부서진다. 나는 담배에 불을 붙이고 눈을 감는다. 내가 여기 없는 척, 다른 곳에 가 있는 척해 본다. 니노와 함께 차를 타고 토스카나를 달리기, 리츠 호텔에서 뜨끈한 물이 담긴 욕조에 니노와 함께 들어가기, 내 아파트 침대에 니노와 함께 눕기…….

"더러운 습관이야."

엄마가 내 담배 연기를 맡고 기침을 하며 말한다.

도메니코가 얼른 자기 담배를 끈다.

나는 또 다른 담배를 꺼내 보란 듯이 불을 붙인다.

핑.

문자다. 니노가 보낸 것이다. 당연히.

'꽃다발 마음에 들었어?'

나는 삭제해 버리려다…… 그러지 않기로 한다.

'선물이에요, 위협이에요?'

바이올린을 켜는 남자가 우리가 둘러앉은 작은 테이블로 다가온다. 그는 달이 커다란 피자처럼 하늘에 올라가 부딪친다는 내용의 노래를 연주한다.

"그것이 사랑이야……."

도메니코가 발로 탁탁 리듬을 맞추며 노래를 부른다. 그리고 그 남자에게 팁으로 5백 유로짜리 지폐를 한 장 내준다.

"그라치에. 그라치에Grazie.(감사합니다.)" 바이올린 연주자는 화려한 동작으로 절을 하고는 엄마를 돌아보며 묻는다. "시뇨라

Signora(부인), 신청곡 있으십니까?"

엄마는 의자에 앉은 채 허리를 꼿꼿이 펴고, 냅킨으로 입가를 콕콕 닦으며 말한다.

"아, 예, 고마워요. 이탈리아를 배경으로 하는 영화에 늘 나오는 음악인데, 제목이 뭐죠?"

옆에서 내가 대답한다.

"'투 부오 파 라메리카노Tu Vuò Fà L'Americano'(당신은 미국인인 척하지요)를 말하는 거예요?"

"주드 로가 영화 〈리플리〉에서 불렀던 노래인데."

"그게 투 부오 파 라메리카노예요."

"노래 가사가 이래. 메리카노, 메리카노, 메리카노…… 디, 디, 디, 디, 디, 디, 디."

그러자 도메니코가 말한다.

"아, 예, 예. 압니다. 투 부오 파 라메리카노라는 노래죠."

"그래요. 그거예요."

젠장. 내가 말한 걸 가로채다니.

도메니코가 바이올린 연주자에게 말한다.

"푸오 수오나레 퀘스타 칸초네Può suonare questa canzone?(그 노래를 연주해 줄래요?)"

그가 연주를 시작한다. 내 귀 바로 옆에 서서.

엄마는 큰 소리로 노래를 부른다.

"메리카노, 메리카노, 메리카노."

편두통이 온다. 관자놀이를 손으로 문지르다가 칼을 집어 든다. 엄지로 칼날을 스윽 문지른다. 누굴 먼저 죽일까? 바이올린 연주자, 아니면 음치인 엄마? 결정하자, 결정하자, 결정하자······.

도메니코가 테이블 너머로 몸을 기울이며 말한다.

"메이비스 부인, 말씀 좀 해주세요. 경찰들이 무슨 일로 찾아온 겁니까? 아까는 나가봐야 할 일이 있어서 안타깝게도 못 들었네요."

와인을 마시려고 잔을 집어 드는데 잔이 이미 비어 있다. 나는 엄마의 잔에 담긴 와인을 벌컥벌컥 마신다.

"내 딸한테 몇 가지 질문을 하려고 온 거예요. 얘가 제 쌍둥이 언니가 살해당한 시점에 타오르미나에 있었잖아요. 말해 봐요, 도메니코, 내 딸과 알고 지낸 지 얼마나 됐죠?"

도메니코는 인상을 쓰면서 나를 쳐다본다.

"그녀가 타오르미나에 처음 온 날부터죠."

"그럼 오래되지는 않았겠네요."

"그렇죠."

"얘가 당신이랑 자려고 수작을 부리지 않았나요?"

"*엄마.*"

듣다 못한 내가 끼어든다. 어떻게 저런 말을 할까?

도메니코는 나를 흘끗 쳐다보며 대답한다.

"아직까지는 그러지 않았습니다."

"그렇다면 당신은 운이 좋은 사람이네요. 얘랑 엮였으면 멀리 도망쳐야 했을 테니까······."

나는 이를 악문다. 이 잔을 깨서 유리 조각으로 엄마의 목을 그어 버리고 싶다.

"와인 더 마실래요?"

도메니코는 이렇게 물으며 아직 와인이 반이나 남은 엄마의 잔에 레드 와인을 조금 더 따른다.

그는 엄마를 취하게 만들고 있는 중이다. 엄마는 벌써부터 술기운이 돌아 혀가 풀어졌다.

그가 병에 남은 술을 모두 엄마의 잔에 따라버리자 내가 씁쓸하게 말한다.

"아, 나도 더 마시려고 했는데."

"고마워요." 엄마는 한 모금 마시고는 덧붙인다. "데리치오조 Delizioso.(맛있네요.)"

도메니코와 엄마는 예닐곱 번쯤 서로 잔을 부딪친다. 나는 맞은편 빈 의자를 바라본다. 마치 나는 이 자리에 없는 사람 같다.

"링귀네 맛이 괜찮죠, 입맛에 맞아요?"

"아, 그럼요. 그런데 도메니코, 영어를 환상적으로 잘하네요. 어디서 배웠는지 물어봐도 돼요?"

그건 나도 궁금했다. 도메니코의 영어는 희한하게 섭정 시대 (1811~1820년, 조지 3세 치세 말기 - 옮긴이) 말투다.

"시칠리아에 사는 다른 아이들과 마찬가지로 학교에서 배웠죠. 다만 제인 오스틴의 《설득》을 영어로 읽었습니다. 제가 제일 좋아하는 소설이에요." 그는 엄마를 돌아보며 테이블 너머로 손을 뻗는다. "당신은 내 영혼을 갈가리 찢어놓았습니다. 내 영혼의 반은 고통이고 반은 희망입니다. 너무 늦었다고, 그토록 소중한 감정은 영원히 사라졌다고 말하지 말아주십시오. 나는 진심으로 다시, 8년하고도 반년 전 당신이 내 마음을 찢어놓았을 때보다 더욱 오롯이 당신을 사랑합니다."

"어머, 도메니코."

엄마는 와인 목록이 적힌 종이로 부채질을 하며 감탄한다.

도메니코가 계속해서《설득》의 구절을 암송한다.

"남자가 여자보다 빨리 잊는다고, 남자의 사랑은 여자보다 빨리 소멸한다고 말하지 마십시오. 내 사랑은 오직 당신입니다."

"어머나."

나는 포크로 파스타를 쿡쿡 찍는다. 마지막 남은 라비올리로 접시를 훑어 소스를 한곳에 모은다. 우리는 잠시 고통스런 침묵 속에 앉아 있다.

엄마가 나를 부른다.

"앨비나."

그러자 도메니코가 인상을 쓰며 묻는다.

"엘리자베타요?"

내가 말한다.

"비욘세예요."

"앨비나?"

"베타?"

"콜록. 콜록. 콜록."

엄마가 말한다.

"물이라도 갖다 마셔."

내가 엄마에게 말한다.

"우리 화장실 좀 같이 가요."

"있잖니, 그는 꽤 괜찮은 청년 같구나."

엄마가 화장실 칸막이 문에 대고 말한다. 설마 지금 도메니코 얘기인가?

"그래요, 확실히 유쾌하게 사는 사람이죠."

나는 변기 물을 내리고 엄마가 있는 세면대 앞으로 간다.

"그 청년은 무슨 사업을 하니?"

엄마는 머리카락을 손으로 매만져 부풀린다. 거울을 들여다보면서 입술을 비쭉 내민다. 그러더니 립스틱이 입술에 아직 남아 있는데도 한 번 더 바른다.

"해충 구제요."

그런 향수를 쓰는 엄마 같은 사람들을 죽여 없애는 일이죠…….

나는 비누로 손을 문지르고 물을 튼다. 뜨거운 물이 갑자기 나와 손을 살짝 데고 만다.

"아, 그래. 유익한 일이네. 그런 일이 수요가 많은가 봐? 타오르미나에서 말이야."

"들으면 놀라실걸요……. 세설에 따라 달라요."

엄마는 파우더 쿠션을 열고 두툼한 퍼프를 꺼내 얼굴을 톡톡 두드린다.

"돈은 확실히 잘 버는 것 같더라. 아까 바이올린 연주자한테 팁으로 얼마를 줬는지 봤니? 5백 유로였어."

"아, 예. 그렇죠. 아니, 아닐 수도 있어요."

"솔직히 말할게, 앨비나." 엄마는 한숨을 푹 쉰다. "요즘 루퍼트랑 사이가 별로야."

루퍼트 본 윌러비. 엄마의 두 번째 남편이자 역사상 최고의 찌질이. (아, 아니지, 최고의 찌질이는 니노니까, 루퍼트는 역사상 두 번째라고 해야 옳겠다.)

"그래요? 이유가 뭔데요?"

그 작자가 드디어 엄마가 서큐버스(잠든 남자를 덮쳐 꿈속에서 성관계를 맺고 정력을 빼앗는 여자 악령 - 옮긴이)라는 걸 깨달았나? 엄마가 악마들의 여왕이라는 걸 알았나?

"그가 침대에서 별로인지 수년째야. 나도 여자이고 욕구가 있어."

아, 맙소사. 괜히 물어봤다. 난 여기 없는 거다. 이 대화를 하고 있지 않다. 람보르기니를 탄 니노, 스피도 수영복을 입은 니노, 누텔라를 온몸에 바른 니노를 상상하자……

내가 화장실 문을 나서려는데 엄마는 거울을 들여다보며 혼자 중얼대고 있다. 그 모습이 꼭 거울을 통해 백설 공주를 지켜보는 사악한 마녀 같다.

"그 사람의 거기가 원래 버섯만 했거든. 그런데 이제는……"

"저 나가요, 엄마. 갈게요."

"어니랑 내가 너희 집에서 신세 좀 질게. 손님방을 쓰면 되겠더라."

나는 문을 밀고 나가 자리로 돌아간다. 속에서 욕지기가 올라온다. 설마 농담이겠지. 내 집에 머물지는 않겠지. 방금 전에 엄마한테 들은 그 말을 뇌에서 지워버려야겠다.

모퉁이를 돌아가는데 도메니코가 나를 기다리고 서 있다. 그는 나를 우묵하게 들어간 벽으로 밀어붙이며 내 귀에 대고 나지막하게 말한다.

"케 카초?(뭡니까?)"

나는 눈을 위로 굴린다.

"또 뭐가요?"

"당신이…… 쌍둥이 중 다른 쪽이라고요?"

아, 맙소사. 이런 얘기 또 듣고 싶지 않다. *지긋지긋하다*…….

"그래요, 젠장, 맞아요."

그는 재킷 주머니에 손을 넣는다. 금속 감촉으로 보아 총인 것 같다. 그는 총구를 내 옆구리 횡경막 사이로 찔러 넣는다.

"알았어요, 알았어. 설명할게요."

"어서 해요."

이제 어쩌지?

베스가 지껄인다.

'다 끝났어, 앨비.'

"암브로조가 나랑 있고 싶어서 엘리자베스를 죽였어요……."

잘한다. 이대로 쭉 밀고 나가자.

도메니코는 양쪽 눈썹을 치뜬다. 믿는 눈치다.

"민키아Minchia.(제길.)"

"우리는 불륜이었어요. 언니가 우리 사이에서 빠져주길 바랐죠……."

훌륭해, 앨비. 대단하다. 거짓말이 술술 잘도 나온다. 즉석에서 꾸며내는 데 도가 텄다. 도메니코는 내 말을 믿을 거다. 멍청한 놈.

"암브로조가? 그가 엘리자베타를 죽였다고요?"

"맞아요. 지난주에요. 그는 늘 언니보다 나를 더 원했어요……."

나는 둘 중 더 섹시한 쌍둥이였다. 나는 베스가 침대에서 얼마나 형편없었는지 몇 시간이라도 떠들 수 있다. 온갖 것들을 끌어다 베스의 이름을 진창에 처박을 수도 있다.

"당신 언니는 살바토레와 바람을 피우고 있었고?"

"맞아요. 그걸 어떻게 알았어요?"

"니노한테 들었어요."

그래. 이제 앞뒤가 맞겠다. 니노와 도메니코는 형제 같은 사이이니까. 오랫동안 알고 지냈다고 했다. 내가 운을 떼운다.

"그래서 베스의 죽음을 알게 된 살바토레는……."

"암브로조를 죽인 거군요."

"맞아요. 도메니코, 제발…… 날…… 보내줘요. 거짓말한 건 미안해요."

나는 속눈썹을 애교 있게 파닥거린다. 가슴을 살짝 내밀며 매력을 발산한다. 최선을 다해 '곤경에 처한 처녀' 행세를 한다.

그는 총구를 더욱 깊숙이 찔러 넣는다. 내 폐에 아주 구멍을 낼 작정인가 보다.

"다시는 거짓말하지 말아요."

나는 고개를 저으며 대답한다.

"안 할게요."

그는 나를 놔주고 저만치 걸어간다. 나는 벽에 기대어 숨을 고르다가 잠시 후 그의 뒤를 따라 통로를 지나간다.

우리는 테이블에서 다시 엄마를 만난다. 도메니코가 도끼눈을 뜨고 나를 노려본다.

엄마가 혀 꼬부라진 소리로 말한다.

"아, 이제야 왔네엥. 계산서 가져오라구랭."

우리는 아파트로 돌아간다. 도메니코와 엄마가 앞에서 가고 나는 뒤따라간다. 산들바람이 구찌 캐시미어와 메리노 점퍼처럼 부드럽다. 분수대의 물소리가 마치 비발디의 음악 같다. 우리가 나뭇가지 아래로 지나가는데 거대한 플라타너스 잎사귀가 바람을 타고 흔들거린다. 우리는 모퉁이를 돌아 테베레강을 가로지르는 다리로 올라간다. 은색 달빛 아래 뱀처럼 구불구불하게 흐르는 강물이 반짝거린다.

엄마는 풍경을 바라보며 감탄한다.

"아, 도메니코, 정말 아름다워요."

"에 벨라 코메 테E bella come te.(당신처럼 아름답군요.),"

우리는 자갈이 깔리고 양옆에 발코니들이 있는 구불구불한 옆 길로 들어선다. 내가 사는 아파트 건물 1층의 오래된 나무 문에 포효하는 사자 머리 장식이 붙어 있다. 나는 혹시 몰라 주변을 둘러본다. 니노의 모습이 보일까 해서다. 하지만 보이지 않는다. 적어도 아직까지는. 도메니코와 엄마는 손을 꼭 잡고 있다. 두 애인 사이에 곁다리로 낀 기분이다.

"멋진 저녁 시간을 보내게 해줘서 고마워요, 도메니코. 우리한테 그렇게까지 잘해 줄 필요는 없는데. 정말 정중했어요. 너도 고맙다고 인사해야지, 앨비나."

"아, 예. 고마워요."

나는 건성으로 말한다. 엄마는 내가 다섯 살짜리 애인 줄 아나 보다.

"제가 좋아서 한 건데요, 부인. 부인은 따님보다 더는 아니지만 따님만큼이나 젊고 아름다우세요. 오늘 저녁이 즐거우셨길 바랍니다."

"아, 그럼요. 무척 즐거웠어요. 특히 레드 와인이 좋았어요. 그 와인 이름이 뭐였죠?"

"레지나 디 레니에리."

"아, 맞아요. 끅, 레지나."

엄마는 딸꾹질을 섞어가며 말한다.

"레지나는 여왕이라는 뜻이죠."

누가 그딴 거 신경 쓴다고?

"디저트로 나온 초콜릿도 무척 좋았어요. 이름이 바치인가 그랬죠?"

"맞습니다. 바치. 바치는 키스라는 뜻입니다."

내가 톡 끼어든다.

"나한테는 너무 달던데. 꼭 사카린 덩어리 같던데요."

우리는 끝없는 계단을 올라가 아파트 현관문 앞에 다다른다. 다같이 숨을 헐떡이는 가운데 나는 현관문 열쇠를 찾아 문을 연다. 도메니코와 그의 부하들은 여기서 진을 칠 것 같다. 엄마는 어디서 잘 생각일까. 여긴 방 2개짜리 아파트다. 엄마는 밤늦은 시간이지만…… 호텔을 알아봐야 할 거다. 아기도 함께. 우리는 문을 밀고 거실로 들어간다. 리카르도와 주세페가 고개를 든다. 그들은 깔깔 웃는 아기 에르네스토와 놀아주고 있다. 에르네스토가 거실 바닥을 기어 다니는 동안 아기의 배를 간지럽히고 머리카락을 헝클어뜨리면서. 아기 장난감들이 그들 주변에 흩어져 있다. 신나게 논 모양이다.

"즐거운 저녁이셨기를 바랍니다."

도메니코는 이렇게 말하며 엄마가 내민 손에 키스한다.

엄마는 10대 소녀처럼 키득거린다.

나는 어이가 없어 눈알을 위로 굴린다.

"잘들 주무세요. 난 이만 자러 갑니다."

더 이상 못 보겠다. 오늘 저녁은 거의 지옥이었다. 이보다 더 나쁠 수는 없을 것이다. 나는 문을 쾅 닫고 침대에 털썩 드러눕는다. 천장을 올려다보는데 한쪽 구석에 물 얼룩이 보인다. 위층에서 물이 새는 모양이다. 불을 끄고 얼마 후 곯아떨어지려는데 한쪽 벽을 치는 소리가 들린다.

쿵.

쿵.

쿵.

쿵.

"도메니코. 당신은 이탈리아 종마야."

"사랑해 줘요, 메이비스. 나의 여왕님."

아, 맙소사. *저럴 줄 알았다.*

머릿속에서 베스도 말한다.

'*구역질 나.*'

이번만큼은 베스의 말에 동의한다.

베개로 머리를 덮고 누르지만 저 소리를 막을 수는 없다.

쿵.

쿵.

쿵.

쿵.

갑자기 내 침실 문이 부서져라 열린다. 나는 벌떡 일어나 조명을 켠다.

이번엔 또 뭐야?

아랫도리를 벗은 도메니코가 완전히 발기된 채로 문 앞에 서 있다. *누가 날 좀 죽여줘, 제발.*

"어머님이 당신한테 콘돔을 얻어 오라던데요?"

나는 입을 벌렸다가 닫는다. 말할 힘도 없다.

빌어먹을 엄마. 저 빌어먹을 새끼. 엄마는 예순한 살이다. 곧 예순두 살이 된단 말이다. 네 나이의 2배라고.

"없어요."

(물론 있다. 하지만 내주지 않을 거다. 내 프라다 핸드백 어딘가에 골이 진 라즈베리 무늬 콘돔이 한 상자 있기는 한데 그건 내가 특별한 날을 위해 아껴둔 거다. 나중에 니노를 찾으면 써야 한다.)

"걱정 말아요. 엄마는 나이가 많아서 임신 못해요."

"압니다. 내가 A, B, C형 간염이라 그래요."

그는 문을 닫고 가버린다.

거실에서 작게 두런거리는 소리가 들려온다. 도메니코가 부하들에게 묻고 있다. 둘 중 한 놈이 콘돔을 갖고 있는 모양이다. 2, 3분쯤 지나자 다시 소리가 들린다.

쿵.

쿵.

쿵.

쿵.

여섯째 날

경찰

지난주

2015년 8월 29일 토요일
시칠리아, 타오르미나

언니가 죽었다. 나는 엄청난 부자가 됐다. 이쯤 되면 축하를 해야 한다. 나는 니노의 가슴팍에 코카인을 한 줄 뿌리고 흡입한 뒤 나머지를 혀로 핥는다. 뜨끈하고 짭짤한 땀 맛. 코카인의 신맛이 느껴진다. 뇌가 다시 불타오른다. 그의 피부를 혀로 핥는다. 입안이 얼얼하고 쓴맛이 난다. 그의 흉근에 돋은 부드러운 검은 털을 손가락으로 쓰다듬는다.

나는 그에게 돌돌 만 50유로짜리 지폐를 건넨다.

"한 줄 더 할래요? 자, 더 해요. 기분이 끝내줘요."

니노는 내 몸에 올라탄다. 내 젖가슴 사이에 코카인을 한 줄 뿌리고 흡입한다. 그리고 내 치골부터 목까지 혀로 쭉 핥는다.

"아, 그만해요. 간지러워요."

나는 버둥대며 몸을 튼다.

그는 내 얼굴을 좀 더 핥다가 귀를 깨문다.

"그만, 그만해요. 죽여버릴 거야."

그의 혀는 뜨끈하고 축축하다.

나는 베개로 그의 머리를 때린다. 그는 죽은 척 드러눕는다. 베개에서 빠져나온 하얀 깃털 하나가 허공에 떴다가 침대로 내려앉는다. 나는 시트로 떨어지는 깃털을 바라보다 니노 곁에 눕는다. 죽은 쌍둥이 언니의 침대에 누워 섹스를 하니 무척 에로틱하다. 시트에서 암브로조의 체취와 아르마니 코드 블랙 향이 풍긴다. 바닥에 떨어져 있는 란제리도 언니의 것이다. 심지어 언니가 쓰던 샤넬 루즈 알뤼르 립스틱을 내 입술에 발랐고, 그 립스틱 일부가 니노의 성기에 묻어 있다.

우리는 맥박 소리가 들릴 듯한 정적 속에서 고요하고 텅 빈 밤의 소리에 귀를 기울인다. 이 벽 너머에는 아무것도 없다. 우리가 세상의 전부다. 주방 바닥에 널브러진 살바토레의 시체도 없고, 그 시체를 치우는 도메니코도 없다. 숲에 묻힌 언니의 시신도, 시체 안치소에서 차갑게 누워 있는 암브로조도 없다. 중요한 건 오직 니노와 나뿐이다. 세상은 우리를 중심으로 돌아간다.

"베타."

그가 내 귀에 속삭인다. 따뜻한 입김이 와 닿으니 목에 닭살이 돋는다. 나는 그의 몸에서 풍기는 사향 냄새, 남자다운 향기를 들이마신다.

"따라와요. 좋은 생각이 있어요."

그는 내 손을 잡아 일으킨다. 나는 킹사이즈 침대에서 일어나 앉는다.

"뭔데요? 왜요? 어디로 가는데?"

"재미있을 겁니다. 당신도 좋아할 거예요." 그는 침실 바닥에 던져둔 옷을 챙긴다. "전에도 많이 해봤어요. 정신 나간 짓 같지만 엄청 재미있어요."

그는 말이 빠르고 눈빛이 멀졌다.

"뭔데요? 뭐가 그렇게 재미있어요?"

나는 침대에 계속 누워 코카인이나 더 흡입하고 싶다.

하지만 그는 청바지를 끌어당겨 입으며 침실을 나선다. 몸매가 영화 〈파이트 클럽〉의 주인공 타일러 더든 같다. 한마디로 브래드 피트 같은 몸매다. 브래드 피트가 술집 지하실에서 웃통을 벗고 서 있던 장면, 다 벗고 목욕을 하던 장면이 떠오른다. 그 영화에서 브래드 피트는 군인처럼 완벽한 몸매였지만 니노와는 비교가 되지 않는다.

내 옷을 찾아본다. 바지. 브래지어. 원피스는 보이지 않지만 안 찾기로 한다. 우리를 볼 사람도 없다. 거의 다 죽었다. 침실 문을 나선 니노의 모습은 이미 보이지 않는다. 나는 거의 벗다시피 한 채로, 베스의 란제리를 걸친 채 복도를 달려간다. 레이스로 된 빨간색라 펠라 란제리다. 복도를 지나 앞문으로 나간다. 정원이다. 녹아내린 은 같은 수영장이 펼쳐져 있다. 어쩌면 저기서 베스를 볼 수 있을지 모른다는 생각이 든다. 아니, 베스는 죽었다. 멍청한 생각은 하지 말자. 니노와 나, 둘뿐이다. 긴장을 풀자.

칠흑 같은 밤이지만 에트나 화산 위에 만월에 가까운 하얀 달이 걸려 있다.

니노가 돌아서서 웃는다. 소년처럼 싱그럽고 젊음으로 가득한 모습이다.

사탕처럼 달콤한 프랜지파니 향기가 달달한 밤공기에 섞여 있다.

귀뚜라미가 지저귄다.

후텁지근한 여름밤이다.

"니노."

나는 웃으며 그의 이름을 부른다. 머릿속이 뒤죽박죽이다. 내 얼굴에 돌연 웃음이 퍼져 나간다. 나는 소방차의 경보음 가락에 맞춰 '니노. 니노. 니노'를 노래한다.

"어서 이쪽으로 와요, 베타. 어서."

주체할 수 없는 웃음이 터져 나온다. 웃음을 멈추려고 아랫입술을 깨문다. '내 이름은 앨비나야'라고 소리치지 않으려고 온힘을 다한다.

우리는 나뭇잎 사이를 지나간다. 레몬 나무들, 올리브 나무들, 숲, 집들을 지나간다. 따뜻한 바람이 내 얼굴을 스친다. 어느덧 우리는 조용한 공터에 다다른다. 나는 드디어 그의 곁에 다가선다.

아, 젠장. 몸에 약기운이 넘쳐난다. 나는 허리를 굽히고 두 손으로 무릎을 짚는다. 어지럽다. 고개를 들어 주변을 둘러본다. 니노가 다가와 내 팔을 잡는다. 나는 그가 이끄는 대로 따라간다. 절벽 위에 선 우리는 두 손을 잡고 부드럽게 불어오는 바람을 쐰다. 그는 나를 절벽 끝으로 데려간다. 절벽 아래가 까마득하다. 위험해 보인다. 떨어지면 죽을 것 같다. 고요히 물결치는 바닷물 위에 달빛이 기괴한 빛을 뿌린다. 마치 흑백영화의 한 장면처럼 모든 것이 검거나 희다. 심장 박동이 빨라진다. 여기서 뭘 하려는 걸까? 우리가 암브로조의 시신을 내다버린 절벽과 비슷한 곳이다. 온몸이 얼어붙는다.

"니노, 무슨 좋은 생각이 있다는 거예요?"

"여기서 뛰어내릴 겁니다."

"미쳤어요?"

"나 믿죠?"

나는 머뭇거린다. 좋은 질문이다. 그는 내 쌍둥이 언니처럼 나를 세상에서 없애버리려는 걸까? 그는 베스의 시신도 세상에서 사라지게 만들었다.

그는 내 손을 더 세게 붙잡는다. 그의 손바닥이 땀에 젖어 미끌거린다.

"우노, 두에"

"니노, 잠깐만요."

"우노, 두에, 트레"

그는 나를 범했고 이제 나를 죽이려고 한다. 아주 오래된 이야기

속 주인공처럼. 하지만 대체 왜? 맙소사, 혹시 내가 베스가 아니라는 걸 알아챈 걸까? 내가 그의 보스를 죽인 걸 알았나? 내가 암브로조를 죽였다는 것, 그것도 돌로 머리를 내리쳐 죽였다는 것을 알고 복수를 위해 내 목숨을 거두려는 것인지도 모른다. 살바토레를 죽인 것처럼.

그는 내 팔을 잡아당긴다. 어쩔 수가 없다. 나는 그와 함께 절벽 너머로 몸을 던진다.

발이 허공을 헤맨다…….

발밑에 아무것도 없다…….

우리는 추락한다.

아래로.

비명을 지르면서.

"으아아아아아아아아아아아."

차가운 바다 공기가 몸을 후려친다.

별빛이 흐릿해진다.

배 속이 홀렁 뒤집힌다.

이렇게 미친 짓은 처음이다.

정신이 하나도 없다.

어느새 내 영혼은 몸을 떠나 저 높은 곳에서 아래를 내려다본다. 우리 둘의 몸이 바다로 추락하고 있다. 수평선이 뒤집힌다. 지구는 파란색과 초록색의 조그마한 공처럼 줄어든다.

이윽고 우리는 물로 떨어진다.

귀가 먹먹하다. 천둥이 치는 듯한 쾅 소리와 함께 내 영혼은 육신으로 돌아간다. 정신이 든다. 귓속에서 위잉 소리가 들린다. 몸에 감각이 없다. 어쨌든 살아남기는 했다. 우리는 물속 깊이 쑥 내려간다. 니노가 내 오른손을 위로 끌어 올린다. 차갑고 검은 물이 내 몸을 내리누르고 얼린다. 입에서 거품이 흘러나온다. 나는 수면을 향해 최대한 빨리 올라가려고 발버둥을 친다. 팔을 허우적거린다. 니노는 여전히 내 손을 잡고 있다. 그는 내 손을 놓아주지 않는다. 드디어 우리는 얼음처럼 차가운 물 위로 고개를 내민다. 한밤중의 공기를 들이마시며 나는 숨을 헐떡인다. 머리에서 물이 후두둑 떨어진다. 욕이 절로 튀어나온다. 돌아버릴 것 같다.

"젠장. 젠장. 젠장."

니노가 내 입술에 키스한다. 그는 물에 젖어 미끄러운 몸뚱이에 내 몸을 밀착시킨다. 나는 자꾸만 미끄러진다. 이윽고 우리의 심장이 하나가 되어 고동친다. 우리는 별이 빛나는 광대한 하늘 아래 파도를 타고 헤엄을 친다. 몸이 위로 솟았다가 떨어졌다가, 솟았다가 떨어졌다가, 솟았다가 떨어졌다가, 다시 솟는다…….

그리고 키스한다. 짭짤한 바다 맛. 그의 차가운 입술에 몸이 떨린다. 물속에서 몸을 부르르 떤다. 숨이 잘 쉬어지지 않는다.

니노가 나를 더 가까이 당겨 안는다.

"베타, 마음에 들어요?"

그는 또 나를 그 이름으로 부른다. 그에게 내 진짜 이름을 말해주고 싶다.

눈을 감고 그에게 몸을 맡긴다. 그의 벗은 가슴을 한껏 느낀다.

"니노, 당신한테 할 얘기가 있어요."

하지만 나는 멈칫하고 만다.

도저히 할 수 없을 것 같다.

머릿속에 베스의 얼굴이 떠오른다.

겁이 난 나는 니노를 바라본다.

달빛 아래 그의 눈이 까맣게 빛나고 있다.

"무슨 얘기요, 베타? 말해 봐요."

"내 인생에서 최고로 행복한 밤이에요."

그리고 나는 그에게 입을 맞춘다.

chapter 23 ———

2015년 9월 5일 토요일

이탈리아 로마, 트라스테베레 지역

   침실 바닥에서 옷을 찾아 입는다. 프라다 팬티, 가죽 바지, 가죽 펌프스, 검은 가죽 재킷. 전신 거울 앞에 서서 내 모습을 점검해 본다. 손가락으로 머리카락을 쓸어내린다. 염색이 빠지는지 분홍색이 옅어지고 있다. 염색을 다시 해야겠다. 지금 말고 나중에. 머리카락보다 긴급하고 중요한 일부터 처리해야 한다. 손가락 끝에 침을 묻혀 어제 바른 마스카라를 지우고 성형한 코 주변에 푸릇하게 남은 멍 자국에 컨실러를 바른다. 마스카라를 덧바른 뒤 미러 선글라스를 쓴다. 니노의 페도라를 꺼내 써본다. 유쾌해 보이도록 비딱하게. 반대 방향으로도 써본다. 옅어진 푸크시아 색 머리카락에 꽤 잘 어울린다.

   됐다.

이제 다이너마이트를 만나러 가자.

내 남자를 찾아야 한다.

니노는 나와 엮인 것을 후회하게 될 것이다. 애초에 나를 만난 것 자체를 후회하게 만들어주겠다. 그를 찾으면 일단 섹스를 할 것이다. (마지막으로 빠르게 한 번. 그동안 고생한 내게 그 정도 보상은 해줘야지.) 그러고 나서 그가 안심하고 있을 때, 위험에서 벗어난 줄 착각하고 있을 때 천천히 고통스럽게 죽여버릴 것이다. 세상에서 사라지게 해줄 것이다.

뻐꾸기시계를 다시 한 번 들여다본다. 돈은 그 안에 잘 들어 있다. 하지만 오늘은 가볍게 이동해야 한다. 짐을 전부 갖고 다닐 수는 없다. 갑자기 떠나게 되면 못 돌아올 수도 있다.

뻐꾸기시계에서 지폐 뭉치를 꺼내 푸시업 브래지어 속에 쑤셔 넣는다. 또 뭘 챙겨야 하지? 뭐가 더 필요할까? 방 안을 둘러본다. 이 옷과 윤활유, 전동 칫솔을 다 가져갈 수는 없다…… 무겁고 부피가 큰 물건들이다. 이동 속도가 느려질 게 분명하다. 꼭 필요한 물건만 챙겨야 한다. 고기 써는 칼이 있으면 좋겠는데 주방을 뒤져봐도 그 칼보다 예리한 칼은 보이지 않는다. 다 찾아봤다. 콕링과 콘돔, 담배, 여권은 챙기기로 한다. 이제 모두 베스가 죽은 걸 알게 됐으니, 베스의 여권은 더 이상 필요 없다. 핸드백 지퍼를 잠근다. 어디 해보자. 일단 담배에 불을 붙이고 한 대 피운다.

도메니코의 침실로 살금살금 들어가 그가 아직 잠들어 있는지 확인한다. 그는 엄마랑 한 침대에 누워 있고, 어니는 그들 사이에서 자고 있다. 어니는 도메니코의 얼굴에 한 손을 대고 다른 손 조그마한 엄지는 입에 넣은 채 잠들었다. 행복한 가족처럼 보이는 광경이다. 도메니코가 *엄마*한테 반했다는 게 아직도 믿어지지 않는다. 이 자식 혹시 시체성애증일까? 끼리끼리 논다더니.

가여운 어니. *또다시* 어니를 버려두고 떠나야 한다. 벌써 두 번째다. 생각할수록 마음이 아프다. 정신 나간 엄마와 저 빌어먹을 사이코패스 곁에 어니를 놓아두고 가야 하다니. 불쌍한 어니는 나중에 심리 치료가 필요한 지경이 될 수도 있다. 어쩌면 나보다도 더 심한 정신적 손상을 입을 수도 있다. 고민 끝에 나는 어니를 데려가기로 결정한다. 엄마에게 어니를 맡겨두고 싶지 않다. 어니를 입양해야겠다. 멋진 계획이다. 어니를 훔치고, 니노의 휴대폰과 다이너마이트의 전화번호도 확보하자. 훔치는 김에 도메니코의 총도 가져가야지.

살금살금 다가가 도메니코의 무기를 찾아보려는데 마룻장이 삐걱거린다. 그의 재킷 주머니를 뒤져봐도 없다. 빌어먹을. 니노의 휴대폰도 없다. 침대 옆 테이블 위에도 없고 충전기에 꽂아놓은 것도 아니다. 휴대폰을 어디에 둔 거야? 계획을 짜려면 그 휴대폰이 필요한데.

베개 밑에 총과 휴대폰을 넣어두고 자는 모양이다. 내가 도메니코라도 그렇게 할 것 같다. 둘 다 그의 베개 밑에 있을 것이다. 한번 살펴볼 필요는 있겠다. 조심스럽게 침대로 다가가 그의 짐승 같은 얼굴을 들여다본다. .오거(인간 모습의 괴물-옮긴이)처럼 생긴 게 추접하고 요란하게 코를 곤다. 깊은 잠에 빠져 있는 것 같으니 어디 한번 해보자. 그의 베개 밑으로 손을 스윽 밀어 넣는다. 천천히 천천히 조금씩 조금씩. 그가 돌아눕는 바람에 내 팔이 베개 밑에 끼고 만다. 그의 코가 내 가슴 바로 밑에 있다. 여기서 선불리 움직였다가는 그가 깨고 말 것이다……. 이래서는 안 되겠다.

"제기랄."

작게 중얼거리는데 엄마가 눈을 뜬다.

"앨비나?"

엄마는 눈을 비비며 일어나 앉는다.

엄마의 목소리가 바늘처럼 내 고막을 찌른다. 시작부터 재수 옴붙었다. 엄마는 진홍색 레이스 슬립 차림이다. 얼굴 화장도 번졌고 머리도 헝클어져 있다. 아, 맙소사. 엄마와 도메니코라니. 결코 보고 싶지 않은 조합이다. 진저리를 치며 눈을 감는데 어젯밤에 본 도메니코의 발기된 거대한 성기가 눈앞에 아른거린다. 내 망막에 영원히 새겨진 게 분명하다. 방법을 몰라 삭제를 못 하는, 남근 사진으로 도배된 화면 보호기 같다. 나는 얼른 다시 눈을 뜨고 천연덕스럽게 말한다.

"안녕, 엄마."

도메니코가 다시 돌아눕자 나는 얼른 팔을 뺀다.

"어젯밤에 즐거운 시간 보내셨죠?"

물어보나 마나다. 그들이 내는 소리를 **다** 들었으니까.

"아, 그래. 물어봐 줘서 고맙구나."

섹스 후의 행복에 겨운 목소리다.

도메니코의 돼지 같은 얼굴을 돌아보니 그는 곤히 잠든 채 코를 골고 있다.

엄마는 눈도 없어요? 이건 절대 사랑이라고 할 수 없다고요.

남자를 밝히는 나도 이런 남자와는 섹스를 못 한다.

그때 옆방에서 뻐꾸기시계가 짖어댄다.

문득 좋은 생각이 떠오른다.

"잠깐만요, 엄마. 선물이 있어요."

나는 방으로 돌아가 망할 뻐꾸기시계를 집어 든다. 엄마가 나를 따라 복도로 나온다. 나는 엄마에게 뻐꾸기시계를 안긴다. 엄마는 무슨 수제 폭탄이라도 되는 것처럼 미심쩍은 눈으로 쳐다본다.

"할머니네 집에서 훔쳤니?"

"아뇨. 런던에서 샀어요."

엄마는 시곗바늘을 1시간 앞으로 돌리고 내게 돌려준다.

"어제 물어봤더니 도메니코는 해충 구제에 대해 전혀 모르더라. 바퀴벌레를 없애는 제일 좋은 방법이 뭐냐고 물었더니 총을 쏘래. 너 또 나한테 거짓말했니, 앨비나?"

"그게 효과적이긴 하잖아요. 바퀴벌레를 없애는 게 얼마나 어려운 일인데요."

"그건 그렇고 넌 왜 이렇게 일찍 일어났어? 너답지 않게."

"우유 좀 사 오려고요."

엄마는 한쪽 눈썹을 치뜬다.

"흠, 네가 우유를 사러 간다니 생각지도 못한 일이구나."

나는 엄마의 반들거리는 눈을 마주 본다. 백악기의 익룡 같은 눈이다. 그 눈에 대고 물어본다.

"어니를 데리고 나갔다 와도 돼요? 그동안 좀 쉬고 계세요. 제가 어니를 볼게요. 엄마는 나이가 너무 많아서 아기를 혼자 돌보기가 힘에 부치잖아요."

엄마는 인상을 확 쓴다. 내 말이 먹히지 않는 것 같다.

"셀린 디온은 마흔두 살의 무르익은 나이에 애를 낳았어. 그러니 나도 손자 돌보는 일쯤은 충분히 할 수 있어."

"엄마는 40대가 아니라 60대잖아요."

"헛소리 마. 피부과 전문의 말로는 30대 피부랬어."

말도 안 되는 소리다. 엄마는 그 피부과 전문의라는 놈과도 섹스를 한 모양이다. 그놈이 그렇게 발라맞춘 말을 한 것을 보면.

"정신이 젊으면 몸도 젊은 거야."

엄마가 도메니코와 섹스를 하는 모습이 소름 끼칠 정도로 생생하게 내 머릿속에 떠오른다.

"에르네스토를 저한테 맡기세요. 제가 베스랑 비슷하게 생겨서 자기 엄마인 줄 알 거예요."

"너랑 네 언니는 완전히 달라. 됐어. 그 얘긴 꺼내지 마."

"뻐꾸기시계까지 드렸는데……."

방에서 어니의 울음소리가 들리자 엄마는 다시 방으로 들어간다.

한숨이 나온다. 이번만은 엄마 말이 맞다. 강아지를 데리고 다니는 것도 힘들었는데 아기는 말할 것도 없다. 에르네스토를 아기 자루에 담아 가슴에 고정한 채로 총격전을 벌이는 모습을 떠올려본다. 에르네스토는 총성이 터지고 총알이 날아다니는 내내 앵앵거리며 울 것이다. 아니, 안 돼, 안 되겠다. 난 그 정도로 멍청이는 아니다. 사람이 '모든 것'을 가질 수는 없다. 육아와 일을 병행하기는 쉽지 않다. 페미니스트들은 대체 무슨 생각으로 그게 쉽다고 하는 걸까? 난 둘 다 해낼 정도의 모성은 없나 보다.

"그래, 뭐. 어떻게든 되겠지."

침실에서 나온 도메니코가 기지개를 켜며 하품을 한다. 입안이 꼭 하마 입 같다. 치아에 충전재가 잔뜩 박힌 하마.

"할 얘기가 있어요."

그가 등 뒤로 방문을 닫는다.

"다이너마이트는 어쩔 거예요? 같이 만나러 가요, 당장."

"그러죠. 오늘 갑시다. 그 여자가 입을 안 열 수도 있어요. 니노에 대한 의리를 지키려고."

"다이너마이트가 여자예요?"

"뭐, 예. 여자니까 여자라고 하죠."

어째서인지 나는 지금까지 다이너마이트가 남자일 거라고 생각했다.

"입을 열게 할 수 있지 않아요?"

"난 여자는 고문 안 합니다."

나는 도메니코를 따라 거실로 걸어가며 콧방귀를 뀐다.

"나를 고문했잖아요."

"고문 안 했어요. 그냥 울타리 쇠창살 사이에 끼워뒀지." 그는 거실 소파에 앉아 텔레비전을 켠다. "당신 손가락에 손톱도, 발가락도 잘 붙어 있잖아요……."

"알았어요. 무슨 말인지 이해했어요."

그는 채널을 휙휙 돌려 뉴스를 본다.

"아무튼 그 여자를 만나야겠어요. 내가 직접 그 여자 입을 열게요."

어쩐지 익숙한 곳처럼 느껴진다. 이유는 모르겠다. 와본 적도 없는 곳이다. 자갈 깔린 길이 다 거기서 거기라서인가. 나무 문들도 죄 비슷하다…….

도메니코가 주먹으로 현관문을 쾅쾅 두드린다.

집 안에서 목소리가 들린다.

"왜 그렇게 성미가 급해."

문을 열고 나온 사람은…… 레인? 나는 잠시 후에야 그녀를 알아봤다. 레인은 블렌더 컵째로 단백질 셰이크 같은 음료를 마시고 있다. 몸에 딱 붙는 레깅스에 나이키 운동화, 땀으로 속이 훤히 비치는 스포츠 브라.

"레인? 여기서 뭐 해요?"

도메니코가 엉뚱한 집 문을 두드린 게 분명하다.

"비욘세? 내가 그쪽한테 연락했는데……."

레인은 나를 붙잡아 집 안으로 끌어당기고 벽에 밀어붙이며 문는다.

"날 엿 먹이더니 전화는 왜 안 받아요?"

그녀는 나를 바닥에서 들어 올린다.

"경찰요. 경찰이…… 휴대폰을 가져갔어요."

이 상황과 무관하지만 *사실이긴 하다.*

젠장. 그동안 연마한 싸움 동작은 소용없다. 레인한테는 불알이 없기 때문이다.

나는 버둥거려보지만 레인의 손아귀에서 꼼짝도 못 한다. 내 발은 허공만 걷어차고 있다.

레인이 손을 치우자 나는 바닥에 쓰러진다. 나는 어깨를 손으로 문지른다. 아프다.

사납고 정신 나간 년.

어깨가 빠진 것 같다.

레인이 나를 일으켜 세운다. 나는 프라다 핸드백을 집어 든다. 도메니코가 아파트 안으로 들어와 현관문을 닫는다.

"아, 안녕, 도메니코."

"차오, 다이너마이트."

"잠깐. 뭐야? 당신이 다이너마이트라고요?"

"맞아요. 내 별명인데…… 비욘세도 별명 아닌가?"

레인은 우리 옆을 지나 다시 현관문으로 향한다. 문을 삼중으로 잠그고 사슬고리까지 건 다음 작은 구멍으로 바깥을 확인한다. 나보다 더 피해망상이 심한 것 같다. 밖에 우리 말고는 없었다. 레인은 돌아서서 내 눈을 들여다보더니 입술에 가볍게 키스한다.

"다시 만나고 싶었어요……."

도메니코가 머리를 긁적이며 묻는다.

"둘이 아는 사이야?"

"응. 이 여자는 진짜 진짜 나쁜 년이야."

나도 레인에 대해 같은 말을 하고 싶다.

그녀는 보라색 수건으로 이마의 땀을 닦아낸다.

나는 고개를 절레절레 흔든다. 이 여자 뭐지? 일이 어떻게 돌아가는 거야?

"와서 앉아요."

레인이 이렇게 말하며 아파트 안쪽을 손짓한다. 그녀는 손목에 핏빗(시계처럼 손목에 착용하고 앱과 연동해 건강 상태 등을 체크하는 기기 - 옮긴이)을 차고 있다. 손톱은 밝은 청록색이다. 지난번에 봤을 때도 저 색깔이었다. 멋진 색깔이다.

우리는 레인을 따라 거실로 들어간다. 공기가 후텁지근하다. 여긴 들어와 본 적이 없다. 와봤으면 기억할 텐데…….

거실 한가운데 러닝머신이 돌아가고 있다. 와이드 스크린 텔레비전에서 원 디렉션의 '드래그 미 다운' 뮤직비디오가 나온다. 우주복을 입은 남자들. 오렌지색 우주복. 치렁한 머리카락. 원 디렉션 멤버들이 반지르르한 우주선을 배경으로 춤을 추고 있다. 레인은 운동을 하고 있었나 보다. 그녀는 리모컨을 집어 들고 해리 스타일스(원 디렉션의 멤버 - 옮긴이)의 목소리를 죽여놓는다. 벽을 따라 선반

들이 줄지어 설치돼 있고 각 선반마다 플라스틱 상자들이 높게 쌓여 있다. 켜켜이 쌓인 상자들이 대략 수만 개는 될 것 같다. 나는 문 옆 바닥에 놓인 판지 상자를 바라본다. 뚜껑이 열린 그 상자에는 서양배 만한 크기의 동그란 은색 물체들이 가득 들어 있다. 나는 인상을 찌푸린다. 꼭 수류탄같이 생겼다. 아, 아니, 잠깐. 설마.

"전에 *판매* 일을 한다고 했던 게……."

나는 말끝을 흐린다.

레인은 속이 다 비치는 스포츠 브라를 벗고 레깅스도 아래로 훌훌 벗는다. 검은색 레이스 티팬티만 입은 채 우리 앞에 선다. 우리와 잠시 눈을 마주치고는 돌아서서 가버린다. 나는 그녀의 초콜릿색 피부와 근육질의 등을 바라본다.

레인이 말한다.

"거기서 잠깐 기다려요."

나와 함께 의자에 앉아 MTV를 보고 있던 도메니코가 말한다.

"엉덩이가 아주 쌔끈하네. 만져봤죠?"

"네. 집에서는 제인 오스틴 말투를 쓰더니 여기서는 왜 그래요?"

"아, 집에서는 당신 어머니 취향에 맞춰야 되니까."

6, 7분쯤 지나자 레인이 스판덱스 소재의 미니 원피스 차림으로 돌아온다. 머리카락이 젖어 있다. 샤워를 하고 온 것이다. 아디다스 모델 같다. 그녀는 내가 자기 모습을 보고 있는 것을 알고 미소 짓는다.

내가 말한다.

"운동화 멋지네요."

"무슨 일로 왔어요?" 레인은 어수선한 방을 손으로 가리키며 묻는다. "무기를 사러 온 건가?"

도메니코와 내가 눈빛을 주고받는 동안 레인이 말을 잇는다.

"총신이 짧은 멋진 총들이 몇 자루 있어요. 미국에서 건너온 신상이에요. 구식으로 할 거면 1972년형 루파라도 있고요. 새것이나 다름없고 아주 예쁘죠."

레인은 내게 윙크를 날린다.

나는 거실을 둘러본다. 저 상자들 속에 권총이 담겨 있는 모양이다. 여기는 창고 겸 거실 겸 체육관인 것이다.

"아니, 아니. 난 무기는 필요 없어."

도메니코는 재킷을 열어젖히며 말한다. 재킷 안쪽에 그의 총 손잡이가 비죽 튀어나와 있다. 레인의 눈에 안 띌 수가 없다.

레인이 묻는다.

"멋지네. 콜트야?"

"10밀리짜리. 아버지 거였어."

내가 나선다.

"아, 난 무기가 필요해요."

그러자 도메니코가 고개를 절레절레 흔든다.

레인이 환한 미소를 짓는다. 놀라울 정도로 아름답다. 내 기억보다 더 아름다운 모습이다. 그날 밤은 모든 게 흐릿한 기억으로만 남아 있다. 다시 보니 레인은 환상 그 자체다. 여신이다. 레인이 묻는다.

"어떤 무기를 원해요, 섹시한 아가씨?"

평소 같으면 '클수록 좋아요'라고 대답했을 것이다. 하지만 지금 나는 이동 중이다. 눈에 띄지 않아야 한다. 존재를 감춰야 한다. 킬러답게 비밀리에 움직여야 한다.

"주머니에 들어갈 만큼 작은 거?"

나는 이렇게 말하며 그녀에게 내 재킷 주머니를 보여준다.

"음, 어디 한번 봅시다."

레인은 선반 위에 있던 클립보드를 가져와 콧노래를 부르며 두어 페이지를 넘긴다.

"덤-디-덤-디-덤. 아, 그래. 다이아몬드백 9밀리, 카 암스 CW380, 켈텍 9-32, FN 베이비 브라우닝 .25, NAA-22S 쇼트. 다 훌륭한 무기들이고 최상급이에요. 어떤 걸 보고 싶어요?"

레인은 기대에 찬 표정으로 나를 쳐다본다. 그녀의 다리는 경주마 같고 배는 빨래판 같다. 아, 나도 저런 몸매를 갖고 싶다. 단, 러닝머신 없이.

"처음에 말한 거요. 다이아몬드 어쩌고 했던 거."

레인은 고개를 끄덕이더니 돌아선다. 그녀는 상자들이 줄지어 놓인 곳으로 걸어가 접는 사다리를 밟고 위로 올라간다. 맨 위에 있던 검은색 자그마한 플라스틱 상자를 꺼내 가져온다.

"여기 있어요. DB9."

레인은 상자 뚜껑을 열고 무광 검정색의 작은 권총을 보여준다. 손잡이에 디이아몬드 무늬가 있다. 플라스틱을 양각으로 처리한 귀여운 문양일 뿐 진짜 보석은 아니다. 안타깝다. 모조 다이아몬드라도 몇 개 붙여서 좀 더 예쁘게 만들었으면 좋지 않았을까?

"마음에 들지 않아요?"

그러자 도메니코가 내게 인상을 쓰며 주절거린다.

"우리는 총을 사러 온 게 아닌데……."

그러자 레인이 고개를 들고 묻는다.

"아? 총 사러 온 거 아니었어요?"

나는 도메니코의 말에 맞장구를 친다.

"아니긴 해요. 하지만 이왕 왔으니까 사는 거죠……."

나는 상자에서 권총을 꺼내 든다. 가볍다. 너무 가벼워서 진짜 총이 아니라 애들 장난감 같다. 하지만 상대에게 치명상을 입힐 수 있는 무기다. 뇌를 터뜨리고 무릎뼈를 박살 낼 수 있다.

레인이 내게 묻는다.

"그럼 왜 온 거예요?"

레인은 두 손을 엉덩이에 얹고 서 있다. 피부색이 마치 싱크로나이즈드스위밍 선수 같다.

나는 주머니 속에 권총을 넣어본다. 완벽하게 감춰진다.

내가 말한다.

"오늘 밤에 당신이랑 같이 나가고 싶어요. 그러니까…… 저녁 식사를 함께 하자고요."

"데이트처럼?"

"데이트처럼."

레인이 몸을 기울여 내게 키스한다. 그녀의 입술은 부드럽고 따뜻하며 단백질 셰이크의 달달한 맛이 난다.

도메니코가 레인에게 묻는다.

"니노 말이야, 최근에 봤어?"

"그걸 누가 궁금해하는데?"

"나."

"아아…… 그 니노." 레인은 나를 돌아보며 말을 잇는다. "당신이 전에 이름을 불렀던 남자가 바로 그 니노구나. 우리 둘이 같은 남자를 알고 있다니 기분이 묘하네요."

도메니코는 고개를 저으며 시가에 불을 붙인다.

어때, 도메니코? 고문을 할 필요도 없잖아.

"본 적 있는데. 얼마 줄래요?"

레인은 도메니코를 쳐다보다가 내게 시선을 돌린다.

도메니코가 한숨을 쉰다.

"앨비나, 그 병신 같은 권총 살 겁니까?"

나는 주머니에서 권총을 꺼낸다. 양손으로 들고 무게를 가늠해본다. 양각으로 새겨진 조그마한 다이아몬드 무늬를 느끼며 고양이처럼 쓰다듬는다.

"아무래도 사야겠어요."

도메니코가 레인에게 묻는다.

"니노에 대한 정보랑 저 총까지 해서 얼마야?"

나는 문 옆에 놓인 판지 상자를 내려다보며 말한다.

"아, 수류탄. 나도 하나 갖고 싶어요."

혹시 쓸모가 있을지도 모른다. 사람 일은 모르는 거니까. 게다가 모양도 재미나게 생겼다.

도메니코는 눈알을 위로 굴린다.

"사용 방법은 알고나 하는 말입니까? 아주 위험한 무기예요."

"알아요. 그래서 하나 갖고 싶다고요."

"큰 피해를 야기할 수 있어요. 총보다 강력해요."

"맙소사, 잘난 척하면서 가르치려 들지 말아요. 다 알고 있어요. 어쨌든 하나 살게요."

도메니코는 어깨를 으쓱하며 레인에게 말한다.

"니노에 대한 정보, 저 총, 그리고 수류탄까지 해서 얼마야?"

레인은 단백질 셰이크를 마저 마시고 대답한다.

"맛이 똥 같네. 이걸 왜 마셔야 하는지 모르겠어. 마실 것 좀 줄까? 버번 위스키나 박하술?"

"니엔테Niente.(됐어.)"

"난 버번 위스키 마실게요."

뭐든 마셔야겠다. 점점 흥분된다. 니노가 이 방에 있었다고? 내가 서 있는 이곳에 서 있었다고? 뭐하러 왔을까? 둘이 섹스를 했을까? 아, 진짜 치명적인 여자다! 레인은 내 남자와 잤을까? 레인이 주류 보관장을 열고 잔 2개에 술을 따른다. 한 잔은 자기 것이고 한 잔은 내 것이다. 그녀는 5센티미터 정도 따른 버번 위스키를 내게 건넨다. 마치 꿀처럼 진한 황금색이다. 그녀가 묻는다.

"얼음은?"

"아뇨, 그냥 마실게요."

"어떤 종류의 레스토랑을 좋아해요?"

"모르겠어요. 이탈리아 레스토랑?"

도메니코가 끼어든다.

"다 해서 얼마냐고?"

얼마가 됐든 내가 지불할 것이다. 이 상황을 더 이상 못 참겠다. 정신 건강에 해롭다. 그 빌어먹을 놈을 하루라도 빨리 찾아내야 한다. 스트레스가 너무 심하다. 마지막으로 하이쿠를 지은 때가 언제인지 기억도 나지 않는다. 머릿속이 엉망진창이다. 나는 단번에 술을 입에 털어 넣는다. 버번 위스키가 목구멍 안쪽을 지지는 느낌이다.

"1만 유로. 탄환은 서비스로 챙겨줄게."

레인은 총이 담긴 상자에 총알 몇 개를 넣어준다.

도메니코가 잇새로 휘파람을 분다.

내가 묻는다.

"좋아요. 니노는 어디 있어요?"

레인이 가늘고 완벽한 눈썹을 치뜬다. 그녀는 나를 똑바로 쳐다본다.

"돈부터 내요, 자기."

"*자기*라고 부르지 말아요."

나는 브래지어 속에서 지폐를 한 뭉치 꺼내 1만 유로를 센다.

"한 장, 두 장, 세 장, 네 장……."

"며칠 전에 그가 여기 찾아왔어요."

알고 있다. 그의 냄새가 난다.

"새로운 신분이 필요하다고 해서 여권이랑 운전면허증을 만들어 줬죠……."

"아, 나한테도 만들어줄 수 있어요?"

"그는 이름을 '루카 만치니'로 바꿨어요."

"루카? 어이없네."

"그리고 총을 샀죠. 새로 나온 글록 40으로."

쾅. 쾅. 쾅.

현관문을 두드리는 소리다.

문밖에서 누가 소리친다.

"시뇨리나, 폴리치아SIGNORINA, POLIZIA.(아가씨, 경찰이 떴어요.)"

chapter 24

이탈리아 로마, 레푸블리카 광장

"폴리치아. 폴리치아."

어린애의 목소리다. 훌쩍이는 듯 높은 목소리.

"젠장. 내 망꾼이에요. 여길 떠야겠어요."

레인은 소파 위에 놓인 핸드백에 돈을 집어넣는다. 그녀의 눈동자와 같은 사파이어 색깔의 마크 제이콥스 핸드백이다.

도메니코가 그르릉대며 말한다.

"케 팔레Che palle.(염병할.)"

"따라와요."

레인은 아파트 뒤쪽으로 달려가 주방 문을 지나간다. 여기가 1층이라 다행이다.

나는 상자에서 총을 꺼내 손에 쥔다. 총알 몇 개와 수류탄도 함께. 레인과 도메니코의 뒤를 따라 아파트 건물을 빠져나가 정원을 가로지른다.

무기들을 주머니에 쑤셔 넣으며 그들과 함께 아파트 공동 현관을 나선다.

레인이 고개를 돌려 도메니코를 쏘아본다.

"경찰이 왜 온 거야?"

"나야 모르지. 내가 안 불렀어."

"비욘세?"

"나도 몰라요."

나를 쫓아왔던 그 시칠리아 경찰들일 거라는 생각이 든다. 아, 제기랄. 그들은 왜 나를 가만 내버려두지 않는 걸까? 왜 나는 계속 쫓겨 다녀야 하지?

레인과 도메니코, 나는 자갈길을 내달려 인파로 북적이는 광장으로 들어선다. 로툰다 광장이다. 아, 저기 로마 시대 신전이 보인다. 끝내준다. 멋지다. 장엄하다. 숭고하기까지 한 느낌이다. 우뚝 솟은 기둥들과 거대한 돔 지붕으로 이루어진 거대한 구조물이다. 정면에는 로마 글자가 새겨져 있는데 무슨 뜻인지는 모르겠다. 주변을 둘러보지만 경찰은 보이지 않는다. 아직은.

"니노가 머무는 곳으로 데려다줄게요. 따라와요. 이쪽으로."

우리는 광장을 가로질러 레인의 뒤를 따라간다. 숨이 가빠온다. 레인은 나보다 체력이 월등하다.

"이봐요, 좀 천천히 가요."

우리는 트라토리아(간단한 음식을 제공하는 이탈리아 식당 – 옮긴이) 앞을 지나간다. 도시의 생기로 가득한 곳이다. 사람 구경하기엔 그만이라는 생각이 든다. 소금 간을 한 감자 칩을 먹고 차가운 화이트 와인을 마시면서 종일 앉아 있을 수도 있겠다. 하지만 지금은 아니다. 지금은 그럴 여유가 없다. 그를 찾아야 한다.

제기랄.

바로 그거다.

당장 찾아야 한다.

모퉁이를 돌아 달려가던 레인이 우뚝 멈춰 서서 어느 건물을 가리킨다.

살구색 덧문. 크림색 벽. 화분에 담긴 예쁜 꽃들.

"농담해요? 니노가 저기 있다고요?"

내가 묻는데 도메니코가 말한다.

"쉿."

그는 30센티미터짜리 콜트를 꺼내 든다. 나도 다이아몬드백을 손에 쥔다.

걸음을 멈춘다.

공기에 한기가 감돈다.

다음 순간 귀가 먹먹한 총성이 들려온다.

타 - 앙. 타 - 앙.

뒤를 돌아본다.

레인이 땅바닥에 쓰러져 있다.

이마 한가운데 시커먼 구멍 2개가 나 있다. 뭐지? 내가 쐈나? 내 총을 살펴본다. 총신을 내려다본다. 만져보니 차갑다. 내가 쏜 게 아니다. 내 총은 장전도 안 되어 있다. 내가 아니면, 누구지? 경찰? 도메니코? 고개를 들어보니 도메니코는 광장을 가로질러 뛰어가고 있다. 도메니코일 리는 없다. 그는 앞쪽에 있었다. 그가 총을 쐈으면 내가 봤을 것이다. 사람들이 비명을 지른다. *대체 어떻게 된 일이지?* 광장을 둘러본다. 경찰은 없다. 그렇다면…… 니노 짓인가. 그래. 그가 우리를 본 거다. 자기가 머무는 아파트 바로 앞에 서 있는 우리를 봤을 것이다. 고개를 들고 건물 쪽을 살펴본다. 창문 하나가 열려 있다. 레이스 커튼이 바람에 나부낀다. 그는 우리를 봤거나 우리 목소리를 들은 것이다. 그는 우리가 오기를 기다리고 있었다. 개새끼. 속이 메스껍다. 머릿속이 빙글 돈다. 레인의 가슴을 내려다본다. 움직이지 않는다. 숨을 안 쉬고 있다. 제기랄, 니노. 빌어먹을 새끼. 그는 왜 다이너마이트를 죽여야 했을까? 난 여기서 뭘 하고 있지? *왜 가만히 서 있지?* 도망쳐야 한다.

요란한 사이렌 소리가 들린다.

소형 경찰차가 다가온다. 날렵한 검정색 자동차로 가느다란 붉은 줄이 그어져 있고 하얀 글씨로 '카라비니에리(이탈리아의 국가 헌병―옮긴이)라고 적혀 있다. 그 차는 오른쪽으로 방향을 돌려 길 끝을 차단하며 나를 향해 달려온다.

그 차에서 뛰어내린 경찰 하나가 나한테 뭐라고 소리친다. 하지만 이탈리아어라 알아들을 수가 없다.

그는 내 머리에 총을 겨눈다. 나는 들고 있던 다이아몬드백을 내려다본다. 어지럽다. 귓속이 윙윙거린다. 돌아서서 광장을 가로질러 달려간다. 분수대, 옆 골목, 테라스 카페 옆을 차례로 지나간다. 로마가 내 옆을 스쳐 지나가고 사방이 빙글빙글 돈다. 숨을 헐떡인다. 땀이 난다. 답답하다. 심장이 마구 뛴다. 어디로 가야 하지? 뛰고 뛰고 또 뛴다. 달리기 시작하자마자 내 실수를 깨달았다. 난 달리기에 *젬병*이다. 대체 무슨 생각으로 뛰었을까? 아, 맙소사. 앉아야겠다.

우묵한 곳을 찾아 들어가, 차가운 돌벽에 몸을 기댄 채 주저앉는다. 말보로 라이트에 불을 붙이고 분노의 한 모금을 빨아들인다. 그때 갑자기 나타난 누군가가 럭비를 하듯 내 몸을 들이받는다. 쿵. 나는 보도에 고꾸라지고 만다. 곁눈으로 보니 진청색 제복이 보인다. 그가 들고 있는 총도. 나는 담배와 다이아몬드백을 바닥에 떨어뜨린다.

젠장, 방금 전 손에 넣은 총인데.

"투 세이 인 아레스토Tu sai in arresto."

경찰이 내 귀에 대고 소리친다. 그는 내 등에 올라타고 무거운 몸뚱이로 나를 찍어 누른다.

"영어로 해요. 내가 이탈리아 사람처럼 보여요?"

사람들은 언제쯤 내가 이탈리아 사람이 아니라는 것을 알아챌까?

"넌 체포됐다."

"오케이. 그래요. 알았어요."

거리의 흙먼지가 콧속으로 들어온다. 입에서 흙 맛이 난다. 경찰

359

은 나를 돌려 눕히고 다시 몸으로 짓누른다. 내 양 손목을 모아 금속 수갑을 채운다. 그는 내가 괜찮은지 확인하지도 않고 잡아 일으켜 앞으로 밀어붙인다. 이렇게 정말이지 매너가 똥인 사람들이 있다.

"이게 뭐 하는 짓이에요. 나 아니라고요."

수갑이 바짝 채워져 불편하다. 그는 나를 경찰차로 끌고 간다. 경찰차가 두 대 더 광장으로 달려온다.

"이봐, 당신 큰 실수 하는 거예요."

경찰은 내 머리를 눌러 경찰차 뒷좌석에 밀어 넣는다. 운전석에 훌쩍 올라탄 그는 액셀을 밟으며 사이렌을 요란하게 울린다.

"지금 무슨 짓을 하고 있는지 알기나 해요? 나 아니라고 말했잖아요."

경찰이 뒤에 대고 소리친다.

"넌 손에 총을 쥐고 시체 옆에 서 있었어!"

"알아요, 알아. 하지만 내가 쏜 게 아니에요. 당신은 지금 엉뚱한 사람을 체포했다고요. 정말이에요."

"두고 보면 알겠지. 검시를 할 거다."

머릿속에서 베스가 비웃는다.

'하하. 드디어 잡혔구나.'

"변호사를 부르겠어요."

360

chapter 25

이탈리아 로마, 베네치아 광장

이건 *전형적인 역설*이다. 사람을 죽이지 않은 단 한 번의 사건으로 나는 경찰에 붙잡혔다. 앨라니스 모리셋의 노래 제목처럼 '아이러닉Ironic'하다. (나는 총이 필요하지 스푼은 필요 없다.) ('아이러닉'은 나이프가 필요한데 스푼만 1만 개나 있는 것 같은 역설적인 상황들을 노래한다. ─옮긴이) 경찰은 나를 풀어줄 것이다. 그래야 한다. 그래야 마땅하다. 내 총에서는 나갈 수 없는 완전히 다른 종류의 총알이라는 것을 결국 알아낼 것이다. 레인을 쏜 것은 장거리용 총일 테니까. 부디 그렇게 되길 바라고 있다. 이 모든 게 어이없는 장난 같다. **나 진짜 열 받았다.**

"니노 짓이에요. 당신들은 니노를 잡아야 돼요. 그놈은 연쇄살인범이에요."

나는 백미러로 경찰을 노려본다. 아, 다시 보니 그는 몸매가 꽤 탄탄하다. 제대로 본 건 처음이다. 그는 꼭 디즈니 애니메이션의 왕자처럼 생겼다. 이탈리아 판 알라딘 같다. 살짝 긴 머리카락, 멋진 속눈썹, 산뜻한 눈동자. 인상을 쓰는데도 (그는 지금 나를 처다보며 인상을 쓰고 있다) 잘생겼다. 난 제복을 좋아한다. 특히 *이탈리아 경찰 제복*이 마음에 든다. 체포될 만하다는 생각까지 든다. 벌써부터 아래가 젖었다.

우리는 교통체증으로 혼잡한 거리를 이리저리 빠져나가 빠른 속도로 달려간다. 사이렌을 울리고 푸른 경광등을 번쩍거리면서. 수갑이 손목을 파고든다. 경찰이 앞으로 수갑을 채워놓아 다행이다. 이 경찰은 아마추어인가 보다. 등 뒤로 수갑을 채웠어야지. 물론 앞으로 채웠다고 해서 손을 빼낼 수 있는 건 아니다. 나는 차창에 머리를 기댄 채 길고 깊은 한숨을 토해 낸다. 엿 같다. 탈출해야 한다. 니노를 찾아야 한다. 나쁜 새끼. 그가 레인을 총으로 쏘다니, 믿어지지 않는다. 레인이 무슨 잘못을 했다고? 레인이 우리를 자기가 머무는 곳으로 데려와서? 레인이 그의 새로운 신분을 알고 있어서? 레인은 니노에게 새 여권도 만들어줬다. 니노는 깨끗이 마무리하려고 한 것인지도 모른다. 흔적을 남기지 않으려고. 경찰도 니노가 불렀을 것이다. 레인의 아파트로 가라고 했겠지.

뜨거운 뺨에 와 닿는 차창 유리가 시원하다. 탈출해야 한다. 하지만 어떻게 탈출하지? 웃기는 상황이다. 왜 내가 이렇게 잡혀 있어야 하지? 니노 그 멍청이는 자유롭게 돌아다니는데. 그는 훤한 대낮에 여자를 살해했다. 그 여자는 내게서 불과 *1미터*도 떨어지지 않은 곳에 있었다. 게다가 나는 그 여자에게 호감을 갖고 있었다. 그 여자도 나에 대한 호감을 키워가고 있었다. 나는 그녀의 운동화가 마음에 들었다. 손톱의 매니큐어도. 그녀의 마크 제이콥스 핸드백도 무척 좋았다. 레인이 나를 거칠게 집 밖으로 내몬 적이 있기는 해도 그것 말고는 다 좋았다.

디즈니 왕자가 내 총을 갖고 있지만 나한테는 아직 수류탄이 있다. (이 경찰이 몸수색을 하지 않아서 다행이다. 내 무기가 권총뿐인 줄 알았나 보다. 하하. 당신 큰 실수를 한 거야.) 주머니 속에 들어 있는 수류탄의 무게가 느껴진다. 지금 엉덩이 쪽에 있다. 경찰서에 도착하면 몸 전체를 수색할 것이다. 저 경찰이 나를 체포하자마자 곧바로 몸수색을 하지 않은 건 실수였다. 경찰들이 내 몸을 수색하다가 수류탄을 발견하면 난 엄청 곤란한 지경에 놓이고 만다……

문득 정신 나간 아이디어가 떠오른다.

단단히 결심한다.

멋진 아이디어다. 할 수 있겠냐고? 해보지, 뭐.

백미러를 흘끗 올려다본다. 경찰은 도로를 주시하고 있다. 나는 수갑이 채워진 두 손을 옆으로 돌려 주머니에서 수류탄을 꺼낸다. 수갑이 살을 깊게 파고들 만큼 손목을 옆으로 비튼다. 아프지만 그럴 만한 가치가 있을 것이다. 정말이지 굉장한 아이디어니까. 울퉁불퉁한 금속 표면의 수류탄을 두 손으로 잡는다. 경찰차가 속도를 냈다가 멈추면서 휘청한다. 아직 시간이 조금 있을 것 같다. 나는 뒷좌석 끄트머리까지 최대한 당겨 앉는다. (경찰이 내게 안전벨트를 채우지 않아서 다행이다. 그런데 안전벨트를 하지 않는 건 불법 아닌가?)
허벅지에 힘을 주고 엉덩이를 들어 올린다. 오금이 바짝 당기면서
아릿하다. 그 자세로 바지와 팬티를 아래로 끌어내린다. 레인과 함
께 탔던 그 택시에서처럼. 까다로운 작업이지만 가죽 바지가 신축
성이 있고 티팬티도 작아서 할 수 있을 것 같다. 다리 사이로 손을
집어넣는다. 손목이 바짝 당겨 아프다. 으. 으. 으으. 수갑이 생각보
다 꽉 채워져 있다. 금속이 살을 파고들다 못해 뼈까지 파고드는 것
같다. 나는 천천히 신중하게 수류탄을 질 속으로 밀어 넣는다. 수류
탄이 (이미 촉촉하게 젖은) 질 속으로 들어가는 것이 느껴진다. 수류
탄의 은색 표면은 차갑고 딱딱하며 꽤 울퉁불퉁하다. 손가락을 뻗
어 쭉 밀어 넣는다. 맙소사, 강렬한 느낌이 밀려온다. 굉장하다. 말
도 안 되게 흥분된다. 금속이 내 지스폿을 자극한다. 나는 숨을 헐
떡이고 꿈틀대며 신음을 흘린다.

"하아아아아아아아아아아아아아아아."

"뒤에서 뭐 하는 거야?"

"아무것도요. 아, 아, **하아.**"

팬티와 바지를 도로 입고 힘겹게 등받이에 몸을 기댄다. 도로의
움푹 팬 곳을 지나면서 경찰차가 덜컹거린다. 몸 안의 수류탄도 흔
들린다. 마치 거대한 러브 에그(달걀 모양의 진동 딜도-옮긴이)나 골이
진 무늬가 새겨진 큼직한 벤 와 볼(금속이나 플라스틱 공 2개로 구성된 질
자극 기구-옮긴이)을 질 속에 집어넣은 기분이다. 경찰은 경찰서 앞
에서 브레이크를 꽉 밟는다. 이러다 오르가슴을 느끼겠다.

명심해, 앨비, 이건 정말 중요한 일이야. 긴급한 일이라는 걸 잊지 마. 탐폰 끈처럼 수류탄 핀을 당기면 절대 안 돼. 그랬다간 좋은 꼴 못 봐.

경찰들이 내 몸을 거의 샅샅이 수색한다. 그들은 아무것도 찾아내지 못하고 나를 유치장에 집어넣은 뒤 금속 문을 잠근다. 나는 간수의 멀어지는 발소리에 귀를 기울인다. 잠시 후 정적이 깔린다. 여기에는 아무것도, 아무도 없다. 오직 나뿐이다. 조그맣고 심하게 더러운 유리창은 빌어먹을 아치웨이의 집과 비슷하다. 회색 천장, 회색 벽, 회색 침대, 회색 바닥. 공기 중에 지린내와 절망의 냄새가 배어 있다. 창살 간격은 너무 좁아서 머리를 내밀 수도 없다. (그런 면에서 점수를 줄 만하다. 머리가 끼진 않을 테니까.) 창문이 너무 높아서 밖을 내다볼 수가 없다. 좁은 매트리스 위에는 얇은 담요 한 장이 놓여 있다. 한때 흰색이었을 변기는 때에 절었고, 뚜껑도 시트도 없다. 저 변기는 건드리고 싶지 않다. 여기서 나갈 때까지 참아야겠다. 설마 오랫동안 여기 가둬두지는 않겠지?

벽에 누군가의 이름이 피로 적혀 있다. 2013년 안나 아우구스토. 누군가 그 이름을 문질러 닦으려 한 모양인데 자국은 그대로 남았다. 핏자국은 원래 더럽게 안 지워진다. 시칠리아에서 겪어봐서 안다. 안나는 어떤 사람일까? 나처럼 아무 죄도 없이 잡혀 왔을까?

나는 창살을 붙잡고 복도에 대고 고함을 지른다.

"니노! 이 쌍놈의 새끼야! 여기서 나가기만 하면 가만 안 둬!"

니노는 수천 파운드짜리 다이아몬드를 남겨두고 나를 리츠 호텔에 버렸다. 이번에는 내가 새로 만난 섹시한 데이트 상대를 총으로 쏴 죽이고 나를 유치장에 처박았다. 더러운 짓도 정도가 있다. 지금까지는 심하게 화가 났다면 이제는 아주 미쳐 날뛸 지경이다. 여기서 나가고 말 것이다. 나가서 그의 엉덩이에 폭탄을 던질 것이다. 그의 성기를 터뜨려버릴 것이다. 최후에 웃는 자는 바로 앨비다.

나는 유치장 안에서 서성인다. 이쪽으로 갔다가 다시 저쪽으로 돌아간다. 절대 실패할 리 없는 새로운 계획이 필요하다. 이 문제를 해결해야 한다. 경찰들은 자기네가 사람을 잘못 잡아왔다는 걸 알고, 곧 니노를 쫓을 것이다. 저들도 진짜 살인범을 잡고 싶을 테니까. 그만한 인력과 기술이 있는 만큼 내가 범인이 아니라는 걸 알아낼 것이다. 다이너마이트가 죽었으니 나는 이제 목줄 풀린 미친개나 다름없다.

경찰과 협력하는 건 어떨까? 경찰들은 니노를 찾는 일을 (찾아서 죽이는 일을) 도와줄 수 있을 것이다. 그러려면 디즈니 왕자를 설득해 도움을 받아야 한다. 하지만 어떻게 그를 내 편으로 만들 수 있을까? 어떻게 그를 설득할 수 있을까?

그 문제는 나중에 고민하기로 한다.

일단은 몸 안에 넣어둔 살인 무기를 빼내야 한다.

유치장 바깥의 복도를 살펴본다. 아무도 없다. 수류탄을 꺼내기 위해 바지와 티팬티를 벗는다. 입술을 깨물고 손가락을 꼼지락거린다. 제대로 잘 잡아서 꺼내야 한다……

천천히 조심스럽게 손가락을 질 속으로 넣는다…….

베스가 이죽거린다.

'너 그러다 폭발하겠다.'

문득 지독한 두려움이 밀려온다.

아, 맙소사.

내가 대체 무슨 생각으로 이런 짓을 했을까?

질 속에 폭탄을 넣다니.

핀이 어디 있지?

이러다 죽겠다.

손가락을 위로 조금씩 조금씩 넣어보지만 수류탄을 잡을 수가 없다.

아무래도 이런 식으로는 꺼내기 힘들 것 같다.

안에 꽉 끼었다.

단단히.

"빌어먹을 니노, **죽여버릴** 거야."

과호흡이 온다. 숨을 들이쉬고 내쉬고 들이쉬고 내쉰다. 높은 소리로 쌕쌕대며 공기가 몸 안을 들락거린다. 마치 천식을 앓는 기니피그 같은 소리를 내고 있다. 숨을 불어넣을 갈색 종이봉투가 필요하다. 과호흡을 멈출 가스 장치도 있어야 한다……. 무엇보다 질 속에 박힌 폭탄을 빼내야 한다. 빌어먹을, 이제 어떻게 하지?

나는 차갑고 딱딱한 콘크리트 바닥에 태아 자세를 취한 채 모로 눕는다.

정신 차려, 앨비. 어쩔 거야? 수류탄을 계속 몸속에 넣어둘 수는 없어.

'오늘이 내 인생 최고의 날이구나.'

"엿 먹어, 베스. 넌 이미 죽었어."

나는 깊게 숨을 들이마시고 손가락을 조금 더 질 속으로 넣어본다. 하지만 어디를 잡고 당겨야 할지 모르겠다. 까딱 잘못 당겼다간 수류탄이 폭발하고 말 것이다……. 측면이 둥글어서 손가락을 더 밀어 넣을 수가 없다. 아, 맙소사. 도저히 안 되겠다. 빼낼 방법이 없다. 일이 완전히 꼬여버렸다. 병원에 가서 자초지종을 털어놓아야 한다. 하지만 어떻게 설명하지? 나는 다시 심호흡을 한다. *정신 차리자.* 괜찮다. 의사들은 이미 온갖 꼴을 다 봤을 것이다. 사람들은 유리병, 에어로졸 통, 맥주 캔, 햄스터 등 온갖 물건들을 몸의 이 구멍 저 구멍에 끼운 채 매일 응급실로 실려 온다. 중국에서는 어떤 남자가 항문에 장어를 집어넣기도 했다. 장어는 살아서 그의 창자로 들어가 장기를 온통 물어뜯었다. 그런 사람들도 있는데 수류탄쯤은 별것도 아니다. 의료진은 눈 하나 깜짝 안 할 것이다. 늘 봐왔을 테니까. 하지만 그들이 수류탄을 몸 밖으로 꺼내고 나면 그땐 어쩌지? *아, 그것도 문제다.* 불법 무기를 소지한 대가를 치러야 한다. 총을 소지한 것만으로도 문제가 되는데 수류탄이라니. 아니, 아니, 아니. 병원에 가는 건 자살행위다. 다른 계획이 필요하다.

chapter 26

어서, 앨비. 생각해, 생각해, 생각하라고. 시적 천재성은 어디로 갔니? 고정관념을 깨야 한다. 지금까지 완전히 잘못 생각했다. 잡아당겨서는 도저히 빼낼 수가 없다. 힘을 주면서 밀어내야 한다. 복도를 좌우로 살펴본다. 왼쪽, 오른쪽. 아무도 없다. 좋아. 해보자. 수류탄을 낳아보자. 최대한 몸을 낮추고 웅크려 앉은 다음 아래를 쥐어짠다. 힘을 주고 주고 주고 또 준다. 수류탄을 아래로 아래로 아래로 밀어낸다. (내 골반이 넓어서 다행이다.) 수류탄이 질 아래로 미끄러져 내려가더니 밑에서 받치고 있던 손바닥으로 툭 떨어진다. 하하. 쉽잖아. (아까는 왜 그 난리를 쳤을까?) 난 베스와는 달리 무통주사나 제왕절개수술도 필요 없다. 손에 쥔 수류탄을 살펴본다. 탁구공보다는 빼내기 쉽다. 방콕에 가서 이걸로 나만의 쇼를 만들어볼까. 침대 시트로 수류탄 표면을 닦고 재킷 주머니에 넣어둔다. 휴, 하마터면 죽을 뻔했다. 험하게 끝장날 수도 있었다. 그래도 뭐, 잘 해결했다. 난 프로니까…….

남자의 목소리가 들린다.

"나이틀리 양?"

"예? 왜요? 풀어주는 건가요?"

"경관님이 보자고 하십니다. 따라오시죠."

간수가 금속 문의 자물쇠를 열어준다. 그의 손에 내 핸드백이 들려 있다. 아, 잘됐다. 내 물건을 돌려주려나 보다. 풀어주려는 게 분명하다. 나는 핸드백을 받아서 어깨에 걸친다.

"화장실 좀 써도 되죠? 저 안에 있는 변기는 더러워서요."

"그러시죠. 따라오세요."

화장실 칸으로 들어간 나는 지갑 속에 숨겨둔 비아그라를 꺼내 라벨을 확인한다. 효과 2배라고 적혀 있다. 플라스틱 포장재에서 한 알을 톡 꺼낸다. 한 알 더. 그리고 한 알 더. 은박지 포장재를 바스락 구겨 뭉친다. 비아그라 세 알을 손바닥에 올린다. 핀 머리만 한 작은 크기의 예쁜 다이아몬드 모양이다. 하지만 크기만 보고 우습게 여기면 안 된다. (남자 성기나 딜도는 클수록 만족감이 커지지만 이런 약은 다르다.) 플라스틱 포장재에 두 알씩 들어 있어서 포장재 하나 반을 깠다. 짙은 청록색 비아그라 한 알을 혀로 핥아본다. 무슨 맛이 나는지 확인할 필요가 있다. 그에게 먹였을 때 너무 티가 나면 안 되기 때문이다. 그럼 디즈니 왕자께서 불쾌해하실 테니 말이다. 코팅에서 쓴맛이 난다. 레몬처럼 시고, MDMA(엑스터시)처럼 톡 쏘는 맛도 난다. 단맛이 나는 무언가와 섞어서 먹이지 않으면 바로 눈치챌 것 같다.

효과 2배인 비아그라 세 알을 모두 쓰면 과다 투약일까? 효과가 빠르게 나타날수록 좋기는 하다. 그래야 효율적이니까. 하지만 두 알로도 충분할 것 같다. 젠장, 한 알은 내가 먹자. 누가 또 알아? 재미난 일이 벌어질지. 나는 한 알을 입에 넣고 수돗물로 삼킨다. 종이 타월로 얼굴에 묻은 물기를 닦는다. 어떤 효과가 날지 궁금하다. 비아그라는 남자들을 위한 약이라 나도 처음 먹어본다. 어떤 효과가 나는지 기다려봐야겠다……. 아, 신난다. 이상한 나라의 앨리스가 된 기분이다. 마법 버섯을 조금 뜯어 먹은 앨리스처럼 궁금해진다. 내 몸이 줄어들까, 커질까? 나를 먹어요. 나를 마셔요. 나를 가져요. 나머지 두 알은 주머니에 넣고 지갑을 핸드백에 넣는다. 전신 거울로 내 모습을 확인해 본다. 머리카락을 살짝 흐트러뜨리고 입술을 비쭉 내민다. 몸을 돌려 엉덩이도 살펴본다. *나쁘진 않지만 완벽하지도 않다.* 베스의 마법 란제리 몇 벌을 챙겨 올걸. 쿠도 아츠코(영국 런던에서 활동하는 일본인 디자이너 - 옮긴이)가 디자인한 가랑이 부분이 뜯긴 바지나 라텍스 바스크(겨드랑이 아랫부분부터 엉덩이까지 가리는 여성 속옷 - 옮긴이)가 있으면 효과 만점일 텐데. 나는 화장실을 나가 문을 닫는다.

간수를 따라 복도를 지나서 사무실로 향한다. 왼쪽 주머니에는 비아그라 두 알, 오른쪽 주머니에는 수류탄이 들어 있다. 이것들을 소지할 수 있어서 다행이다. 언제 요긴하게 쓰일지 모르니 늘 갖고 다녀야 한다. 비상사태가 일어날 수도 있으니까. 그렇다. '준비하라'가 바로 내 좌우명이다. 걸스카우트 시절에 배운 구호인데 내 좌우명으로 삼기로 했다.

좁은 블라인드 틈새로 사무실 안을 슬쩍 들여다본다. 디즈니 왕자가 있다. 책상 앞에 앉아 있는 그의 모습이 보인다. 나를 취조실로 부르지 않아 다행이다. 취조실에서는 계획대로 하기 어려울 것이다. 취조실에는 카메라도 있고 바깥에서 취조실 안이 훤히 들여다보이는 거울도 있기 때문이다. 디즈니 왕자는 캔 음료를 마시고 있다. 파란색과 노란색으로 디자인된 캔이다. 여기서는 라벨이 보이지 않는다. 책상 앞에 앉아 있던 그가 눈을 들어 내 쪽을 쳐다본다. 나는 유리에서 물러선다. 간수가 사무실 문을 노크하자 안에서 목소리가 들린다.

"시, 키 에Si, Chi è?(예, 누구시죠?)"

간수가 사무실 문을 열고 한 걸음 들어가 보고한다.

"나이틀리 양을 데려왔습니다, 경관님."

"그라치에Grazie.(고마워.)"

책상 앞에 앉아 있던 디즈니 왕자가 일어선다.

내가 사무실 안으로 들어가자 간수는 밖으로 나간다. 나는 조용히 문을 닫고 문고리에 꽂혀 있던 열쇠를 살그머니 돌려 문을 잠근다. 열쇠를 주머니에 넣고 아무도 들여다보지 못하게 블라인드를 내린다.

"빛이 너무 많이 들어와서요." 나는 이렇게 둘러대며 어깨를 으쓱하고 그를 돌아본다. "오후라 그런지 무척 멋져 보이시네요. 머리손질이라도 하셨어요?"

나는 그의 맞은편 의자에 앉아 책상 위로 발을 올린다.

디즈니 왕자는 인상을 쓴다.

"나이틀리 양, 진술할 준비가 됐습니까?"

"아직 그쪽 이름도 못 들었는데요."

"다모레 경관입니다."

"성이 멋지네요. 이름도 성처럼 멋지겠죠?"

그는 한숨을 쉰다.

"알레산드로라고 합니다."

그는 미간을 찌푸린다. 그의 진갈색 앞머리가 이마로 흘러내린다. 그는 화가 난 표정이다. 그가 마시고 있던 노란색 캔은 리모나타다. 산 펠레그리노 사에서 만드는 레몬 맛 탄산음료. 캔이 그의 책상 한가운데 놓여 있어서 음료가 얼마나 남았는지 보이지 않는다. 나는 그 캔을 가리키며 말한다.

"맛있어 보이네요. 저도 하나 주실래요?"

그는 눈알을 위로 굴리고는 일어나서 냉장고 쪽으로 걸어간다. 맥주를 보관하는 미니 냉장고다. 나는 애교가 넘치는 미소를 지어 보인다. 그는 냉장고 안으로 손을 뻗는다. 그가 내게 등을 보이자마자 나는 그가 마시던 캔에 비아그라 두 알을 얼른 집어넣는다. 그리고 캔을 들고 빠르게 휘휘 돌린다. 안에 담긴 음료가 쉬익, 부걱거린다. 그가 다시 돌아서자 나는 얼른 캔을 도로 내려놓는다.

"음, 맛있겠다." 그가 건네주는 캔을 받으면서 나는 입술을 혀로 핥는다. "혹시 빨대 있어요?"

캔 뚜껑을 잡아당기자 푸쉬이이이이이이이 소리가 난다. 상큼한 감귤 향이 퍼진다.

그는 또 눈알을 위로 굴린다. 책상 서랍을 열고 뒤적거리더니 길쭉한 종이 빨대를 하나 꺼낸다. 맥도날드에서 셰이크를 먹을 때 사용하는 빨대다. 그는 책상 너머로 빨대를 던진다. 나는 그 빨대를 캔에 꽂는다.

"또 필요한 거 있어요?"

"아니, 됐어요. 점심은 먹었어요?"

(내가 알기로 남자가 식사를 하고 비아그라를 복용하면 식사를 안 했을 때에 비해 효과가 늦게 나타난다. 최고 *90분*까지 늦는 경우도 있다. 그가 부디 배불리 식사를 하지 않았길. 그렇다면 이 계획은 실패로 돌아가고 만다.)

"아직요. 일하느라 바빠서." 그는 한쪽 눈썹을 치뜨고 나를 날카롭게 쳐다본다. 내 전 남친이 사이코인 게 마치 내 탓인 것처럼. "로마 언론들이 범인 체포를 놓고 나를 달달 볶고 있거든요. 시장님은 말할 것도 없고……."

"이봐요, 알레산드로 경관님, 저를 비난하지 마세요. 지금 경관님이 화를 내야 할 사람은 니노라고요. 이번 일로 스트레스를 많이 받으시는 것 같으니 제가 이해할게요."

"스트레스요? 스트레스? 당연히 스트레스를 받죠. 아주 신경쇠약에 걸릴 지경입니다. 이 도시에서 가장 붐비는 광장에서 저격수가 여자를 쏴 죽였습니다. 망할 고대 로마 신전 앞에서요. 그것도 훤한 대낮에. 그런데 범인은 멋대로 돌아다니고 있어요. 지금은 관광 성수기란 말입니다."

"경관님, 마음을 좀 느긋하게 가져요."

그는 캔을 들고 음료수를 벌컥벌컥 마신다. 아까보다 맛이 좀 더 강하다는 정도만 느끼길. 비아그라가 음료에 잘 녹아들었어야 할 텐데. 두 알이 아니라 세 알을 넣을걸 그랬나…… 나는 음료수를 마시느라 울룩불룩 움직이는 그의 목을 바라본다.

"으."

그는 입술을 손으로 슥 닦고 캔을 내려놓는다. 매끈한 책상 위에 놓인 알루미늄 캔이 흔들거리며 짤그락짤그락 소리를 낸다.

쓴맛이 좀 났을 것이다. 리모나타는 신맛인데 2배의 효과를 자랑하는 비아그라가 들어갔으니 신맛이 강해지면서 쓴맛이 돌았을 것이다.

"제가 그 여자를 쏘지 않았다는 걸 알아낸 모양이군요. 잘하셨어요."

"당신 총은 장전이 안 되어 있었고, 사용되지도 않았더군요. 총상을 보니 장거리에서 쏜 것이기도 하고요."

"제가 그렇게 말했잖아요."

남자들은 도대체 왜 말을 흘려들을까? 늘 몇 번씩 말을 해야 한다.

나는 빨대로 음료를 빨아 마신다. 거품이 보그르르 올라오는 차가운 음료다. 내가 빨대로 음료를 쪽쪽 빼는 것은 그에게 너도 어서 네 음료를 마시라는 뜻이다. 그가 과연 알아차렸을까 싶긴 하다.

그는 약간 화가 난 말투로 내뱉는다.

"그래서 당신은 무고한 증인이다, 이거군요. 총을 들고 우연히 범죄 현장에 있었던 것뿐이라고 말이죠."

"바로 그거예요. 우연히."

"총기 소지 허가증도 없던데."

"안 그래도 그걸 만들러 가던 참이었어요. 경찰이 저를 살인범 취급하면서 여기 붙잡아두지 않았다면요. 말했잖아요. 범인은 니노라고."

알레산드로는 의자에서 일어나 반짝이는 책상을 두 주먹으로 내리누른다. 어깨가 구부정하고 이마에 주름이 잡혔다. 〈미녀와 야수〉의 야수가 얼핏 떠오른다. 얼굴에 털이 없고 치열이 좀 더 고른 야수. 나는 속눈썹 너머로 그를 바라보며 아랫입술을 깨문다. 그리고 빨대로 음료를 조금 더 빨아 마신다.

"당신이 범인이라고 주장하는 그 남자와도 우연히 친구가 된 거겠죠."

"니노는 예전부터 알던 사이예요. 친구는 아니에요."

알레산드로는 책상을 주먹으로 내리친다. 쿵! 사무실 안에 소리가 울려 퍼진다.

"경찰에서는…… 뭐라도 알아낸 거 있어요?"

그의 표정을 보니 대답을 안 들어도 되겠다. 알아낸 게 전혀 없나보다.

슬슬 재미있어진다.

"저는 누구 짓인지 알아요. 니노 브루스카는 무장을 했고 위험한 인물이에요. 저는 제 몸을 지키기 위해 그 총을 샀어요. 니노한테서 저 자신을 방어하려고요." 아래쪽에서 뭔가 찌릿한 느낌이 들기 시작한다. 비아그라가 효과를 나타내기 시작한 건가. "그런데 어떻게 저를 체포하실 수가 있어요."

나는 상처받은 바비 인형 같은 표정을 지어 보인다.

"경찰로서 할 일을 한 겁니다."

나는 눈가에 눈물을 그렁그렁 매단다. 악어의 눈물이다. 그가 내게 티슈를 한 장 내민다.

그러고는 예쁘장한 머리를 절레절레 흔든다. 숱이 많고 윤기 나는 머리카락이다. 어떤 컨디셔너를 쓰는 걸까. 내 머리카락은 저렇게 빛나본 적이 없다. 알레산드로는 캔을 쥐고 꿀꺽꿀꺽 소리를 내며 남아 있던 음료수를 모두 들이켠다.

"으으"

그는 또다시 괴상한 신음을 흘린다. 그러더니 손으로 입가를 닦고 캔을 쓰레기통으로 휙 던진다. (인상 깊은 골인이다. 나는 매번 실패하는데.) 나는 거품이 이는 음료를 빨아 마신다. 그는 내 말을 어떻게 받아들여야 할지 갈피를 못 잡는 눈치다. 그의 잘생긴 얼굴에 혼란스러운 기색이 스친다. 마치 신디(바비 인형의 영국판 라이벌인 인형 - 옮긴이)와 바비 중 누구를 선택하겠냐는 질문을 받은 켄(바비 인형의 남자 친구 - 옮긴이)처럼. 그는 저스틴 트뤼도(현재 캐나다 총리 - 옮긴이)만큼이나 잘생겼다. 그는 내게서 혐의점을 찾지 못했다. 의심스런 정황은 있겠지만 말이다. 그리고 나는 그에게 도움을 주겠다고 제안하고 있다. 실은 도움 이상의 것을 줄 생각이다……

"알레산드로." 나는 일부러 떨리는 목소리를 내며 그에게 몸을 기울인다. "무서워요. 니노는 그 여자가 아니라 *저*를 죽이려고 했던 것 같아요……."

페레로로쉐 초콜릿 같은 그의 눈동자가 내 눈을 바라본다. 걸려든 것 같다.

"당신이…… 저를 안전하게 지켜주겠다고 약속하면 그를 찾을 수 있게 도울게요. 당신이랑 제가 한 팀이 되는 거예요. 우리는 같은 편이에요."

내 성기에 묘한 느낌이 일고 있다. 혈류가 활기차게 흐르기 시작한다. 음핵의 감각이 살아나 민감해지면서 확대된 느낌이다. 질이 고동친다. 내 아랫도리에서 무슨 일이 일어나고 있는 거지? 나는 앉은 자리에서 자세를 살짝 바꾼다. 한 알 먹었는데 음문이 2배로 커졌다.

"저만 더위를 타는 건가요, 아니면 이 안이 더운 거예요?"

나는 가죽 재킷을 벗어 의자 등받이에 걸쳐놓는다. (주머니에 든 수류탄을 부딪치지 않으려고 조심하면서. 나중에 사용해야 하니까.) 알레산드로가 나를 주시한다. 아주 잠깐이지만 그의 시선이 내 가슴에 머문다. 그 정도면 충분하다. 나는 머리카락을 매만지고 고개를 살짝 옆으로 기울이면서 그를 진심으로 원한다는 눈빛을 보낸다. 그리고 두 다리를 풀었다가 방향을 바꿔 다시 꼰다. (이런 바지가 아니라 치마나 미니 원피스를 입었으면 효과가 더 좋았을 것이다. 그리고 영화 〈원초적 본능〉의 샤론 스톤처럼 팬티도 입지 말았어야 했다. 그랬으면 그의 시선을 더 확 사로잡을 수 있었을 텐데.)

알레산드로는 너저분한 책상을 내려다보며 서류들을 뒤적거린다. 나는 시계를 흘긋 쳐다본다. 1분 1초가 중요하다. 너무 늦으면 니노가 이 도시를 떠나거나 아예 이탈리아에서 벗어날 수도 있다. 그는 가짜 여권과…… 돈…… 그리고 여기를 떠나야 할 강력한 동기를 갖고 있다. 조금만 더 기다렸다가 행동에 나서야겠다. 가끔 보면 경찰들은 너무 절차에 얽매인다. 올바르게 처신하려 하고 냉담하고 프로처럼 군다. 용의자와 동침을 꺼리며 목격자와 가벼운 섹스도 주저한다. 하지만 난 알고 있다. 여기는 영국이 아니라 이탈리아다. 영국과 똑같은 규칙이 적용되지 않는다. 여기는 유럽연합의 규칙이 적용될 것이다. 이곳 경찰들은 대부분 부패했다. 그리고 매력적이다. 만족할 줄 모르는 탐욕을 갖고 있다. 그래도 그의 사무실에서 섹스를 하는 것은 위험하다. 일이 완전히 어그러질 가능성도 있다.

'앨비, 그만해. 그런 생각은 하지 마.'

베스가 조잘거린다.

'이런 방법이 먹힐 리가 없지.'

이 일을 할 수 있다고 생각하든 아니든 내가 가는 길이 옳은 길이다. 누가 말했더라? '꿈꿀 수 있으면 실현할 수 있다.' 헛소리 같긴 해도 그게 인생의 진리다.

몸에 열이 올라 끈적하게 땀이 나면서 마음이 허둥거린다. 열파가 몸을 위아래로 휩쓸며 오르내린다. 뺨이 달아오르고 성기가 젖는다. 나는 회전의자에 앉은 채 몸을 빙글 돌린다.

알레산드로가 재킷을 벗어서 문고리에 건다. 넥타이를 풀더니 아예 벗어버린다. 그가 더 벗기를 바란다. 몸에 딱 붙는 맞춤 셔츠 속에 있는 그의 몸이 당장이라도 폭발할 것 같다. 그는 책상 쪽으로 다시 걸어가다가 문득 걸음을 멈춘다. 몹시 당황한 표정이다. 그의 사타구니를 보니, 됐다. 야호! 약효가 나타났다. 내 무모한 계획이 먹혔다. 겉으로 봐서는 상당히 발기된 것 같은데 푸딩은 직접 먹어 봐야 맛을 아는 법이다. 어서 그의 옷을 벗기고 싶다.

나는 회전의자에 앉은 채 몸을 한 바퀴 돌리며 굶주린 눈빛으로 그를 바라본다. 손가락으로 머리카락을 감아 빙글빙글 돌리면서 내 안의 메간 폭스를 이끌어낸다. 힘내, 앨비. 넌 스타야.

"당신 곁에 있으면 안전한 기분이에요, 알레산드로. 당신은 몸집도 크고 강하고 잘생겼어요······. 당신이 니노와는 달리 나를 다치게 하지 않을 줄 알고 있었어요. 당신은 내 영웅이에요."

알레산드로는 심하게 얼굴을 붉힌다. 나는 의자에 앉은 채 그에게 기댄다.

"나는, 음, 나는······" 그는 말을 더듬는다. 목소리가 떨린다. "운모멘토Un momento.(잠깐만요.)"

그는 돌아서서 문 쪽으로 달려가 손잡이를 당긴다. 하지만 문이 잠겨 있다. 내게 필요한 건 바로 그 찰나의 순간이다.

나는 벌떡 일어나 그에게 다가간다. 기회를 잡아야 한다. 이대로 나가게 할 수는 없다.

나는 그의 등에 업히면서 발목으로 그의 허리를 휘감는다.

"안 돼요. 가지 말아요. 당신을 간절히 원한단 말이에요. 당신 때문에 미칠 것 같아요. 처음 본 순간부터 그랬어요……. (오늘 아침에 그가 나를 체포했을 때부터.) 지금 내 머릿속에는 온통 당신 생각뿐이에요."

"앨비? 케 카초?(뭡니까?)"

"지금 날 가져요. 지금이 아니면 영원히 못 가져요."

그는 주춤주춤 뒤로 물러선다. 우리는 그의 나무 책상 위로 쓰러진다. 내 두 다리가 그의 허리를 단단히 감는다. 절대 놓아주지 않을 것이다.

chapter 27

나는 그를 돌려세우고 입술에 키스한다.

"앨비?"

"알레산드로, 스코파미scopami. (나를 가져요)."

나는 상의와 브래지어를 벗는다. 한 손으로 그의 바지 지퍼를 내리면서 다른 손으로는 그의 엉덩이를 움켜쥔다. 그는 신음을 흘리며 다가온다. 그는 이제 나를 원할 수밖에 없을 것이다. 그가 더 이상 무슨 말을 하거나, 생각을 하거나, 도망치지 못하게 나는 다시 키스를 퍼붓는다. 그의 성기를 손으로 잡고 사각 팬티 밖으로 꺼낸다.

"알레산드로, 당신은 너무 섹시해요."

그의 이름을 미리 알아두길 잘했다. 이런 일은 이름을 부르면서 해야 효과가 좋다. 그렇지 않으면 분위기가 너무 딱딱해지니까.

나는 그를 책상 위에 앉게 하고 그의 앞에 무릎을 꿇는다. 그의 성기를 입에 넣는다. 뜨겁게 고동치는 큼직한 성기다. 나는 그것을 위아래로 핥는다. 티트리 샤워젤 맛이 난다. 머리를 바짝 들이밀면서 목구멍 안쪽까지 그를 느낀다. 성기 끝을 혀로 둥글게 핥고 그의 사랑스러운 고환을 쓰다듬는다.

뒤로 물러섰다가 일어선다. 가죽 바지를 벗어 내린다. 조그마한 티팬티도 벗고 그의 눈을 바라본다.

"우린 함께예요……."

나는 발가벗은 채 그의 책상 위에 올라앉아 다리를 벌린다.

"나를 니노한테 데려다줘요. 난 그와 5분만 같이 있으면 돼요."

그는 고개를 끄덕이며 손가락을 내 입에 넣는다.

"어서 들어와요, 어서."

그는 내 안으로 줄기차게 들어온다. 다시, 다시, 또다시. 한 번 절정에 올랐다가 2초 후에 또다시 덤벼든다. (이미 *다섯 번째*다.) 귀신에 씌었거나 약을 먹은 사람 같다. (아, 그래. 내가 그에게 약을 먹이긴 했다.) 계속하다 보니 몸이 지치고 아랫도리가 쓰라린다. 더 이상 못 하겠다. 나는 문서 보관함 쪽으로 허리를 굽히며 바닥을 내려다본다. 바닥이 빙글빙글 돈다.

"이제 그만." 나는 땀을 뚝뚝 떨어뜨리며 말한다. 숨도 제대로 못 쉬겠다. "어서…… 니노를…… 찾으러…… 가자고요……."

디즈니 왕자를 따라 회의실로 들어가는데 이탈리아어로 웅성대는 소리가 들린다. 나는 의자에 털썩 주저앉는다. 힘이 다 빠졌다. 내 의자를 옆으로 약간 움직여 테이블 아래서 그의 허벅지에 내 허벅지를 바짝 붙인다. 손으로 그의 무릎을 살짝 쥔다. 알레산드로가 헛기침을 한다. 나는 회의실을 둘러본다. 2.5점, 3.5점, 6.25점짜리 경찰들이 앉아 있다. 알레산드로의 외모는 단연 뛰어나다. (그는 9.5점 이상이다.) 내가 유혹해야 했던 사람이 그여서 다행이다. 일을 하면서 쾌락도 얻을 수 있으면 금상첨화지.

"오지Oggi(오늘은), 잉글리제(영어)로 한다. 나이틀리 양이 이탈리아어를 할 줄 모르니까. 바 베네Va bene?(괜찮지?)"

다른 경찰들이 대답한다.

"바 베네."

조짐이 좋다.

알레산드로는 비좁고 지나치게 조명이 밝은 회의실의 테이블 상석에 앉아 회의를 주도한다. 네온처럼 밝은 천장 조명이 깜박거린다. 나머지 세 경찰은 매끈한 진청색 제복 차림으로 싸구려 사무용 의자에 앉아 있다. 평범한 경찰 제복인데 저들이 입으니 마치 아르마니의 최근 패션쇼 무대 의상 같다. 알레산드로의 제복 옷깃에는 온갖 핀과 훈장이 달려 있다. 그가 여기서 제일 높은 사람인 모양이다. 나와 엄청난 섹스를 한 후 샤워하고 옷을 갈아입어서 그런지 더욱 섹시해 보인다. 그에게서 겨드랑이에 바르는 발한억제제 같은 깨끗한 냄새가 풍긴다. 나는 신발을 벗고 발가락으로 그의 종아리를 더듬는다.

"나이틀리 양이 고맙게도 레인 캠벨 살인 사건 관련 조사를 돕겠다고 동의했다."

"다이너마이트예요."

내가 끼어들어 한마디 하자 그는 나를 돌아본다.

"뭐라고요?"

다른 경찰들의 시선도 내게 쏠린다.

"다이너마이트라고?"

"뭐지?"

내가 설명한다.

"별로 중요한 건 아닌데, 다이너마이트는 그 여자의 마피아식 별명이에요."

"나이틀리 양은 용의자와 아는 사이고, 나이틀리 양이 알려준 그자의 이름은⋯⋯." 그는 수첩을 들여다보며 말을 잇는다. "지아니노 마리아 브루스카라는군."

"줄여서 니노예요. 살인자의 이름은 *니노*이고⋯⋯ 저를 사랑하고 있어요." 알레산드로가 인상을 쓴다. 나는 그에게 미소를 지으며 말한다. "그렇다고요. 계속하세요."

"CCTV 영상을 보면 용의자가 로툰다 광장을 떠나 라르고 페보에 있는 라파엘 호텔로 걸어가는 모습이 보인다. 호텔 출입구를 확인한 결과 현재 그는 그 호텔에 머물고 있는 것으로 추정된다."

나는 고개를 끄덕인다. 진지한 분위기라서 나도 엄숙한 표정을 짓지만⋯⋯ 속으로는 폭죽이 터진 것처럼 신이 난다. 이제 곧 불을 붙이게 될 것이다. 음하하. 계획대로 되고 있다. 경찰들은 나를 니노가 있는 곳으로 이끌어줄 것이다. 나는 니노와 딱 *1분만* 같이 있으면 된다. 그는 칠리 콘 카르네(간 쇠고기에 강낭콩, 칠리 파우더를 넣고 끓인 매운 스튜－옮긴이), 살라미(이탈리아 소시지－옮긴이), 파스트라미(훈제 또는 소금에 절인 소의 어깨살－옮긴이), 쇠고기 카르파초 신세가 될 것이다. 지난번에는 그가 나를 지하철로 떠밀어 죽이려 했지만, 이제 상황이 달라졌다. 이 게임에서는 내가 우위에 있다. 내가 게임을 지배한다.

알레산드로가 가방에서 무언가를 꺼내 나무 테이블 위에 올려놓는다. 작은 검은색 상자와 연결된 기다란 검은색 전선. 꼭 초소형 마이크처럼 생겼다. 그는 끈적한 테이프를 꺼내 검은 전선 옆에 내려놓는다.

"그게 뭐예요?"

디즈니 왕자가 나를 돌아보며 말한다.

"나이틀리 양. 옷 속에 이 무선 마이크를 착용하세요." 그는 이 말을 하면서 얼굴을 붉힌다. 귀엽네. "니노라는 사람을 만날 때 평소처럼 자연스럽게 행동해야 됩니다. 일상적인 대화부터 나누도록 해요. 그가 의심하지 않게 하는 것이 중요합니다. 오늘 21시까지 자백을 끌어내야 됩니다. 그가 총을 쏴서 캠벨 양을 살해했다는 자백을 해야 돼요. 녹음이 완료된 순간 동료들과 내가 들어가서 그를 체포할 겁니다."

"됐어요. 난 그런 거 착용 안 해요."

그러자 알레산드로가 내 귀에 대고 속삭인다.

"착용 안 하면 거래는 취소예요. 불법 무기를 소지한 죄로 기소할 겁니다."

"멋진 계획이네요." 나는 벌떡 일어나 테이블을 주먹으로 내리친다. "마음에 들어요. 아주 좋아요."

경찰 중 한 명이 내게 묻는다.

"왜 용의자가 당신한테 자백할 거라고 생각하죠?"

"아까도 말했듯이 그는 나한테 반했어요. 빨간 장미 꽃다발도 계속 보내고 섹시한 문자도 툭하면 보내고 있어요. 저한테 집착하고 있다니까요. 하지만 그는 제 타입이 아니에요."

나는 이 말을 하면서 디즈니 왕자에게 윙크를 한다.

머릿속에서 베스가 말한다.

'웃기고 있네. 집착하는 건 너잖아.'

알레산드로가 경찰들을 둘러보며 묻는다.

"에 키아로È chiaro?(알겠나?)"

경찰들 모두 고개를 끄덕인다.

"시, 코미사리오Si, commissario.(예, 경관님.)"

내 손이 그의 허벅지 안쪽을 향해 올라간다. 나는 테이블 밑에서 그의 허벅지를 주무른다. 그는 침을 삼키며 눈을 감는다. 비아그라의 약발이 아직 떨어지지 않았다. 나는 슬쩍 사타구니로 손을 올린다. 좋아, 됐어. 이제, 시도해 보자…….

나는 몸을 기울이며 그의 귀에 속삭인다.

"내가 이 일을 해내면 권총은 돌려줄 거죠?"

"아뇨."

나는 그의 몸에서 손을 뗀다.

그는 무선 마이크를 집어 들고 작은 스위치를 조작한다. 그리고 숫자를 세며 마이크 성능을 확인한다.

"우노, 두에, 우노, 두에.(하나, 둘, 하나, 둘.)"

나는 테이프를 집어 들고 상의를 걷어 올린다.

"자, 붙이세요, 여러분. 잘해 봅시다."

알레산드로는 앞좌석에 앉아 뒤를 돌아보며 말한다.

"10분 줄게요. 10분이 지나면 우리가 용의자를 체포하러 들어갈 겁니다."

나는 고개를 끄덕인다. 뒷좌석에 앉아 안절부절못하고 꾸물거리고 있다. 가슴과 배 부위에 무선 마이크와 끈적한 테이프가 느껴진다. 편하지 않다. 자꾸 간지럽고 피부가 당기는 느낌이다. 미세한 금색 체모들을 테이프가 잡아당기고 있다. 나중에 테이프를 뜯으면 살이 꽤나 따끔거리겠다. 그가 말한다.

"자백을 받아내기에 충분한 시간입니다."

"음, 그래요. 뭐, 잘될지는 두고 봐야 알겠죠."

"레인 캠벨 양에게 총을 쐈다는 걸 시인하면 됩니다."

"그래요. 좋아요. 알아들었어요. 고도의 지능이 필요한 일도 아니네요."

자백이고 뭐고 간에 난 수류탄의 핀을 뽑을 시간만 있으면 된다. 니노는 물론이고 이 경찰들도 한 번에 죽여버릴 것이다. 그리고 자유의 몸으로 여길 떠나야지. 수류탄을 던지고 나서 반대 방향으로 달려갈 것이다. 나까지 폭발에 휘말리면 안 되니까. 디즈니 왕자를 죽이는 건 좀 아깝지만 달걀을 깨지 않고 오믈렛을 만들 수는 없다.

우리가 탄 차는 겉에 아무 표시가 없는 차들의 호위를 받으며 로마 도심을 빠르게 달려간다. 모퉁이를 돌아 니노가 머무는 호텔이 위치한 라르고 페보 광장에 멈춰 선다. 선팅을 한 차창 밖으로 호텔을 바라본다. 어머, 이 남자 취향 좀 봐. 라파엘 호텔의 벽면은 온통 담쟁이덩굴로 뒤덮여 있다. 밀림처럼 우거진 달콤한 초록빛 담쟁이덩굴 사이사이에 선명한 보라색 꽃들이 피어 있다. 이렇게 아름다운 건물은 처음 본다. 니노가 여기로 거처를 옮긴 것도 이해가 된다.

경찰들은 차 엔진을 끄지 않고 대기한다. 숨이 막힌다. 긴장으로 어깨가 굳어진다. 이를 악물고 재킷 주머니에 들어 있는 수류탄을 손으로 쓰다듬는다.

어디 해보자.

이제 시작이다.

나는 걸어가다 말고 우뚝 멈춰 선다. 저쪽 바에 니노가 내게 등을 보이고 서 있다. 타르처럼 매끈하고 반짝이며 반질거리는 검은 머리카락. 징이 박힌 낡은 가죽 재킷. 내 기억에 선연히 박힌 말보로 레드 냄새. 램프 불빛에 은 장신구가 반짝인다. 저건 틀림없는 그의 엉덩이다. 짙은 색 정장 바지를 입고 있어서인지 탱탱하고 탄탄한 그의 엉덩이가 더욱 돋보인다. 지방이라고는 하나도 없는 100퍼센트 근육이다. 그의 둔근과 등 근육이 기억에 생생하다. 그의 용광로 같은 피부에서 피어오르는 열기도……. 마치 어제처럼 느껴진다. 그는 바 앞에 서서 짧은 유리 술잔을 들고 혼자 술을 마시고 있다. 술잔에는 위스키 같은 술이 담겨 있다. 진한 황금색 액체. 얼음도, 빨대도 없다. 내 수중에 청산가리가 있으면 좋았을 것이다. 저 술잔에 슬쩍 타게. 그는 마지막으로 어떤 말을 남길까? '내가 배신하였기에 당연히 죽는 거요.'(《햄릿》의 한 구절-옮긴이) 뭐 이 정도?

시간을 확인한다. 20시 51분. 9분 남았다…… 젠장.

나는 허리를 곧게 펴고 그에게 걸어간다.

"안녕, 니노." 나는 아무렇지 않게 말을 건다. 지난 일주일 동안 서로를 죽이려 든 적이 없는 것처럼 태연하게. "나도 한잔 사줄래?"

그는 나를 보고 놀랐는지는 모르지만 티를 내지 않는다. 그는 나를 향해 고개를 살짝 기울이며 인사한다.

"베타, 안녕."

맙소사, 정말 멋진 남자다. 가까이서 보니 더 훌륭하다. 총천연색 실물이다. 유령이나 환영, 환각이 아니라 진짜 사람이다. 오후 5시 무렵의 그늘처럼 그을린 피부. 불꽃을 머금은 오닉스처럼 반짝이는 눈동자.

드디어 만났네, 어둠의 왕자. 그래, 너. 잘난 너 말이야. 미국판 〈도전! 슈퍼 모델〉에 나가면 우승하고도 남을 너.

바에 놓인 촛불들이 팔랑거리자 매끄러운 마호가니 표면 위에서 그림자들이 춤을 춘다.

루시퍼나 다름없는 이 남자는 어쩜 이렇게 천사 같은 모습일까?

이런 개새끼한테는 죽음도 과분하다. 수류탄을 터뜨려 지옥으로 보내버리겠다.

그는 바 쪽으로 돌아서서 잔을 내려놓으며 바텐더에게 말한다.

"운 알트로 위스키Un altro whisky.(위스키 한 잔 더.)"

사포처럼 거친 목소리. 굵은 바리톤. 지하철에서 만났을 때, 그리고 음성사서함 이후 처음 듣는 그의 목소리다.

"난 말리부 마실게. 말리부 앤 코크로."

니노가 돌아서서 나를 쳐다본다.

나는 바텐더에게 직접 주문한다.

"팻 콜라로 섞어줘요. 얼음과 레몬 넣고. 빨대도 주세요."

바텐더가 고개를 끄덕인다.

"시, 체르토Si, certo.(예, 알겠습니다.)"

"운 알트로 위스키."

니노는 이렇게 말하며 빈 술잔을 바텐더 쪽으로 민다.

"시, 시뇨르 니노. 프레고Si, Signor Nino. Prego.(예, 니노 씨. 알겠습니다.)"

우리는 다시 서로를 노려본다.

이놈을 다진 쇠고기, 오리 간 파테, 스테이크 타르타르로 만들어주고 말 것이다.

반드시.

두고 봐라.

니노는 술을 미저 들이켜고 잔을 세게 내려놓는다. 나는 그의 닳은 손톱과 피처럼 붉은 루비가 박힌 인장 반지를 바라본다.

그는 한숨을 쉬며 나를 돌아본다.

"뭐, *감명 깊네.*"

"그래?"

"드디어 나를 잡았잖아."

나는 그의 이마에 새겨진 그랜드캐니언처럼 깊고 어두운 주름을 바라본다. 그의 무표정한 얼굴에서 감정을 읽어보려고 애쓴다.

"그래, 당연히 감명 깊으셔야지. 당신은 내 차를 훔쳤어. 내 돈과 내 옷까지. 덕분에 일주일 동안 팬티도 없이 살았어. 이렇게 찾으니 너무 반갑네."

나는 주머니에 넣어둔 수류탄을 쓰다듬고 은색 고리를 만지작거린다…….

니노는 고개를 젓는다. 절레절레 흔든다. 테일러 스위프트의 '셰이크 잇 오프'라는 노래처럼. 아, 맙소사. 테일러 스위프트가 정말 그립다. 전에는 하루에 몇 번씩 그녀에게 트윗을 날렸는데 요즘은 도망치느라 트위터를 통 하지 못했다. 테일러가 나를 아직 기억하고 있어야 할 텐데.

니노는 작은 은 접시에 담긴, 씨를 뺀 검은 올리브를 칵테일 꼬치로 집는다. 그의 손은 전혀 떨리지 않는다. 이 각도에서 봐도 그는 참 아름답다. 빛의 천사, 마왕 벨제붑, 파리의 왕이다.

"베타, 당신도 나한테 똑같은 짓을 했잖아. 생각해 봐."

그래, 공평하게 말하면 그렇긴 하다. 하지만 지금 중요한 건 그게 아니잖아.

"아니, 안 했어."

"했어."

이 자식을 당장 *잼*으로 만들어버려야겠다. 한 번만 더 나를 베타라고 부르기만 해봐. 빌어먹을. 난 앨비 나이틀리다. 이제 영원히 앨비 나이틀리란 말이다.

그는 내 거짓말을 반박하려는 듯 고개를 돌려 내 눈을 똑바로 바라본다.

그가 내 옷 속에 감춰진 무선 마이크를 알아채지 않아야 할 텐데.

"말리부 앤 코크 나왔습니다, 손님."

바텐더가 이렇게 말하며 검은 종이 냅킨 위에 술잔을 내려놓는다. 마티니 잔에 작은 파라솔이 꽂혀 있다. 나는 술잔을 들어 향을 맡아본다. 코코넛, 콜라, 쌉쌀한 레몬. 빨대로 한 모금 마셔본다.

"맛있네. 마실래?"

죽이기 전에 그의 몸속 당도를 높여도 나쁘지 않을 것 같다.

"위스키 한 잔 더 나왔습니다, 니노 씨." 바텐더는 그의 앞에 술잔을 내려놓는다. "콘 이 노스트리 콤플리멘티Con i nostri complimenti.(이건 서비스입니다.)"

니노는 고개를 끄덕이며 술잔을 집어 든다. 나는 술을 마시는 그를 바라본다. 그의 각진 턱, 목젖, 짧게 돋은 검은 턱수염. 그는 올리브를 한 알 더 집는다.

이놈은 자기가 곧 죽을 줄 모르는 걸까?

이건 그에게 최후의 만찬이다.

우리는 잠시 눈이 마주친다. 그가 먼저 시선을 돌린다.

내가 묻는다.

"내 돈 가방 어디 있어?"(그를 죽이기 전에 알아둬야겠다.)

"도메니코가 가져갔어. 차도."

"뭐?" 말도 안 된다. 거짓말이다. "돈이 없다고?"

"그래."

"전부 줬어?"

그는 고개를 끄덕인다.

이놈을 정말 조져놓고 말겠다.

"됐어. 안 믿어."

니노는 고개를 돌려 마치 나를 처음 보는 듯 빤히 쳐다본다.

"그런데…… 당신 얼굴에 무슨 짓을 한 거야?"

그는 내 손을 잡아 가까이 끌어당기더니 두 손으로 내 얼굴을 붙잡는다. 그의 입술이 코앞에 있어서 그를 핥을 수도 있을 것 같다. 나는 그의 눈을 바라본다. 그는 내 턱을 손으로 잡고 인상을 쓴다.

"코 수술을 했어."

"당신 예전 모습이 좋았는데."

"그래?" 웃기고 있네. 거짓말을 하고 있는 게 분명하다.

"베타, 이렇게까지 할 필요 없었어. 난 당신의 본래 모습 그대로가 좋아."

니노는 상처받은 표정이다. 화가 치민 것도 같다.

'내 본래 모습? 콜린 퍼스가 맡았던 다시(영화 〈오만과 편견〉의 남자 주인공-옮긴이)처럼 말하네? 이 남자 뭐니? 당신이 가수 팀벌랜드야?'

"당신 보기 좋으라고 한 거 아니야. 최고의 변장술이라고."

그는 내 뺨을 쓰다듬는다.

그가 어떻게 생각하든 상관없다. 아니, 잠깐. 어쩌면 상관 있을지도 모른다. 그가 내게 손을 대자 나는 다시 그를 원하고 있다. 옆에 서 있을 뿐인데 몸이 달아오른다. 그를 당장 침대로 데려가 XXX 등급 영화를 찍고 싶다. 그의 입에서 나오는 말이 전부 헛소리라는 생각은 들지만 그래도 그는 내 비위를 맞추려고 애쓴다.

그의 머리통을 날려버리기 전에 마지막으로 섹스를 하고 싶다.

그가 묻는다.

"우리가 헤어져 있는 동안 다른 사람과 잔 적 있어?"

"우리는 헤어진 적 없는데."

"있어."

뭐야? 드라마 〈프렌즈〉의 로스가 빙의하기라도 했나?

"안 잤어. 당신은 다른 사람이랑 잤어?"

"아니. 당신은?"

"없어. 생각해 보니까 여자랑은 잤네."

알레산드로와의 섹스는 치지 않는다. 즐기기 위해서가 아니라 일 때문이었으니까.

"여자랑 잤다고? 잘했네."

"잘했어? 잘했다고? 그 여자는 그냥 잘했다고 말할 수준이 아니었어. 그런데 당신이 죽였잖아. 엄청 괜찮은 여자였다고."

나는 우리의 마지막 대화를 듣고 있을 경찰들을 떠올린다. 대화가 갑자기 옆길로 새긴 했지만 상관없다. 문득 배 속이 찌릿하다. 이건 뭘까? 불안감인가? 후회? 배 속 깊은 곳에서 울리는 이 느낌. 알겠다. 이건 두려움이다. 난 저 경찰들을 죽이고 싶지 않다. 저들은 잘못한 게 없다. 잘못이 있다면 나를 도와준 것뿐이다. 무고한 죽음을 맞은 수녀가 떠오른다.

"당신이 날 잡아서 기뻐."

나는 그를 쏘아본다. 지금 그는 살얼음판 위에 서 있다……. 나는 수류탄을 쥔 손에 힘을 준다.

머릿속에서 베스가 말한다.

'서둘러, 앨비. 어서 그 망할 고리를 당기란 말이야.'

니노는 내 허리에 두 손을 두르며 말한다.

"난 당신한테 다이아몬드를 남겨뒀어. 내가 보낸 꽃 받았지?"

"뭐? 내가 정말 보고 싶었던 거야?" 퍽이나 그랬겠다.

그는 고개를 돌리더니 술잔을 들었다가 다시 내려놓으며 말한다.

"내 쪽지 못 받았어? 카드는? 당연히 보고 싶었지."

세상에. 이 남자. 진짜 또라이다. 왜 남자들은 이런 식으로 여자의 마음을 흔들어놓을까. 그는 뜨거웠다 차가웠다 한다. 전기가 들어왔다 나갔다 한다. 사람을 들뜨게 했다 풀 죽게 만든다.

"전에 나랑 동업하고 싶다고 했지?"

아, 그래. 그런 말을 했었다.

"그때는 미쳤냐고 했지만 시간이 지나면서…… 다시 생각해 보게 됐어."

"아, 그래?"

"혼자 곰곰이 생각해 봤어. 이 여자 정말 대단하다, 잠재력이 있구나, 같이 일해도 되겠구나, 하는 생각이 들더라고."

가슴속에서 심장 박동이 멈춘 것 같다. 폐도 호흡을 잊는다.

이 자식이 대체 무슨 말을 하는 거야?

"영화 〈미스터 앤 미세스 스미스〉처럼 해보자고?"

"처음 동업 얘기를 꺼냈을 때 당신은 생초보였잖아. 난 당신 실력을 테스트해 볼 필요가 있었어. 그리고 아까도 말했듯이 당신이 나를 찾아내서 정말 감명받았어. 못 찾을 줄 알았거든."

"나를 테스트했다고?"

감히? 미쳤구나.

베스가 웃음을 터뜨린다.

나는 이를 악문다. 피가 솟구치면서 뺨이 달아오른다. 이러다 이성의 끈을 놓을 것 같다. 그러다 문득 깨닫는다. 학교에 다닐 때부터, 아니 유치원에 다닐 때부터 남자들은 좋아하는 여자애를 일부러 괴롭힌다. 아, 맙소사. 니노는 정말 *사랑*에 빠졌구나. 그렇다면…… 혹시…… 나도 사랑에 빠진 건가? (누군가를 사랑하는 것과 그 사람을 수류탄으로 날려버리는 건 종이 한 장 차이다.)

그래, 그렇다. 난 바보였다. 그동안 착각했다. 난 그를 죽일 수 없다. 지금은 아니다. 그에게 기회를 줘야겠다……. 일단 그의 목숨을 살리고 봐야 한다. 한 번만 더 열 받게 하면 그때 가서 통조림 개밥 신세로 만들면 된다.

나는 휴대폰을 들고 시간을 확인한다. 벌써 20시 59분이다. 경찰들이 들이닥치기 1분 전이다. 어떻게 해야 하지? 나는 머릿속으로 경찰들의 모습을 그려본다. 그들은 무장을 한 채 복도에서 대기 중이다. 모두 총을 들고 있다. 곧 들어와 쏠 것이다. 그들은 여기로 몰려 들어와 니노를 체포할 것이다. 그럼 다시는 니노를 못 볼지도 모른다. 여기서 주절주절 대화나 나눌 때가 아니다. 대화는 애초에 내 계획에 없었다. 난 그의 자백을 받으러 온 거였다. 그를 수류탄으로 터뜨려버릴 작정이었다.

베스가 자꾸 부추긴다.

'뭐 하는 거야? 왜 저 남자를 안 죽여?'

입 닥쳐, 베스. 내가 알아서 해. 넌 대체 누구 편이야?

'나야 네 편이지, 앨비. 네가 날 죽이긴 했지만 우린 자매잖아. 그러니까 내 말 들어. 지금 그를 처리해야 동점이 되는 거야. 넌 이번 주 내내 지옥 같은 일을 겪으면서 여기까지 왔어. 넌 이 남자보다 한 수 앞서 움직인 덕분에 드디어 잡은 거야. 난 네가 이 좋은 기회를 날려버리는 꼴을 두고 볼 수가 없어.'

아, 제기랄. 베스의 말이 맞으면 어떻게 하지?

'왜냐하면 난 간은 콩알만 하고 탄압을 쓰게 느낄 쓸개 빠진 놈이 틀림없기 때문이다.'(《햄릿》의 한 구절—옮긴이)

당신도 좀 꺼져, 햄릿.

난 어느 누구의 말도 듣지 않을 것이다. 니노를 구해야겠다.

나는 상의 속으로 손을 넣어 무선 마이크의 스위치를 끈다. 딸깍 소리와 함께 통신이 끊긴다.

나는 그에게 몸을 기울이며 말한다.

"니노, 잘 들어. 나 믿지?"

그는 주저하며 대답을 못 한다.

"그래, 좋아. 어쨌든 됐어. 이 얘기는 나중에 하기로 해. 지금은…… 일단 여길 빠져나가야 돼." 나는 바를 둘러보며 바텐더에게 묻는다. "밖으로 나가는 다른 출구 있어요? 저 문 말고 다른 출구요."

"예, 있습니다. 옥상 테라스요."

바텐더는 테라스로 통하는 두 짝짜리 유리문을 손으로 가리킨다. 유리문 밖에 야자나무들과 연철 테이블이 보인다. 로마 중심가가 한눈에 내다보이는 위치다.

나는 술을 마저 마시고 말한다.

"좋아. 당신은 어서 나를 따라와."

"뭐 하는 거야?"

"그냥 날 믿으라고."

나는 몸을 기울여 그에게 키스한다. 그의 따뜻한 입술과 뜨거운 혀에 입을 맞춘다.

그의 손을 잡고 눈을 들여다보며 말한다.

"준비됐지? 따라와."

chapter 28

나노와 나는 유리문을 지나 옥상 테라스로 나간다.

"경찰들이 복도에 있어. 도망쳐야 돼."

이미 늦었다. 경찰들이 바 안으로 들어오고 있다.

뒤에서 총성이 들린다. 화약 냄새가 확 퍼지면서 두려움이 밀려든다.

타 – 앙. 타 – 앙.

"어서 가."

나는 이렇게 말하며 다시 니노의 손을 잡아당긴다. 우리는 파티오(위쪽이 트인 건물 내의 야외 공간 – 옮긴이)를 날아가듯 달려간다. 아래층 테라스로 훌쩍 뛰어내려 연철 담을 올라간다.

타 – 앙.

"베타, 대체 무슨 짓을 벌인 거야?"

니노가 묻지만 목소리가 들리지 않는다. 그의 입술 모양을 보고서야 알아듣는다. 총성이 요란해서 귀가 먹먹하다. 잡음이나 백색 소음 같은 소리만 겨우 들린다.

"어쩔 수 없었어. 어서 가기나 해."

니노는 나를 바닥으로 끌어당긴다. 타일에 무릎이 쓸린다. 우리는 담장 밑에 바짝 엎드린다. 니노의 몸이 내게 밀착돼 있다. 그는 바지에서 총을 꺼낸다. 아, 맙소사. *거대하다.* 반짝이는 신상 글록 40이다. (내 총보다 훨씬 크다.) 그가 조준을 하고 방아쇠에 손가락을 거는 모습을 바라본다. 우리는 호텔 문을 주시한다.

그 순간 알레산드로가 호텔 밖으로 달려 나온다.

섹시한 건 인정한다. 하지만 니노만큼은 아니다.

"아가씨? 어디 있어요? 괜찮아요?"

아, 어쩜 좋아. 저 남자도 나한테 반했나 봐.

타-앙. 타-앙. 니노의 총에서 총알이 나간다.

나는 담장 너머를 살핀다. 호텔 안쪽 어딘가에서 누군가 비명을 지르고 있다. 알레산드로가 타일 바닥에 쓰러져 꼼짝도 하지 않는다. 니노는 그의 목을 쏘았다. 경정맥에서 피가 콸콸 쏟아져 나온다. 꼴이 말이 아니다. 나는 알레산드로의 죽은 몸뚱이, 얼굴, 손, 팔다리를 바라본다. 문득 연민이 생긴다. 가여운 알레산드로, 하지만 그를 죽이지 않으면 니노와 내가 죽을 판이었다.

"가자."

나는 재촉하며 니노의 손을 잡는다. 그의 손바닥은 거칠고 굳은 살이 박여 있다. 피부에서 온기가 느껴진다. 온몸으로 쾌감이 솟구친다. 마법 같은 힘이다. 특별해진 기분, 살아 있는 기분이 느껴진다. 그는 바이스처럼 단단히 내 손을 쥔다. 미친 듯이 단단히 붙잡는다. 우리는 테라스 가장자리를 넘어 경사진 지붕으로 향한다. 바닥 타일이 매끄러운 테라코타다. 신상 프라다 펌프스를 신고 뛰려니 자꾸 미끄러진다. 고개를 들자 콜로세움과 성 베드로 대성당의 반구형 지붕이 보인다. 저 멀리 높은 곳에서 이탈리아 국기가 나부낀다. 무너져가는 포로 로마노가 눈에 들어온다. 짙은 먹구름 속에서 찌르레기 떼가 맴돈다. 하늘은 분홍색과 오렌지색으로 물들었다. 우리 옆을 스치고 지나가는 모든 것들이 흐릿하다. 시야 가장자리에서 도시의 형태가 왜곡된다.

타-앙. 타-앙.

뒤돌아보니 경찰 서너 명이 호텔 밖으로 달려 나온다.

우리는 옥상을 훌쩍 뛰어넘는다. 기분이 끝내준다.

성기가 아릴 정도다. 흥분이 돼서 젖고 말았다. 당장이라도 섹스를 하고 싶다.

니노를 따라 홈통을 타고 이동한다. 이러다 땅바닥에 떨어질 것 같다. 젠장. 제기랄. 밑을 보지 말자. 여기서는 모든 게 까마득히 작아 보인다. 사람들도 개미 같고 차들도 조그맣다. 로마가 축소 모형 마을 같다.

이 건물과 옆 건물은 이삼 미터 정도 떨어져 있다. 우리는 그 사이를 뛰어넘어야 한다. 벌써 배 속이 뒤집히고 울렁거린다.

"잘 따라와. 나처럼 하면 돼."

니노는 이렇게 말하며 허공으로 날아오른다. 박쥐 날개처럼 검은 재킷을 펄럭이며 날아간다. (말발굽 모양 콧수염이 달린) 배트맨 같다. 건너편 건물의 붉은색 타일이 깔린 지붕 위로 떨어진 그는 살짝 미끄러지면서 얼른 엎드린다. (착지는 배트맨만 못한 것 같다.) 타일 조각 하나가 툭 떨어져 아래로, 아래로, 아래로, 아래로, 아래로, 아래로 떨어진다. 쿵.

니노는 일어나서 나를 돌아본다.

"얼른 뛰어."

그리고 손을 내민다.

눈을 감고 심호흡을 한다. 해내야 한다. 선택의 여지가 없다. 저 호텔로 돌아갈 수는 없다.

타앙. 타앙.

경찰들이 거리를 좁혀온다.

아, 씨. 떨어지면 어떡하지?

건너편 건물의 지붕이 너무 멀리 느껴진다. 건너뛸 수 있을지 자신이 없다. 고개를 들어 니노를 바라본다. *나의 니노.* 나는 그를 향해 힘차게 뛰어오른다…….

가슴이 철렁한다.

추락하고 있다.

아래로.

지붕에 착지해야 하는데 약간 모자랐다.

"젠장. 젠장."

어쩔 수 없다. 두 팔을 허우적댄다. 니노가 내 손목을 잡아챈다.

내 몸이 벽에 쿵 부딪친다. 나는 두 건물 사이에 매달려 있다. 얼굴도 벽돌에 긁혔다.

"아, 젠장. 젠장."

내려다보지 말자. 아, 하느님. 아, 하느님.

나는 그의 눈을 올려다본다.

"살려줘. 살려줘, 제발."

그가 나를 떨어뜨릴까, 아니면 끌어 올릴까? 그의 두 손이 내 손목을 단단히 잡고 있다. 그는 손가락 관절이 하얗게 도드라질 정도로 바짝 힘을 준다.

"니노, 제발. 제발."

니노의 흑요석처럼 검은 눈동자가 나를 내려다본다. 흔들림 없는 눈빛이다. 그 순간 우리가 같은 감정을 공유한 것도 같다. 그런데 뭐지? 혹시 그는…… 망설이고 있는 건가? 대체 왜 이래? 무슨 생각을 하는 거야?

"니노. 니노." 왜 이렇게 시간이 걸리지? "날 버리지 마."

역시 내가 옳았다. 그는 악마다.

나는 오줌을 지리고 만다.

"어서 일어나."

니노는 이렇게 말하며 나를 일으켜 세운다. 나는 휘청거리며 일어선다.

하마터면 죽을 뻔했다.

"왜 이렇게 오래 걸렸어?"

타앙. 타앙. 타앙.

경찰들이 바짝 따라붙는다. 이대로라면 저들도 이쪽 건물 지붕으로 건너뛰어 올 것이다.

나는 재킷 주머니에서 수류탄을 꺼내 핀을 뽑은 뒤 경찰들이 있는 옥상으로 던진다.

"미안해요. 나도 어쩔 수가 없어."

그리고 니노에게 소리친다.

"뛰어! 어서. 빨리. 빨리."

"마 코스하이 파토Ma cos'hai fatto?(무슨 짓을 한 거야?)

쾅아아아아아아아아아아아아아아아아아아아아아아아앙.

옥상이 흔들린다. 지구 전체가 흔들리는 것 같다. 나는 니노의 팔을 잡고 함께 바닥에 엎드린다. 나는 엎드린 채로 그를 바라본다. 그의 눈동자에 담긴 두려움과 얼굴에 묻은 피와 흙을 바라본다. 아, 이렇게 보니 그는 꼭 람보 같다. 등에 열기가 느껴진다. 혀에 연기와 불꽃 맛이 느껴진다. 숲의 화재가 재현된 것 같다. 불길이 솟아오르자 눈이 따끔거린다. 나는 연기구름 사이로 주변을 둘러본다. 움직임이 없다. 경찰들도 보이지 않는다. 나는 기침을 콜록거리다가 멈춘다. 경찰들은 죽은 것 같다. 전부 다. 우리가 그들을 죽였다. 잠시 걱정된다. 하지 말아야 할 짓을 한 것일까? 나는 죄책감에 익숙하지 않다. 잠시 후 나는 바로 정신을 차린다. 니노와 나. 나와 이 빌어먹을 니노가 한 일이다. 우리 둘이 했다. 우리는 줄리엣 루이스와 우디 해럴슨(올리버 스톤의 〈킬러〉에서 신혼부부로 나온 주연 배우들 - 옮긴이)이다. 우리의 열정이 활활 타오르고 있다.

화재경보기가 울리기 시작한다.

곧 (섹시한) 소방관들이 이곳에 도착할 것이다. 이탈리아 소방관들. 아, 정말 기대된다. 그리고 경찰들이 더 몰려올 것이다. 여기를 벗어나야 한다. 그것도 신속하게. 그런데 어떻게 벗어나지?

이탈리아 로마, 나보나 광장

"아, 저게 뭐야?"

내가 묻는다.

"두카티 몬스터."

"당신 오토바이야?"

"이제 내 거야. 타자."

니노는 철사를 이용해 오토바이 시동을 건다. 짐승 같은 오토바이다.

"내가 운전할까?"

"당신 운전 솜씨를 좀 아는데……."

"자동차보다는 오토바이 운전을 더 잘해."

그는 수긍을 못 하는 표정으로 나를 쏘아본다.

엔진이 털털거리며 살아난다.

그는 앞에 앉고 나는 뒤에 올라탄다.

니노가 헬멧을 내민다.

"쓸래?"

"아니, 됐어."

그는 헬멧을 던져버린다. 헬멧은 연석을 따라 통통 튀다가 배수로로 굴러떨어진다.

"킥보드를 타다가 바닥에 처박힌 적 있는데 살아났어." 어린 시절에 겪은 사고였다. "머리에 찢어진 자국이 아직 남아 있어. 번개도 같은 곳을 두 번 때리지는 않을 거야."

"아, 그래? 나도 예전에 오토바이를 타고 가다가 다쳐서 머리에 금속판을 박았는데."

"그래? 아, 젠장. 당신이 이긴 걸로 해줄게."

"준비됐지? 가자."

"야호."

나는 니노의 허리를 두 팔로 안고 그의 가죽 재킷에 손톱을 깊게 박는다. 그는 어두운 거리를 무지하게 빨리 달려간다. 바람이 머리카락을 쓸어 넘기고 눈에 모래가 들어간다. 입에는 경유 맛이 돈다. 아니, 휘발유 맛인가? 아직 우리 뒤에 따라붙은 사람은 없다. 경찰도, 마피아도 없다. 신나게 달릴 뿐이다. 우리는 곧게 쭉 뻗은 거리를 달려 도시를 벗어난다. 엔진이 호랑이처럼 포효하며 으르렁댄다. 나는 예전부터 오토바이에서 섹스를 해보고 싶었다. 나는 그를 바짝 끌어안는다. 내 허벅지를 그의 허벅지에 대고 가슴을 그의 등에 밀착시킨다. 시트가 꾸준히 진동한다. 마치 본격적인 섹스의 전희 같다.

속도계를 보니 시속 2백 킬로미터다. 나쁘지 않다.

그때 페라리가 우리를 앞질러 나아간다. 반짝거리는 날렵한 자동차다. 그 차의 엔진에서 암브로조의 람보르기니와 비슷하게 그르릉 소리가 난다.

"아, 저 차 멋있어."

바람과 엔진 소음 때문에 니노가 내 말을 못 들은 모양이다. 나는 목청을 높인다.

"우리 저 차 훔칠까?"

"뭐? 안 돼."

"페라리 타고 싶어. 저게 더 빠르잖아."

하지만 그 차는 쌩하니 달려가 버린다. 아쉽지만 다음에 또 기회가 있을 것이다.

사이렌 소리가 점점 크게 들린다. 이번엔 뭐지?

"젠장. 경찰이야."

니노가 가속페달을 밟는다. 나는 그에게 더 바짝 매달린다. 그를 가까이 끌어안는다. 내 핏줄을 타고 아드레날린이 솟구친다. 두 뺨이 바람에 휘어지고 틀어지고 펴덕인다. 고개를 돌려 뒤를 보니 푸른 경광등이 번쩍이고 있다. 저들이 우리를 봤을까? 우리는 이대로 잡히고 마는 걸까?

니노가 방향을 돌려 도로 출구로 빠져나간다.

커브를 도느라 도로면에서 우리의 무릎이 2.5센티미터도 채 떠 있지 않다. 옷과 피부가 타맥을 스치는 기분이다. 헬멧을 쓸걸 그랬다. 이건 안전하지 않다. 머리 수술은 일생에 한 번이면 족하다. 흙먼지가 입으로 들어가고 바람에 머리카락이 마구 헝클어진다. 우리는 숲을 관통해 질주한다. 엊그제 왔던 숲인 것 같다. 키 큰 소나무들의 모양새가 익숙하다. 나무뿌리가 파고들어 도로가 깨진 바람에 우리가 탄 오토바이가 흔들거린다.

도로 옆 표지판에 '오스티아 안티카'라고 적혀 있다. 희미하게 탄내가 난다. 화재로 타버린 처량한 광경과 시커멓게 그슬린 나뭇가지들이 보인다. 화재를 진압하기는 한 모양이다. 24시간 이내에 꺼졌으니 불길이 심하게 번져나간 것 같지는 않다.

사이렌 소리가 더 이상 들리지 않는다.

"드디어 따돌렸어."

우리는 도로 옆에 서 있는 여자를 지나간다.

아, 그래. 그때 그 여자다.

"어. 안녕."

내가 인사를 하며 손을 흔들지만 그녀는 손을 마주 흔들어주지 않는다. *가운뎃손가락을 세우며 욕을 한다. 무례하다.*

내가 자기 목숨을 구해 줬는데.

"아는 여자야?"

니노가 묻는다.

"응. 멋진 여자야. 내가 저 여자 텐트를 불태웠어."

409

저 앞 수평선에 바다가 펼쳐져 있다. 막힌 곳 없이 시원하게 뚫린 거대하고 검은 빈 공간이다. 숲을 빠져나오자 해변과 레스토랑, 술집, 호텔 등이 즐비하다. 니노는 해변에 오토바이를 세운다.

누가 노래를 틀어놓았다.

캘빈 해리스의 '하우 딥 이즈 유어 러브'다.

"아아, 내가 좋아하는 노래야."

해변 쪽에서 들려온다.

나는 금속 난간을 넘어가 모래밭에 어른거리는 그림자들을 바라본다. 무슨 축제라도 벌어졌는지 사람들이 해변에서 술을 마시고 키스를 하고 담배를 피우고 섹스를 하고 있다. 나는 한숨을 쉬며 파티 참석자들을 바라본다. 공기 중에 소금과 해쉬(다진 고기 요리 - 옮긴이) 맛이 배어 있다. 어떤 남자가 환한 노란색과 하얀색 불꽃을 빙글빙글 돌리고 있다. 오렌지색 불꽃이 깜박이며 춤을 춘다. 불의 고리가 눈부신 빛을 뿜어낸다. 혹시 등유를 사용하는 건가? 불에 잘 타는 탄화수소 액체는 완전 내 취향♥이다. 남자는 하늘을 배경으로 불꽃을 이용해 이런저런 모양을 만들고 있다. 나는 최면에 걸린 듯 빠져든다. 나도 해보고 싶다. 누군가 거대한 모닥불을 피웠다. 마치 페데리코 펠리니 감독의 영화 속 한 장면 같다. 정말 재미있어 보인다.

"니노, 저기 좀 봐. 해변에서 파티를 하고 있어. 나도 가보고 싶어."

니노는 고개를 젓는다.

"안 돼. 우리는 보트를 훔쳐야 돼."

그는 산책로를 따라 내려간다. *왜 저렇게 흥을 깰까?* 나는 저만치 걸어가는 그의 뒷모습을 바라보다 파티가 벌어지고 있는 곳으로 향한다. 누가 *와* 하는 함성을 터뜨린다. 코르크 뚜껑이 펑! 하고 튀어오르는 소리가 들린다. 뭐지? 프로세코 와인일까? 아니면 샴페인? 에라 모르겠다. 나도 즐겨야지. 재미있게 놀고 싶다. 조금 전 나는 몇 명이나 되는지 모를 경찰들을 죽였다. 몸 안에 쌓인 이 열기를 배출해야 한다. 니노는 이따가 방파제에서 다시 만나면 된다. 니노가 보트를 훔치는 동안 나는 여기서 좀 놀아야지. 일단 *춤부터 추자. 긴장을 풀자. 술도 마시자.*

난간 너머로 다리를 휙 돌려 부드러운 모래밭으로 훌쩍 뛰어내린다. 니노가 2백만 유로를 도메니코에게 줘버렸다는 게 도저히 믿기지 않는다. 진짜일까? 미친놈 아니냔 말이다. 그 돈을 찾으려고 지금까지 애쓴 걸 생각하면 이렇게라도 슬픔을 털어내야 한다. 마음에서, 머리에서 털어내야 한다. 나는 파티가 벌어지고 있는 곳으로 다가가 사람들 사이에 섞여 들어간다.

"안녕."

나는 아무한테나 말을 건다.

"안녕."

어떤 남자가 미소를 지으며 대답한다.

나는 셔츠 안에 손을 넣어 무선 마이크를 떼어내 모닥불에 던져버린다.

음악이 흐른다. 쿠쿵 쿠쿵 쿠쿵. 눈을 감고 음악을 느껴본다. 스웨디쉬 하우스 마피아의 노래다. 리듬을 타기 시작한 나는 혼란스런 베이스 기타 소리에 맞춰 몸을 흔들고 부딪치고 비빈다. 눈을 뜨고 보니 레게 머리 남자가 내게 마리화나 담배를 건넨다. 레게풍으로 길게 땋아 내린 금발이 허리까지 내려와 있다. 그는 선명한 보라색 꽃들이 그려진 오렌지색 하와이언 셔츠를 입었다. 니노라면 절대 입지 않을 셔츠다. 나는 마리화나를 입에 물고 멋지게 쭉 빨아들인다. 음, 스컹크 잡초구나. 달작지근한 풀 냄새가 난다. 나는 입안에 연기를 머금고 있다가 후, 뱉어낸다. 우아, 약효가 바로 머리로 향한다. 꽤 강하다. 나한테 필요한 약이기도 하다. 옆에 서 있는 젊은 여자가 자기도 한 모금 빨고 싶다는 눈빛으로 바라보지만 나는 넘겨주지 않는다.

모닥불에 조금 더 가까이 다가가 춤을 춘다. 피부에 닿는 온기를 느껴본다. 불꽃이 타닥 탁 소리를 내며 환하게 타오른다. 불꽃이 내 발을 향해 혀를 날름거린다. 음악이 펑키 리듬을 가미한 노래로 바뀐다. 1980년대 노래 같다. 마음에 든다. 워크 더 문의 '셧 업 앤드 댄스'다. 나는 마리화나를 한 모금 더 빤다.

나는 노래를 따라 부른다. 아무도 나를 보지 못하는 듯 느껴진다. 나는 둥실둥실 떠다니며 춤을 춘다. 분위기에 취해 트월킹(상체를 숙인 자세로 엉덩이를 흔들며 추는 성적인 춤 – 옮긴이)을 하고 고개를 돌리고 엉덩이를 흔든다.

마실 것을 찾아 주변을 둘러보는데 접이식 테이블 위에 뚜껑 열린 술병들이 놓여 있다. 하나를 집어서 마셔본다. 음, 티아 마리아인가?

빙글빙글 돌면서 두 팔을 머리 위로 뻗어 올린다. 술이 흘러내려 내 옷과 머리카락, 뺨, 얼굴을 적신다. 누군가 내 팔을 잡는 바람에 나는 술병을 떨어뜨린다. 차가운 액체가 다리 안쪽으로 확 튄다.

"뭐야, 저리 가." 고개를 들어보니 니노다. "날 내버려둬. 한창 재미있는데."

그는 몸을 비틀며 춤추는 사람들 사이로 나를 끌고 간다. 나는 모래 속에 발이 빠져 휘청거린다.

"베타, 어서 가야 돼."

나는 꺼져버린 마리화나를 바닥에 던지고 니노를 따라 해변을 떠난다. 우리는 산책로를 따라 요트와 보트 몇 척이 정박해 있는 부두로 향한다.

"나랑 같이 파티를 즐길 수도 있잖아." 그는 대꾸하지 않는다. "보트를 어떻게 훔쳐?"

"오토바이나 차를 훔치는 것과 같은 방법으로."

"벌써 훔쳤어?"

바다에 떠 있는 보트들을 바라본다. 다양한 크기의 하얀 쾌속정들이 반짝거린다. 선체에는 롤라, 마리아, 에스메랄다 같은 여자 이름이 적혀 있다. 작은 요트만 해도 수백 척이 넘는다. 그중 날렵한 슈퍼 요트 한 척이 눈에 확 띈다. 여기서 제일 큰 요트 같다. 러시아 과두정치인들이 매춘부들에게 깊은 인상을 주려고 사들이는 그런 종류의 요트다. 멋지고 화려하다. 저 요트를 갖고 싶다.

나는 그 요트를 손가락으로 가리키며 말한다.

"저거로 해. 저거."

니노는 슈퍼 요트를 지나 훨씬 작고 오래되고 칙칙한 갈색 보트로 다가간다. 그것도 괜찮은 쾌속정이긴 하지만 전체적으로 광택이 나는 목재로 만들어졌고 덜 화려하다. 그가 말한다.

"이걸 타고 갈 거야."

"뭐? 저 요트는 왜 안 되는데?"

"이 요트에는 경보 장치가 없어."

그가 말한 요트의 이름은 '오필리어'다. 기분 나쁜 이름이다. 왜 사람들은 배에 여자 이름을 붙일까? 남자 이름은 왜 안 붙일까? 나는 니노를 따라 보트의 갑판으로 올라간다. 내가 갑판을 밟고 내려서자 보트가 휘청한다. 나는 보트 측변을 손으로 붙잡고 말한다.

"아, 우워, 멈춰. 멈춰."

"뭘 멈춰?"

"흔들림."

"안 흔들려."

"아."

마리화나 때문인가 보다. 머릿속이 뒤죽박죽이다.

갑판의 벤치에 털썩 주저앉는다. 두 다리를 꼬고 두 팔로 내 가슴을 꺼안는다. 슈퍼 요트가 훨씬 멋있어 보였는데. 담배에 불을 붙이고 니노의 섹시한 등을 바라본다. 그는 보트의 제어장치 밑에 있는 보관장을 걷어찬다. 문이 열리자 허리를 굽히고 전선 몇 개를 손으로 만지작거린다. 작은 불꽃이 인다.

이게 좋은 생각인지 확신이 서지 않는다. 니노와 단둘이 바다로 나가다니. 그를 전적으로 신뢰해도 될지 모르겠다. 바다에서라면 그는 나를 너무도 쉽게 처리할 수 있을 것이다. 나는 눈을 가늘게 뜨면서 고개를 옆으로 기울인다. 깨어 있어야 한다. 저 나쁜 놈을 주시해야 한다. 그는 여전히 나를 죽이려 할 수도 있다…….

보트에서 경보음이 터져 나온다.

"메르다Merda!(젠장!)"

"경보 장치 없다며…… 아."

니노가 총을 꺼내 든다.

긴장한 나는 눈을 감는다. 아, 하느님. 아, 하느님. 여기서 끝인가. 이대로 죽는구나.

그는 경보 장치를 총으로 쏜다.

경보음이 멈춘다. 그래, 됐다. 난 아직 안 죽었다.

그가 시동을 거는 동안 나는 담배를 비벼 끄며 묻는다.

"내가 운전해도 돼?"

chapter 29

우리는 시커멓고 지루한 바다 위를 몇 시간째 나아가고 있다. 얼어붙을 정도로 춥다. 바람이 몹시 분다. 한밤중에 바다라니. 눈에 보이는 거라곤 멍청한 별들과 보트의 작은 조명등뿐이다. 차갑고 딱딱한 벤치에 앉아 무無의 공간을 멍하니 바라본다. 마리화나를 피웠더니 배가 고프다. 죽을 정도로 허기가 진다. 먹을 것을 찾아 주변을 살펴본다. 보관장 안에 프링글스가 한 통 있다. 바비큐 맛이다. 내가 올 줄 알고 있었던 것처럼 준비돼 있다. 나는 니노가 위성 항법장치를 조작하는 모습을 바라보며 프링글스를 와작와작 씹어 먹는다. 그가 라디오를 켜자 제이 지와 카니예 웨스트가 부른 '니거스 인 파리'가 흘러나온다. 니노가 랩을 따라 한다.

노래를 망치고 있다. 그는 우리 엄마처럼 음치다.

"프링글스 좀 줄까?"

"어."

"니노." 와작와작. "우리 얘기 아직 안 끝났잖아."

"무슨 얘기?"

"아까 술집에서."

"당신이 경찰들에게 폭탄을 던지기 전에?"

"맞아. 난 당신한테 아직 감정이 안 좋아."

"술집에서 우리가 무슨 얘길 하고 있었지?"

"당신은 날 버리고 떠났어. 차도 훔치고. 돈과 내 옷까지 갖고 날 랐지. 루마니아에서 지독하게 추웠는데 난 입을 옷도 하나 없었단 말이야."

"루마니아? 루마니아에선 뭘 했어?"

"아무것도. 8시간 동안 그 나라에 머물면서 뱀파이어를 만났어."

나는 그를 노려보며 프링글스를 씹는다. 후우. 그는 내가 거기서 무슨 일을 겪었는지 정확히 알고 있으면서 시치미를 떼고 있다. 개자식.

니노가 나를 돌아보며 인상을 찌푸린다. 그의 얼굴에 시커먼 그림자가 드리워 있다.

"당신은 진짜 바보야."

그는 이 말을 하며 미친 듯이 웃어댄다. 그가 신나게 웃는 모습을 처음 본다.

"난 아무도 안 죽였어……."

"거기서 사람을 죽였다고 말했잖아."

"그랬나? 그 남자 대체 누구야? 그 남자가 대체 왜 당신 휴대폰을 갖고 있었어?"

"내 휴대폰을 루마니아로 가지고 가라고 그에게 돈을 줬어. 그는 루마니아 마피아의 연락책이었어."

"그가 내 목을 졸라 죽이려고 했어. 내 가방도 훔치려고 했고."

니노는 고개를 절레절레 흔든다.

"그건 계획에 없던 일이야. 난 그냥 당신에게 혼란을 주려고 했던 것뿐인데 그놈이 멋대로 행동한 거야. 내가 보낸 메시지 받았지?"

"메시지? 무슨 메시지? 내 새로운 헤어스타일에 관한 거?"

나는 프링글스를 다 먹어치우고 빈 통을 바다로 휙 던진다.

"우리가 동업을 할 수도 있다고 내가 말했잖아."

"그래, 그게 뭐?"

"당신이 그만한 능력이 되는지 확인해야 했어."

미친 소리. "웃기네." 그는 *지독한 거짓말쟁이다.*

"이건 위험한 일이야. 누구나 할 수 있는 일은 아니거든."

"가르치려 들지 마."

"이 일을 같이 하려면 파트너에게 내 목숨을 믿고 맡길 수 있어야 돼."

"그래, 나도 마찬가지 생각이야." 나는 그를 노려본다. "아까 지붕에서는 왜 그랬어? 날 떨어뜨릴 생각을 하는 것 같더라."

"절대 아니야. 당신을 끌어 올려줬잖아. 당신은 지금 여기 있고. 안 그래?"

나는 하늘의 암흑과 바다의 암흑이 만나는 수평선을 바라본다. 그곳에는 아무것도 없다. 그저 빈 공간일 뿐이다. 암흑 물질. 빅뱅

(우주 대폭발) 이전의 우주.

그가 묻는다.

"이제 우리는 파트너지?"

"그래, 파트너야."

"좋아."

"좋아."

그가 날 배신할 때까지, 그가 나를 또 무일푼으로 만들어놓고 떠나버릴 때까지는 그렇겠지?

파도가 배에 부딪친다. 그 외에는 바람 소리가 전부다.

"어디로 가는 거야?"

니노는 대답하지 않는다.

나는 그동안 세웠던 복수 계획을 돌이켜본다. *무기를 찾는다. 니노를 찾는다. 내 돈을 돌려받는다. 니노를 죽인다.* 나는 그 계획을 거의 실현하지 못했다.

내가 묻는다.

"일주일 내내 뭘 하면서 지냈어?"

"뭐, 평소처럼 지냈지."

"평소처럼이 어떤 건데?"

"여자들이랑 놀고 코카인 하는 거."

나는 눈알을 위로 굴린다. 빌어먹을 놈.

"그동안 다른 사람이랑 안 잤다며."

"안 잤어."

419

헛소리.

"당신이 우리 돈을 다 잃었다는 게 믿어지지 않아. 도메니코가 가져갔다고?"

"그래. 브루토 필리요 디 푸타나Brutto figlio di puttana.(그 개새끼.) 도메니코가 내 아파트를 찾아냈어. 다이너마이트를 쏘고 나서 아파트를 떠났다가 다시 와보니 그 자식이 문을 경첩째 부수고 안을 뒤졌더라고. 내 가방과 차까지 가져갔어. 돈을 찾으러 갔는데 벌써 차를 몰고 가고 있었어. 나중에 만나면 정말 가만 안 둬……"

그래. 이제 내 심정을 알겠구나.

"니노……"

"아니, 이제 루카라고 불러. 이름 바꿨어. 새 신분증도 얻었고."

"그래. 그러든지."

"베타……"

"아니, 이제 앨비라고 불러."

막상 말을 내뱉고 나니 후회가 된다. 하지만 알게 뭐야. 이제 그에게 말해야 한다. 베스로 사는 건 더 이상 못 하겠다.

그는 내 허리를 손으로 잡고 가까이 당긴다. 나는 혹시 모를 반응에 대비해 긴장한다.

"앨비?"

"그래, 앨비나야."

"이미 알고 있었어, 바보야. 내가 모를 줄 알았어? 하루아침에 다른 사람이 됐는데 어떻게 몰라. 암브로조의 아내와는 확연히 달랐어. 당신 언니는 총이라면 질색했는데 당신은⋯⋯ 총에 환장을 하더군."

"칭찬으로 받아들일게."

나는 그의 눈을 바라본다. 그는 지금 허세를 부리고 있는 걸까?

"어느 쪽이든 상관없어. 앨비, 베타, 베타, 앨비. 아무려면 어때. 난 새로운 당신이 마음에 들어. 당신 언니는 골칫거리였어."

살면서 처음으로 말문이 턱 막힌다. 나는 조용히 바다를 바라본다. 어깨에서 무거운 짐을 내려놓은 기분이다. 드디어 자유다.

나는 그를 돌아보며 묻는다.

"우리 어디로 가는 거야?"

"가보며 알아."

"뭐야? 지금 날 유괴해?"

"유괴 같은 소리 하네. 당신이 애야? 서른 살이잖아."

"아니거든. 난 스물다섯 살이야. 당신보다 열다섯 살이나 어려."

그는 나를 노려본다.

내가 묻는다.

"그래. 한번 따져보자. 당신 생일이 언제지?"

"알 거 없어."

나는 고개를 옆으로 기울이며 생각해 본다. 0509. 그의 휴대폰 비밀번호다. "9월 5일 토요일이네, 그렇지? 그게 당신 생일이야."

"그래. 맞아. 한 살 더 먹었네."

"생일 축하해."

그는 바다에 침을 뱉는다. 우리는 앞을 바라본다. 여전히 시커멓다. 사방에 아무것도 없다. 옛날 사람들이 지구가 평평하다고 생각했던 이유를 알겠다. 이대로 쭉 가면 우리는 지구의 가장자리 너머로 떨어지는 것이다. 그럼 적어도 함께 죽을 수는 있겠지.

내가 말한다.

"인생은 40부터래."

그는 말보로 레드에 불을 붙이며 내뱉는다.

"그래, 당신이 나를 총으로 쏴서 죽이지 않으면 그렇겠지."

나는 한숨이 나온다. 배가 꼬르륵거린다.

"아, 배고파. 뭐라도 먹어야겠어."

"방금 프링글스 한 통 다 먹었잖아."

"아니거든. 당신한테 하나 줬으니까 다 먹은 건 아니야. 다른 걸 먹고 싶어."

"물고기라도 잡아먹든지."

"바보 같은 소리 마. 난 탄수화물이 필요해. 팝타르트 같은 걸 먹어야 된다고. 이러다 굶어 죽겠어."

"거의 다 왔어."

"그런데 왜 그렇게 기분이 안 좋아? 내가 당신 목숨을 구해 줬잖아. 나 아니었으면 당신은 경찰한테 죽었든지 아니면 평생 감옥에서 썩을 수도 있었어."

그동안 그가 잘못한 걸 생각하면 그렇게 됐어야 마땅하지만 말이다.

"무슨 소릴 하는 거야? 당신이 나타나기 전까지 난 멀쩡히 잘 살았어. 그런데 덕분에 유럽에서 지명수배자 명단에 올랐어. 경찰을 5명이나 죽였으니. 마돈나Madonna.(성모마리아여.)"

"나 아니었으면 당신은 끝이었다고."

내가 자기를 죽이지 않은 걸 그는 고맙게 생각해야 한다. 나는 그를 거의 죽이기 직전까지 갔었다……. 정말이다.

"수류탄을 던져 건물 옥상을 날려버리다니. 세이 파자, 파자.Sei pazza, pazza.(진짜 미쳤어.)"

잠시 침묵이 흐른다.

"디즈니 왕자를 죽인 건 당신이야."

"누구?"

"알레산드로."

"알레산드로가 누군데?"

"이제 상관없어."

디즈니 왕자의 죽음은 아깝다. 정말 귀여웠는데. 보고 있으면 눈이 즐거웠다. 나한테도 잘해 준 사람이었다. 그가 죽기 전에 섹스를 해서 다행이다. 안 그랬으면 정말 아쉬울 뻔했다.

니노가 인상을 구기며 담배를 빤다.

우리는 바다 소리에 귀를 기울인다.

"나를 어떻게 찾아냈어?"

"경찰들이 당신 위치를 알아냈어. 그렇게 어려운 일도 아니었어. 로마 전체에 *카메라*가 있잖아. 웹캠인가 CCTV인가 하는 거."

"오래도 걸렸네. 일주일 내내 기다렸는데."

"지하철에서는 왜 그랬어?"

"당신한테 두 번째 기회를 준 거야. 귀여워서 봐준 거였어."

나는 나무 벤치로 돌아가 앉는다. 그리고 잠시 후 차갑고 딱딱한 벤치에 드러눕는다.

그가 말한다.

"내가 아는 사람들은 다 내가 죽길 원해."

"그래. 나도 그중 하나야."

우리는 밤의 어둠 속으로 더욱 깊숙이 나아간다.

벤치 아래 있는 담요를 꺼내 고치처럼 몸을 감싼다. 잠들면 안 돼, 앨비나. 저 포식자를 조심해야 돼. 그는 총을 갖고 있지만 난 없으니 엄청 불안하다. 과연 그를 믿을 수 있을까. 그가 *나를* 믿는지도 확실하지 않다.

잠이 스르르 오는데 해변 쪽에서 불빛이 보인다.

"저건 뭐야? 저 빛들. 항구인가? 도시야?"

"나폴리. 나폴리야."

"멋지다. 우리 저기로 가는 거지?"

"아니. 2시간쯤 더 가야 돼. 잠이나 자지그래?"

어림없다. 난 그의 게임 방식을 안다. 잠든 동안 나를 죽일 것이다.

나는 핸드백을 머리 밑에 받친다. 대도시, 특히 나폴리로는 안 가는 게 낫다. 경찰들이 사방에서 우리를 찾고 있을 것이다. 베수비오 화산 얘기도 숱하게 들었다. 화산 폭발로 석화된 폼페이 사람들을 본 적이 있다. 그들은 기괴한 모습으로 몸을 뒤튼 채로 돌이 되었다. 어림없다. 난 그런 꼴을 당하지 않을 거다. 지난주에 에트나 화산 근처에 있었는데 화산 폭발로 죽지 않은 것만도 다행이었다. 위험을 감수하고 싶지 않다.

눈꺼풀이 저절로 감긴다……. 잠시 후 눈을 뜨니 저 앞에 반짝이는 무언가가 보인다. 은색으로 빛나는 둥그런 덩어리다. 허공에 둥둥 떠 있는 디스코 볼 같기도 하다.

"저게 뭐야? 섬이야?"

"그래, 카프리섬."

"이름 예쁘다. 저 섬으로 가는 거야?"

"아니. 행선지는 내가 잘 알아."

"난 모르잖아. 거의 다 왔어?"

그는 대답하지 않는다.

그가 어떻게 알고 가는 것인지 모르겠다. 코끝 너머로는 아무것도 보이지 않는데. 여기는 북유럽 추리소설보다 더 음침하다. 이러다 고래 배 속으로 들어갈 수도 있다. 그는 또다시 위성항법장치를 만지작거린다. 빛들이 저만치 멀어진다. 나는 담요를 단단히 여미고 다시 어둠 속에 눕는다. 그리고 곧 잠이 든다.

일곱째 날

내 사람

10년 전

2005년 10월 30일 일요일
글로스터셔, 로어 슬로터 마을

머리 위로 날아온 접시가 벽에 부딪쳐 박살 나고 도자기 파편이 사방으로 튄다. 나는 눈을 질끈 감는다. 아슬아슬했다. 벽에 부딪친 파편 하나가 튕겨 나와 내 뺨에 박힌다. 바닥의 판석에 접시 파편이 우수수 떨어진다.

"난 네가 싫어."

"*엄마.*"

"이건 너무 불공평해."

"어떻게 저한테 그런 말을 해요?"

"넌 내가 행복해지는 걸 원하지 않잖아."

엄마의 목소리가 갈라지는 것을 보니 곧 울음이 터지려나 보다.

"물건 던지지 말아요. *짜증 나.*"

나는 두 손으로 얼굴을 막고 서 있다. 악쓰는 소리가 귀를 찌른다. 다시 실눈을 뜨고 속눈썹 사이로 내다본다. 엄마는 아거^{Aga} 오븐 레인지를 향해 몸을 기울인 채 내게 등을 보이며 서 있다. 엄마의 흉곽이 팽창했다 수축했다 되풀이한다. 거칠게 숨을 쉬고 있는 중이다.

"그 남자 나이는 엄마의 *절반밖에 안 돼요.*"

마침내 나는 얼굴에 박힌 파편을 떼어내며 말한다. 상처에서 나온 뜨끈한 피가 손가락으로 흘러내린다.

"우리 돈이 아니면 그 남자가 왜 엄마한테 붙어 있겠어요?"

"우리 돈?"

나는 이를 간다.

"엄마 돈요. 엄마 돈. 엄마 돈."

그 남자는 할머니의 유산을 노리는 거다. 뻔하다.

엄마가 돌아서서 나를 쳐다본다. 잡아먹을 듯이 노려본다. 눈빛이 싸늘하다.

"나를 있는 그대로 사랑하는 것일 수도 있잖아? 내 *매력*에 빠져서 말이야."

"그 남자 눈에 매력적인 건 엄마의 은행 잔고겠죠……."

나는 나지막이 내뱉는다. 나 역시 엄마보다는 엄마의 은행 잔고에 더 관심이 많으니까.

"그 사람은 돈 필요 없어. *취업 비자* 때문에 여기 있는 것뿐이야."

나는 인상을 찌푸린다.

"취업 비자 때문이라면서 일도 안 하잖아요."

"너도 안 하잖아."

"저는 *학생*이거든요."

우리는 서로를 마주 보며 서 있다. 나는 코를 킁킁거린다. 무슨 냄새지? 연기다. 누가 또 고기를 굽고 있는 건가? 아니면 오븐 레인지 속에서 뭔가 타고 있는 건가? 나는 아일랜드 식탁에 등을 기대고 서서 시원한 대리석 상판에 팔꿈치를 올려놓는다. 나도 멋진 새 아빠를 갖고 싶었던 적이 있지만 오래전의 일이다. 부모 2명이 한 명보다 더 골치 아프다는 사실을 잘 알고 있다.

엄마는 레드 와인 병을 집더니 코르크 마개뽑이로 코르크를 뽑아낸다. 와인을 잔에 가득 따르고 순식간에 들이켠다.

"엄마가 그런 남자랑 결혼하기로 했다는 게 믿기지가 않네요."

엄마는 잔을 보조 테이블에 내려놓더니 눈을 감고 콧구멍으로 숨을 들이마신다. 엄마는 이런 말이 듣기 싫겠지만 누군가는 해줘야 한다.

"루퍼트는 망할 루저예요, 엄마. 그 사람이 하는 일이라곤 종일 빈둥대면서 디제리두(호주 원주민의 목관악기 – 옮긴이)를 불어대는 게 고작이라고요. 오늘도 그 사람이 꼭두새벽부터 그걸 불어대서 잠을 깼다고요. '타이 미 캥거루 다운, 스포트'라는 곡이던데, 그 사람은 자기가 누구라고 생각하는 거예요? 빌어먹을 롤프 해리스('타이 미 캥거루 다운, 스포트'의 작곡가 – 옮긴이)라도 된대요? 게다가 이 집에서

431

같이 산 지 3개월째인데 아직 제 이름도 몰라요……."

"그 사람이 네 이름을 왜 몰라. 멍청한 소리 하지 마."

"그럼 왜 저를 '셰일라'라고 부르는데요?"

"그냥 애칭이겠지."

우리는 서로를 노려본다.

그리고 베스가 나타난다. 발소리를 듣기 전부터 나는 베스를 봤다. 아마 우리가 주방에서 싸우는 모습을 지켜보면서 무슨 말이 오가는지 듣고 있었을 것이다. 베스는 엄마한테 다가가 엄마의 어깨를 한 팔로 감싼다. 그러고는 '이게 뭐 하는 짓이야?'라고 따지는 듯한 눈빛으로 나를 쏘아본다. 베스는 레드 와인이 담긴 술잔을 들어 한 모금 마시고 말한다.

"저는 그 아저씨 좋아요. 전 엄마가 행복하면 좋겠어요. 엄마가 재혼하게 돼서 잘됐다고 생각해요."

"고맙다, 예쁜 내 새끼."

"엄마는 너무 오랫동안 외롭게 살았어요. 그러니까 다시 남편을 얻을 자격이 –"

내가 베스의 말을 자른다.

"됐어요. 난 더 못 참아요. 루퍼트가 이 집을 안 나가면 *내가* 나갈게요."

베스가 멍한 표정으로 나를 돌아본다.

엄마의 눈빛이 흔들린다.

아무도 말을 안 한다.

긴장감이 팽배하다 못해 티타늄처럼 단단해진 듯하다. 나는 테이블 위에 놓인 술병을 바라본다. 아, 제길. 나도 저 와인을 마시고 싶다.

루퍼트가 파티오 문을 벌컥 열고 폭격 맞은 듯한 주방으로 비틀대며 들어온다. 그의 뒤로 짙은 연기가 따라 들어오지만 관심도 없는 눈치다. 냉장고 문을 열더니 XXXX 골드 맥주 캔을 따서 마신다. 그러고는 벽에 기대서서 지껄인다.

"별 문제 없지, 셰일라들아?"

그는 손으로 눈을 비비며 기지개를 켠다. 그가 강한 호주 억양으로 뭐라고 말하지만 나는 굳이 알아들으려 애쓰지 않는다. 코알라를 강간한다거나, 불타오르는 멍청이 어쩌고 하는 헛소리일 테니까.

술에 취해 오후의 단잠에 빠져 있던 그가 주방에서 싸우는 소리에 깬 모양이다. 깜박 잊고 불을 안 꺼서 이번에도 새우를 몽땅 태웠겠지.

엄마가 나를 윽박지른다.

"앨비나, 어서 아빠한테 사과해. 너 때문에 잠이 깨셨잖아."

나는 도끼눈을 뜨고 엄마를 노려본다. 두 뺨이 빨갛게 달아오른다. 나는 우리 집으로 기어든 저 인간 같지 않은 자의 면상도 쏘아본다.

"엿 먹어. 다들 엿 먹어. 저 남자는 내 아빠가 아니야."

"말조심해, 앨비나."

엄마는 나를 야단치고 언니는 눈알을 위로 굴린다.

"우리 아빠 어디 있어요? 왜 엄마는 아빠가 죽었다고 솔직히 말을 안 하는데요?"

그러자 루퍼트가 중얼거린다.

"스트레스 받네."

다들 입이 딱 붙는다. 엄마는 한숨을 쉬며 고개를 절레절레 흔든다. 베스는 와인을 더 마신다.

나는 주방을 빠져나가 위층 내 방으로 올라간다. 눈물에 젖은 눈이 따끔거린다. 새벽부터 들은 루퍼트의 멍청한 노래 가사가 계속 머릿속을 맴돌며 나갈 생각을 하지 않는다.

믿음직한 잔스포츠 배낭을 집어 든다. 빌어먹을 베스. 빌어먹을 엄마. 그래, 너희끼리 잘 살아봐. 루퍼트가 그렇게 좋으면 당신들이 나 데리고 살라고. 나 없이 셋이서 행복한 가족으로 잘 살아보라고. 루퍼트는 아빠 자리를 대체 못 해. 무슨 일이 생겼는지 모르겠지만 아빠는 미국으로 건너가지 않았다. 그래서 어떻게 생각하냐고? 난 엄마가 아빠를 죽였을 거라고 생각한다. 15년 전쯤에 화가 머리끝까지 치민 엄마는 아주 빡이 돌아서 냉동 양고기 다리로 아빠의 머리를 후려쳐 죽이고 살해 도구인 양고기 다리를 먹어치웠을 것이다. 민트 소스를 바르고 감자와 함께 구워 먹었을 것이다. 정말 그랬을지도 모른다.

진실을 알아내야겠다.

넥타이를 허리 끝에 꿰어 허리띠처럼 묶고 낡은 위장 무늬 재킷, 반들거리는 카고 바지, 섹시한 그물 스타킹을 챙긴다. 내가 좋아하는 구슬 팔찌, 초커 목걸이, 그리고 비슷한 색깔의 머리띠, 카우걸 셔츠, 금색 메시 민소매 셔츠, 코듀로이 나팔바지도 찾아서 배낭에 넣는다. 침대에 걸터앉아 생각해 본다. 필요한 짐은 다 쌌다. 배낭 안에 내 세상을 오롯이 챙겨 넣었다. 그날 밤 집에서 도망친 나는 지나가는 차를 얻어 타고 런던 중심가로 갔다. 레스터 광장에서 비를 맞으며 잤지만 집 쪽으로는 고개도 돌리지 않았다.

chapter 30

2015년 9월 6일 일요일
티레니아해

보트가 요동친다. 그 힘에 밀려 갑판으로 떨어진 나는 눈을 번쩍 뜨고 일어나 앉는다. 손으로 눈을 비빈다. 여기가 어디지? 어떻게 된 거야? 밤새 깨어 있으려고 했다. 자면 안 되는 거였다. 바닷속에 처박혀 물고기 밥이 될 수도 있었다. 운 좋게 살아남은 건가. 레스터 광장에서 처음으로 혼자 잠들었던 날 밤이 떠오른다. 당시 나는 공포에 사로잡혀 온몸이 마비되고 잠을 이룰 수 없었다. 한기가 뼛속 깊이 파고들고 피부가 질척거렸다. 사방에서 들려오는 소음이 전부 나를 노리는 포식자들의 소리 같았다. 모두가 나를 죽이려는 살인자로 보였다. 그날 밤 나는 틀림없이 죽을 거라고 생각했다. 새벽을 맞이한 것 자체가 기적이었다.

눈을 들자 조약돌이 깔린 해변으로 보트를 몰고 가는 니노의 모습이 보인다. 해변의 길이는 100미터에 불과하고 주변에는 깎아지른 듯한 절벽이 솟아 있다. 어두워서 돌덩이들 말고 다른 것은 눈에 띄지도 않는다.

"여긴 어디야?"

"라벨로의 카스틸리오네 마을. 아말피 해변이야. 어서 일어나."

나는 하품을 하며 기지개를 켠다. 등이 뻣뻣하다. 담요를 갑판에 던진 뒤 가방을 집어 들고 니노의 뒤를 따라간다. 우리는 차가운 바닷물로 뛰어내린다. 허리까지 올라오는 바닷물이 몹시 차갑다. 잠은 확실히 깬다. 물이 너무 차가워서 숨을 제대로 못 쉴 정도다. 부드러운 바닥에는 바위와 미끈거리는 해초가 깔려 있다. 우리는 비틀거리며 해변으로 올라간다.

"돌덩이 좀 집어 와."

"뭐? 왜?"

"보트를 가라앉혀야지."

"뭐하러 그래? 좋은 보트잖아. 뒀다가 나중에 써."

"남의 눈에 띄면 골치 아파."

"난 갖고 있고 싶어. 그냥 여기 두자. 해변에 올려두면 돼."

나중에 여기서 탈출해야 할 일이 생기면 이용하고 싶다.

"저 보트는 싫다고 하지 않았어? 다른 요트를 타자고 했잖아."

"거지 같은 보트라도 없는 것보다 나아."

그는 허리를 굽히고 큰 돌덩이들을 집어 든다. 나는 핸드백을 해변에 던져두고 걸어간다. 조가비와 조약돌이 발밑에서 와그작와그

작 소리를 낸다. 그는 하던 일을 멈추고 나를 돌아보며 말한다.

"아, *성모마리아여.* 내 말 좀 들어. 우린 저 보트를 훔쳤고 경찰은 저 보트를 찾고 있을 거야. 우린 사람들을 여럿 죽인 혐의로 쫓기고 있어. 빌어먹을 경찰들을 떼로 죽였잖아. 이탈리아 경찰 전체가 우릴 찾고 있다고. 그러니 흔적을 없애야 될 거 아냐."

"그래. 알았어. 그렇게까지 말한다면 뭐……."

과장도 어지간히 한다.

나는 비틀거리며 걸어가 돌덩이 몇 개를 집어 온다.

"됐지?"

"더 가져와."

나는 돌덩이를 몇 개 더 집어서 갑판에 던진다.

"충분하지?"

"더 넣어야 돼."

나는 몇 개 더 집어서 보트에 던진다.

"자, 이제 충분할 거야."

"더. 더 많이 가져오라고. 만나쟈^Mannaggia^(빌어먹을)……. 보트를 가라앉혀야 된다니까."

"아, 짜증 나. 돌덩이가 없는데 어쩌라고. 그게 다야. 더는 없어."

니노는 돌아서서 해변을 둘러본다.

"저쪽에 몇 개 더 있네."

어휴. 아주 노예 부리듯 하는구나. 내가 대체 왜 이걸 해야 되는데?

나는 그가 가리키는 곳으로 걸어가 허리를 굽히고 돌덩이를 집어 든다.

돌덩이를 가져와 갑판에 던지며 말한다.

"더는 못 해. 이상한 자세로 잤더니 등이 아파 죽겠어."

"바 베네. 에 바스타. 에 바스타Va bene. E basta. E basta.(좋아. 그만. 됐어.) 이제 보트를 같이 밀자."

"정말 이렇게까지 해야 하는―"

"우노, 두에(하나, 둘)……."

"멀쩡한 보트를 가라앉히다니."

"우노, 두에, 트레."

우리는 차가운 물속에서 비틀비틀 걸으며 보트를 바다로 밀어낸다. 파도가 치면서 바닷물이 눈에 튄다. 소금과 요오드 맛이 난다. 물 위를 걷는 기분이다. 우리는 보트를 크게 흔들어 바닷물이 갑판으로 흘러들게 한다. 보트는 뒤집힐 듯 크게 흔들리다가 점점 물속으로 가라앉는다. 보그르르 거품이 올라오고 잠잠해진다. 보트가 완전히 가라앉기까지 2분밖에 걸리지 않는다. 보트가 있던 자리에는 이제 바다뿐이다. 오필리어호여, 평화롭게 잠들길. 내가 죽는 것보다는 네가 물속에 가라앉는 게 나으니 어쩔 수 없구나.

우리는 헤엄을 쳐서 다시 조약돌 해변으로 올라온다. 거친 파도가 밀려든다. 해초가 내 종아리를 휘감는다. 발이 부드러운 모래에 푹푹 빠진다. 지구가 나를 지하 세계로 빨아들이는 것 같다.

"빨리 좀 와."

그가 재촉한다.

몸이 떨린다. 몸에서 물이 뚝뚝 떨어진다. 신발 속에 날카로운 돌멩이가 들어갔다. 다리에 들러붙은 끈적끈적한 해초를 떼어낸다.

"그래, 그래. 가고 있어."

어둠 속을 더듬어 핸드백을 찾아 들고 니노의 윤곽을 따라간다. 우리는 해변에서 이어지는 계단을 올라간다.

"아무 말 하지 말고 따라와. 소리 내면 안 돼."

"*말 안 해. 지금도 아무 말 안 했어.*"

"비페레vipere(뱀들) 조심하고."

"뭘 조심하라고?"

"비페레. 쉿. 계단 위에 있어."

그는 손을 뱀처럼 구불구불 움직인다.

"독사? 그게 무슨 말이야?"

"발 디딜 때 독사를 밟지 않게 조심하라고. 독이 있는 뱀이니까."

나는 어둠 속에서 휘청한다.

"독사들이 계단에 왜 있어?"

"낮 동안 햇볕을 쬐느라 계단에 머무는데 가끔 그러다 잠이 들기도 해. 지나가는 사람이 잠을 방해하면 물 수도 있어. 네 다리에 독을 채워 넣겠지."

나는 핸드백에서 선불 폰을 꺼내 손전등 앱을 켜서 계단을 비춘다. 낡은 계단에 잡초와 시들어가는 꽃들이 무성하다. 계단 옆으로 레몬 나무들과 토마토 줄기, 올리브 숲이 끝도 없이 이어져 있다. 감귤 향과 흙냄새가 가득하다. 금방이라도 바스러질 듯하고 경사

440

가 급한 계단은 끝이 보이지 않는다. 산 높이가 1.6킬로미터는 되는 것 같다. 목을 길게 빼고 위를 쳐다봐도 꼭대기가 안 보인다. 저 위쪽은 어둠 속에 묻혀 있다. 발밑으로 흙무더기가 우수수 떨어진다. 발이 휘청하면서 휴대폰을 떨어뜨리고 만다.

빠각.

"젠장. 고장 났겠네."

선불 폰을 집어 들고 박살 난 화면을 엄지로 쓰다듬는다. 유리 파편이 손가락에 들러붙는다. 수리가 불가능할 것 같다.

"니노. 휴대폰 좀 빌려줘. 내 휴대폰이 망가졌어. 다른 휴대폰이 있지만 쓰고 싶지 않아. 잘못했다간 그 휴대폰마저 망가뜨릴까 봐 그래."

"내 휴대폰 당신이 갖고 있잖아. 당신이 도청했던 휴대폰. 기억나지?"

"도청 안 했거든."

"했어."

"그건 도청이 아니야. GPS로 위치 추적을 한 것뿐이야."

"그게 도청이야."

"뭐래."

우리는 어둠 속에서 계속 계단을 오른다. 그는 내게 휴대폰을 빌려주지 않는다. 그는 남들 눈에 띄지 않으려면 어둠 속에서 계단을 오르는 게 낫다고 생각하는 모양이다. 빌어먹을 계단은 도저히 끝이 안 보인다. 난 이 따위 등산을 하겠다고 동의한 적 없다. 이 남자는 날 뭘로 보는 거야? 셰르파? 야크? 갑자기 개 짖는 소리에 나는 기겁을 한다. 조그만 개가 지옥견처럼 사납게 짖는다. 어둠 속에서 두 눈을 빛내며 철조망 울타리에 몸까지 부딪치며 왈왈거린다. 다시 생각해 보니 난 개를 싫어한다. 닥스훈트는 특히 더 싫다. 이 개도 마찬가지다.

길고 가늘며 구불구불한 무언가가 내 시야 가장자리에 포착된다.

"니노. 저기. 독사야."

니노가 걸음을 멈추고 내 쪽으로 계단을 달려 내려온다.

"뭐? 저거? 호스잖아."

"아, 뱀처럼 생겨서 착각했어."

우리는 끝날 것 같지 않은 등산을 계속한다. 공기가 희박해진 느낌이다. 산소가 모자라 고산병에 걸릴 것 같다. 가슴이 들썩이고 폐에서 쌕쌕 소리가 난다. 담배에 불을 붙인다. 둔근과 오금이 비명을 지른다. ***이게 대체 뭐 하는 짓이야? 미쳤어?***

그때 발목에 날카로운 통증이 느껴진다.

"악! 뭔가가 나를 물었어. 뱀이 물었나 봐. 젠장."

"뭐? 어디?"

"여기야, 여기. 내 발."

그는 또다시 계단을 달려 내려온다. 허리를 굽히고 내가 가리키는 곳을 살펴본다.

"아, 아니네. 쐐기풀에 찔린 거야."

그는 허리를 펴고 일어서며 묻는다.

"풀이라고?"

"쐐기풀에 찔렸을 땐 도크Dock 잎으로 치료해야 돼. 이 근처 어디에 있을 거야."

"조용히 하라고 했지."

나는 다시 그를 따라 계단을 올라간다. 이제 그는 다정하게 나를 대해 주지 않는다. 난 사방에서 공격받고 있는데. 공감해 주면 좋잖아.

무료함을 달래기 위해 리타 오라의 '포이즌'을 흥얼거린다.

"**쉬이이잇**. 조용히 해."

"아, 젠장. 거의 다 온 거야? 얼마나 더 가야 돼?"

"이 언덕 꼭대기까지 올라가서 모퉁이를 돌면 돼."

숨이 차서 더 이상 노래도 못 부르겠다. 머릿속으로 노래를 부르기로 한다. 우리는 계단을 좀 더 올라가서 모퉁이를 돌아간다. 그림자, 악마, 흙, 나무, 바위, 그리고 또다시 계단이다.

"이 길로 가는 거 맞아? 올라가도 아무것도 없잖아."

"이 길 맞아."

아까 해변 파티에 남아 있었으면 좋았을걸. 거기 있었으면 아무도 우리를 못 찾았을 것이다……. 대체 여기서 뭘 하고 있는 거야? 깎아지른 듯한 절벽. 지독한 급경사. 저 아래 바다와 바위가 부딪치며 거품을 일으키고 있다. 혹시…… 그가 나를 밀어버리려는 걸까?

니노가 걸음을 멈추고 돌아본다. 내 쪽으로 다가온다. 어두워서 그의 표정이 보이지 않는다. 아, 제길. 뭐야? 날 죽이려는 건가? 이럴 줄 알았어. 저 사탄 같은 놈.

나는 그에게 달려든다. 먼저 공격할 거다. 예방이 치료보다 낫다.

"으아아아아아아."

나는 그의 불알을 향해 무릎을 차올린다. 그동안 익힌 싸움 동작이다.

하지만 니노는 내 허리를 붙잡아 세운다.

"뭐야. 왜 이래?"

"아무것도 아니야. 손 치워."

그는 내 팔을 꺾어 등 뒤로 모아 잡는다.

"왜 이러냐니까?"

"몰라. 그냥 내 생각에…… 아무래도."

나는 절벽 너머를 바라보며 말끝을 흐린다.

"당신을 절벽 너머로 밀어버릴 생각 없어. 내가 당신을 죽이려고 마음먹었으면 당신은 지금 여기 있지도 않아."

그는 한숨을 쉬며 내 팔을 놓아준다.

나는 바닥에 웅크리고 앉아 담배를 한 대 더 피운다.

"힘들어. 더는 못 가." 그의 심리 게임에 더 이상 놀아나지 않겠다. "앞으로 어떻게 할지 알고 싶어. 여기가 어딘지도 알고 싶고."

"아까 말했잖아. 라벨로라고." 그는 나를 걷어찬다. "일어나."

"못 해. 난 포기야." 폐가 불에 타는 것 같다. 심장도 미친 듯이 뛴다. 옷도 바닷물과 땀으로 흠뻑 젖었다. 나는 바닥에 벌렁 드러누워 밤하늘의 별을 올려다본다. 아, 저거 오리온 별자리인가? "난 그냥 여기서 죽을게."

"누가 당신을 보면 우린 둘 다 망하는 거야. 텔레비전에 온통 우리 뉴스가 떴어. 이탈리아 경찰들이 잡으려고 혈안이 된 범죄자라고. 그러게 경찰은 죽이지 말았어야지."

"다리가 너무 아파서 더는 못 움직여. 이 산은 너무 가팔라."

"민키아.(제길.) 어서 가."

그는 총을 꺼내 내 목에 갖다 댄다.

"꼭 이럴 필요는 없잖아."

"말했지. 일어나."

그는 내 팔을 잡고 강제로 일으켜 세운다.

나는 그에게 기대며 말한다.

"당신은 날 *유괴*한 게 맞구나."

"아니야."

"그럼 날 *보호*하는 거야? 다정하네. 진짜 낭만적이네."

이 새끼. 욕이 나온다. 이놈 때문에 *미쳐버릴* 것 같다. 하지만 그는 화낼 때 특히 더 섹시하다. 그가 가진 커다란 총도 마음에 든다.

"경찰이 당신을 잡으면 나도 곧 찾아낼 거야. 당신이 이러면 나한테 짐밖에 안 돼." 그는 내 뒷덜미에 총을 대고 밀어붙인다. 살에 금속이 닿으니 시원하다. "어서 움직여. 동트기 전에."

그는 한 팔로 내 허리를 감고 있다. 난 니노가 화낼 때가 좋다.

"우리 어디로 가는 거야?" 이 정도로 힘들게 가는 곳이면 정말 좋은 곳이어야 될 거다……

"저 언덕에 발코니 보이지? 하얀 조각상들이 있는 건물. 저기로 가고 있어."

이탈리아 라벨로, 빌라 침브로네

다리 근육을 전부 바짝 쓴 데다 허리 디스크도 빠진 것 같다. 몹시 지쳤지만 나는 걸음을 멈추고 철문 너머를 바라본다.

"어머. 여긴 뭐 하는 데야?"

"호텔."

"세상에. 진짜 멋지다."

나는 철문 안으로 들어간다.

"그래. 여길 폭발시킬 생각은 하지도 마."

구식 랜턴들이 정원에 황금색 빛을 뿌리고 있다. 탑처럼 높이 솟은 야자나무들이 잔디밭에 그림자를 드리운다. 담쟁이덩굴이 벽을 온통 뒤덮고 있다. 바스러질 듯 오래된 벽돌 탑과 나무 문으로 이어지는 계단이 보인다. 나는 아름다운 정원 사이로 난 길을 따라 걸어간다. 손가락 끝으로 고운 꽃잎과 열대식물들의 잎사귀를 쓰다듬는다. 꼭 동화책에 나오는 곳 같다. 비현실적일 만큼 아름답다. 날아다니는 아기 천사 조각들이 새겨진 분수대도 있다. 백합과 장미, 재스민이 만개해, 마치 울워스 매장의 픽앤드믹스 코너에 온 듯 온통 달콤한 냄새가 퍼져 있다. 나무 위에서 새 한 마리가 노래를 부른다.

"아, 니노. 여기 정말 좋다. 그런데…… 여긴 왜 온 거야?"

"오랜 친구인 피에트로가 이 호텔에서 일하고 있어. 그 친구한테 말하면 여기서 숨어 지낼 수 있어."

"여기 와본 적 있어?"

"은신하기에 좋은 곳이거든"

우리는 직원 숙소로 향한다. 니노는 자물쇠를 따고 문을 연다. 복도를 따라 걸어가다 어느 방으로 들어가 딸깍 불을 켠다.

"어이. 스트론조. 소노 이오Stronzo. Sono io.(멍청아. 나 왔어.)"

침대에 누워 자고 있던 사람이 말한다.

"케 카초?(뭐야?) 니노? 바판쿨로.(꺼져.) 맘마미아.(맙소사). 케 부오이Che vuoi?(무슨 일이야?)"

피에트로는 눈도 제대로 뜨지 못한다. 반쯤 벗은 상태다.

"우노 카메라Uno camera.(방 하나만 쓰자.)"

피에트로는 일어나 앉아 나를 쳐다보다가 다시 니노를 본다. 그들은 서로 포옹을 한다.

피에트로가 눈을 비비며 묻는다.

"페르 두에 페르소네Per due persone?(두 사람이 쓸 방?)"

"시, 시, 에 페르 라 미아 루나 디 미엘레Si, Si. E' per la mia luna di miele.(그래, 맞아. 우린 신혼여행을 왔어.)"

"페르케 논 푸오이 프레노타레 우나 스탄자 코메 투티 글리 알트리Perchè non puoi prenotare una stanza come tutti gli altri?(다른 사람들처럼 방을 예약하지 그랬어?)"

피에트로는 일어서서 내게 다가와 손을 내민다. 나는 그와 악수를 나눈다.

"차오. 피아체레. 아우구리Ciao. Piacere. Auguri.(안녕하세요. 어서 와요. 축하드립니다.)"

그는 이렇게 말하며 내 양쪽 뺨에 입을 맞춘다.

나도 대충 인사한다.

"차오, 차오, 차오."

피에트로는 티셔츠와 바지를 입고 우리를 어느 방으로 안내한다. 그 방이 제일 크고 좋다고 한다. 그가 방에 걸린 자물쇠를 열어주자 나는 안으로 들어간다. 세상에. 상상했던 것보다 훨씬 좋다. 방이 널찍해서 거의 궁전 같다. 대단하다. 오목하고 웅장한 천장에는 파란 페인트칠이 되어 있다. 거대한 대리석 벽난로. 아름다운 도자기 타일이 깔린 반짝이는 바닥. 거실 벽에 걸린 그레타 가르보의 흑백사진.

"여긴 꼭 꿈속 같아."

내 입에서 절로 감탄이 나온다.

피에트로는 살짝 허리를 굽혀 인사하고 방에서 나간다.

나는 니노에게 묻는다.

"아우구리가 무슨 뜻이야?"

"축하한다고."

"아, 그래. 그렇구나." 나는 벽의 그림을 바라보다가 다시 묻는다. "그런데 뭘 축하해?"

내가 아직 살아 있는 걸 축하한다는 뜻인가?

"우리가 결혼해서 신혼여행을 왔다고 둘러댔거든."

"그것 참 달콤하네." 나는 침대에 앉아 묻는다. "피에트로도 라 코 사 노스트라의 일원이야?"

"아니. 그냥 이 호텔에서 일해. 나를 죽이려 들지 않는 유일한 사 람이야."

"나도 당신을 죽일 마음 없는데."

이제는 죽일 생각이 없다. 도착하고 보니 안전한 느낌이 든다. 아 까는 내가 피해망상이었던 걸까? 아무것도 아닌 일로 안절부절못 했다. 니노는 나를 좋아한다. 그건 분명하다. 이번 주 내내 나를 그 리워했다는 것도 사실인 것 같다. 그는 정말로 마피아답게 나를 테 스트했던 걸까? 고행이나 일종의 입회식 같은 건가? 헤라클레스의 과업처럼? 내가 형편없는 인간이 아닌지 확인하기 위한 절차였나? 나는 길고 깊게 안도의 한숨을 내쉬며 침대 위에 불가사리처럼 뻗 어 눕는다.

니노가 텔레비전 뉴스를 켠다.

나는 일어나 앉아 눈을 깜박이며 화면을 바라본다.

수갑을 찬 도메니코의 모습이 보인다. 그는 이탈리아 경찰들에 게 둘러싸인 채 신문 기자들과 플래시, 카메라를 뚫고 걸어가고 있 다. 경찰서와 여자 기자의 모습이 화면에 나온다. 니노가 볼륨을 높 인다.

내가 묻는다.

"뭐라는 거야?"

그는 나를 돌아보며 고개를 절레절레 흔든다.

"저 멍청한 새끼. 저놈이 암브로조의 차를 타고 다니는 바람에 경찰에 붙잡혔어. 경찰들이 돈 가방도 발견했대. 우리 돈 2백만 유로. 도메니코의 DNA가 살보와 당신 언니가 묻혀 있던 자리에서 나온 DNA와 일치하는 것으로 나왔대."

"그럼…… 경찰들은 도메니코가 한 짓으로 알겠네? 잘됐다."

"그런 모양이야. 도메니코는 3명을 살해한 혐의로 체포됐어."

베스, 살바토레, 암브로조…….

"잘됐다. *대박.*"

니노와 나는 하이파이브를 한다.

너무 좋다. 그에게 키스하고 싶다.

나는 그의 두 눈을 가만히 바라본다.

"코카인 있어? 축하해야지."

"그래. 그래야지."

그는 재킷 주머니에서 투명한 비닐봉지를 꺼낸다. 눈처럼 하얀 가루가 가득 들어 있다.

나는 그를 쳐다보며 눈살을 찌푸린다.

"저 밑에서부터 올라오면서 힘들어 죽겠다고 하는데도 코카인을 안 내줬단 말이지. 빌어먹을 계단을 죽을 둥 살 둥 올라오는데 어떻게 그럴 수가 있어?"

이 자식을 죽여버리고 싶다. 경찰들이 내 총을 가져가지만 않았어도.

"코카인 있냐고 안 물어봤잖아."

그는 침대 옆 테이블 위에 코카인을 뿌리고 카드로 길고 가느다란 선을 만든다. 그리고 1백 유로짜리 지폐를 돌돌 만다.

그래, 정말 그리웠다.

문득 성형으로 조그맣게 만든 코가 마음에 걸린다. 아직 이 코로 코카인을 해보지 않았다. 아직 수술에서 회복되지도 않았다. 수술한 지 일주일도 안 됐다. 게다가 루마니아 강도한테 얼굴을 얻어맞기까지 했다. 내 코가 그동안 온갖 수난을 겪어온 터라 제대로 코카인을 들이마실 수 있을지 모르겠다. 코카인이 콧구멍 안쪽에 끼기라도 하면? 그걸 꺼내려다 코가 부러지면?

"니노, 내 항문에다 코카인을 넣어주면 안 돼? 영화 〈더 울프 오브 월스트리트〉처럼."

"뭐? 됐어. 남들처럼 그냥 코로 들이마셔."

"아, 지루하기는."

"내가? 내가 지루해?"

"그래. 아, 앨비, 경찰들한테 폭탄을 던지면 안 돼. 아, 앨비, 페라리를 훔치면 안 돼. 해변 파티에도 가지 마. 소리 내지 마. 항문에 코카인 넣지 마. 어쩌고저쩌고 잔소리만 하잖아."

우리는 두 줄로 놓인 코카인을 한 줄씩 흡입한다. 끝내준다. 크리스마스트리 꼭대기에 설치한 메가와트짜리 전구가 확 켜진 느낌이다.

"내가 지루하다고?"

451

그가 다시 묻는다.

"응."

"날 따라왔잖아."

"이제 뭘 할 거야?"

나는 일어서며 묻는다. 치과에서 치료를 받는 것처럼 얼굴에 감
각이 없다. 코는 제대로 기능을 하니 다행이다.

그는 내 손을 잡고 밖으로 나가 정원으로 이끈다. 호텔 뒤쪽의 청
록색 수영장으로 데려간다.

"아, 뭐야. 너무 예쁘잖아. 베스의 집 수영장보다 훨씬 좋네."

예쁜 콩팥 모양의 수영장을 투광 조명등이 환하게 비추고 있다.
수영장 주변에는 정원과 야자수, 꽃들이 펼쳐져 있다. 수영장 너머
로 절벽과 지중해의 풍경이 내다보인다. 굉장히 멋지고 찬란하다.
헤드 칸디(영국의 하우스 음악 브랜드 - 옮긴이)의 앨범 커버 같다.

니노는 옷을 훌훌 벗고 수영장에 뛰어든다. 햇볕에 잘 그을린 등,
하얀 엉덩이, 아나콘다처럼 굵고 긴 성기. 그는 깊은 물속으로 자맥
질했다가 다시 올라온다.

"이래도 지루해?"

"그건 멋지네."

나는 알몸의 그를 더 좋아한다.

우리는 영화 〈겟어웨이〉에서 여름날의 호수를 즐기던 스티브 맥
퀸과 알리 맥그로우다.

"어서 들어와."

452

그가 나를 부른다.

나는 옷을 벗고 계단으로 걸어간다.

조명을 받은 계단이 마치 백금처럼 빛난다. 발가락을 물에 대본다. 시원하고 기분이 좋다. 계단을 미끄러지듯 내려가 물에 몸을 담근다. 팔다리를 몇 번 휘저어본다. 너무 좋다. 물이 몸을 부드럽게 어루만진다. 비단 시트처럼 내 몸을 스치고 지나간다. 코카인이 혈류를 타고 기분 좋게 흐르는 느낌이다. 입술에 한가득 미소가 번진다.

수영장 저 끝에서 니노가 나를 바라본다. 그의 시선이 느껴진다. 나는 헤엄쳐 그에게 다가간다. 이제 진심으로 그를 원한다. 평생 누군가를 지독하게 원했던 적이 없다. 다시 열세 살로 돌아간 것처럼 설렌다. 그를 죽이지 않아서 다행이다. 죽였으면 정말 아까울 뻔했다.

니노는 물속으로 잠수한다. 수영장을 가로지르는 그의 구릿빛 몸이 마치 상어나 식인 물고기처럼 위험하고 위협적으로 느껴진다. 수면으로 거품이 올라오더니 그가 바로 앞에 나타난다. 나는 그의 눈을 바라본다. 반짝이는 검은 눈동자. 그는 수영장 가장자리에 서 있는 내게 입을 맞춘다. 그의 손가락이 내 머리카락을 붙잡는다. 나를 잡아먹을 듯 게걸스럽게 키스를 한다. 나는 그의 아랫입술을 깨문다. 따뜻한 손이 엉덩이를 타고 내려가 내 음핵에 다다른다. 그의 체온이 내 피부에 따뜻하게 와 닿는다. 신음을 흘린다. 일주일 만이다.

그는 내게서 멀어진다.

내 주변을 빙글 돌더니 뒤에서 나를 붙잡는다. 그리고 내 뒷덜미를 깨문다. 등줄기를 따라 소름이 쫙 퍼져나간다. 성기가 뜨끈해지면서 애액이 차오른다. 나는 그의 어깨에 머리를 기댄다. 그는 손을 뻗어 내 가슴을 움켜쥔다. 젖꼭지가 바짝 일어선다. 그의 두 손이 내 배를 문지르며 내려가자 내 입에서 신음이 터진다. 그의 거친 손가락이 내 몸에 들어온다.

그가 묻는다.

"이래도 지루해?"

chapter 31

니노는 뒤에서 나를 붙잡고 안으로 밀고 들어온다.

"콘돔. 라즈베리 무늬에 향이 나는 콘돔이 있는데……."

"물속에서 섹스하면 임신 안 돼."

"뭐?" 그 말을 믿어도 될지 모르겠다…….

"신에게 맹세할 수 있어."

그는 수영장 가장자리에서 나를 갖는다. 괜찮다. 피임약을 먹었다. 나는 그의 성기를 타고 내려간다. 우리 몸은 서로에게 바짝 밀착돼 있다. 수영장 가장자리의 타일이 내 가슴을 누른다. 그의 성기는 완벽 그 자체다. 나는 그의 성기를 사랑한다. 그의 체취도. 말보로와 염소계 소독제, 그리고 땀 냄새. 아, 바로 이거야.

"아직도 지루해?"

그가 내 귀에 대고 속삭인다.

"아, 하느님 맙소사."

내 몸 깊숙한 곳에서 그의 성기가 느껴진다. 그의 뜨거운 숨결이 목에 와 닿는다. 그는 강한 두 팔로 내 허리를 단단히 붙잡는다. 다시는 놓아주지 않을 것처럼.

"아, 자기야."

"내 이름을 불러줘."

"어떤 이름이 더 좋아?"

"앨비."

"앨비."

"니노."

"앨비."

"니노. 니노."

나는 고양이처럼 손톱을 세워 타일을 붙잡는다. 몸을 쭉 펴면서 위로 솟구친다. 머리가 둥실 뜬다. 아, 좋다. 코카인은 정말 최고다. 니노가 나를 잡아당겨 내 머리를 물속으로 넣는다. 머리가 무릎 사이로 내려올 때까지 찍어 누른다. 숨을 쉴 수가 없다. *뭐 하는 거야?*

도대체 뭐 하는 거지? 왜 나를 물속으로 찍어 눌러? 나를 물에 빠뜨려 죽이려는 건가? 나도 언니처럼 수영장 바닥에서 죽겠구나.

그는 계속해서 나를 찍어 누른다.

아, 제발. 이러다 나 죽어.

나—

나—

나—

나—

이렇게 죽을 수는 없어.

물 위로 올라가려 하지만 그에게 단단히 붙잡혀 있다. 그는 나를 바짝 붙잡는다. 나는 몸부림친다. 폐에서 공기가 쭉 빠져나가고 산소가 사라진다. 그는 계속해서 나를 찍어 누르다가 내 몸속으로 쑥 들어온다. 멍하고 어지럽다. 눈앞이 흐려진다. 눈을 뜨지만 온통 파란색뿐이다. 그의 성기가 내 지스폿에 닿는다. 기절할 것 같다. 더 이상 못 견디겠다. 나도 모르게 다시 눈을 감는다.

몸속에 공기가 남아 있지 않다.

그리고 그대로 오르가슴에 다다른다.

눈부신 빛이 번쩍하더니 눈앞이 아득해진다. 뇌가 폭발한다. 뇌에 불이 붙었다.

우리는 그렇게 다시 또다시 오르가슴에 다다른다. 몸이 부들부들 떨린다. *기운이 하나도 없다.* 그대로 뻗어버리고 만다. 시간과 공간이 녹아내리고 사라진다. 우리는 물에 둥둥 뜬 채로 유령이나 천사처럼 날아가고 있다. 우리는 함께 춤추고 미끄러지며 높이 날아오른다. 저 위에 빛과 터널이 보인다.

그리고 아무것도 없다.

니노는 드디어 물 밖으로 올라가 내 얼굴을 수영장 가장자리에 걸쳐놓는다. 나는 공기를 들이마시느라 계속 헐떡인다. 뺨을 타일에 대고 있다. 나는 얼굴을 도자기 타일에 납작 붙인 채 숨을 몰아쉰다.

"니노, 이게 뭐 하는 짓이야?"

"마음에 들었어?"

"죽을 뻔했잖아."

"그 정도 위험은 감수해야지."

나는 잠시 생각해 보고 내뱉는다.

"젠장. 좋기는 했어."

뇌에 산소가 부족하다……. 나는 예전에 뇌 손상을 입은 적이 있다. 그런 경험은 한 번으로 족하다.

정원이 빙글빙글 돈다. 파란색에서 초록색, 빨간색으로 바뀐다. 클래식 음악이 들려온다. 아름다운 아리아, 첼로와 바이올린 소리가 점점 커진다.

"이 음악은 어디서 나오는 거야?"

잠시 꿈을 꾸고 있는 것 같다.

"라벨로 축제."

주변을 둘러본다. 우리는 아직 수영장 물속에 있다. 서로 몸을 바짝 붙인 채. 아직 살아 있다. 모든 게 완벽하다. 내 어깨를 감싼 그의 구릿빛 두 팔은 마치 신처럼 탄탄한 근육질이다. 나를 이 정도로 엄청난 절정에 도달하게 만든 사람은 없었다. 니노야말로 내가 꿈꾸던 남자다.

우리는 수영장 가장자리에 나란히 기대고 찬란한 풍경을 바라본다. 동이 트면서 첫 햇살이 검은 산에 피를 뿌린다. 하늘이 마치 경고하듯 강렬한 붉은색으로 물들고 있다. 우리는 일출을 바라보며 음악에 귀를 기울인다. 천상에 오른 듯, 마법 같은 순간이다. 마치 저들이 우리를 위해 음악을 연주하는 것 같다. 나는 정원을 둘러본다. 온통 황금빛에 물든 이곳이야말로 에덴동산이다. 여기가 바로 천국이다.

"그래. 가끔은 당신도 안 지루해."

"베네.(좋았어.)"

"노력할 때만 그렇다고."

"모르타치 투아Mortacci tua.(제기랄.)"

그는 또 삐졌다.

나는 수영장에서 나가 물을 후두둑 떨어뜨리며 걸어간다. 니노가 뒤쫓아온다. 나는 정원을 달리며 웃음을 터뜨린다. 높은 소리로 신나게 웃는다.

달콤한 향기를 풍기는 꽃들로 둘러싸인 길을 따라 달린다. 보라색 꽃들, 부겐빌리아. 오래된 테라코타 꽃병들. 희뿌연 대리석 누드 석상. 나는 장미 정원으로 들어선다. 부드러운 풀밭에 쓰러져 구른다. 니노도 함께 쓰러지며 내 몸을 덮친다.

"그런데 당신 엉덩이에 적힌 거 뭐야?"

"뭐가?"

"문신 같던데. '죽어 니모'라고."

"아, 그거." 깜빡 잊고 있었다. "나중에 〈타투 픽서〉(문신 전문가들이 엉성한 문신을 개선하거나 없애주는 리얼리티 프로그램 – 옮긴이)에 출연해서 없애버릴 거야. 그 프로그램 본 적 있어?"

"아니. 그 문신 뜻이 뭔데?"

"그게…… 잘 기억이 안 나네. 술에 잔뜩 취한 상태에서 받은 거라. 어떤 의미가 있긴 할 거야. 물고기 이름도 니모잖아."

우리는 알몸으로 드러누워 새벽하늘을 바라본다.

"아, 저기 좀 봐. 유성이다."

그러자 그가 내 쪽으로 돌아누우며 말한다.

"소원 빌어."

내가 정말 원하는 게 뭔지 이제 명확히 알 것 같다…….

"아까 친구한테 왜 그렇게 말했어? 우리가 신혼여행을 왔다고 했다며."

그는 기지개를 켠다.

"모르겠어. 그냥 핑계를 댄 거야. 사실대로 말할 수는 없잖아. 그랬으면 우리를 받아주지 않았을 거야."

"전에도 여기 머문 적 있지?"

"경찰을 죽이고 은신한 적은 없어."

"그래. 알았어."

"내 계획에 대해 들어볼래?" 그는 신이 난 목소리다. "우리 둘이 부자가 될 수 있는 계획이거든."

그는 나를 자기 가슴 위로 끌어 올린다. 그가 미소를 짓자 검은 눈동자가 반짝거린다.

"무슨 계획인데?"

나는 그의 가슴 근육에 뺨을 붙인다. 가슴속에서 고동치는 그의 심장이 느껴진다.

"우리 둘이 같이 일해 보자. 내가 다 생각해 뒀어. 전에 말한 영국 남자 기억나지? 우리 아버지를 죽인 남자."

"아니."

"미술 중개상인데 억만장자거든. 지금 런던에 살고 있고 이름은 에드 포브스야. 아주 개새끼지."

"그 사람이 왜?"

나는 그의 가슴털을 손가락으로 쓰다듬다가 그의 입술에 키스한다. 그의 몸은 여전히 젖어 있다.

"그놈은 나와 내 아버지의 물건을 훔쳤어. 이제 우리가 복수할 차례야. 당신이랑 나랑 둘이서. 그놈을 급습하자."

억만장자라니 구미가 당긴다.

"재미있을 것 같네."

"그래, 엄청 재미있을 거야."

니노가 일어서서 내 손을 잡는다.

"따라와. 보여줄 게 있어."

"어딜 가자고? 벌써 런던으로 가자는 건 아니지?"

"아무 말 말고 따라와 봐. 마음에 들 거야."

우리는 아담과 이브처럼 알몸으로 나란히 손을 잡고 정원을 걸어간다. 주변에 꽃들이 만발한 길고 곧은 산책로를 지나자 절벽 위 테라스로 이어지는 탑이 나온다.

"구아르다 케 벨라 비스타 Guarda che vella vista.(저 아름다운 풍경 좀 봐.) 무한의 테라스야."

"어머나! 정말 끝내준다."

나는 바다를 바라본다. 경사진 땅이 바다로 이어져 있다. 산에는 노란색과 황금색 열매가 달린 감귤 나무들이 가득하다. 암녹색 나무들과 푸른 하늘 사이로 보이는 험준한 절벽에 동물들이 일군 마을이 있다. 아름다운 음악이 다시 공기를 채운다. 춤을 추고 싶다.

나는 숨을 들이마시며 말한다.

"믿기지 않을 정도로 아름다워. 청혼을 하기에 그만이겠어."

"난 청혼 못 해. 반지가 없거든."

그는 짓궂은 미소를 짓는다. 문득 이 모든 것이 이해된다. 원래 이렇게 될 운명이었던 거다. 니노가 바로 내가 찾던 남자다. 지금까지 아무도 나를 이렇게 다루지 못했다. 그는 *완벽하다*. 내 사람이다.

내가 말한다.

"나한테 있어. 반지 2개. 여기서 기다려. 어디 가지 말고……."

나는 정원을 가로질러 호텔로 돌아간다. 계단을 달려 올라가 우리 방으로 들어간다. 풀잎에 맺힌 이슬을 밟아서인지 발이 미끄럽다. 심장이 몰토 알레그로^{molto allegro}(대단히 빠르게)로 뛴다. 활기찬 음악이 여전히 들려온다. 심벌즈가 울린다. 소리가 점점 커진다. 나는 핸드백을 찾아 두리번거린다. 침대 위에 놓여 있다. 얼른 핸드백을 집어 들고 니노에게 달려간다.

아, 제발. 그가 거기에 있길. 그가 또 사라졌으면 어떡하지?

그는 내게 등을 보인 채 테라스에 서서 풍경을 바라보고 있다. 나는 그 모습을 눈에 담는다. 그의 엉덩이. 아름다운 경치. 그는 온갖 고생을 견뎌내고 쟁취할 만한 가치가 있는 남자다.

"자, 반지 2개, 가져왔어."

핸드백 속을 뒤지는데 젠장, 찾을 수가 없다.

"아, 여기, 당신 모자가 있네. 돌려줄까?"

그는 페도라를 받아서 머리에 쓴다.

드디어 반지를 찾았다.

(기념품으로 갖고 있던) 수류탄의 은색 고리, 그리고 진동 콕링. (아, 이건 우리가 나중에 사용할 수 있다.)

"이건 뭐야?"

그는 내 손에 놓인 콕링을 바라본다. 섹스 장난감에는 관심이 없나?

나는 얼른 한쪽 무릎을 꿇는다.

"니노, 나랑 결혼해 줄래?"

"좋다고 하면 그 입 닥칠 거야?"

"응."

"좋아."

나는 벌떡 일어나 그의 손가락에 콕링을 끼운다. 분홍색 콕링은 젤리처럼 잘 늘어나는 소재다.

"야호. 이제 당신이 나한테 청혼해."

나는 그에게 수류탄 고리를 내민다.

그는 한쪽 무릎을 꿇고 말한다.

"앨비, 나랑 결혼해 주겠어?"

그러고는 내 손가락에 수류탄 고리를 끼워준다.

"좋아, 그렇게."

머릿속에서 베스가 말한다.

'축하해.'

우리는 입을 맞춘다.

니노와 앨비

영원히 함께.

그의 불알은 내 거야. ^^

나는 깡충깡충 뛰고 니노는 걸어서 수영장으로 돌아온다. 우리는 구겨진 옷을 집어 들고 방으로 향한다. 너무 행복해서 가슴이 터져버릴 것 같다. 스노볼처럼 반짝이는 뇌가 차분히 가라앉을 때까지 한줄 한줄 하이쿠를 지어본다.

니노는 지쳤는지 킹사이즈 침대에 털썩 드러눕는다. 난 너무 흥분해서 잠이 안 올 것 같다. 이제 결혼식 계획을 세워야 한다.

"니노? 코카인 좀 더 할래?"

그는 벌써 코를 골기 시작한다.

나는 두 줄을 다 흡입하기로 한다……. 이왕 꺼내놨는데 안 하면 아까우니까. 쿵, 쿵, 크응. 두 번 하면 재미있고 2배로 늘리면 말썽이 난다고 하지만 난 아직 젊으니까 코카인을 2배로 늘린다고 심장마비가 오지는 않을 거다.

심심하니 텔레비전을 켠다. 뉴스를 봐야겠다. 도메니코에 관한 뉴스가 더 나오려나? 재미있겠다. 코카인을 한 줄 더 한다. 와아! 와아! 자꾸만 웃음이 나온다. 어린아이처럼 침대 위에서 방방 뛰고 싶은데 꾹 참는다. 텔레비전에 수녀원 생활에 대한 장면이 나온다. 성당인지 수녀원인지 잘 모르겠다. 경건한 사람들. 이탈리아인 수 녀가 인터뷰를 한다. 그 수녀가 무슨 말을 하는지는 알아들을 수 없 다. 따분한 내용일 거다. 그리고 화면에 팍삭 늙은 수녀의 사진이 뜬다. *아무* 수녀가 아니라 내가 차로 친 바로 **그 수녀**다. '테레사 수 녀로 불리던 71세 소렐라 프란체스카 디 마르조'라는 자막이 떠 있 다. 제길 씨발 제길 씨발 제길. 뉴스 진행자가 빠른 이탈리아어로 떠들어댄다. 그는 침울하고 진심 어린 표정이다. 카메라가 어떤 도 로를 클로즈업으로 잡는다. 붉은 줄이 죽 그어져 있다. 핏자국이다. 맞다. 내가 수녀를 차로 친 그 자리다. 이제 어떻게 되는 걸까? 어 떤 의미로 받아들여야 하지? 경찰들이 수녀의 시신을 찾아냈을까? 다음 화면이 이어진다. 새까맣게 탄 친퀘첸토 자동차의 잔해다. 검 게 탄 나뭇가지. 부러진 나무들. 숲속의 학살 현장이다. 불에 탄 풀 잎과 그을음이 묻은 잎사귀도 보인다. 카메라가 자동차를 클로즈 업한다. 안 돼. 제발. 차 문을 열지 마. 그 안을 들여다보지 마. 다행 히 뉴스는 불에 탄 수녀의 시체를 보여주지는 않는다. 하지만 내 마 음의 눈은 이미 수녀를 보고 있다. 끔찍하게 망가진 모습. 녹아내린 피부. 숯으로 변해 버린 잿빛 머리카락. 다 타고 실 몇 가닥만 남은 옷…… 나는 눈을 질끈 감고 고개를 흔든다.

"안 돼. 안 돼. 안 돼."

텔레비전 화면에 또 다른 사진이 뜬다. 그 남자다! '51세 남성 로렌조 만치니.' 나는 그를 단번에 알아본다. 나는 저 남자의 차를 훔쳤다. 내가 훔친 녹슬고 오래된 친퀘첸토의 주인이다. 차창에 바짝 다가왔던 그의 불그레한 얼굴, 넘치는 뱃살이 기억에 생생하다. 그는 당황한 정도가 아니라 아예 넋이 나간 표정이다. 그는 법원 앞에 서 있다. 죄수 호송차와 몰려드는 군중. 남자는 기자들을 피하기 위해 몸을 잔뜩 움츠린다.

기자가 그에게 묻는다.

"만치니 씨, 에 스타토 레이Signor,o è stato lei?(그녀 맞죠?)"

남자는 수갑을 찬 채 사람들 옆으로 떠밀려 간다. 성난 수녀들이 모여 있다. 플래카드가 나부낀다. 엄숙한 표정의 사제도 보인다. 아무 사제가 아니라 *내가 아는* 바로 그 사제다. 불이 난 숲에서 내 덕분에 목숨을 건지고 나를 차에 태워줬던 바로 그 사제. 내 뇌는 이 상황을 해석하느라 위잉 위잉 돌아가지만 약에 너무 취해서 제대로 생각할 수가 없다. 나는 어떻게든 이해하려고 안간힘을 쓴다. 누군가 그 사제를 인터뷰한다. 사제의 말은 알아들을 수 없지만 추도의 말을 하는 것 같다. 아마 죽은 수녀 소렐라 프란체스카 디 마르조에 관한 얘기를 하고 있겠지. 그 수녀가 죽어서 안타깝고, 수녀를 죽이면 안 된다는 말을 하고 있을 것이다……. 경찰은 수녀를 살해한 혐의로 저 로렌조 만치니라는 남자를 체포한 모양이다. 일이 그렇게 돌아가는 거야? 믿을 수가 없다. 신은 정말 있나 보다. 나는 2분 넘게 화면을 멍하니 쳐다본다. 이제 텔레비전은 다른 뉴스 화면으로 넘어간다.

나는 침대에 누운 니노 곁으로 달려간다. 그를 흔들어 깨우고 싶다. 그에게 말해 주고 싶다. 내게 찾아온 행운이 믿기지 않는다. 하지만 니노에게는 별 의미가 없을 수도 있다. 그는 그 수녀가 누군지 모른다. 내가 그 수녀를 죽인 것도 모른다. 그러니 급히 할 얘기는 아니다. 조금 더 자게 둬야지. 기다렸다가 아침이 밝으면 얘기해 줘야겠다. 어때? 난 정말 착하고 사려 깊은 영혼이다. 배려가 넘치는 여자다. 난 훌륭한 아내가 될 것이다. 니노는 운 좋은 줄 알아야 한다. 그는 자기가 얼마나 운이 좋은지 모르겠지만.

나는 잠든 그의 모습을 가만히 바라본다. 몇 시간이고 그를 바라보면서 숨소리에 귀를 기울여도 안 지겨울 것 같다. 침실 안이 어둑하다. 커튼을 쳐놓은 상태에서 그림자가 드리우자 명암이 두드러지면서 그의 윤곽이 뚜렷하게 보인다. 나는 그의 아름다운 얼굴을 바라본다. 로마신화에 나오는 어느 신의 초상화 같다. 이탈리아 슈퍼 모델. 카라바조의 그림 속 천사. 영화 〈고모라〉의 주인공 돈 치로 역할을 해도 잘 어울릴 사람.

그의 담배를 한 개비 꺼내 불을 붙이고 환하게 웃으며 창문 앞에 선다. 난 이런 일에 소질이 있나 보다. 살인을 저지르고도 늘 무사히 빠져나간다. 벌써 몇 번째인지 모르겠다. 시체도 한두 구가 아니다. 이대로라면 우리는 세계 최고의 암살자가 될 수 있을 것이다. 역사상 최고로 미쳤고 최고로 악한 자들로 남을 수 있지 않을까. 니노는 나의 왕이고 난 그의 여왕이다.

467

나는 반짝이는 바다를 바라보며 미소 짓는다. 바다 위로 태양이 떠오른다. 오늘도 아름다운 하루가 되겠구나. 하늘에 구름 한 점 없다. 이런 날씨를 정말 사랑한다. 불그레한 새벽 기운이 증발하면서 다이너마이트의 눈동자처럼 맑은 연푸른색으로 바뀌고 있다. 난 다이너마이트를 죽인 니노를 이미 용서했다. 그는 자신이 해야 할 일을 했을 뿐이다. 경찰들을 죽인 나 자신도 용서했다. 알레산드로도 마찬가지다. 솔직히 말해, 루마니아의 강도와 쌍둥이 언니는 거의 잊고 있었다. 수녀의 죽음은…… 후회하고 있다. 하지만 이런 일을 하려면 나약한 정신으로는 어림도 없다. 감정에 휘둘리는 순간 지는 것이다. 마음이 흔들리면 죽는다. 나는 담배 끝을 타일에 문지르고 난간 너머 정원으로 꽁초를 휙 던진다. 침대로 돌아와 보니 니노는 계속 자고 있다.

침대 가장자리에 걸터앉아 그의 윤기 나는 검은 머리카락을 쓰다듬는다. 그의 코 고는 소리는 부드럽고 낮아서 언니가 내는 소리처럼 귀엽다. 도메니코처럼 괴물 같은 소리를 내지는 않는다. (도메니코는 코 고는 소리가 지독하니 감옥에서 꽤나 고생할 것이다.) 니노는 뒤척이면서 "앨비?" 어쩌고 하며 잠꼬대를 한다. 나랑 섹스를 하는 꿈을 꾸고 있는 게 분명하다. 그의 입가에 미소가 스친다. 나는 허리를 굽혀 그에게 키스한다. 내 파트너. 내 연인. 내 남편 될 사람. 그가 나와 결혼하고 싶어 하다니, 믿기지 않는다.

코카인 봉지가 열려 있다. 한 번만 더 해야겠다. 별로 해로울 것도 없잖아? 손가락 끝에 침을 바르고 새하얀 가루를 묻혀 잇몸에 문지른다. 음, 기분이 딱 좋다. 니노의 총이 침대 옆 테이블에 놓여 있다. 그 옆에는 램프와 내가 끼워준 약혼반지가 있다. 아, 그는 왜 저 반지를 빼뒀을까? 나는 아직 수류탄 고리 반지를 끼고 있는데. 콕링은 그의 손가락에 끼워져 있지 않고 침대 옆 테이블에 놓여 있다. 이상하다. 기분이 별로다. 이게 무슨 의미지? 심장 박동이 빨라진다. 코카인 때문일까? 아니면 다른 이유가 있을까? 뭐, 괜찮다. 아무렇지 않다. 진정하자. 나는 일어서서 몸을 쭉 편다. 캐모마일 차라도 좀 마셔볼까?

침실 거울을 들여다본다. 어둑한 거울 속에서 내 동공은 마치 비행접시처럼 확대돼 있다. 동공이 이렇게까지 커진 건 처음 봤다. 턱이 딱딱하게 굳어진다. 두 뺨을 세게 위아래로 문지르고 뺨을 세 번 후려친다. 이를 뿌드득 간다. 아, 젠장. 신경이 바짝 곤두선다. 턱과 입술에 아무 감각이 없다.

뒤에서 니노가 또 뒤척이면서 그림자를 향해 손을 뻗는다. 그의 손가락이 침대 옆 테이블 위에 놓인 무언가를 향해 움직인다.

베스가 속삭인다.

'총이야. 그가 널 총으로 쏠 거야.'

나는 돌아서서 방을 가로질러 뛰어간다. 심장이 2배는 빨리 뛴다. 시야가 확 좁아져서 총 말고는 아무것도 보이지 않는다. 나는 아슬아슬하게 글록을 손에 쥔다. 니노의 손가락이 내 손가락을 스친다. 나는 곧장 방아쇠를 당긴다.

타앙.

피가 흩뿌려지고 깃털이 허공에 날아오른다.

귀가 먹먹하다. 두 손이 덜덜 떨린다. 손바닥에 땀이 난다.

제기랄.

총을 떨어뜨린다.

이게 무슨 일이지?

내가 무슨 짓을 한 거야?

머릿속에서 베스가 웃으며 말한다.

'내가 이겼어.'

나는 벽에 기댄 채 힘없이 주저앉는다. 천천히 바닥으로 쓰러져 눕는다.

"안 돼. 너 대체 무슨 짓을 한 거니?"

면 시트에 붉은 피가 스며든다. 피 냄새가 진동한다.

베스가 말한다.

'그는 총이 아니라 램프로 손을 뻗고 있었어. 넌 네 영혼의 단짝 을 죽인 거야.'

"아니, 아니야. 그는 총을 잡으려고 했어."

'램프라니까.'

"총이야."

'램프야.'

"총이야."

'램프야.'

"총이야. 총이라고."

니노를 바라본다. 그의 이마에 난 구멍에 시커먼 액체가 채워지고 있다. 모든 것이 슬로모션으로 보인다. 눈물로 눈앞이 흐려진다. 그의 아름다운 얼굴이 피로 얼룩져 있다. 속이 뒤집힌다. 구역질이 난다. 나는 파란 타일 바닥에 계속 구토를 한다.

'내가 복수하겠다고 했잖아.'

"안 돼, 안 돼, 안 돼."

아, 맙소사, 베스. 이년을 다시 죽이고 싶다. 망할 어릿광대 같은 년. 베스는 죽고 나서도 줄곧 나한테 붙어 다닌다. 베스는 나를 증오한다. 나를 미워한다. 나는 이런 짓을 한 나를 증오할까? 뜨거운 눈물이 흘러나온다. 그는 죽었다. 세상을 떠났다. 내가 무슨 짓을 한 거지? 뭘 한 거야? 나는 온기가 남아 있는 그의 입술에 입을 맞춘다. 뜨끈한 쇠 맛, 그의 피 맛이 난다.

떨리는 손을 뻗어 그의 손목을 잡아본다. 맥박이 느껴지기를 기다린다.

기다리고,

기다린다.

어서.

어서.

니노.

니노.

제발.

나는 조심스럽게 그의 눈꺼풀을 젖힌다. 동공이 열려 있다. 확장

돼 있다. 빛을 받아도 동공은 줄어들지 않는다. 나는 그의 눈꺼풀을 도로 덮는다. 그가 죽은 게 분명하다.

'고이 잠드소서, 사랑하는 왕자님. 천사의 노래 들으며 안식처로 가소서.'(햄릿이 죽은 뒤 호레이쇼가 하는 대사 - 옮긴이)

나는 그의 옆으로 가서 침대에 나란히 눕는다.

머릿속에서 미스터 버블이 깔깔댄다.

그리고……

'남은 건 침묵뿐이다.'(햄릿이 죽기 전 마지막 대사 - 옮긴이)

에필로그

삼성 갤럭시 휴대폰이 울린다.

화면에 '발신자 불명'이라고 찍혀 있다.

"예? 여보세요? 누구시죠?"

"앨비나, 내 딸. 너 맞지?"

"예?" 엿 같으니까 '내 딸'이라고 부르지 좀 말길. 메이비스다. 내 엄마라는 여자. 말투가 왜 이렇게 *사근사근*하지? "예, 저예요. 왜 전화했어요?"

은퇴자 전용 주택에 들어갈 돈이 필요한가? 아니면 상주 간호사나 간병인이 필요한 건가?

"간단히 말할게, 천사 같은 내 딸."

"그러세요. 용건이 뭔데요?"

뭔가 평소와 다르다.

"딱 1분밖에 통화를 못 해. 그 시간이 지나면 전화가 끊길 거야. 여기가 경찰서 유치장인지 교도소 사무실인지 모르겠는데 사적인 전화 통화에 대한 규제가 아주 엄격하거든."

"어디라고요? 거기가 어디요? 무슨 일인데요?"

473

나는 휴대폰 화면을 확인해 보지만 페이스타임 영상 통화가 아니다.

"그래, 내가 너한테 전화한 이유가 그래서야. 여기는 로마 경찰서거든. 영국 경찰이 드디어 네 아빠를 발견했대. 믿어지니? 그 오랜 세월이 지나서 말이야. 정확히 *25년* 만이지……."

"도대체 무슨 얘기를 하는 거예요?"

"로어 슬로터 마을의 경찰들이 정원 창고에서 네 아빠를 발견했대."

"아빠가 정원 창고에 왜 있었는데요?"

"아, 그러게, 나도 그게 궁금하구나."

"그냥 궁금한 정도가 아니죠. 저를 누구라고 생각하세요? 제가 크리스 태런트(영국의 전설적인 텔레비전 퀴즈 프로그램 진행자-옮긴이)인 줄 알아요?"

"뭐라고? 누구? 됐어. 욕인가 본데 하지 마. 어쨌든 요지는 *내가 체포됐다는 거야*. 일급 살인 혐의로. 이렇게 말도 안 되는 얘기 들어봤니? 그동안 세월이 워낙 많이 흘렀고 시체는 다 썩어서 나를 유죄로 만들 증거는 아마 없을 거야. 솔직히 그 사람을 거의 잊고 살았어. 그냥 실종됐거나 죽어서 생분해됐을 거라고 짐작만 했지. 어쨌든 *와서 에르네스토를 좀 데려가*. 지금 리카르도와 주세페한테 애를 맡겨놨는데 영 믿음이 안 가서……."

"뭐라고요? 아빠가 죽었다고요?"

니노가 죽더니 이번엔 아빠다.

"와서 애 좀 데려갈래?"

"엄마가 죽였죠?"

"앨비나, 잘 들어. 그건 *배심원*들이 판단할 문제야."

"그럴 줄 알았어요. 엄마가 한 짓이었어."

엄마가 은행에 넣어둔 큰돈은 할머니가 남겨준 재산이 아닐 것이다. 할머니는 생전에 그만한 현금이 없었다. 아빠 돈이었던 거다. 그만한 돈이면 충분한 살인 동기가 될 만하다.

"됐고. 그 사람들 전화번호 알려줄까? 리카르도 전화번호를 내가 갖고 있어."

"리카르도 전화번호 따위 필요 없어요."

난 애나 보고 있을 생각이 없다.

"도메니코한테 연락했는데 실종이라도 됐는지 연락이 안 되네. 그래도 네가 있으니 다행이야. 돈 좀 있니? 보석으로 나가려면 1만 유로가 필요한데 – "

전화가 뚝 끊겼다. 시간이 다 되어 차단한 모양이다. 나는 망연자실한 채 말없이 침대에 주저앉는다. 그러다 니노의 옆에 놓인 베개를 베고 아예 드러눕는다. 손에서 휴대폰을 놓아버린다. 아, 맙소사. *엄마가 살인자라니.* 그런데 왜 놀랍지가 않을까. 내 살인 재능이 어디서 왔겠나? 다 유전자로 물려받은 거였다. 난 전혀 특별할 게 없다. 살인 본능이 내 고유의 장점이었는데. 엄마가 킬러이니 딸인 나도 킬러가 된 것뿐이다. 사람은 누구나 서로를 죽이며 산다. 다만 차이가 있다면 나는 붙잡히지 않는다는 것이다. 나는 차세대 2.0 버전이다. 새로 개선된 고급형이다.

침대에 늘어져 누워 있는 니노의 시신을 내려다본다. 토사물 냄새가 바닥에서 스멀스멀 올라온다. 그의 피가 바닥으로 뚝, 뚝, 뚝 떨어진다. 어쩌면 그는 나와 결혼할 생각이 없었는지도 모른다. 난 왜 그리 순진하게 믿었을까? 그가 저 반지를 착용한 건 1시간도 채 되지 않았다. 난 그가 나와 결혼하고 싶어 한다고 믿고 싶었던 거다. 그도 말했듯이 이번 주는 테스트 주간이었다. 니노 당신은 내 테스트에서 떨어진 거야, 멍청아. 이제 운전석에 앉은 사람은 나다. 내가 상황을 통제한다. 어차피 니노를 죽이려 했다. 당연하다. 그게 원래 내 계획이었으니까. 그동안 내 머릿속에서 떠들어댄 건 죽은 베스의 목소리가 아니었다. 그럼 그동안 뭐였냐고? 미쳤던 거냐고? 조현병이냐고? 베스가 아니라 내 잠재의식이 말하고 있었던 거다. 내 빌어먹을 양심의 소리였다. 그러니 어차피 죽였을 것이다. 내게 필요한 일이었으니까…….

누가 수류탄에 대해 물으면, 누가 이 시체를 발견하면, 니노가 수류탄 고리를 빼서 던진 후 나를 인질로 잡았다고 둘러댈 것이다. 완벽한 핑계다. 그리고 정당방위로 그를 죽였다고 하면 된다. 달리 선택의 여지는 없다. 경찰이 누구 말을 믿을까? 나라는 여자일까 아니면 죽은 히트맨일까?

무자비한 마피아까지 죽였으니 이제 나는 *사랑하는 누구든 죽일 수 있다*. 난 내 생각보다 더 냉혹한 인간이다. *누구의 목숨이든 거둘 수 있다*.

그래. 그래, 난 앨비나 나이틀리다.

에드 포브스는 두려워해야 할 것이다.

단단히 각오하는 게 좋을 것이다.

다음은 당신 차례니까.

감사의 말

두 번째 소설 《배드BAD》는 작업하기 쉽지 않았지만 무척 재미있기도 했습니다. 옆에서 물심양면으로 도와준 남편 파올로 에스포지토, 리사 탈렙, 리처드 스키너, 마틸다 맥도널드, 제시카 리크, 마이클 조셉의 팀원들, 마야 지브, 더튼의 팀원들, 사이먼 트레윈, 안나 딕슨, WME의 팀원들, 팀 본서, 클로데트 본서, 리디아 러플스, 펠리시아 얍, 마이클 디어스, 일라나 린지, 헬렌 앨런, 엠마 밴더, 이시 마흐무드, 마리아 지부, 야스민 웨스트우드-앨리, 데이비드 웨스트우드, 크리스 엘비지, 조니 파리소, 마이크 드 루카와 마이클 드 루카 프로덕션, 유니버설 스튜디오의 클로이 옐린, 센자 앤드리제빅-블록, 마틸다 먼로, 빅토리아 렁, 샬롯 머레이, 앤드리아 바실리오, 바냐 마브로디에바 님께 깊이 감사드립니다. 그 밖에도 많은 분들이 도와주셨지만 모두 기억하지 못하는 점, 지면상으로나마 사과의 말씀을 드립니다! 여러분의 도움이 없었다면 3부작을 완성할 수 없었을 겁니다. 모두 여러분 덕분입니다. 사랑합니다. 클로이 XXX.

BAD

배드

초판 1쇄 인쇄 2019년 8월 20일 | 초판 1쇄 발행 2019년 8월 30일

지은이 클로이 에스포지토
옮긴이 공보경
펴낸이 김영진

사업총괄 나경수 | 본부장 박현미 | 사업실장 백주현
개발팀장 차재호
디자인팀장 박남희 | 디자인 당승근
마케팅팀장 이용복 | 마케팅 우광일, 김선영, 정유, 박세화
출판기획팀장 김무현 | 출판기획 이병욱, 강선아, 이아람
출판지원팀장 이주연 | 출판지원 이형배, 양동욱, 강보라, 전효정, 이우성

펴낸곳 (주)미래엔 | 등록 1950년 11월 1일(제16-67호)
주소 06532 서울시 서초구 신반포로 321
미래엔 고객센터 1800-8890
팩스 (02)541-8249 | 이메일 bookfolio@mirae-n.com
홈페이지 www.mirae-n.com

ISBN 979-11-6413-216-4 04840

북폴리오는 참신한 시각, 독창적인 아이디어를 환영합니다.
기획 취지와 개요, 연락처를 bookfolio@mirae-n.com으로 보내주십시오.
북폴리오와 함께 새로운 문화를 창조할 여러분의 많은 투고를 기다립니다.

「이 도서의 국립중앙도서관 출판시도서목록(CIP)은 서지정보유통지원시스템 홈페이지(http://seoji.nl.go.kr)와
국가자료공동목록시스템(http://www.nl.go.kr/kolisnet)에서 이용하실 수 있습니다.
(CIP제어번호: CIP2019030492)」